O COBRA

Obras do autor publicadas pela Editora Record

O afegão
A alternativa do Diabo
Cães de guerra
O Cobra
O dia do Chacal
O dossiê Odessa
O fantasma de Manhattan
A história de Biafra
Ícone
A lista
O manipulador
Murmúrio do vento
O negociador
O pastor
O punho de Deus
O quarto protocolo
Sem perdão
O veterano
O vendedor
O vingador

FREDERICK FORSYTH

O COBRA

Tradução de
Marcelo Schild

5ª edição

EDITORA RECORD
RIO DE JANEIRO • SÃO PAULO
2024

CIP-BRASIL. CATALOGAÇÃO-NA-FONTE
SINDICATO NACIONAL DOS EDITORES DE LIVROS, RJ

Forsyth, Frederick, 1938-

F839c   O Cobra / Frederick Forsyth; tradução de Marcelo Schild
5ª ed.   Arlin. – 5ª ed. – Rio de Janeiro: Record, 2024.

Tradução de: The Cobra
ISBN 978-85-01-09282-3

1. Ficção inglesa. I. Schild, Marcelo. II. Título.

11-1162.   CDD: 823
                                      CDU: 821.111-3

Título original em inglês:
The Cobra

Copyright © Frederick Forsyth 2010

Publicado originalmente na Grã-Bretanha em 2010 por Bantam Press, um selo
da Transworld Publishers.

Texto revisado segundo o Acordo Ortográfico da Língua Portuguesa de 1990.

Todos os direitos reservados. Proibida a reprodução, no todo ou em parte,
através de quaisquer meios. Os direitos morais do autor foram assegurados.

Revisão técnica: Comandante Francisco Eduardo Alves de Almeida
Professor da Escola de Guerra Naval

Editoração eletrônica: Abreu's System

Direitos exclusivos de publicação em língua portuguesa somente para o Brasil
adquiridos pela
EDITORA RECORD LTDA.
Rua Argentina, 171 – Rio de Janeiro, RJ – 20921-380 – Tel.: (21) 2585-2000,
que se reserva a propriedade literária desta tradução.

Impresso no Brasil

ISBN 978-85-01-09282-3

Seja um leitor preferencial Record.
Cadastre-se no site www.record.com.br e receba
informações sobre nossos lançamentos e nossas promoções.

EDITORA AFILIADA

Atendimento e venda direta ao leitor:
sac@record.com.br

Para Justin e todos os jovens agentes, ingleses e americanos,
que, correndo grandes riscos, estão
infiltrados na luta contra os narcóticos.

PARTE UM	**Serpentear**	13
PARTE DOIS	**Sibilar**	67
PARTE TRÊS	**Bote**	229
PARTE QUATRO	**Veneno**	351

PERSONAGENS

BERRIGAN, Bob	Vice-diretor, DEA
MANHIRE, Tim	Ex-agente alfandegário, comandante, Maoc
DEVEREAUX, Paul	O Cobra
SILVER, Jonathan	Chefe da Casa Civil, Casa Branca
DEXTER, Calvin	Oficial executivo, Projeto Cobra
URIBE, Alvaro	Presidente, Colômbia
CALDERON, Felipe	Chefe da Polícia Antidrogas Colombiana
DOS SANTOS, Coronel	Chefe de Inteligência, Divisão Antidrogas Colombiana
ESTEBAN, Don Diego	Líder do Cartel da Cocaína
SANCHEZ, Emilio	Chefe da divisão de produção, Cartel
PEREZ, Rodrigo	Ex-terrorista das Farc, Cartel
LUZ, Julio	Advogado, membro da diretoria do Cartel
LARGO, José-Maria	Chefe da divisão de produtos, Cartel
CARDENAS, Roberto	Membro da diretoria do Cartel
SUAREZ, Alfredo	Chefe da divisão de transportes, Cartel
VALDEZ, Paco	O Defensor, Cartel
BISHOP, Jeremy	Especialista em computadores
RUIZ, padre Carlos	Padre jesuíta, Bogotá
KEMP, Walter	Unodc
ORTEGA, Francisco	Inspetor, Polícia Antidrogas de Madri

McGREGOR, Duncan	Modificador de navios
ARENAL, Letizia	Estudante residente em Madri
PONS, Francisco	Piloto para transporte aéreo de cocaína
ROMERO, Ignacio	Representante do Cartel, Guiné-Bissau
GOMES, Djalo	Comandante do Exército, Guiné-Bissau
ISIDRO, padre	Padre, Cartagena
CORTEZ, Julio	Soldador
MENDOZA, João	Ex-major, Força Aérea Brasileira
PICKERING, Ben	Major, SBS
DIXON, Casey	Comandante dos Seals, Equipe Dois
EUSEBIO, padre	Padre de aldeia, Colômbia
MILCH, Eberhardt	Inspetor alfandegário, Hamburgo
ZIEGLER, Joachim	Alfândega, Divisão Criminal, Berlim
VAN DER MERWE	Inspetor alfandegário, investigador criminal, Roterdã
CHADWICK, Paul	Comandante dos Seals, Equipe Três

ACRÔNIMOS E ABREVIAÇÕES

AFB	Base da Força Aérea (EUA)
Bams	Vigilância Marítima de Área Irrestrita
BKA	Divisão de Crime Organizado da Polícia Criminal Federal Alemã
CIA	Agência Central de Inteligência
CRRC	Embarcação de Borracha para Ataque e Combate (EUA)
DEA	Agência Nacional Antidrogas (EUA)
Farc	Organização colombiana revolucionária/marxista
FBI	Escritório Federal de Investigação (EUA)
FLO	Forças da Lei e Ordem
HMRC	Receita e Alfândega Reais (Inglaterra)
ICE	Polícia Alfandegária e de Imigração (EUA)
Maoc-N	Centro de Análises e Operações Marítimas para Narcóticos
MI5	Serviço de Segurança (Inglaterra)
NSA	Agência Nacional de Segurança (EUA)
PEO	Ordem Executiva Presidencial
Rato	Decolagem com auxílio de foguetes
RFA	Navio da Frota Real Auxiliar
RHIB	Bote Inflável de Casco Rígido (EUA)
RIB	Bote Inflável de Casco Rígido (Inglaterra)

SAS	Regimento do Serviço Aéreo Especial (Operações Especiais da Força Aérea Britânica)
SBS	Serviço Especial de Barcos (Operações Especiais da Marinha Real Britânica)
Seals	Forças Especiais da Marinha dos EUA
Soca	Agência Britânica contra o Crime Organizado
UAV	Veículo Aéreo Não Pilotado
Udyco	Unidade Droga y Crimen Organizado, Madri
Unodc	Escritório das Nações Unidas sobre Drogas e Crimes
ZKA	Agência da Polícia Alfandegária Federal Alemã

PARTE UM

Serpentear

CAPÍTULO UM

O ADOLESCENTE ESTAVA MORRENDO SOZINHO. NINGUÉM sabia, e somente uma pessoa teria se importado. Estava deitado, esquelético por causa de uma vida arruinada pelas drogas, em um catre fétido no canto de um quarto imundo em um prédio abandonado. O cortiço ficava em um dos chamados projetos, conjuntos residenciais fracassados de Anacostia, uma parte de Washington, D.C., da qual a cidade não se orgulha e que os turistas nunca visitam.

Se o rapaz soubesse que sua morte iniciaria uma guerra, não compreenderia e tampouco se importaria. É isto o que a dependência das drogas faz com a mente de um jovem: a destrói.

O jantar de fins de verão na Casa Branca era um evento pequeno para os padrões da hospitalidade presidencial. Apenas vinte pessoas, na forma de dez casais, sentavam-se depois de tomar drinques na antessala, e 18 estavam muito impressionadas por se encontrarem ali.

Nove delas eram voluntários importantes que trabalhavam para a Administração de Veteranos (VA, na sigla em inglês), o órgão nacional cujo objetivo é cuidar do bem-estar daqueles que já vestiram os uniformes de qualquer uma das Forças Armadas.

Os nove anos que se passaram até 2010 produziram um número enorme de homens e algumas mulheres que voltaram do Iraque ou do Afeganistão feridos ou traumatizados. Como comandante em chefe, o presidente estava demonstrando sua gratidão pelo que aqueles nove voluntários da VA conseguiram realizar. Assim, eles e as esposas foram convidados para jantar onde o lendário Abraham Lincoln fazia suas refeições. Eles já tinham feito o tour pelos aposentos, guiados pela própria primeira-dama, e agora, sentados sob o olhar atento do mordomo, aguardavam que a sopa fosse servida. Portanto, foi um pouco constrangedor quando a idosa copeira começou a chorar.

Ela não emitiu som algum, mas a sopeira começou a tremer em suas mãos. A mesa era circular, e a primeira-dama, sentada no lado oposto, desviou o olhar do convidado que estava sendo servido e viu as lágrimas correrem silenciosamente pelas faces da velha senhora.

O mordomo, que não deixava passar nada que pudesse desagradar ao presidente, acompanhou o olhar da primeira-dama e começou a contornar silenciosa mas rapidamente a mesa. Com um movimento de cabeça, acenou com urgência para que um copeiro próximo pegasse a sopeira antes que ocorresse um desastre e acalmou a mulher, afastando-a da mesa e conduzindo-a pela porta de vaivém que dava para a copa e a cozinha. Quando os dois sumiram de vista, a primeira-dama tocou levemente a boca com o guardanapo, murmurou uma desculpa para o general reformado à sua esquerda, levantou-se e foi atrás deles.

Àquela altura, a copeira estava sentada com os ombros trêmulos, murmurando "desculpe, desculpe". A expressão no rosto do mordomo indicava que ele não estava com muita disposição para ser piedoso. Ninguém perde a compostura diante do presidente.

A primeira-dama fez sinal para que ele fosse servir a sopa. Depois, parou diante da mulher em prantos, que secava os olhos com a barra do avental, ainda se desculpando.

Em resposta a algumas perguntas delicadas, a copeira Maybelle explicou o raro deslize. A polícia encontrara o corpo de seu único neto, o menino que ela criara desde que seu filho morrera nos escombros do World Trade Center, nove anos antes; a criança tinha então 6 anos.

Explicaram a ela a causa da morte segundo o legista e informaram que o cadáver estava no necrotério da cidade, aguardando recolhimento.

Assim, no canto de uma copa, a primeira-dama dos Estados Unidos e uma copeira idosa, ambas descendentes de escravos, consolaram-se enquanto, a poucos metros dali, os nomes mais importantes da VA conversavam formalmente e tomavam sopa com croutons.

Nada mais foi dito durante a refeição, e só quando o presidente estava tirando o fraque em seus aposentos particulares, duas horas depois, é que fez a pergunta óbvia.

Cinco horas depois, na penumbra do quarto, com apenas um fino feixe de luz do brilho permanente que incidia sobre a cidade de Washington penetrando através do vidro blindado e pela fresta nas cortinas, a primeira-dama percebeu que o homem ao lado dela não estava dormindo.

O presidente fora criado basicamente pela avó. Ele conhecia profundamente e valorizava o relacionamento entre um menino e sua avó. Por isso, embora precisasse acordar cedo para fazer seus habituais exercícios físicos visando manter-se em forma, não conseguia dormir. Ficou deitado no escuro, pensando.

Ele já decidira que o garoto de 15 anos, quem quer que fosse, não terminaria em uma vala comum. Seria enterrado apropriadamente em um cemitério decente. No entanto, ficou intrigado com a causa da morte de um rapaz tão jovem que vinha de uma família pobre mas devotamente respeitável.

Pouco depois das 3 horas ele jogou as pernas compridas e finas para fora da cama e pegou um roupão. Ouviu ao seu lado um sonolento "Aonde você vai?". "Não vou demorar", respondeu. Depois, amarrou o cinto do roupão e foi silenciosamente até o quarto de vestir.

Quando pegou o fone, a resposta veio em dois segundos. Se a telefonista de plantão estava cansada àquela hora da noite, momento em que o espírito humano se encontra menos disposto, não deixou transparecer. Ela disse, vivaz e zelosa:

— Sim, senhor presidente?

A luz na mesa dela indicava exatamente quem estava fazendo a chamada. Mesmo depois de dois anos naquela casa notável, o homem de Chicago ainda precisava lembrar a si próprio que poderia obter o que quisesse a qualquer hora do dia ou da noite, bastava pedir.

— Por favor, telefone para o diretor da DEA, na casa dele ou onde quer que esteja — pediu.

A telefonista não demonstrou surpresa. Quando você é Aquele Homem, até se quiser trocar amenidades com o presidente da Mongólia isso será providenciado.

— Vou contatá-lo neste instante — disse a jovem, instalada muitos andares abaixo, na sala de comunicações.

Ela digitou algo rapidamente no teclado do computador. Circuitos minúsculos foram acionados e um nome foi exibido. Uma consulta quanto ao número particular do diretor da DEA, de um telefone numa casa elegante em Georgetown, exibiu dez dígitos no monitor. Ela fez a transferência e aguardou. No décimo toque, uma voz cansada atendeu.

— Estou com o presidente na linha para o senhor — ela informou.

O cansaço do servidor público de meia-idade passou muito rapidamente. A telefonista então transferiu o chefe da DEA para o quarto do presidente no andar superior. Ela não acompanhou a conversa. Uma luz avisaria quando os dois terminassem e ela pudesse desconectar.

— Desculpe por incomodá-lo a esta hora — disse o presidente. Imediatamente o homem no outro lado da linha garantiu-lhe que não era incômodo nenhum. — Preciso de algumas informações, talvez de aconselhamento. Poderia me encontrar de manhã, às 9 horas, na Ala Oeste?

O tom foi interrogativo só por cortesia. Presidentes dão ordens. O diretor da DEA garantiu que estaria no Salão Oval no horário marcado. O presidente desligou e voltou para a cama. Finalmente, adormeceu.

Em uma elegante casa de tijolinhos vermelhos em Georgetown, as luzes estavam acesas no quarto quando o diretor perguntou à confusa senhora com rolinhos no cabelo, que diabos foi isso? Servidores públicos graduados despertados pela autoridade suprema às 3 horas, ainda por cima diretamente, não têm escolha senão pensar que algo deu errado. Talvez muito errado. O diretor não voltou a dormir. Em vez disso, foi até a cozinha para fazer suco e café e preocupar-se seriamente.

* * *

No outro lado do oceano Atlântico, amanhecia. Em um mar frio, cinzento e chuvoso próximo ao porto de Cuxhaven, no norte da Alemanha, o prático assumiu a manobra do navio mercante *San Cristobal*. O comandante, capitão José-Maria Vargas, estava no controle, e o prático ao lado dele murmurava instruções. Falavam em inglês, a língua comum do ar e do mar. O *San Cristobal* virou a proa e entrou nas vias marítimas externas do estuário do Elba. Noventa e seis quilômetros depois o navio chegaria a Hamburgo, o maior porto fluvial da Europa.

Pesando 30 mil toneladas, o *San Cristobal* era um cargueiro comum, com a bandeira do Panamá. Diante do passadiço, enquanto os dois homens observavam a escuridão para detectar as boias no canal profundo, havia fileiras e mais fileiras de contêineres de aço.

Havia oito níveis de contêineres sob o convés e quatro acima. A extensão era de 14 fileiras da proa até o passadiço e o navio tinha largura suficiente para transportar oito contêineres lado a lado.

Os documentos informariam, muito corretamente, que o navio iniciara a viagem em Maracaibo, na Venezuela; depois, seguira para o leste para receber o resto da carga em Paramaribo, capital e único porto do Suriname. O que os documentos não informariam era que um dos últimos contêineres era muito especial, pois, além de bananas, continha outra remessa.

O segundo carregamento fora transportado em um velho avião de carga da Transall — comprado já (muito) usado da África do Sul — que saíra de uma fazenda remota no norte da Colômbia e voara sobre a Venezuela e a Guiana até aterrissar em uma plantação de bananas igualmente remota no Suriname.

O que o velho avião de carga levava fora empilhado, tijolo a tijolo, no fundo de um contêiner. Depois, foi tudo acomodado de parede a parede e do chão ao teto. Quando havia sete fileiras de tijolos, uma parede traseira falsa foi soldada no interior do contêiner, depois lixada e pintada, junto com todo o resto do interior. Só depois disso é que as bananas verdes e duras foram penduradas nas prateleiras sobre as quais permaneceriam refrigeradas, mas não congeladas, durante toda a viagem até a Europa.

Caminhões-plataforma rosnaram e bufaram através da selva para levar a encomenda de exportação até a costa, onde o *San Cristobal* recebeu-a a bordo para fazer parte da carga do convés e completar a capacidade do navio. Depois, zarpou e seguiu para a Europa.

O capitão Vargas, um marinheiro escrupulosamente honesto que não sabia a respeito da carga extra que transportava, já estivera em Hamburgo e jamais deixava de ficar maravilhado com o tamanho e a eficiência do antigo porto hanseático. Não era como uma cidade, mas como duas. Existe a cidade onde as pessoas vivem ao redor das vias fluviais internas e externas do Alster e há a extensa cidade portuária, lar da maior instalação do continente para contêineres.

Com 13 mil atracações de navios por ano, 140 milhões de toneladas de carga entram e saem dali descarregando em qualquer um dos 320 ancoradouros. Só o porto de contêineres possui quatro terminais próprios, e o *San Cristobal* foi encaminhado para Altenwerder.

Enquanto o cargueiro passava lentamente por Hamburgo, que despertava na margem oeste, foi servindo aos dois homens no leme um café colombiano forte, cujo aroma o alemão apreciou. A chuva cessara, o sol tentava despontar e a tripulação aguardava com ansiedade o tempo que passaria em terra firme.

Era quase meio-dia quando o *San Cristobal* deslizou até o ancoradouro para o qual fora designado e quase imediatamente um dos 15 guindastes rolantes de Altenwerder posicionou-se para começar a içar os contêineres do cargueiro e a colocá-los no cais.

O capitão Vargas despediu-se do prático, que, tendo terminado seu expediente, foi para casa, em Altona. Com os motores desligados e o gerador reserva fornecendo energia às instalações necessárias, e com a tripulação, passaportes em mãos, desembarcando rumo aos bares de Reeperbahn, o *San Cristobal* parecia tranquilo, justamente como o capitão Vargas — para quem o navio era sua carreira e seu lar — gostava de vê-lo.

Ele não tinha como saber que na quarta fileira de contêineres à frente da ponte do navio, no segundo nível e a três fileiras de boreste, havia um com um logotipo pequeno e incomum na lateral. Seria necessário procurar com muita atenção para encontrá-lo, pois contêineres têm todo tipo de arranhões, manchas, códigos de identificação e nomes de proprietários pintados. Esse logotipo específico tinha a forma de dois círculos concêntricos, um dentro do outro. No interior do menor havia uma cruz de malta. Era o código secreto de identidade da Hermandad, ou Irmandade, a quadrilha por trás de noventa por cento da cocaína colombiana. E lá embaixo, no cais, havia somente um único par de olhos que reconheceria a marca.

O guindaste içava os contêineres do convés para um exército móvel de drones com rodas guiados por computadores, conhecidos como veículos sem motorista, ou AGVs, na sigla em inglês. Os AGVs, controlados de uma torre muito acima do convés, removiam as caixas de aço do convés para a área de armazenamento. Foi nesse momento que um oficial, movendo-se despercebido entre os AGVs, viu o desenho com os dois círculos. Ele usou o celular para fazer um telefonema, depois voltou às pressas para o escritório. A quilômetros dali, um caminhão-plataforma partiu para Hamburgo.

Naquela mesma hora, o diretor da DEA era conduzido ao Salão Oval. Ele já estivera lá diversas vezes, mas a gigantesca e antiga escrivaninha de madeira, as bandeiras penduradas e o brasão da república ainda o impressionavam. Ele apreciava o poder, e aquele lugar era poder puro.

O presidente exibia um humor afável depois dos exercícios, de um banho e do café da manhã e estava vestido casualmente. Ele convidou o visitante a sentar-se em um dos sofás e acomodou-se no outro.

— Cocaína — disse ele. — Quero saber a respeito de cocaína. Você possui um volume gigantesco de material a respeito.

— Uma montanha, senhor presidente. Arquivos que chegam a metros de altura se empilhados.

— É demais — disse o presidente. — Preciso de 25 páginas. Não páginas e mais páginas de estatísticas. Só os fatos. O que é, de onde vem — como se eu não soubesse —, quem produz, quem transporta, quem compra, quem consome, quanto custa, para onde vão os lucros, quem ganha, quem perde, o que estamos fazendo a respeito.

— Só cocaína, senhor presidente? Outras drogas não? Heroína, PCP, *angel dust*, metanfetamina, a onipresente cannabis?

— Só cocaína. E só para mim. Confidencial. Preciso saber os fatos essenciais.

— Solicitarei um novo relatório, senhor. Com 25 páginas. Linguagem simples. Confidencialidade máxima. Seis dias, senhor presidente?

O comandante em chefe levantou-se sorrindo, a mão esticada. A reunião estava encerrada. A porta já estava aberta.

— Eu sabia que poderia contar com você, diretor. Três dias.

O Crown Victoria do diretor aguardava no estacionamento. Ao receber a ordem, o motorista levou o carro, virando repentinamente, até a porta da Ala Oeste. Em quarenta minutos o diretor tinha atravessado de volta o Potomac, em Arlington, e estava em seu escritório no último andar do número 700 da Army Navy Drive.

Ele passou o trabalho para o chefe de operações, Bob Berrigan. Mais novo que o diretor, Bob adquirira experiência em campo, e não atrás de uma mesa; ele concordou taciturnamente com a cabeça e murmurou:

— Três dias?

O diretor moveu a cabeça em confirmação.

— Não coma, não durma, viva à base de café. E, Bob, não poupe nada. Mostre como a situação é ruim. Pode haver um aumento de orçamento aqui dentro mais para a frente.

O ex-agente de campo desceu o corredor para instruir o assistente a cancelar todas as reuniões, entrevistas e compromissos até dali a dois dias. Jóqueis de escrivaninha, pensou. Delegue, peça o impossível, saia para jantar e procure o dinheiro.

Ao anoitecer, a carga do *San Cristobal* estava em terra firme, mas permanecia dentro do perímetro do porto. Caminhões-plataforma congestionavam as três pontes que precisavam atravessar para pegar os produtos importados. Preso em um congestionamento na Niederfeld Brücke, havia um caminhão de Darmstadt com um homem moreno ao volante. Seus documentos informariam ser ele um cidadão alemão de origem turca, membro de uma das minorias mais numerosas da Alemanha. Não revelariam que era membro da máfia turca.

Dentro do perímetro não haveria congestionamento. A liberação alfandegária de um certo contêiner de aço do Suriname não enfrentaria problemas.

A quantidade de carga que entra na Europa via Hamburgo é tão grande que um exame rigoroso de cada contêiner é simplesmente impossível. A alfândega alemã, a ZKA, faz o que pode. Cerca de cinco por cento das cargas são submetidas a uma vistoria rigorosa. Parte da vistoria é aleatória, mas a maioria deve-se a palpites, algo estranho quanto à descrição da carga e do porto de origem (bananas não vêm da Mauritânia), ou simplesmente documentação inadequada.

As checagens podem incluir abrir o contêiner, rompendo os lacres, medir os contêineres em busca de compartimentos secretos, realizar testes químicos no laboratório local, usar cães farejadores ou apenas inspecionar o caminhão coletor com raios X. Mas um contêiner de bananas não enfrentaria tais problemas.

O contêiner não fora levado ao Centro de Frutas e Refrigeração da HHLA (Hamburger Hafen und Logistik AG, companhia responsável pela administração dos terminais de contêineres de Hamburgo) porque estava marcado para ser retirado do cais rápido demais, então não valia a pena. A liberação em Hamburgo é obtida essencialmente pelo sistema informatizado Atlas. Alguém tinha inserido o número de registro de 21 dígitos da encomenda no computador da ZKA e liberado o contêiner antes que o *San Cristobal* completasse a última curva no rio Elba.

Quando o motorista turco finalmente chegou ao início da fila no portão do cais, o contêiner de aço estava liberado. Ele apresentou os documentos, e o funcionário da ZKA na cabine do portão inseriu as informações no computador, detectou a liberação de uma pequena importação de bananas para uma pequena e modesta distribuidora de frutas em Darmstadt e autorizou a retirada com um aceno de cabeça. Em trinta minutos o motorista turco atravessava de novo a ponte, obtendo acesso à extensa rede das *autobahns* alemãs.

Atrás dele havia 1 tonelada métrica de cocaína colombiana pura. Antes de ser vendida aos "consumidores" finais, ela seria "cortada" ou "malhada" até seis ou sete vezes o volume original por meio da adição de outros produtos químicos, como benzocaína, creatina, efedrina ou até o analgésico para cavalos quetamina. Tais produtos simplesmente convencem o usuário de que ele está sentindo um efeito mais forte do que poderia ser obtido com a quantidade de cocaína que efetivamente entra pelo nariz. Pode-se aumentar ainda mais o volume adicionando-se pós brancos simples mas inofensivos, como bicarbonato de sódio e açúcar de confeiteiro.

Com cada mil gramas convertidas em 7 mil gramas e com os "consumidores" pagando até 10 dólares americanos por grama, cada quilo de cocaína pura seria finalmente vendido a 70 mil dólares. O motorista tinha atrás dele mil quilos, cujo valor nas ruas atingiria 70 milhões de dólares. Considerando-se que a "pasta" comprada na selva colombiana custava mil dólares o quilo, havia o bastante para custear o avião cargueiro até o Suriname, a comissão da plantação de bananas, o valor insignificante do transporte no *San Cristobal* e os 50 mil dólares depositados discretamente numa conta na Grande Cayman em nome do agente alfandegário corrupto de Hamburgo.

Os criminosos europeus assumiriam os custos de triturar os tijolos maciços até virarem um pó fino como talco, malhar a droga para multiplicar o volume e a quantidade de produto e vender para os usuários. Mas se as despesas gerais da selva até o cais em Hamburgo forem de cinco por cento e as despesas gerais europeias, de mais cinco por cento, ainda haverá um lucro de noventa por cento, a ser dividido entre o cartel e as máfias e quadrilhas espalhadas pela Europa e pelos Estados Unidos.

O presidente americano aprenderia tudo no Relatório Berrigan, que chegou à sua mesa três dias depois de encomendado, como prometido.

Enquanto lia o documento, depois do jantar, mais 2 toneladas de cocaína colombiana pura cruzaram a fronteira texana em uma caminhonete, perto de uma cidadezinha chamada Nuevo Laredo, e desapareceram no coração dos Estados Unidos.

Prezado senhor presidente,
Tenho a honra de apresentar o relatório que me foi requisitado pelo senhor, sobre o narcótico cocaína.

ORIGENS: A cocaína é derivada unicamente da planta de coca, um arbusto delgado e de aparência comum que cresce desde tempos imemoriais nas colinas e selvas do arco noroeste da América do Sul.

Ao longo desse período, as folhas têm sido mastigadas pelos nativos locais, que descobriram o efeito de aplacar a sempre presente fome e estimular os bons ânimos. A planta raramente produz flores ou frutos; o caule e os galhos são pura madeira, sem possibilidade de aplicações; somente as folhas contêm a droga.

Mesmo assim, a droga constitui bem menos de um por cento do peso da folha. São necessários 375 quilogramas da folha colhida — quantidade suficiente para encher uma caminhonete — para fazer 2,5 quilos de pasta de coca — a forma intermediária —, a qual, por sua vez, resultará em 1 quilo de cocaína pura na conhecida forma do pó branco.

GEOGRAFIA: Atualmente, do suprimento global, cerca de dez por cento vem da Bolívia, 29 por cento do Peru e 61 por cento da Colômbia.

No entanto, as quadrilhas colombianas adquirem o produto dos dois contribuidores menores no estágio da pasta de coca, completam o refino e, assim, vendem praticamente cem por cento da droga.

QUÍMICA: Somente dois processos químicos são necessários para transformar a folha colhida no produto finalizado e ambos são extremamente baratos. É por isso que, considerando a pobreza desesperadora dos agricultores silvícolas que cultivam o que é na teoria apenas uma erva muito resistente e dura, a erradicação na fonte provou, até o momento, ser impossível.

As folhas cruas são imersas em ácido em um tambor de óleo — serve ácido de bateria barato —, o qual extrai a cocaína. As folhas encharcadas são então retiradas e descartadas, deixando no tambor uma espécie de sopa marrom. O líquido é misturado com álcool ou até mesmo gasolina, extraindo os alcaloides.

Os alcaloides são escumados e tratados com um álcali forte, como bicarbonato de sódio. A mistura resulta em um depósito esbranquiçado, que é a forma básica, chamada de "pasta". Essa é a unidade padrão do comércio de cocaína na América do Sul. É o que os criminosos compram dos camponeses. Cerca de 150 quilos de folhas são transformados em 1 quilo de pasta. Os produtos químicos são de fácil obtenção e a pasta é transportada com facilidade da selva para as refinarias.

FINALIZAÇÃO: Em refinarias clandestinas, também geralmente encobertas pela selva, a pasta é convertida no pó branco, chamado hidrocloreto de cocaína (o nome completo), por meio do acréscimo de mais produtos químicos, como ácido clorídrico, permanganato de potássio, acetona, éter, amônia, carbonato de cálcio, carbonato de sódio, ácido sulfúrico e mais gasolina. A mistura é então "reduzida" e o resíduo é secado. O resultado é o pó. Todos os ingredientes químicos são baratos e, por serem usados legalmente em muitas indústrias, de fácil obtenção.

CUSTOS: Um camponês plantador de coca, ou "cocalero", pode trabalhar o ano inteiro sem descanso produzindo até seis colheitas de seu lote na selva, com cada colheita resultando em 125 quilos de folhas de coca. A produção total de 750 quilos resulta em 5 quilos de pasta. Descontando as despesas gerais, ele pode conseguir apenas 5 mil dólares anuais. Mesmo depois de refinado e transformado em pó, 1 quilograma pode ser cotado em torno de 4 mil dólares.

LUCROS: A cocaína é o produto com a maior taxa de lucro do mundo. O valor de um único quilo de cocaína colombiana "pura" vai de 4 mil dólares para 60 ou 70 mil dólares apenas viajando 4.800 quilômetros da costa da Colômbia até os Estados Unidos, ou 8 mil quilômetros até a Europa. Mesmo assim, esse não é o fim. Nas mãos do comprador, o quilo será "cortado" (adulterado) até seis ou sete vezes seu peso ou volume originais, sem redução no preço por grama. Finalmente, os usuários pagarão ao último traficante na cadeia cerca de 70 mil dólares por aquele quilo — do tamanho de um saco de açúcar — que deixou a costa da Colômbia cotado a apenas 4 mil dólares.

RESULTADOS: Tais margens de lucro permitem aos grandes operadores adquirir a última palavra em tecnologia, equipamentos, armamentos e conhecimento. Podem empregar as melhores mentes do mundo e subornar oficiais — em alguns casos, até o nível presidencial —, e o número de voluntários que imploram para ajudar no transporte e na venda do produto em troca de uma comissão chega a ser quase constrangedor. Não importa quantas dessas "mulas" comparativamente inofensivas sejam capturadas e *enviadas às prisões, sempre há milhares de pessoas destituídas e/ ou burras dispostas a correr riscos.*

ESTRUTURAS: Depois do assassinato de Pablo Escobar, do Cartel de Medellín, e da aposentadoria dos irmãos Ochoa, de Cáli, os criminosos da Colômbia dividiram-se em até uma centena de minicartéis. Mas, ao longo dos últimos três anos, emergiu um novo e gigantesco cartel que os unificou sob seu domínio.

Dois independentes que tentaram resistir foram encontrados mortos depois de um sofrimento espetacular, e a resistência aos novos unificadores cessou. O megacartel autodenomina-se a "Hermandad", ou Irmandade, e opera como uma grande corporação industrial, tendo na retaguarda um exército particular para proteger sua propriedade e um esquadrão psicótico de punição para manter a disciplina.

A Irmandade não produz cocaína. Ela compra toda a produção de cada um dos minicartéis na forma do pó branco finalizado. Oferece um preço "justo" (pela própria definição), mas não na base do aceite-ou-não, e sim na base do aceite-ou-morra. Depois de comprar o pó, a Hermandad o vende para o mundo.

QUANTIDADES: O volume total de produto fornecido é de cerca de 600 toneladas anuais, divididas em aproximadamente 300 toneladas para cada um dos dois destinos: os Estados Unidos e a Europa, praticamente os dois únicos continentes que usam a droga. Considerando as margens de lucro listadas acima, os lucros totais não são calculados em centenas de milhões de dólares, mas em dezenas de bilhões.

DIFICULDADES: Devido aos lucros elevados, é possível que haja vinte comerciantes entre o cartel e o usuário final. Eles podem ser transportadores, intermediários ou vendedores finais. É por isso que é extremamente difícil para as FLO (Forças da Lei e Ordem) de qualquer país alcançar os grandes operadores. Eles estão fortemente protegidos, recorrem a violência extrema como meio de intimidação e jamais sequer tocam eles mesmos o produto. Os agentes menores são constantemente capturados, julgados e presos, mas raramente "abrem a boca" e são imediatamente substituídos.

INTERCEPTAÇÕES: As FLO dos Estados Unidos e europeias estão em um estado de guerra perene com a indústria da cocaína, e interceptações de cargas em trânsito ou capturas de depósitos são constantes. Mas as FLO de ambos os continentes atingem apenas entre dez e quinze por cento do mercado de cocaína, e, considerando as impressionantes margens de lucro, isso não é o bastante. Seria necessário elevar os níveis de "interceptação" e "confisco" para oitenta por cento ou mais para comprometer a indústria. Se perdessem noventa por cento, os cartéis implodiriam e a indústria de cocaína seria finalmente destruída.

CONSEQUÊNCIAS: Há apenas trinta anos, a cocaína era considerada popularmente um mero "doce para o nariz" de socialites, de operadores do mercado de ações e da Tin Pan Alley. Hoje, cresceu a ponto de se tornar um flagelo nacional gigantesco que causa estragos sociais desastrosos. Em dois continentes, as FLO estimam que cerca de setenta por cento dos crimes aquisitivos ocorridos nas ruas (roubos de carros, furtos, assaltos etc.) sejam executados para sustentar o vício. Se o "bandido" estiver sob o efeito de um subproduto particularmente perverso da cocaína chamado "crack", os roubos podem ser acompanhados por uma violência insensata.

Além disso, os lucros provenientes da cocaína, após o processo de lavagem de dinheiro, são utilizados para financiar outras formas de crime, especialmente o tráfico de armas (também usadas em crimes e no terrorismo) e de pessoas, mais particularmente imigrantes ilegais e jovens sequestradas para o comércio de escravas sexuais.

CONCLUSÃO: Nosso país foi bastante devastado pela destruição, no outono de 2001, do World Trade Center e pelo ataque ao Pentágono, os quais nos custaram quase 3 mil vidas. Desde então, nenhum americano dentro do país morreu por causa de terrorismo de origem estrangeira, mas a guerra contra o terrorismo prossegue e deve ter continuidade. Contudo, nesta década, uma estimativa modesta deve colocar o total de vidas destruídas pelas drogas narcóticas em dez vezes o total de mortos do dia 11 de setembro, metade delas causada pelo narcótico conhecido como cocaína.

Tenho a honra de subscrever-me, senhor presidente,
ROBERT BERRIGAN
Vice-diretor (Operações Especiais)
Agência Nacional Antidrogas

Mais ou menos no mesmo momento em que o Relatório Berrigan era entregue, via portador, na Casa Branca, um ex-agente da alfândega inglesa estava sentado em um escritório em um cais de Lisboa, olhando com extrema frustração para uma fotografia de uma traineira velha e danificada.

Tim Manhire passara toda a vida adulta como coletor de impostos, nem sempre a mais popular das profissões, mas uma das que ele acreditava ser extremamente necessária. Se obter receita de um turista desafortunado para um governo ganancioso não é muito estimulante, o trabalho dele nas empoeiradas ruas do porto de Lisboa era uma espécie de realização, e seria ainda mais não fossem as frustrações de um velho inimigo: recursos inadequados.

A pequena agência que ele chefiava era o Maoc-N, mais uma sigla no mundo da lei e da ordem. Centro de Análises e Operações Marítimas para Narcóticos é o que significa, em inglês, Maoc-N, o qual reúne especialistas de sete países. Os seis parceiros da Inglaterra são Portugal, Espanha, Irlanda, França, Itália e Holanda. A sede fica em Portugal e o diretor era um inglês transferido da HMRC (Receita e Alfândega Reais) para a Soca (Agência Britânica contra o Crime Organizado) para assumir o cargo.

O que o Maoc faz é tentar coordenar os esforços das FLO e das forças navais europeias para combater o contrabando de cocaína da Bacia do Caribe através do Atlântico para as costas gêmeas da Europa Ocidental e da África Ocidental.

A razão da frustração de Tim Manhire naquela manhã ensolarada era que ele via mais um peixe com uma carga grande e valiosa prestes a escapar da rede.

A fotografia fora tirada do ar, mas o avião de patrulha fora incapaz de fazer qualquer coisa além de tirar belas fotos. Ele simplesmente transmitira a imagem em poucos segundos para o Maoc, a muitos quilômetros de distância.

A fotografia exibia uma decrépita traineira em cuja proa havia o nome *Esmeralda-G*. Fora encontrada por um golpe de sorte, no limiar entre a escuridão e o amanhecer, no leste do oceano Atlântico, e a ausência de esteira indicava que apenas flutuara depois de navegar sem ser vista durante a noite. A definição era boa o suficiente para que Manhire, olhando pela lente de aumento, notasse que a tripulação estava prestes a cobrir a embarcação da popa à proa com uma lona impermeável azul. Esse é o procedimento padrão de contrabandistas de cocaína no mar para tentarem evitar ser detectados.

Eles navegam à noite, e durante o dia flutuam silenciosamente, estando a embarcação sob uma lona que se funde com o mar ao redor, o que torna extremamente difícil serem detectados do alto. Ao anoitecer, a tripulação retira e guarda a lona e segue navegando. A tática prolonga a viagem, mas é mais seguro. Ser pego ao amanhecer prestes a esticar a lona é se entregar. Aquele não era um barco pesqueiro. A carga já estava no porão do barco — quase 1 tonelada de pó branco, embalada diversas vezes e enfardada para prevenir estragos causados pelo sal ou pela água —, no mesmo lugar desde que fora carregada em um píer de madeira apodrecida em uma enseada da Venezuela.

O *Esmeralda-G* estava claramente seguindo para a África Ocidental, provavelmente para o narco-Estado da Guiné-Bissau. Se ao menos, Manhire suspirou, estivesse mais ao norte, além das Ilhas Canárias espanholas ou das ilhas portuguesas da Madeira ou de Açores, qualquer um dos dois países teria despachado ao mar um navio armado da Guarda Costeira para interceptar o traficante.

Mas a traineira estava muito ao sul, 160 quilômetros ao norte das ilhas de Cabo Verde — e mesmo assim eles não poderiam ajudar. Não havia equipamento. E não adiantava pedir aos vários Estados falidos que ocupavam a curva do Senegal até a Libéria. Eles eram parte do problema, e não da solução.

Assim, Tim Manhire recorrera às seis Marinhas europeias e aos Estados Unidos, mas não havia nenhuma fragata, nenhum destróier ou cruzador nas redondezas. O *Esmeralda-G*, tendo visto o avião que o fotografara, teria se dado conta de que fora detectado e teria abandonado o truque da lona para navegar a todo vapor até o primeiro ponto de terra firme que avistasse. Faltavam somente 200 milhas náuticas para chegar, e até mesmo a vagarosos dez nós a embarcação estaria segura nos pântanos da costa da Guiné antes do dia seguinte.

E mesmo depois de uma interceptação no mar, as frustrações não terminavam. Depois de um recente golpe de sorte, uma fragata francesa respondera ao apelo de Manhire e, com a orientação do Maoc, encontrara um cargueiro que transportava cocaína, a 720 quilômetros da costa. Mas os franceses eram obcecados por filigramas legais. Segundo as leis do país, os contrabandistas capturados deveriam ser rebocados para o porto "amigo" mais próximo. Naquele caso, tratava-se de mais um Estado falido — Guiné-Conacri.

Depois, um magistrado francês precisaria ser levado de avião de Paris para o navio capturado, para *les formalités*. Alguma coisa a ver com direitos humanos — *les droits de l'homme*.

— *Droits de mon cul* — murmurara Jean-Louis, colega de Manhire do contingente francês. Até o inglês conseguira entender que significava "direitos do meu cu".

Assim, o cargueiro foi apreendido, a tripulação foi processada e a cocaína, confiscada. Em menos de uma semana o navio zarpara, conduzido pela própria tripulação, cuja fiança fora assegurada facilmente por um magistrado que progredira de um Peugeot empoeirado para um Mercedes novo, e os fardos apreendidos, pode-se dizer, evaporaram.

Portanto, o diretor do Maoc suspirou e arquivou o nome e a imagem do *Esmeralda-G*. Se a embarcação voltasse a ser vista... Mas não seria. Depois de avisada, seria reequipada como um pesqueiro de atum e receberia um novo nome antes de voltar ao Atlântico. E, mesmo que fosse novamente vista, será que haveria outro avião sortudo, de uma Marinha europeia, que simplesmente passaria por acaso acima da embarcação bem quando a lona estivesse balançando ao vento? As chances eram de mil para um.

Aquele, pensou Manhire, era o maior problema. Recursos mínimos e nenhuma retribuição pelos contrabandistas. Mesmo quando eram capturados.

* * *

Uma semana depois, o presidente dos Estados Unidos estava sentado sozinho com o diretor do Departamento de Segurança Nacional dos EUA, a superagência que supervisiona e controla as 13 principais agências de inteligência americanas. Ele olhava estarrecido para o comandante em chefe.

— Está falando sério, senhor presidente?

— Sim, sem dúvida. O que aconselha?

— Bem, se quer destruir a indústria de cocaína, estará enfrentando alguns dos homens mais perversos, violentos e impiedosos do mundo.

— Então, imagino que precisaremos de alguém ainda melhor.

— Acredito, senhor, que queira dizer ainda pior.

— Temos um homem assim?

— Bem, há um nome... ou melhor, uma reputação... que me vem à cabeça. Durante anos ele chefiou a contrainteligência na CIA. Ajudou a capturar e a destruir Aldrich Ames quando finalmente teve permissão. Depois, chefiou o setor de Operações Especiais para a Companhia. Quase cercou e assassinou Osama bin Laden, e isso foi antes do 11 de Setembro. Foi liberado há dois anos.

— Liberado?

— Demitido.

— Por quê?

— Impiedoso demais.

— Contra os colegas?

— Não, senhor. Creio que contra os inimigos.

— Isso não existe. Quero-o de volta. Qual é o nome dele?

— Não me lembro, senhor. Em Langley, referiam-se a ele somente pelo apelido. Chamavam-no de Cobra.

CAPÍTULO DOIS

O HOMEM QUE O PRESIDENTE PROCURAVA CHAMAVA-SE PAUL Devereaux, e quando finalmente foi localizado estava rezando. Ele considerava a oração algo extremamente importante.

Devereaux era descendente de uma longa linhagem de uma das famílias que chegaram o mais perto de formar o que se poderia chamar de aristocracia do estado de Massachusetts pós-1776. Desde o início da vida adulta, sempre tivera recursos pessoais, mas o que o marcara naquele período fora o intelecto.

Estudou no Colégio de Aplicação da Universidade de Boston, a principal fonte de alunos para uma das mais importantes universidades jesuítas dos Estados Unidos. Lá, foi rotulado como ambicioso. Era tão devoto quanto acadêmico e pensou seriamente em abraçar o sacerdócio. Em vez disso, aceitou um convite para ingressar em outra comunidade exclusiva, a CIA.

Para o rapaz de 20 anos que gabaritara todas as provas que os professores lhe lançavam e que dominava mais línguas estrangeiras a cada ano que passava, era uma questão de servir a Deus e ao seu país combatendo o comunismo e o ateísmo. Apenas escolheu o caminho secular em vez do clerical.

Ascendeu rapidamente na Agência, pois era impossível de ser contido e não dava a mínima se seu intelectualismo acentuado não fazia dele o mais popular no quartel-general da CIA, em Langley. Serviu nas três principais divisões: Operações (Ops), Inteligência (Análise) e Contrainteligência (Segurança Interna). Testemunhou o fim da Guerra Fria, em 1991, com o colapso da URSS, objetivo ao qual dedicara vinte anos de muito trabalho, e permaneceu *en poste* até 1998, quando a al Qaeda explodiu duas embaixadas dos Estados Unidos, em Nairóbi e em Dar-es-Salaam.

Devereaux já se tornara um arabista habilidoso, visto que a Divisão Soviética estava superlotada e era óbvia demais. Dominando o árabe em diversos dialetos, era o homem certo para o posto quando a Agência formou uma unidade de operações especiais para se concentrar na nova ameaça — o fundamentalismo islâmico e o terrorismo mundial ao qual daria origem.

Sua saída — estava se aposentando —, em 2008, enquadrou-se perfeitamente na categoria do velho enigma: teria ele ido embora com as próprias pernas ou teria sido empurrado? Obviamente, ele próprio alegava a primeira opção. Um observador bondoso diria que fora um pouco dos dois. Devereaux era da velha guarda. Podia recitar o Corão melhor do que a maioria dos acadêmicos islâmicos e absorvera pelo menos mil dos principais comentários. Mas estava cercado por coisinhas jovens e inteligentes cujas orelhas pareciam soldadas aos seus BlackBerries, aparelhinhos dos quais tinha asco.

Ele execrava o politicamente correto, preferindo boas maneiras obsequiosas, as quais praticava com todos, exceto com aqueles que eram claramente inimigos do único Deus verdadeiro e/ou dos Estados Unidos; estes, ele destruía sem escrúpulos. Sua partida final de Langley ocorreu quando o novo diretor da Inteligência Central indicou de maneira muito firme que escrúpulos eram essenciais no mundo moderno.

Assim, Devereaux fez sua retirada oferecendo um coquetel tranquilo e insincero — mais uma convenção que não suportava — e recolheu-se a sua requintada casa na cidade histórica de Alexandria. Lá, pôde mergulhar em sua formidável biblioteca e em sua coleção de obras de arte islâmica raras.

Ele não era casado nem gay, especulação que chegara a ser o tópico principal das fofocas ao redor dos bebedouros nos corredores do Prédio Antigo em Langley — ele se recusara secamente a se mudar para o Prédio Novo. Eventualmente, os fofoqueiros foram forçados a reconhecer o óbvio. O intelectual de formação jesuíta e brâmane ascético de Boston simplesmente não tinha interesse. Foi quando algum garoto esperto no auge da carreira observou que ele tinha tanto charme quanto uma cobra. E o apelido pegou.

O jovem membro da equipe da Casa Branca foi primeiro para a residência na esquina das ruas South Lee e South Fairfax. A sorridente empregada Maisie disse ao rapaz que seu patrão estava na igreja e informou-lhe o caminho. Quando o jovem retornou ao carro parado no meio-fio, ele olhou em volta e pensou que tinha regressado dois séculos.

E bem que poderia. Alexandria foi fundada por mercadores ingleses em 1749. A cidade era *antebellum* não apenas no sentido de existir antes da Guerra Civil; ela precedia a Guerra da Independência. Tendo sido antigamente um porto fluvial no Potomac, prosperara com açúcar e escravos. Os navios que transportavam açúcar, arrastando-se rio acima da Baía de Chesapeake e do bravio Atlântico, mais além, utilizavam velhos tijolos de construção ingleses como lastro, e foi com eles que os mercadores construíram suas belas casas. O efeito era ainda mais Velha Europa do que Novo Mundo.

O homem da Casa Branca sentou-se ao lado do motorista e deu as coordenadas para a South Royal Street, instruindo-o para que procurasse a Igreja Católica de Saint Mary. Ele abriu cuidadosamente a porta, trocou o murmúrio das ruas pela tranquilidade silenciosa da nave, olhou ao redor e percebeu, então, uma única figura ajoelhada diante do altar.

Seus pés não emitiram nenhum som ao se aproximarem do homem de joelhos, passando pelas oito janelas de vitrais que eram a única fonte de luz lá dentro. Sendo batista, percebeu o leve odor de incenso e da cera das velas votivas acesas enquanto se aproximava da figura grisalha que rezava diante do altar coberto de tecidos brancos sobre o qual havia uma cruz de ouro simples.

Ele pensou que estivesse sendo silencioso, mas a figura ergueu uma única mão para impedi-lo de proferir palavra. Quando o homem que rezava terminou, ele levantou-se, abaixou a cabeça, fez o sinal da cruz e virou-se. O homem da Pennsylvania Avenue tentou falar, mas a mão foi erguida uma segunda vez e eles seguiram calmamente de volta pela nave até o vestíbulo que havia diante da porta que dava para a rua. Só quando chegaram lá, o homem mais velho virou-se e sorriu. Ele abriu a porta principal e reparou na limusine no outro lado da rua.

— Venho da Casa Branca, senhor — disse o funcionário do governo.

— Muitas coisas mudam, jovem amigo, mas não os cortes de cabelo ou os carros — disse Devereaux. Se o funcionário pensara que as palavras "Casa Branca" (as quais adorava usar) teriam o efeito costumeiro, estava enganado. — E o que a Casa Branca deseja dizer a um velho aposentado?

O membro da equipe estava perplexo. Em uma sociedade paranoica acerca da juventude, ninguém se chamava de velho, nem mesmo com 70 anos. Ele não sabia que, no mundo árabe, a idade é reverenciada.

— Senhor, o presidente dos Estados Unidos deseja vê-lo.

Devereaux permaneceu em silêncio, como que pensando a respeito.

— Agora, senhor.

— Então, acho que um terno escuro e uma gravata sejam necessários, se pudermos passar na minha casa. E, como não dirijo, não tenho um carro. Será que pode me levar até lá e me trazer de volta?

— Sim, senhor. É claro.

— Então, vamos. Seu motorista sabe onde moro. Você deve ter passado por lá para falar com a Maisie.

Na Ala Oeste, a reunião foi breve e aconteceu no gabinete do chefe da Casa Civil, um congressista pragmático do Illinois que trabalhava havia anos com o presidente.

O presidente apertou a mão de Devereaux e apresentou seu aliado de mais confiança em toda a Washington.

— Tenho uma proposta a fazer a você, Sr. Devereaux — disse o chefe do Executivo. — De certo modo, um pedido. Não: um pedido em todos os aspectos. Tenho agora uma reunião à qual não posso faltar. Mas não importa. Jonathan Silver explicará tudo. Eu ficaria grato por sua resposta quando estiver apto a dá-la.

E, com um sorriso e outro aperto de mão, foi embora. O Sr. Silver não sorriu; não tinha o hábito, exceto quando ouvia que algum oponente do presidente estava com problemas graves. Ele pegou uma pasta em sua mesa e ofereceu-a a Devereaux.

O presidente ficaria grato se lesse isto primeiro. Aqui. Agora.

Ele indicou uma das poltronas no fundo da sala. Paul Devereaux pegou a pasta, sentou-se, cruzou as pernas elegantemente vestidas e leu o Relatório Berrigan. Quando terminou, dez minutos depois, levantou os olhos.

Jonathan Silver estava trabalhando com alguns documentos. Ele captou o olhar do ex-agente e largou a caneta.

— O que acha?

— Interessante, mas nada inovador. O que querem de mim?

— O presidente quer saber o seguinte: seria possível, com toda a nossa tecnologia e todas as forças especiais, destruir a indústria da cocaína?

Devereaux olhou para o teto.

— Uma resposta de cinco segundos não teria valor. Ambos sabemos disso. Precisarei de tempo para conduzir o que os franceses chamam de um *projet d'étude.*

— Não dou a mínima para como os franceses chamam o que deve fazer — foi a resposta. Jonathan Silver raramente deixava os Estados Unidos, exceto para visitar sua amada Israel, e quando estava no exterior detestava cada minuto, especialmente na Europa, e ainda mais especificamente na França. — Você precisa de tempo para estudar a questão, certo? Quanto tempo?

— Duas semanas, no mínimo. E precisarei de uma carta de autorização exigindo que todas as autoridades no Estado respondam às minhas perguntas com franqueza e que digam a verdade. Do contrário, a resposta será ainda sem valor. Presumo que nem você nem o presidente queiram perder tempo e dinheiro em um projeto condenado ao fracasso.

O chefe da Casa Civil encarou-o por vários segundos, depois se levantou e saiu da sala. Voltou cinco minutos depois com uma carta. Devereaux passou os olhos pelo papel e assentiu lentamente com a cabeça. O que tinha em mãos era suficiente para ultrapassar qualquer barreira burocrática do país. O chefe da Casa Civil também segurava um cartão.

— Meus números particulares. De casa, do escritório e do celular. Todos são criptografados. Ligue a qualquer hora, mas apenas por um motivo sério. A partir de agora, o presidente está fora disto. Você precisa ficar com o Relatório Berrigan?

— Não — disse Devereaux tranquilamente. — Já o memorizei. Fiz o mesmo com seus três números.

E devolveu o cartão. Em seu íntimo, desdenhou da vanglória sobre os números "totalmente seguros". Alguns anos antes, um gênio da computação inglês com um leve grau de autismo penetrara em todas as firewalls da Nasa e dos bancos de dados do Pentágono como uma faca quente na manteiga. E tudo a partir de um equipamento barato em seu quarto no norte de Londres. O Cobra sabia a respeito de segredos verdadeiros: que só se pode manter um segredo entre três homens se dois deles estiverem mortos; que o único truque é entrar e sair antes que os vilões acordem.

Uma semana depois da conferência Devereaux-Silver, o presidente estava em Londres. Não era uma visita de Estado, mas um nível abaixo, uma visita oficial. Ainda assim, ele e a primeira-dama foram recebidos pela rainha no Castelo de Windsor e a genuína amizade anterior entre os três foi reforçada.

Fora isso, houve diversas discussões de trabalho com ênfase nos problemas correntes no Afeganistão, nas duas economias, na União Europeia, no aquecimento global/mudanças climáticas e no comércio. No fim de semana, o presidente e sua esposa concordaram em relaxar por dois dias na companhia do novo primeiro-ministro inglês no retiro de campo oficial, uma magnífica mansão Tudor chamada simplesmente de Chequers. Os dois casais tomaram café após o jantar na Galeria Longa na noite de sábado. Como fazia um pouco de frio, uma crepitante lareira a lenha fazia a luz das chamas cintilarem nas paredes cobertas de livros antigos encadernados à mão com marroquim.

Se dois chefes de Estado jamais se entenderão como pessoas, ou se desenvolverão a empatia de uma verdadeira amizade, é completamente imprevisível. Alguns o fazem, outros não. A história registra que Franklin D. Roosevelt e Winston Churchill, apesar de nunca terem eliminado inteiramente suas diferenças, gostavam um do outro. Ronald Reagan e Margaret Thatcher eram amigos autênticos, apesar do abismo entre as convicções de ferro da inglesa e do humor rústico do californiano.

Entre ingleses e europeus, naquele nível, raramente — quando muito — havia mais do que uma cortesia formal, e muitas vezes nem isso. Em uma ocasião, o chanceler alemão Helmut Schmidt levou uma esposa tão atraente que Harold Wilson, descendo para o jantar, deu vazão a uma de suas raras farpas de humor, comentando para sua equipe reunida: "Hum, pena que a troca de esposas esteja fora de cogitação."

Harold Macmillan não suportava Charles de Gaulle (um sentimento mútuo), apesar de ter afeição pelo muito mais novo John F. Kennedy. Poderia ser devido à língua em comum, mas não necessariamente.

Considerando o abismo entre as origens dos dois homens que compartilhavam o calor da lareira a lenha naquela noite de outono, enquanto as sombras ficavam mais densas e o Serviço

Secreto patrulhava com a SAS britânica lá fora, talvez fosse surpreendente que em três encontros — um em Washington, um na ONU e agora em Chequers — tivessem forjado uma amizade em nível pessoal.

A origem do americano era desvantajosa: pai queniano, mãe nascida no Kansas, infância no Havaí e na Indonésia, as primeiras lutas contra a intolerância. O inglês era privilegiado: filho de um corretor de valores casado com uma magistrada do campo, tivera uma babá quando bebê e fora educado em duas das mais caras e prestigiosas escolas particulares de nível básico e médio do país. Tal tipo de origem pode dotar uma pessoa do tipo de charme fácil capaz de encobrir uma dureza interior. Com algumas pessoas, é o que acontece. Com outras, não.

Em um nível mais superficial, havia muito mais em comum. Os dois homens tinham menos de 50 anos, eram pais de filhos ainda muito abaixo da idade em que se termina a escola, ambos com diplomas de faculdades do mais alto nível e a vida adulta dedicada à política. E compartilhavam das mesmas preocupações quase obsessivas por mudanças climáticas, pela pobreza no Terceiro Mundo, pela segurança nacional e pelas condições, mesmo em casa, daqueles que Frantz Fanton chama de "os desgraçados da terra".

Enquanto a esposa do primeiro-ministro mostra à primeira-dama americana alguns dos livros mais antigos da coleção, o presidente murmurou para sua contraparte inglesa:

— Você teve tempo de dar uma olhada no relatório que lhe dei?

— É claro. Impressionante... e preocupante. Estamos diante de um problema gigantesco. Este país é o maior consumidor de cocaína na Europa. Há dois meses recebi um relatório da

Soca, nosso pessoal que lida com crimes graves, sobre os crimes menores que derivam disso. Por quê?

O presidente olhou para o fogo e escolheu as palavras.

— No momento, tenho um agente analisando a pura viabilidade de uma ideia. Seria possível, com toda a nossa tecnologia e a habilidade de nossas forças especiais, destruir essa indústria?

O primeiro-ministro ficou espantado. Ele fixou o olhar no americano.

— Seu agente, ele já se reportou?

— Não. Espero receber o veredicto a qualquer momento.

— E o conselho dele. Vai aceitá-lo?

— Creio que sim.

— E se ele aconselhar que seja viável?

— Então, acredito que os Estados Unidos aceitarão a opinião.

— Ambos gastamos quantias enormes do Tesouro tentando combater drogas narcóticas. Todos os meus especialistas dizem que a destruição completa não é possível. Interceptamos cargas, capturamos contrabandistas e criminosos, enviamos todos para a prisão por muito tempo. Nada muda. As drogas continuam chegando em quantidades astronômicas. Novos voluntários substituem os presos. O apetite público continua crescendo.

— E se meu agente disser que pode ser feito, a Inglaterra participaria?

Nenhum político gosta de ser atingido muito abaixo da cintura, nem mesmo por um amigo. Nem mesmo pelo presidente dos Estados Unidos. Ele tentou ganhar tempo:

— Seria preciso um plano real. Seria necessário financiamento.

— Caso sigamos em frente, haverá um plano. E financiamento. O que eu gostaria seria de poder contar com suas forças especiais. Suas agências anticrime. Suas habilidades de inteligência secreta.

— Eu precisaria consultar meu pessoal — disse o primeiro-ministro.

— Faça isso — disse o presidente. — Eu o informarei quando meu agente disser o que tiver a dizer e se seguiremos adiante.

Os quatro se prepararam para deitar. De manhã, assistiriam à missa na igreja normanda local. Ao longo da noite, os guardas patrulhariam, observariam, confeririam, inspecionariam e confeririam novamente. Estariam armados e protegidos, usando óculos de visão noturna, rastreadores infravermelhos, sensores de movimento e detectores de calor corporal. Seria extremamente imprudente agir sorrateiramente. Até as limusines importadas especialmente dos Estados Unidos seriam vigiadas durante toda a noite para que ninguém se aproximasse.

O casal americano, como todos os chefes de Estado e suas esposas, ficou no Quarto Lee, batizado em homenagem ao filantropo que doou Chequers à nação depois de uma restauração completa, em 1917. O quarto ainda continha a enorme cama de quatro colunas que datava, talvez não muito diplomaticamente, do período de Jorge III. Durante a Segunda Guerra Mundial, o ministro soviético das Relações Exteriores, Molotov, dormira naquela cama com uma pistola sob o travesseiro. Naquela noite de 2010 não havia nenhuma pistola.

Na costa da Colômbia, 32 quilômetros ao sul do porto e da cidade de Cartagena, fica o Golfo de Uraba, cujas margens são impenetráveis manguezais maláricos. Enquanto o Força Aérea Um alinhava-se para a aproximação final, transportando o casal presidencial de volta de Londres, duas embarcações misteriosas saíram furtivamente de uma enseada pouco visível e seguiram para sudoeste.

Os barcos eram de alumínio, muito estreitos, não chegavam a 20 metros de comprimento, como agulhas sobre a água, mas na popa de cada um havia quatro motores externos Yamaha 200 emparelhados lado a lado. A comunidade da cocaína chama-os de *go-fasts*, e tanto o formato quanto a potência deles foram projetados para que pudessem navegar mais rápido que qualquer outra coisa que se move sobre a água.

Apesar do comprimento, porém, havia pouco espaço a bordo. Gigantescos tanques adicionais de combustível ocupavam quase todo o espaço. Cada barco também carregava 600 quilos de cocaína em dez grandes tambores de plástico branco, hermeticamente lacrados para ficarem protegidos dos estragos provocados pela água do mar. Para que pudesse ser carregado, cada tambor era envolvido numa rede azul de corda de polietileno.

Os quatro homens que constituíam a tripulação dos barcos estavam agachados desconfortavelmente entre os tambores e os tanques de combustível. Mas não estavam ali para ficar confortáveis. Um deles era o timoneiro, um operador altamente habilidoso capaz de pilotar com facilidade o *go-fast* na velocidade de cruzeiro de 40 nós e chegar a 60 nós quando o mar permitisse, caso fosse perseguido. Os outros eram seguranças, e todos receberiam uma fortuna — para seus padrões — por 72 horas de desconforto e risco. Na verdade, a soma dos pagamentos que receberiam era uma fração ínfima de um por cento do valor do que havia nos vinte tambores.

Deixando as águas rasas, os capitães aceleraram até 40 nós sobre um mar plano para iniciar o longo cruzeiro. O alvo era um ponto no oceano a 70 milhas náuticas de Colón, na

República do Panamá. Lá encontrariam no mar o cargueiro *Virgen de Valme*, que seguiria do Caribe para oeste, rumo ao Canal do Panamá.

Os *go-fasts* precisavam percorrer 300 milhas náuticas até o ponto de encontro; mesmo a 40 nós não conseguiriam chegar antes do amanhecer. Assim, passariam o dia seguinte flutuando, balançando no calor sufocante sob a lona azul até que a escuridão lhes permitisse seguir em frente. Com isso, realizariam a transferência de carga à meia-noite. Aquele era o prazo.

O cargueiro aguardava quando os *go-fasts* se aproximaram, mostrando a sequência correta de luzes no padrão certo. As identificações foram confirmadas com frases précombinadas, mas sem sentido, gritadas na escuridão. Os *go-fasts* emparelharam-se com o navio. Mãos fortes içaram os vinte tambores até o convés. Os tambores foram seguidos por tanques de combustível, os quais logo foram baixados de volta para os barcos, cheios até a boca. Com algumas saudações em espanhol, o *Virgen de Valme* seguiu rumo a Colón e os *go-fasts* voltaram para casa. Depois de mais um dia flutuando invisíveis no oceano, estariam de volta aos manguezais antes do amanhecer do terceiro dia, sessenta horas depois de os terem deixado para trás.

Os 5 mil dólares recebidos por tripulante e os 10 mil de cada timoneiro eram vistos por eles como equivalentes a resgates que se pagariam por reis. A carga que transportaram seria vendida pelos traficantes aos usuários nos Estados Unidos por cerca de 84 milhões de dólares.

Quando o *Virgen de Valme* entrou no Canal do Panamá, era apenas mais um cargueiro esperando sua vez, a menos que alguém se aventurasse nos compartimentos sob o convés do porão inferior. Mas ninguém fez isso. Um homem precisaria de equipamentos para respirar lá embaixo, e a tripulação camuflara os equipamentos como materiais de combate a incêndios.

Deixando o Panamá no lado do oceano Pacífico, o cargueiro seguiu para o norte. Passou pela América Central, pelo México e pela Califórnia. Finalmente, na altura do Oregon, os vinte tambores foram levados ao nível do convés, onde foram preparados e escondidos sob coberturas de lona. Em uma noite sem luar, o *Virgen de Valme* contornou o cabo Flattery e desceu o estreito Juan de Fuca, levando a carga de café brasileiro para Seattle, para satisfazer o paladar exigente da capital americana do café.

Antes de mudar de direção, a tripulação jogou os vinte tambores ao mar, devidamente lastreados com correntes, o bastante para que cada um afundasse suavemente até 30 metros de profundidade. Depois, o capitão deu um único telefonema pelo celular. Mesmo que os monitores da Agência de Segurança Nacional em Fort Meade, Maryland, estivessem na escuta (e estavam), as palavras ditas eram vagas e inofensivas. Algo sobre um marinheiro solitário que encontraria a namorada em algumas horas.

Os vinte tambores estavam marcados por boias pequenas mas de cores brilhantes que flutuavam na água cinzenta ao amanhecer. Foi onde os quatro homens no pesqueiro de caranguejo as encontraram, exatamente iguais aos sinalizadores de gaiolas de lagostas. Ninguém os viu içarem os tambores das profundezas. Se o radar do pesqueiro tivesse mostrado qualquer barco patrulha a quilômetros de distância, eles não teriam se aproximado. Mas o posicionamento GPS da cocaína tinha a precisão de um raio de poucos metros quadrados, de modo que poderiam escolher o momento certo.

Do estreito de Fuca, os contrabandistas voltaram a se encontrar no emaranhado de ilhas ao norte de Seattle e atracaram em um ponto no continente em que uma trilha de pescadores descia até a água. Um grande caminhão de cerveja aguardava. Depois de transferidos, os tambores seguiriam para o interior para se tornar parte das 300 toneladas levadas anualmente aos Estados Unidos. Posteriormente, todos os envolvidos seriam pagos por meio de depósitos em contas predeterminadas. Os pescadores de caranguejos jamais saberiam o nome do navio ou do dono do caminhão de cerveja. Não precisavam saber.

Ao alcançar o solo dos Estados Unidos, a droga tinha mudado de proprietário. Até aquele ponto, pertencia ao Cartel, e tudo seria pago pelo Cartel. A partir do caminhão de cerveja, pertencia ao importador dos Estados Unidos, que agora devia uma quantidade de dinheiro assombrosa ao Cartel, a qual deveria ser paga.

O preço para 1,2 tonelada de cocaína pura já fora negociado. Peixes pequenos devem pagar cem por cento no ato da encomenda. Grandes operadores pagam cinquenta por cento adiantado e o resto mediante a entrega. O importador venderia a cocaína com lucros impressionantes entre o ponto do caminhão de cerveja e o da narina humana em Spokane ou Milwaukee.

Ele "acertaria" com os intermediários e os homens de confiança que o mantinham fora das garras do FBI ou da DEA. Tudo em dinheiro. Mas mesmo quando o Cartel recebesse o saldo devedor de cinquenta por cento do valor da compra, o criminoso americano ainda teria um vasto oceano de dólares para lavar, os quais seriam filtrados a partir das mãos dele em uma centena de outros empreendimentos ilegais.

E, em todos os Estados Unidos, mais vidas seriam arruinadas pelo supostamente inofensivo pó branco.

Paul Devereaux descobriu que precisava de quatro semanas para concluir o estudo. Jonathan Silver lhe telefonou duas vezes, mas ele não aceitava ser pressionado. Quando estava pronto, reuniu-se novamente com o chefe da Casa Civil na Ala Oeste. Carregava uma pasta fina. Desdenhando de computadores, pois não os considerava totalmente seguros, Devereaux memorizou quase tudo e, caso precisasse lidar com um cérebro inferior, redigiu relatórios sucintos em um inglês elegante, embora antiquado.

— E então? — indagou Silver, que se orgulhava do que chamava de sua abordagem objetiva e postura dura, coisa que os outros, porém, consideravam pura grosseria. — Chegou a uma conclusão?

— Cheguei — disse Devereaux. — Desde que certas condições sejam rigorosamente atendidas, a indústria de cocaína poderia ser destruída como indústria de massa de narcóticos.

— Como?

— Primeiro, como não. Na fonte, os plantadores são inatingíveis. Milhares de camponeses miseráveis, os *cocaleros*, cultivam a erva em milhares de lotes de arbustos sob a copa da selva, alguns lotes com não mais do que 1 hectare. Enquanto houver um cartel disposto a comprar a maldita pasta, eles a produzirão e a levarão aos compradores na Colômbia.

— Quer dizer que focar nos camponeses está fora de questão?

— Por mais que se tente, e o atual governo colombiano realmente se esforça, ao contrário de certos antecessores e da maioria dos vizinhos. Mas o Vietnã deveria ter ensinado a todos nós algumas verdades desagradáveis sobre as selvas e sobre as pessoas que vivem nelas. Tentar espanar formigas com um jornal enrolado não é uma opção.

— Os laboratórios de refino, então? Os cartéis?

— Também não são uma opção. É como tentar pegar uma moreia dentro da própria toca com as mãos nuas. É o território deles, não nosso. Na América Latina, são eles os mestres, e não nós.

— Certo — disse Silver, quase esgotando sua paciência seriamente limitada. — Dentro dos EUA, depois que a merda entrar aqui? Tem ideia de quanto do Tesouro, de quantos dólares de impostos gastamos em todo o país com a manutenção das leis? Cinquenta estados, mais a Polícia Federal? É a dívida nacional, diabos.

— Exatamente — disse Devereaux, ainda inabalado apesar da irritação crescente de Silver. — Acredito que somente o governo federal gaste 14 bilhões de dólares por ano na guerra contra os narcóticos. Isso nem chega a tocar nos rombos nos orçamentos dos estados, de todos os cinquenta. É por isso que o combate em solo tampouco funcionará.

— Então, onde está a solução?

— O calcanhar de aquiles é a água.

— Água? Quer colocar água na cocaína?

— Não, a água sob a cocaína. Água do mar. Exceto por uma única rota terrestre da Colômbia para o México pela estreita coluna dorsal da América Central, a qual é tão facilmente controlada que os cartéis não a utilizam, cada grama de cocaína que segue para os Estados Unidos ou para a Europa...

— Esqueça a Europa, eles não estão dentro — admoestou Silver.

— ... precisa ser transportada pelo mar ou sob ele. Até da Colômbia para o México é transportada por via marítima. É a artéria carótida do Cartel. Corte-a e o paciente morrerá.

Silver grunhiu e olhou por sobre a mesa para o ex-espião. O homem o encarou tranquilamente de volta, parecendo não dar a mínima se suas descobertas seriam aceitas ou não.

— Bem, posso dizer ao presidente que o projeto dele está "aprovado" e que você está preparado para assumi-lo?

— Não inteiramente. Há condições. Receio que não sejam negociáveis.

— Isso soa como uma ameaça. Ninguém ameaça o Salão Oval. Retrate-se, senhor.

— Não é uma ameaça, é um aviso. Se as condições não forem atendidas, o projeto simplesmente fracassará, de modo muito caro e constrangedor. Aqui estão.

Devereaux empurrou a pasta fina por cima da mesa. O chefe da Casa Civil abriu-a. Havia apenas duas folhas de papel, aparentemente datilografadas. Cinco parágrafos. Numerados. Ele leu o primeiro:

1. *Precisarei de total independência de ação dentro do âmbito de segredo absoluto. Ninguém exceto o menor círculo ao redor do comandante em chefe precisa saber o que está acontecendo ou por qual motivo, não importa quais calos sejam pisados ou quantas pessoas fiquem incomodadas. Todos abaixo do nível do Salão Oval devem saber somente o necessário, isto é, o mínimo para que realizem a tarefa que lhes seja atribuída.*

— A estrutura federal e militar não tem vazamentos — censurou-o Silver.

— Sim, tem — retrucou o inabalável Devereaux. — Passei metade da vida tentando impedir tais vazamentos ou consertando os estragos depois de feitos.

2. *Precisarei que a autoridade presidencial me conceda poderes plenipotenciários para solicitar e receber sem objeções a cooperação completa de qualquer outra agência ou unidade militar cuja colaboração seja vital. Isso deve começar com a transferência automática de toda e qualquer informação obtida por qualquer outra agência envolvida com a campanha antinarcóticos para o quartel-general, o que eu gostaria de chamar de Projeto Cobra.*

— Eles vão enlouquecer — rosnou Silver.

Ele sabia que informação era poder e que ninguém cedia de bom grado, nem mesmo a mais ínfima parcela do próprio poder. Aquilo incluía a CIA, a DEA, o FBI, a NSA e as Forças Armadas.

— Hoje, todos estão submetidos à Segurança Interna e ao Ato Patriótico — disse Devereaux. — Eles obedecerão ao presidente.

— A segurança interna trata da ameaça terrorista — disse Silver. — O contrabando de drogas é um ato criminoso.

— Continue lendo — murmurou o veterano da CIA.

3. *Precisarei recrutar minha própria equipe. Não serão muitas pessoas, mas aquelas de quem preciso devem ser aprovadas para o projeto sem questionamento ou recusa.*

O chefe da Casa Civil não objetou até chegar ao quarto item.

4. *Precisarei de um orçamento de 2 bilhões de dólares, a ser desembolsado sem conferência ou exame. Depois, precisarei de nove meses para me preparar para o ataque e de mais nove meses para destruir a indústria da cocaína.*

Já houvera projetos secretos e orçamentos secretos, mas aquilo era gigantesco. O chefe da Casa Civil via luzes vermelhas piscando. Qual orçamento seria saqueado? O do FBI? Da CIA? Da DEA? Ou seriam requisitados outros fundos do Tesouro?

— É preciso que haja supervisão das despesas — disse ele.

— Os homens do dinheiro não vão autorizar a liberação de 2 bilhões de dólares do nada só porque você quer fazer compras.

— Então não vai funcionar — Devereaux respondeu tranquilamente. — O ponto principal é que, quando agirmos contra o cartel e a indústria da cocaína, eles não podem estar esperando. Quem é avisado de antemão se arma de antemão. A natureza do equipamento e do pessoal adquirido revelaria o plano de jogo, o que com certeza vai vazar para algum repórter investigativo ou algum blogueiro no instante em que os contadores ou guarda-livros assumam o controle.

— Eles não precisam assumir o controle, apenas monitorar.

— Dá no mesmo, Sr. Silver. Quando se envolverem, o segredo irá pelos ares. E quando o segredo é revelado, estamos mortos. Confie em mim. Eu sei.

Aquela era uma área na qual o ex-congressista do Illinois sabia que não poderia questionar. Ele seguiu para a quinta condição.

5. *Será necessário reclassificar a cocaína, transferindo-a da categoria de droga de Classe A, cuja importação é um crime perante a lei, para uma ameaça nacional cuja importação ou intenção de importação seja um ato de terrorismo.*

Jonathan Silver levantou-se da cadeira.

— Está louco? Isso modifica a lei.

— Não, exigiria um Ato do Congresso. Seria simplesmente alterar a categoria de uma substância química. É algo que exige apenas um instrumento executivo.

— Que substância química?

— O hidrocloreto de cocaína é apenas uma substância química. Mas é uma substância proibida, cuja importação é uma contravenção da lei criminal dos Estados Unidos. O antrax também é uma substância química, assim como o gás nervoso VX. Mas o primeiro é categorizado como uma arma bacteriológica de destruição de massa, e o VX é uma arma química. Invadimos o Iraque porque o órgão que se passa por nosso serviço de inteligência desde que o deixei foi convencido de que o país o possuía.

— Aquilo foi diferente.

— Não, foi exatamente a mesma coisa. Reclassifique o hidrocloreto de cocaína como uma ameaça à nação e todos os dominós cairão em sequência. Jogar mil toneladas por ano sobre nós não é mais um crime: é uma ameaça terrorista. Assim, poderemos reagir na mesma moeda, dentro da lei. E a lei já existe.

— Tudo que temos à disposição?

— Tudo. Mas utilizado fora de nossas águas territoriais e do espaço aéreo. E invisivelmente.

— Lidar com o Cartel como lidamos com a al Qaeda?

— É um modo grosseiro mas eficiente de colocar a questão — disse Devereaux.

— Portanto, o que preciso fazer...

Devereaux se levantou.

— O que precisa fazer, senhor chefe da Casa Civil, é decidir o quanto o senhor é escrupuloso e, mais importante, o quanto o homem no fim do corredor é escrupuloso. Quando decidir, não haverá muito mais a dizer. Acredito que o trabalho possa ser feito, mas essas são as condições sem as quais não poderá ser realizado. Pelo menos não por mim.

Sem ser convidado a partir, ele parou à porta.

— Por favor, me informe sobre a resposta do comandante em chefe no momento apropriado. Estarei em casa.

Jonathan Silver não estava acostumado a ser deixado olhando para uma porta fechada.

Nos Estados Unidos, o decreto administrativo mais elevado que pode ser emitido é uma Ordem Executiva Presidencial. Os decretos costumam ser tornados públicos, pois dificilmente podem ser obedecidos quando isso não ocorre, mas uma OEP pode ser completamente secreta, conhecida simplesmente como uma "descoberta".

Apesar de o antigo mandarim de Alexandria não ter como saber, ele convencera o abrasivo chefe da Casa Civil, que por sua vez convencera o presidente. Depois de consultar um muito surpreso professor de lei constitucional, a cocaína foi silenciosamente recategorizada como toxina e ameaça nacional. Como tal, entrou no âmbito da guerra contra as ameaças à segurança da nação.

Muito ao oeste da costa portuguesa e quase na altura da fronteira com a Espanha, o navio mercante *Balthazar* cortava o mar rumo ao norte com uma carga geral declarada para o Europorto de Roterdã. Não era um navio grande, deslocava apenas 6 mil toneladas, com um comandante e oito tripulantes, todos contrabandistas. O lado criminal do trabalho que faziam era tão lucrativo que o comandante se aposentaria como um homem rico em sua terra natal, a Venezuela, em dois anos.

Ele ouviu a previsão meteorológica para o cabo Finisterre, o qual estava apenas a 50 milhas náuticas à frente. Estava previsto um vento de força 4 e mar encrespado, mas ele sabia que os pescadores espanhóis, com os quais tinha um encontro marcado, eram marinheiros calejados capazes de trabalhar em muito mais do que um mar agitadinho.

Porto, em Portugal, fora deixada para trás havia muito tempo e Vigo, na Espanha, jazia invisível ao leste quando o capitão ordenou que os homens trouxessem os quatro grandes fardos do terceiro porão, onde estavam desde que foram carregados a bordo, transferidos de um pesqueiro de camarões a 160 quilômetros de Caracas.

O comandante Gonçalves era cuidadoso. Recusava-se tanto a entrar no porto quanto a deixá-lo transportando contrabando, muito menos aquele. Ele só recebia as cargas no meio do oceano e as descarregava da mesma maneira. A menos que fosse denunciado por algum informante, tal cautela tornava improvável que fosse pego. Seis travessias seguras do oceano Atlântico lhe haviam permitido ter uma bela casa, criar duas filhas e pagar a faculdade do filho, Enrique.

Assim que passaram por Vigo, dois barcos pesqueiros espanhóis apareceram. O comandante insistiu na troca de saudações aparentemente inofensiva porém crucial enquanto as traineiras arremetiam no mar agitado ao lado de seu navio. Era possível que homens da alfândega espanhola tivessem se infiltrado na quadrilha e estivessem agora disfarçados de pescadores. Realisticamente, caso isso acontecesse, já estariam invadindo o navio àquela altura; mas não: os homens a 100 metros de distância do passadiço do navio eram os que ele fora encontrar.

Com o contato feito e as identidades confirmadas, as traineiras desapareceram no rastro do navio. Minutos depois, os quatro fardos rolaram para o mar sobre o balaústre da popa. Diferentemente dos que foram jogados ao mar em Seattle, esses fardos tinham sido projetados para flutuar. Ficaram boiando na água enquanto o *Balthazar* seguia para o norte. Os homens das traineiras os içaram, dois para cada barco, e os armazenaram nos porões para peixes. Dez toneladas de cavalas foram despejadas sobre eles e os barcos pesqueiros seguiram para casa.

As traineiras vinham da pequena cidade pesqueira de Muros, na costa da Galícia. Quando passaram ao anoitecer pelo molhe e adentraram a enseada interna, estavam novamente "limpos". Fora da enseada, outros homens transportaram os fardos do mar para a praia, onde um trator com reboque os aguardava. Nenhum outro veículo com rodas conseguiria se mover sobre a areia molhada. Do trator com reboque, os quatro fardos foram para uma van de entregas que anunciava camarões-lagosta do Atlântico, a qual partiu para Madri.

Um homem da quadrilha importadora baseada em Madri pagou a todos em dinheiro, depois foi ao porto acertar com os pescadores. Outra tonelada de cocaína colombiana pura entrara na Europa.

Foi um telefonema do chefe da Casa Civil que deu a notícia e um portador quem entregou os documentos. As cartas de autoridade concediam a Paul Devereaux mais poder do que qualquer pessoa abaixo do Salão Oval tivera em décadas. As transferências em dinheiro seriam realizadas posteriormente, quando ele decidisse onde quisesse que os 2 bilhões de dólares fossem depositados.

Uma das primeiras coisas que Devereaux fez foi conferir um número de telefone que guardara por anos mas jamais utilizara. Agora, recorreu a ele. O telefone tocou em um pequeno bangalô em uma rua secundária de uma modesta cidade chamada Pennington, em Nova Jersey. Estava com sorte. Foi atendido no terceiro toque.

— Sr. Dexter?

— Quem quer saber?

— Uma voz do passado. Meu nome é Paul Devereaux. Acredito que se lembre.

Houve uma longa pausa, como se o homem tivesse acabado de ser golpeado no plexo solar.

— Está aí, Sr.Dexter?

— Sim, estou aqui. E me lembro bem do nome. Como conseguiu este número?

— Não importa. Informações discretas costumavam ser minha moeda de troca, como também deve se lembrar.

O homem em Nova Jersey se lembrava perfeitamente bem. Nove anos antes, ele fora o caçador de recompensas mais bem-sucedido já produzido pelos Estados Unidos. Desavisadamente, incomodara o brâmane bostoniano que trabalhava no quartel-general da CIA em Langley, Virgínia, e Devereaux tentara tomar providências para que fosse assassinado.

Os dois homens eram tão diferentes quanto água e óleo. Cal Dexter, o amigável e sorridente advogado magrelo de cabelo amarelado vindo de cidade pequena, nascera em 1950 em uma favela infestada de baratas em Newark. O pai era um operário que passara a Segunda Guerra Mundial e a Guerra da Coreia empregado, construindo milhares de novas fábricas, casas de madeira e escritórios públicos ao longo da costa de Jersey.

Mas com o fim da Guerra da Coreia, o trabalho diminuíra muito. Cal tinha 5 anos quando a mãe abandonou a união sem amor e deixou o garoto para que fosse criado pelo pai, um homem duro, rápido com os punhos, a única lei em muitos dos empregos que tivera. Mas não era um pai ruim, pois tentava viver corretamente e criar o filho pequeno para amar a Old Glory, a Constituição e Joe DiMaggio.

Depois de dois anos, o pai de Dexter comprou um trailer a fim de se mudar para onde houvesse trabalho. E foi assim que o garoto cresceu, indo de uma construção para outra, estudando em qualquer escola que o aceitasse e, depois, mudando-se outra vez. Era a época de Elvis Presley, Del Shannon, Roy Orbinson e dos Beatles, que vinham de um país sobre o qual Cal jamais ouvira falar. Era também a época de Kennedy, da Guerra Fria e do Vietnã.

A educação formal de Dexter era fragmentada a ponto de ser quase inexistente, mas ele adquiriu outras formas de conhecimento: a sabedoria das ruas e a das brigas. Assim como a mãe que o abandonara, ele não era alto, medindo apenas 1,72m. Tampouco era pesado e musculoso como o pai, mas sua estrutura esguia continha uma resistência temível e seus punhos, um soco matador.

Aos 17 anos, parecia que seguiria a vida do pai, cavando terra ou dirigindo caminhões de lixo em canteiros de obras. A menos que...

Em janeiro de 1968, Dexter completou 18 anos e os vietcongues lançaram a ofensiva contra Tet. Ele estava vendo TV em um bar em Camden. Passou um documentário que informava sobre o recrutamento. Dizia que quem fosse selecionado teria sua formação garantida pelo Exército. No dia seguinte, Dexter foi ao posto do Exército em Camden e alistou-se.

O sargento-chefe estava entediado. Ele passara a vida ouvindo jovens fazendo tudo que pudessem para não ter que ir ao Vietnã.

— Quero servir como voluntário — disse o jovem diante dele.

O sargento-chefe empurrou um formulário na direção do jovem, olho no olho, como um furão que não quer que o coelho fuja. Tentando ser gentil, sugeriu que o garoto se alistasse por três anos, em vez de dois.

— Há uma boa chance de colocações melhores — disse ele. — Melhores escolhas de carreira. Com três anos, você pode até não ir ao Vietnã.

— Mas eu quero ir ao Vietnã — disse o garoto de jeans surrados.

O desejo foi realizado. Tendo concluído o campo de treinamento de recrutas e dotado de uma habilidade notável para conduzir equipamentos de escavação, foi enviado para o batalhão de engenharia do Big Red One, a Primeira Divisão de Infantaria, baseado no coração do Triângulo de Ferro, onde foi voluntário para se tornar um "rato de túneis" e penetrar na terrível rede de túneis assustadores, escuros e muitas vezes fatais escavados pelos vietcongues sob Cu-Chi.

Após duas temporadas de missões quase suicidas naqueles buracos infernais, Dexter retornou aos Estados Unidos com um monte de medalhas, e o Tio Sam manteve a promessa. Ele pôde cursar uma faculdade. Escolheu direito e formou-se em Fordham, Nova York.

Dexter não tinha o sobrenome, a educação e tampouco o dinheiro para as grandes firmas de Wall Street. Assim, ingressou no serviço de Defensoria Pública e Auxílio Legal, falando em nome daqueles destinados a ocupar os recantos mais inferiores do sistema legal dos Estados Unidos. Teve tantos clientes hispânicos que aprendeu espanhol rapidamente, e com fluência. Também se casou e teve uma filha, por quem morria de amores.

Dexter poderia ter passado toda a sua vida profissional em meio aos destituídos sem representação. Contudo, quando tinha pouco mais de 40 anos, a filha adolescente foi sequestrada, forçada a se prostituir e assassinada sadicamente pelo cafetão criminoso. Ele precisou identificar o corpo agredido em uma mesa de mármore na Praia de Virgínia. A experiência despertou o túnel de ratos, o assassino de homens *mano a mano*.

Usando as antigas habilidades, Dexter localizou os dois cafetões responsáveis pela morte da filha e matou-os a tiros, junto com os guarda-costas, em uma calçada na Cidade do Panamá. Quando voltou a Nova York, a esposa havia tirado a própria vida.

Cal Dexter abandonou os tribunais e parecia ter se aposentado para se tornar um advogado cível em Pennington. Na verdade, abraçou sua terceira carreira. Tornou-se caçador de recompensas. Contudo, diferentemente da maioria daqueles que trabalhavam no ramo, operava quase exclusivamente no exterior. Especializou-se em localizar, capturar e submeter ao devido processo legal nos Estados Unidos aqueles que cometiam crimes perversos e pensavam ter se livrado buscando abrigo em algum país sem acordo de extradição. Ele anunciava seus serviços de modo extremamente discreto, sob o pseudônimo "Vingador".

Em 2001, foi contratado por um bilionário canadense para localizar o sádico mercenário sérvio que assassinara seu neto, um rapaz que trabalhava com ajuda humanitária em algum lugar na Bósnia. O que Dexter não sabia era que um certo Paul Devereaux estava utilizando o assassino, Zoran Zilic, que se tornara um comerciante de armas freelancer, como isca para atrair Osama bin Laden até um ponto de encontro onde seria eliminado por um míssil de cruzeiro.

Mas Dexter chegou primeiro. Ele localizou Zilic entocado em um pequeno país sul-americano sob um governo ditatorial, entrou secretamente no país e sequestrou o assassino sob a mira de seu revólver, levando-o de volta a Key West, na Flórida, no próprio jatinho. Devereaux, que tentara eliminar o caçador de recompensas que interferira em seu trabalho, viu dois anos de planejamento arruinados. Em pouco tempo, porém, o ocorrido tornou-se irrelevante; alguns dias depois, o atentado de 11 de setembro de 2001 asseguraria que Bin Laden não compareceria a nenhum encontro arriscado fora de suas cavernas.

Dexter desapareceu ao retomar a persona do pequeno e inofensivo advogado de Pennington. Posteriormente, Devereaux aposentou-se. Depois, teve tempo, e usou-o para localizar o caçador de recompensas chamado simplesmente de Vingador.

Agora, ambos estavam aposentados: o ex-rato de túneis que ascendera na hierarquia militar e o aristocrata janota de Boston. Dexter baixou os olhos para o telefone e falou:

— O que deseja, Sr. Devereaux?

— Fui convocado da aposentadoria, Sr. Dexter. Pelo próprio comandante em chefe. Há uma tarefa que ele deseja que seja executada. Algo que afeta nosso país de maneira extremamente grave. Ele me pediu que a realizasse. Precisarei de um segundo homem, um oficial executivo. Eu ficaria muito grato se você aceitasse.

Dexter reparou nas palavras usadas. Nada de "quero que você" ou "estou oferecendo", e sim "eu ficaria muito grato".

— Eu precisaria saber mais. Muito mais.

— É claro. Se puder vir até Washington, eu lhe explicaria quase tudo.

Dexter, de pé diante da janela de sua modesta casa em Pennington, olhando para as folhas caídas, pensou a respeito. Estava com 61 anos. Mantinha-se em forma e, apesar de diversas ofertas muito claras, recusara-se a casar pela segunda vez. De modo geral, levava uma vida burguesa confortável, plácida e livre de estresse em uma cidade pequena. E tediosa.

— Vou ouvir o que tem a dizer, Sr. Devereaux. Só ouvir. Decidirei depois.

— Isso é muito sábio, Sr. Dexter. Eis meu endereço em Alexandria. Posso aguardar você amanhã?

Ele ditou o endereço. Antes de desligar, Carl Dexter fez uma pergunta:

— Tendo em mente nosso passado em comum, por que me escolheu?

— Muito simples. Você é o único homem que foi mais esperto do que eu.

PARTE DOIS

Sibilar

CAPÍTULO TRÊS

Por questões de segurança, não era comum a Hermandad, o supercartel no controle de toda a indústria da cocaína, se reunir em sessões plenárias. Anos antes, costumava ser mais fácil.

Quando Alvaro Uribe, que adotava uma postura feroz contra as drogas, assumira a presidência da Colômbia, tudo mudara. Sob o novo governo, a exclusão de alguns elementos da força policial nacional testemunhara a ascensão ao comando do general Felipe Calderon e de seu formidável chefe de inteligência da Divisão Antinarcóticos, o coronel Dos Santos.

Os dois homens provaram que, mesmo com o salário de policial, eram à prova de subornos. O cartel, não estando acostumado com aquilo, cometeu vários erros, perdendo executivos essenciais até aprender a lição. Depois, teve início uma guerra mortal. Mas a Colômbia é um país grande, com milhões de hectares nos quais é possível se esconder.

O chefe incontestado da Irmandade era Don Diego Esteban. Diferentemente do antigo barão da cocaína Pablo Escobar,

Don Diego não era um bandido psicopata oriundo de favelas. Ele vinha da antiga aristocracia proprietária de terras: educado, cortês, polido, descendente de espanhóis puros, de uma longa linha de fidalgos. E sempre se referiam a ele simplesmente como "o Don".

Tinha sido ele quem, em um mundo de assassinos, por meio da força de sua personalidade, unira diferentes senhores da guerra da cocaína em um único sindicato, altamente bem-sucedido e administrado como uma corporação moderna. Dois anos antes, o último dos que resistiram à unificação partira acorrentado, extraditado para os Estados Unidos para jamais retornar. Era Diego Montoya, chefe do Cartel del Norte del Valle, que se orgulhava de ser o sucessor das organizações de Cáli e de Medellín.

Jamais descobriram de quem partiu o telefonema para o coronel Dos Santos que levou à batida que resultou na prisão de Montoya. Contudo, depois de aparecer na mídia com as mãos e os pés algemados, não houve mais oposição ao Don.

A Colômbia é cortada do nordeste ao sudoeste por duas cordilheiras de picos altos, com o vale do rio Magdalena entre elas. Todos os rios ao oeste da Cordilheira Ocidental desaguam no Pacífico ou no Caribe; toda a água ao leste da Cordilheira Oriental se junta em determinado ponto ao Orinoco ou ao Amazonas. A terra ocidental, com cinquenta rios, é uma paisagem de campos abertos enfeitados com fazendas do tamanho de municípios. Don Diego era proprietário de pelo menos cinco que podiam ser rastreadas e de mais dez que não podiam. Cada uma tinha várias pistas para aviões.

A reunião realizada no outono de 2010 ocorreu no Rancho de la Cucaracha, perto de San José. Os outros sete membros da diretoria foram convocados pela visita de emissários e chegaram em pequenos aviões, após a decolagem de diversas aeronaves, para despistar. Apesar de os celulares utilizados uma única vez e depois descartados serem considerados extremamente seguros, o Don preferia enviar mensagens por portadores escolhidos a dedo. Ele era antiquado, mas jamais fora pego ou espionado.

Naquela luminosa manhã de outono, o Don deu pessoalmente as boas-vindas à equipe na casa senhorial na qual provavelmente dormia não mais do que dez vezes por ano mas que era mantida em prontidão permanente.

O casarão era de arquitetura espanhola antiga, azulejado e fresco quando fazia calor, com fontes tilintando no jardim e criados com paletós brancos circulando com bandejas de bebidas sob os guarda-sóis.

O primeiro a chegar da pista de pouso foi Emilio Sanchez. Como todos os outros chefes de divisão, tinha uma única função a controlar; no caso dele, a produção. O trabalho de Sanchez era supervisionar todos os aspectos das dezenas de milhares de camponeses miseráveis, os *cocaleros*, que cultivam os arbustos na Colômbia, na Bolívia e no Peru. Ele comprava a pasta, conferia a qualidade, pagava os cultivadores e entregava toneladas de *puro* colombiano, embalado e enfardado, na porta da refinaria.

Tudo isso exigia proteção constante, não apenas contra as Forças da Lei e Ordem, as FLO, mas também contra toda sorte de bandidos que viviam nas selvas, prontos para roubar o produto e tentar vendê-lo de volta. O exército particular estava sob o comando de Rodrigo Perez, ele próprio um ex-terrorista das Farc. Com a ajuda dele, boa parte do outrora temerário grupo revolucionário marxista fora subjugado e agora trabalhava para a Irmandade.

Os lucros da indústria da cocaína eram tão astronômicos que o verdadeiro oceano de dinheiro que entrava tornava-se um problema cuja única solução era lavar dólares "sujos", tornando-os "limpos". Assim, poderiam ser reinvestidos em milhares de companhias legítimas em todo o mundo, mas somente após a dedução das despesas gerais e da contribuição para a riqueza pessoal de Don, estimada em centenas de milhões de dólares.

A lavagem de dinheiro era feita basicamente por bancos corruptos, muitos dos quais se apresentavam ao mundo como totalmente respeitáveis mas que usavam as atividades criminosas como um gerador adicional de riqueza.

Assim como o Don, o homem responsável pela lavagem de dinheiro em nada se parecia com um bandido comum. Ele era advogado especializado em direito financeiro e bancário. Seu escritório em Bogotá era renomado, e se o coronel Dos Santos tivesse suas suspeitas, jamais as poderia elevar além desse nível. O *señor* Julio Luz foi o terceiro a aterrissar, e o Don cumprimentou-o calorosamente enquanto a quarta picape chegava da pista de pouso.

José-Maria Largo era o deus do merchandising. Sua área de atuação era o mundo que consumia a cocaína e as centenas de quadrilhas e máfias que adquiriam da Hermandad o pó branco que era seu produto. Era ele quem fechava os negócios com as quadrilhas espalhadas pelo México, pelos Estados Unidos e pela Europa. Sozinho, avaliava a qualidade do crédito das máfias antigas e o fluxo constante de novatos que substituíam os que eram capturados e presos no exterior. Fora ele quem escolhera conceder um semimonopólio na Europa à temível 'Ndrangheta, a máfia italiana nativa da Calábria — que fica na ponta da bota da Itália, espremida entre a Camorra de Nápoles e a Cosa Nostra da Sicília.

Ele chegou acompanhado na picape porque seu avião chegara quase ao mesmo tempo que o de Roberto Cardenas, um lutador de rua durão e cheio de cicatrizes de Cartagena. O total de interceptações realizadas pela alfândega e pela polícia em centenas de portos e aeroportos em todos os Estados Unidos e na Europa seria cinco vezes maior não fosse pelas funções "facilitadoras" de oficiais subornados. Eles eram cruciais, e Cardenas era responsável por todos, do recrutamento ao pagamento.

Os outros dois tiveram a pontualidade prejudicada pelo clima e pela distância. O almoço estava prestes a ser servido quando um apologético Alfredo Suarez chegou de carro. Apesar do atraso, a cortesia do Don era infalível, de forma que ele agradeceu calorosamente ao subordinado pelo esforço, como se fosse possível não obedecer à ordem de comparecimento.

Suarez e suas habilidades eram vitais. A especialidade dele era o transporte. Seu trabalho era garantir o trânsito seguro e sem interceptações de cada grama, da porta da refinaria ao ponto de entrega no exterior. Cada portador, cada mula, cada cargueiro, navio de cruzeiro ou iate privado, cada avião, grande ou pequeno, e cada submarino estavam sob o controle de Suarez, além das tripulações, dos comissários e dos pilotos.

Havia anos fervia a discussão a respeito de qual das duas filosofias era a melhor: enviar a cocaína em pequenas quantidades por meio de milhares de portadores ou enviar encomendas gigantescas por um número muito menor de portadores.

Alguns defendiam a tese de que o Cartel deveria romper as defesas nos dois continentes-alvo com milhares de mulas desinformadas carregando alguns quilos em suas malas ou até mesmo apenas um, ou engolindo-o em cápsulas para transportar a droga no estômago. Alguns seriam pegos, é claro, mas muitos passariam. A quantidade numérica superaria as defesas. Essa era a teoria.

Suarez era a favor dessa alternativa. Com 300 toneladas para fornecer a cada continente, ele defendia cem operações por ano para os Estados Unidos e o mesmo número para a Europa. As cargas variariam entre 1 e 10 toneladas, justificando maiores investimentos e planejamento. Se as quadrilhas receptoras, depois de receber as encomendas e efetuar os pagamentos, quisessem dividir as cargas em pacotinhos, o problema seria delas.

Quando algo dava errado, o estrago era enorme. Dois anos antes, a fragata inglesa *Iron Duke*, patrulhando o Caribe, interceptara um cargueiro e confiscara 5,5 toneladas de cocaína pura. A carga estava avaliada em 400 milhões de dólares, e ainda assim não era o valor nas ruas, pois o produto ainda não havia sido adulterado para que o volume final fosse seis vezes maior.

Suarez estava nervoso. O motivo da reunião era discutir outra interceptação gigantesca. O navio armado *Dallas*, da Guarda Costeira americana, apreendera 2 toneladas de um barco pesqueiro que tentara passar por ele nos canais próximos a Corpus Christi, no Texas. Suarez sabia que precisaria defender sua filosofia com todos os argumentos possíveis.

O único de quem o Don mantinha uma distância fria era o sétimo convidado, o quase anão Paco Valdez. Se a aparência dele era ridícula, ninguém ria. Não ali, não em outro lugar, nunca. Valdez era o Defensor.

Valdez mal chegava a 1,60m, mesmo com seus "tamancos" cubanos. E tinha uma cabeça excessivamente grande, com cabelos pretos lustrosos, e, estranhamente, uma fisionomia de bebê, além de uma boca franzida como um botão de rosa.

O Don cumprimentou-o com um aceno formal de cabeça e um leve sorriso, declinando de apertar-lhe a mão. Ele sabia que, certa vez, o homem apelidado El Animal pelo submundo arrancara as entranhas de um homem vivo para jogá-las em um braseiro com a mesma mão. O Don não sabia se ele lavara as mãos posteriormente, e era muito fastidioso. Mas caso murmurasse o nome Suarez em uma das pequenas orelhas de Valdez, o Animal faria o que fosse necessário.

A comida estava primorosa, os vinhos eram de qualidade e a discussão foi intensa. Alfredo Suarez fez valer seu ponto de vista. A estratégia das grandes encomendas suavizava a vida para o merchandising, para oficiais "facilitadores" no exterior e para a lavagem de dinheiro. Esses três votos decidiram a favor de Suarez. Ele deixou a fazenda vivo. O Defensor ficou decepcionado.

O primeiro-ministro inglês realizou a reunião com "meu pessoal" naquele fim de semana, também em Chequers. O Relatório Berrigan foi distribuído aos presentes e lido em silêncio. Depois, foi a vez do documento mais curto preparado pelo Cobra para definir suas exigências. Finalmente, chegou a hora das opiniões.

Ao redor da mesa na elegante sala de jantar, também usada para conferências, estava o secretário do Gabinete, equivalente a chefe da Casa Civil, de quem nenhuma grande iniciativa poderia ser escondida. Ao lado dele, o chefe do Serviço Secreto de Inteligência, conhecido — imprecisamente — pela mídia como MI6 e mais comumente, pelos mais íntimos e profissionais ligados à área, como a Firma.

Desde a aposentadoria de Sir John Scarlett, um kremlinologista, a simples palavra "Chefe" (jamais diretor-geral) fora transferida para um arabista, fluente em árabe e pashtun, que passara anos no Oriente Médio e na Ásia Central.

E havia três representantes militares. Eram o ministro da Defesa, que, se necessário, transmitiria informações ao chefe do Estado Maior (Exército), ao comandante da Real Força Aérea britânica e ao primeiro lorde do Mar. Os outros dois eram o diretor de Operações Militares e o diretor de Forças Especiais. Todos na sala sabiam que os três militares haviam prestado serviço nas Forças Especiais. O jovem primeiro-ministro, superior a eles na hierarquia porém mais novo, raciocinou que se os três, mais o chefe, não pudessem fazer algo contra um estrangeiro desagradável, ninguém poderia.

O serviço doméstico em Chequers sempre é executado pela RAF. Depois que o sargento da Força Aérea serviu o café e foi embora, teve início a discussão. O secretário do Gabinete abordou as implicações legais:

— Se esse homem, a quem chamam de Cobra, deseja — ele fez uma pausa e procurou a palavra apropriada — expandir a campanha contra o comércio de cocaína, a qual já está imbuída de muitos poderes, há um risco de que precise nos pedir que desrespeitemos leis internacionais.

— Acredito que os americanos seguirão em frente com isso — disse o primeiro-ministro. — Eles mudarão a classificação da cocaína de uma droga Classe A para a de ameaça nacional. Isso transforma em terroristas o Cartel e todos os contrabandistas. Dentro das águas territoriais dos Estados Unidos e da Europa, continuam sendo criminosos. Fora, tornam-se terroristas. Nesse caso, temos o poder para fazer o que quisermos de todo modo, e tem sido assim desde o 11 de Setembro.

— Poderíamos também fazer tal mudança? — perguntou o ministro da Defesa.

— Precisaríamos fazer isso — respondeu o secretário do Gabinete. — E a resposta é sim. Seria um novo instrumento estatutário, e não uma nova lei. Verdadeiramente silencioso. A menos que a mídia fique sabendo. Ou os ecologistas.

— É por isso que o princípio que definiria quais pessoas deveriam estar a par as limitaria a um grupo muito pequeno — disse o "Chefe". — Mesmo assim, qualquer operação precisaria ser encoberta por uma história muito boa.

— Montamos um número enorme de operações secretas contra o IRA — disse o diretor de Forças Especiais. — E, depois, contra a al Qaeda. Só conseguimos alcançar a ponta do iceberg.

— Primeiro-ministro, o que exatamente nossos primos querem de nós? — perguntou o ministro da Defesa.

— Pelo que pude saber pelo presidente, inteligência, informações e conhecimento sobre ações secretas — respondeu o primeiro-ministro.

A discussão prosseguiu com muitas perguntas, mas poucas respostas.

— E o que o senhor quer de nós, primeiro-ministro? — Quem perguntou foi o ministro da Defesa.

— Seu conselho, cavalheiros. Isso pode ser realizado e devemos participar?

Os três militares foram os primeiros a assentir. Depois, o chefe da Inteligência. Finalmente, o secretário do Gabinete. Pessoalmente, ele detestava esse tipo de coisa. Caso aquilo explodisse nas mãos deles...

Mais tarde, no mesmo dia, depois que a informação foi transmitida a Washington e que o primeiro-ministro ofereceu aos convidados um almoço com rosbife, chegou uma resposta da Casa Branca. Dizia "bom tê-los a bordo" e comunicava que um emissário seria enviado a Londres, onde deveria ser recebido, e a quem deveriam oferecer uma ajuda inicial na forma de aconselhamento, nada mais naquele estágio. Uma fotografia acompanhava a transmissão. Enquanto o vinho do Porto era servido após o almoço, a foto circulou de mão em mão.

Era o retrato de um ex-rato de túneis chamado Cal Dexter.

Enquanto homens conversavam na selva da Colômbia e nos orquidários de Buckinghamshire, o homem de codinome Cobra estava ocupado em Washington. Assim como o chefe do SAS no outro lado do Atlântico, ele também estava preocupado com uma história plausível para encobrir o projeto.

Fundou uma instituição de caridade para fornecer auxílio a refugiados do Terceiro Mundo e em nome dela alugou, a longo prazo, um armazém decrépito e obscuro em Anacostia, a alguns quarteirões do forte McNair. O armazém teria escritórios no andar superior. Os inferiores seriam vários andares de roupas usadas, prospectos, cobertores e barracas.

Na realidade, haveria pouco trabalho de escritório no sentido tradicional. Paul Devereaux passara anos censurando a transformação da CIA de uma agência de espionagem pragmática em uma vasta máquina de burocracia. Ele detestava burocracia, mas o que realmente queria, e estava determinado a ter, era um centro de comunicações que superasse qualquer outro.

Depois de Cal Dexter, o segundo recrutado foi Jeremy Bishop, também aposentado, mas um dos mais brilhantes prodígios das comunicações e dos computadores que já serviu em Fort Meade, Maryland, quartel-general da Agência de Segurança Nacional, um vasto complexo de tecnologia de escuta conhecido como Palácio do Quebra-Cabeças.

Bishop começou a desenvolver um centro de comunicações para o qual, após um decreto presidencial, seriam transferidas toda informação sobre a Colômbia e a cocaína reunida por 13 agências de obtenção de inteligência. Isso precisava ser encoberto por outra história. As outras agências foram informadas de que o Salão Oval ordenara a preparação de um relatório que daria fim a todos os relatórios sobre o comércio de cocaína e que a cooperação delas era obrigatória. As agências resmungaram, mas assentiram. Um novo grupo de pesquisa interdisciplinar. Mais um relatório de vinte volumes que ninguém jamais leria. O que mais havia de novo?

E havia o dinheiro. Quando estava na Divisão SEO (Soviética/Europa Oriental) da CIA, Devereaux conhecera Benedict Forbes, um ex-banqueiro de Wall Street que, tendo sido cooptado pela Agência para uma única operação, a havia considerado mais empolgante do que tentar avisar as pessoas sobre Bernie Madoff e decidira permanecer. Aquilo fora durante a Guerra Fria. Agora também estava aposentado, mas não esquecera de nada.

A especialidade dele eram contas bancárias sigilosas. Gerenciar agentes secretos não é barato. Há despesas, salários, bônus, compras, subornos. Para eles, o dinheiro deve ser depositado com facilidades de saque tanto para os próprios agentes quanto para os "recursos" estrangeiros. Tais facilidades exigem códigos secretos de identificação. Essa era a genialidade de Forbes. Ninguém jamais rastreara seus pequenos ninhos, e a KGB realmente se esforçara muito. Geralmente, o rastro do dinheiro pode conduzir ao traidor.

Forbes começou a retirar os dólares alocados pelo Tesouro, que estava desconcertado, e a colocá-los onde pudessem ser acessados conforme e quando fossem necessários. Na era da informática, poderia ser em qualquer lugar. Papel era para idiotas. Bastava apertar algumas teclas em um computador que seria liberado dinheiro suficiente para um homem se aposentar — desde que fossem as teclas certas.

Enquanto o quartel-general estava sendo montado, Devereaux enviou Cal Dexter em sua primeira missão estrangeira.

— Quero que vá a Londres e compre dois navios — disse ele. — Parece que os ingleses vão se juntar a nós. Vamos usá-los. Eles são muito bons nisso. Uma empresa de fachada está sendo criada. Será a compradora dos navios. Depois, desaparecerá.

— Quais tipos de navios? — perguntou Dexter.

O Cobra pegou uma única folha de papel, datilografada por ele próprio.

— Memorize e queime. Depois, deixe que os ingleses o aconselhem. O papel contém o nome e o número particular do homem que você deve contatar. Não registre nada em papéis, muito menos em computador ou celular. Guarde na cabeça. É o único lugar reservado que ainda nos resta.

Apesar de Dexter não ter como saber, o número para o qual telefonaria tocaria em um grande prédio verde de arenito à margem do Tâmisa, em um lugar chamado Vauxhall Cross. As pessoas dentro dele jamais se referiam ao prédio por esse nome; diziam apenas "o escritório". É o quartel-general do Serviço Secreto de Inteligência britânico.

O nome na folha de papel prestes a ser queimada era Medlicott. O homem que atenderia seria o vice-diretor e não se chamava Medlicott. Mas ao usar essas palavras, "Medlicott" identificaria a pessoa na linha: o visitante ianque que na verdade se chamava Cal Dexter.

E Medlicott sugeriria a Dexter ir a um clube de cavalheiros na St. James Street para encontrar um homem chamado Cranford, cujo nome verdadeiro não era Cranford. Haveria três homens presentes no almoço, e era o terceiro deles quem sabia tudo sobre navios.

Tal processo bizantino surgira na reunião matinal diária dentro do "escritório", dois dias antes. No encerramento da discussão, o diretor comentara:

— Aliás, vai chegar um americano daqui a dois dias. O primeiro-ministro pediu que eu o ajudasse. Ele quer comprar navios. Secretamente. Alguém sabe alguma coisa sobre navios?

— Conheço um camarada que é presidente de uma grande corretora de navios da Lloyd's na cidade — disse o controlador do Hemisfério Ocidental.

— E o conhece bem?

— Quebrei o nariz dele uma vez.

— Isso costuma ser bastante íntimo. Ele irritou você?

— Não. Estávamos disputando o jogo da parede.

Os presentes arrepiaram-se levemente. A frase significava que os dois homens tinham estudado na escola ultraexclusiva chamada Eton College, o único lugar no qual se jogava o bizarro jogo da parede, que aparentemente não tinha regras.

— Bem, leve-o para almoçar com seu amigo dos navios e veja se a corretora pode ajudá-lo a comprar navios discretamente. Pode haver uma boa comissão. Uma compensação pelo nariz quebrado.

A reunião terminou. O telefonema de Dexter foi devidamente feito de seu quarto no discreto hotel Montcalm. "Medlicott" transferiu o americano para o colega "Cranford", que anotou o número e disse que retornaria a ligação. E foi o que fez, uma hora depois, para marcar o almoço no dia seguinte com Sir Abhay Varma, no Brook's Club.

— E receio que ternos e gravatas sejam obrigatórios — disse Cranford.

— Sem problema — disse Dexter. — Acho que consigo dar um nó numa gravata.

O Brook's é um clube bem pequeno no lado oeste da St. James Street. Como todos os outros, não tem uma plaqueta de identificação. A sabedoria comum prega que se você for um membro ou convidado, saberá onde fica, e que se não for, não importa; de qualquer forma, o local costuma ser identificado pelos arbustos que orlam a porta. Como todos os clubes na St. James, tem a própria personalidade e patronagem, a qual, no caso do Brooks, tende a ser formada por funcionários públicos de alto escalão e agentes secretos ocasionais.

Sir Abhay Varma revelou-se presidente da Staplehurst and Company, uma grande corretora especializada em navios situada em um beco medieval ao lado de Aldgate. Como "Cranford", tinha 55 anos, era rechonchudo e jovial. Antes de engordar ao longo de tantos jantares na Câmara Municipal, fora um jogador de squash de altíssimo nível.

Como ditava o costume, durante o almoço os homens limitaram a conversa a amenidades — o clima, colheitas, o básico como-foi-seu-voo. Depois, seguiram para a biblioteca para tomar café e vinho do Porto. Fora do alcance dos ouvidos de qualquer outra pessoa, conseguiram relaxar sob o olhar dos diletantes pintados acima deles nas paredes e conversar sobre negócios.

— Preciso comprar dois navios. Muito tranquilamente, muito discretamente, e a compra deve ser concluída por uma empresa de fachada em um paraíso fiscal.

Sir Abhay não ficou nem um pouco intimidado. Aquilo acontecia toda hora. Por razões tributárias, é claro.

— Quais tipos de navios? — perguntou.

Abhay jamais questionou a legitimidade do americano. Ele tinha o aval de "Cranford", o que bastava. Afinal de contas, ele e Medlicott estudaram juntos.

— Não sei — disse Dexter.

— Isso é delicado — disse Sir Abhay. — Quer dizer, se você não sabe. Há navios de todos os tipos e tamanhos.

— Bem, então deixe-me explicar ao senhor. Quero levá-los a um estaleiro discreto e convertê-los.

— Ah, uma grande adaptação. Sem problema. Como devem ficar?

— Isso ficará apenas entre nós, Sir Abhay?

O corretor olhou para o agente secreto como que para perguntar "Que tipo de homens esse cara pensa que somos?".

— O que é dito no Brooks's permanece no Brook's — murmurou Cranford.

— Bem, cada um deverá se tornar uma base flutuante para Seals da Marinha americana. De aparência inofensiva, mas não tão inofensivos no interior.

Sir Abhay Varma ficou radiante.

— Ah, coisa da pesada, hein? Bem, isso esclarece um pouco as coisas. Uma conversão total. Eu desaconselharia qualquer tipo de navio-tanque. Formato inadequado, impossíveis de se limpar e canos demais. O mesmo quanto a cargueiros de minério. Formato adequado, mas geralmente grandes, maiores do que você deseja. Eu optaria por cargueiros de porão seco, navios graneleiros, os quais estão além das exigências do comprador. Limpos, secos, fáceis de converter, com coberturas removíveis no convés, que permitem a seus amigos entrar e sair facilmente.

— Pode me ajudar a comprar dois?

— Não a Staplehurst, pois cuidamos de seguros, mas é claro que conhecemos todos no mercado, em todo o mundo.

Vou colocá-lo em contato com meu diretor de operações, Paul Agate. Jovem, mas brilhante como um diamante.

Sir Abhay levantou-se e ofereceu seu cartão.

— Passe amanhã no escritório. Paul vai ajudá-lo. Melhor aconselhamento na cidade. Por conta da casa. Obrigado pelo almoço, Barry. Dê lembranças ao diretor.

Com isso, desceram para a rua e partiram.

Juan Cortez terminou o trabalho e emergiu das entranhas do vapor itinerante de 4 mil toneladas no qual realizara sua mágica. Depois da escuridão do porão inferior, o sol de outono era ofuscante. Tão claro que ele ficou tentado a colocar o capacete de soldador com visor preto. Em vez disso, optou por óculos escuros e aguardou até que suas pupilas se adaptassem à luz.

Os macacões sujos grudavam nele, colados pelo suor em seu corpo quase nu. Ele usava apenas cueca sob o tecido. O calor lá embaixo era terrível.

Não era necessário esperar. Os homens que encomendaram o trabalho chegariam de manhã. Ele mostraria o que fizera e como funcionava a porta de acesso secreta. A cavidade atrás do chapeamento do casco interno era totalmente impossível de ser detectada. Ele seria bem pago. O tipo de contrabando que seria transportado no compartimento que criara não lhe interessava, e se os gringos burros decidissem enfiar pó branco no nariz, aquilo tampouco lhe dizia respeito.

O negócio de Cortez era garantir roupas para Irina, sua fiel esposa, e colocar comida na mesa e livros escolares na mochila do filho, Pedro. Ele guardou o equipamento no armário e caminhou até o carro, um modesto Ford Pinto. No bangalô arrumado — um verdadeiro mérito para um trabalhador de sua estirpe —, na elegante propriedade privada na base da colina chamada Cerro La Popa, aguardavam-no um longo e estimulante banho, um beijo de Irina, um abraço de Pedro, uma refeição farta e algumas cervejas diante da televisão com tela de plasma. Assim, um homem feliz, o melhor soldador em Cartagena, dirigiu rumo a casa.

Cal Dexter conhecia Londres, mas não tão bem, e nada do eixo comercial chamado de The City ou Square Mile. Mas o táxi preto, dirigido por um *cockney* nascido e criado 2 quilômetros a leste de Aldgate, não teve problemas. Faltando cinco minutos para as 11 horas, Dexter foi deixado diante da porta da corretora de seguros marítimos em um recanto no qual havia um monastério da época de Shakespeare. Uma secretária sorridente conduziu-o ao segundo andar.

Paul Agate ocupava uma sala pequena entulhada de arquivos e com paredes decoradas por fotografias de cargueiros emolduradas. Era difícil imaginar os milhões de libras em transações de seguros que entravam e saíam daquele cubículo. Somente o monitor de um computador de última geração impedia o visitante de pensar que Charles Dickens acabara de se mudar dali.

Posteriormente, Dexter perceberia o quanto era enganador o mercado financeiro no centro de Londres, no qual dezenas de bilhões em vendas, compras e comissões eram gerados diariamente. Agate tinha cerca de 40 anos, não usava paletó, deixava o último botão da camisa aberto e era amigável. Ele fora instruído por Sir Abhay Varma, mas apenas até certo ponto. O americano, disseram-lhe, representava uma nova companhia financiada por capital de risco que desejava comprar dois cargueiros de porão seco, provavelmente graneleiros que superassem suas necessidades. Ele não fora informado sobre o uso que seria dado aos navios. Não precisava saber. O que a Staplehurst faria seria oferecer-lhe aconselhamento, orientação e alguns contatos no mundo da construção naval. O americano era amigo de Sir Abhay. Nenhuma fatura seria emitida.

— Porões secos? — disse Agate. — Ex-graneleiros. Você está no mercado na hora certa. Considerando o estado da economia mundial, há uma margem considerável de tonelagem excessiva no momento, um pouco no mar, grande parte parada. Mas você precisará de uma corretora para evitar que o roubem. Conhece alguma?

— Não — disse Dexter. — Quem você pode recomendar?

— Bem, um mundo no qual todos nos conhecemos é um pouco apertado. A menos de 1 quilômetro daqui há a Clarkson, a Braemar-Seascope, a Galibraith ou a Gibsons. Todas efetuam vendas, compras, aluguéis. Por uma comissão, é claro.

— É claro.

Uma mensagem criptografada de Washington informara-o a respeito de uma nova conta aberta na Ilha de Guernsey, no Canal da Mancha, um discreto paraíso fiscal que a União Europeia estava tentando fechar. Ele também tinha o nome do executivo do banco que deveria ser contatado e o código necessário para a liberação de recursos.

— Por outro lado, com uma boa corretora o comprador provavelmente economizará mais do que a comissão. Tenho um bom amigo na Parkside and Co. Ele atenderia bem você. Devo telefonar para ele?

— Por favor.

Agate permaneceu ao telefone por cinco minutos.

— Seu homem se chama Simon Linley — disse ele, e anotou um endereço em um pedaço de papel. — Fica a apenas 500 metros daqui. Siga em frente por cinco minutos e informe-se. Jupiter House. Qualquer um poderá lhe indicar. Boa sorte.

Dexter terminou o café, apertou a mão de Agate e partiu. A orientação no papel era perfeita. Ele chegou em 15 minutos. Jupiter House era o contrário do escritório da Staplehurst: ultramoderno, de aço e de vidro. Elevadores silenciosos. A Parkside ficava no 11º andar, com janelas panorâmicas com vista para o domo da Catedral de St. Paul no topo de sua colina, 3,5 quilômetros a oeste. Linley recebeu Dexter na porta do elevador e conduziu-o a uma pequena sala de reuniões. Café e biscoitos de gengibre foram servidos.

— Você quer comprar dois navios cargueiros com porões, possivelmente graneleiros? — perguntou Linley.

— Meus clientes querem — corrigiu Dexter. — Estão baseados no Oriente Médio. Desejam extrema discrição. Por isso a companhia de fachada que dirijo.

— É claro.

Linley não ficou nem um pouco abalado. Algum homem de negócios árabe desviara dinheiro do xeque local e não queria acabar em uma prisão muito desagradável no golfo. Acontecia toda hora.

— Qual o tamanho dos navios que seus clientes desejam?

Dexter sabia pouco a respeito de tonelagem marítima, mas sabia que seria necessário armazenar um pequeno helicóptero, com as hélices montadas, no porão principal. Ele enumerou uma lista de dimensões.

— Cerca de 20 mil de tonelagem bruta ou 28 mil de tonelagem de carga — disse Linley.

Ele começou a digitar em um teclado de computador. A tela, grande, ficava na extremidade oposta da mesa de reuniões, onde podia ser vista pelos dois homens. Uma série de opções começou a aparecer. Fremantle, Austrália. St. Lawrence Seaway, Canadá. Cingapura. Baía Chesapeake, Estados Unidos.

— O maior plantel parece estar com a Cosco. China Ocean Shipping Company, baseada em Xangai, mas usamos o escritório de Hong Kong.

— Comunistas? — perguntou Dexter, que matara muitos deles no Triângulo de Ferro.

— Não nos importamos mais com isso — disse Linley. — Hoje eles são os capitalistas mais espertos do mundo. Mas muito meticulosos. Se disserem que farão algo, farão. E temos aqui a Eagle Bulk, em Nova York. Mais perto para você. Não que isso importe. Ou importa?

— Meus clientes só desejam discrição quanto à titularidade verdadeira — disse Dexter. — E os dois navios seriam levados a um estaleiro discreto para adaptações e reformas.

Linley pensou, mas não falou: um bando de criminosos que provavelmente querem transportar cargas extremamente suspeitas, de modo que precisarão reconfigurar os navios, rebatizados com novos documentos e irreconhecíveis quando colocados no mar. E daí? O Oriente Médio está cheio deles; são tempos difíceis, e dinheiro é dinheiro.

O que ele de fato falou foi:

— É claro. Há alguns estaleiros muito habilidosos e altamente discretos no sul da Índia. Temos contatos lá por intermédio de nosso homem em Mumbai. Se formos trabalhar para você, precisaremos de um memorando de acordo, com um adiantamento relativo à comissão. Depois da compra, sugiro que cadastre os dois navios com uma administradora chamada Thame, em Cingapura. Nesse ponto, e com novos nomes, eles desaparecerão. A Thame jamais fala sobre seus clientes. Onde posso contatá-lo, Sr. Dexter?

A mensagem de Devereaux também incluíra endereço, telefone e e-mail de um esconderijo seguro em Fairfax, Virgínia, o qual serviria para receber encomendas postais e mensagens. Sendo uma criação de Devereaux, era impossível de localizar e poderia ser fechada em sessenta segundos. Dexter forneceu o endereço. Em 48 horas, o memorando estava assinado e entregue. A Parkside iniciou a caça. Levaria dois meses, mas antes do fim do ano dois graneleiros foram entregues.

Um veio da baía Chesapeake, em Maryland, e o outro estava atracado em um cais em Cingapura. Devereaux não pretendia manter a tripulação de nenhum dos navios. Todos receberam rescisões generosas.

A compra do americano foi fácil, estando tão perto de casa. Uma nova tripulação de homens da Marinha americana, disfarçados de marinheiros mercantes, assumiu o controle, familiarizou-se com a embarcação e levou-a para o Atlântico.

Uma tripulação de homens da Marinha Real britânica foi até Cingapura, também se passando por marinheiros mercantes, assumiu o comando e zarpou no Estreito de Malaca. A viagem oceânica dos ingleses foi a mais curta. As duas embarcações seguiram para um estaleiro pequeno e fétido na costa indiana ao sul de Goa, um lugar utilizado principalmente para a desmontagem lenta de embarcações condenadas e caracterizado por uma desconsideração criminosa pela saúde, pela segurança e pelo perigo de lixiviar constantemente produtos químicos tóxicos. O lugar fedia, motivo pelo qual ninguém jamais ia até lá para examinar o que estava acontecendo.

Quando os dois navios do Cobra entraram na baía e ancoraram, praticamente deixaram de existir, mas novos nomes e novos documentos foram cadastrados discretamente na Lista Internacional de Cargueiros da Lloyd's. Os navios foram registrados como graneleiros administrados pela Thame, de Cingapura.

A cerimônia foi realizada, em deferência aos desejos da nação doadora, na embaixada dos Estados Unidos, na rua Abilio Macedo, em Praia, na Ilha de Santiago, República de Cabo Verde. Presidindo com seu charme habitual estava a embaixatriz Marianne Miles. Também estavam presentes o ministro dos Recursos Naturais de Cabo Verde e o ministro da Defesa.

Para enfatizar a formalidade, um almirante de quatro estrelas da Marinha americana fora até lá para assinar o acordo em nome do Pentágono. Ele, pelo menos, não tinha a menor ideia do que estava fazendo ali, mas os dois reluzentes uniformes tropicais brancos que ele e seu segundo-tenente do Comando de Defesa Aérea dos Estados Unidos (ADC, na sigla em inglês) trajavam eram impressionantes, como deveriam ser.

A embaixatriz Myles ofereceu bebidas, e os documentos necessários foram dispostos sobre a mesa de conferências. O adido de defesa da embaixada estava presente, além de um civil do Departamento de Defesa cuja identificação perfeita o apontava como Calvin Dexter.

Os ministros de Cabo Verde assinaram primeiro, depois o almirante e, finalmente, a embaixatriz. Os brasões da República de Cabo Verde e dos Estados Unidos foram afixados em cada cópia e o acordo de auxílio estava fechado. Agora seria iniciado o trabalho de implementação.

Com o dever cumprido, garrafas de vinho branco espumante foram decantadas para o brinde usual, e o ministro de nível mais alto de Cabo Verde fez, em português, o que para ele era um discurso obrigatório. Para o almirante cansado, o discurso pareceu interminável, e ele não entendeu uma palavra sequer. Portanto, apenas sorriu seu sorriso da Marinha e se perguntou por que fora retirado de um campo de golfe perto de Nápoles, na Itália, e enviado para um grupo de ilhas pobres fincadas no meio do oceano Atlântico, a 480 quilômetros da costa da África Ocidental.

O motivo — o segundo-tenente da ADC tentara explicar durante o voo — era que os Estados Unidos, com sua generosidade habitual em relação ao Terceiro Mundo, ajudariam a República de Cabo Verde. As ilhas não possuíam absolutamente nenhum recurso natural, exceto um: os mares ao redor eram repletos de peixes. A Marinha da república possuía um único navio armado, mas nenhuma força aérea digna de tal título.

Com o crescimento mundial da pirataria pesqueira e com o apetite insaciável do Oriente por peixes frescos, os mares de Cabo Verde, contidos no limite de 320 quilômetros que eram da república por direito, estavam sendo pilhados por pescadores ilegais.

Os Estados Unidos assumiriam o controle do aeroporto na remota Ilha de Fogo, cuja pista acabara de ser expandida com uma doação da União Europeia. Lá, a Marinha americana construiria um centro de treinamento de pilotos, a título de doação.

Quando concluído, uma equipe de instrutores da Força Aérea Brasileira (por causa da língua em comum, o português) se instalaria ali com uma dúzia de Tucanos de treinamento e criaria uma Guarda Aérea Pesqueira, para treinar e qualificar pilotos cadetes de Cabo Verde devidamente selecionados. Com Tucanos de grande autonomia, poderiam então patrulhar os oceanos, identificar malfeitores e orientar o navio armado da Guarda Costeira até eles.

Até aí, tudo maravilhoso, concordou o almirante, apesar da frustração por ter sido arrancado do jogo de golfe justamente quando estava começando a solucionar o problema com as tacadas leves.

Deixando a embaixada depois de uma rajada de apertos de mãos, o almirante ofereceu a Dexter uma carona de volta ao aeroporto na limusine da embaixada.

— Posso lhe oferecer um passeio de volta a Nápoles, Sr. Dexter? — perguntou ele.

— É muita gentileza, almirante, mas sigo de volta para Lisboa, Londres e Washington.

Despediram-se no aeroporto de Santiago. O jato da Marinha usado pelo almirante decolou rumo à Itália. Cal Dexter aguardou o voo da TAP para Lisboa.

Um mês depois, o primeiro grande navio auxiliar da frota levou os engenheiros da Marinha dos Estados Unidos para o extinto vulcão cônico que ocupa noventa por cento da Ilha de Fogo. O navio auxiliar ancorou perto da costa, onde permaneceria como base flutuante para os engenheiros, um pedacinho dos Estados Unidos com todos os confortos de casa.

Os *Seabees*, como são conhecidos os batalhões de construção da Marinha, orgulham-se de ser capazes de construir qualquer coisa em qualquer lugar, mas não é sábio afastá-los de seus filés com gordura do Kansas, das batatas fritas e dos galões com 3,8 litros de ketchup. Tudo funciona melhor com o combustível certo.

Levaria seis meses, mas o aeroporto existente podia acomodar cargueiros Hercules C-130, de modo que reabastecimentos e licenças não eram problema. Além deles, aviões menores de suprimentos levariam vigas mestras, suportes, cimentos e o que mais fosse necessário para as construções, além de comida, suco, refrigerantes e até mesmo água.

Os poucos nativos que vivem em Fogo se reuniram, muito impressionados, para observar o formigueiro de militares invadir a costa e assumir o controle do pequeno aeroporto. Uma vez por dia, o avião de transporte vinha de Santiago e partia quando todo o material de construção tivesse sido retirado da pista.

Quando estivesse pronto, o centro de treinamento de voo teria — bem afastados do pequeno aglomerado de casebres para passageiros civis — dormitórios pré-fabricados para os cadetes, bangalôs para os instrutores, oficinas para consertos e manutenção, tanques de gasolina de aviação para os Tucanos com propulsão a turbo e uma choupana para comunicações.

Se algum dos engenheiros percebeu algo estranho, ninguém mencionou nada. Sob a aprovação de um civil do Pentágono chamado Dexter, que ia e vinha em aviões comerciais civis, foram construídos alguns outros itens. Cinzelado na face rochosa do vulcão havia mais um hangar, com portas de aço. Havia também um grande tanque reserva de combustível JP5, que não é utilizado pelos Tucanos, e um depósito de armas.

— Qualquer um pensaria — murmurou o sargento-chefe O'Connor, depois de testar as portas de aço do hangar secreto construído na rocha — que alguém está entrando em guerra.

CAPÍTULO QUATRO

Na Plaza de Bolívar, batizada em homenagem ao grande libertador, ficam alguns dos prédios mais antigos não apenas de Bogotá, mas de toda a América do Sul. É o centro da Cidade Antiga.

Os conquistadores estiveram lá, levando com eles, em seu feroz entusiasmo por Deus e ouro, os primeiros missionários católicos. Alguns deles, todos jesuítas, fundaram em 1604 a Escola de San Bartolomé, em uma esquina, e não muito longe a Igreja de Santo Inácio, em homenagem ao fundador da ordem. Noutra esquina fica o Provincialato Original da Sociedade de Jesus.

Haviam se passado alguns anos desde que o Provincialato se mudara oficialmente para um prédio moderno na parte mais nova da cidade. Contudo, sob o calor escaldante, apesar da nova tecnologia dos condicionadores de ar, o padre Carlos Ruiz ainda preferia as pedras frescas e as lajes que pavimentavam os prédios antigos.

Foi ali, em uma úmida manhã de dezembro daquele ano, que ele escolheu encontrar o visitante americano. Sentado à escrivaninha de carvalho levada até ali havia muitos anos da Espanha e quase enegrecida pelo tempo, frei Carlos manuseou novamente a carta de apresentação solicitando o encontro. Fora enviada por seu irmão em Cristo, o reitor da Universidade de Boston; era impossível recusar, mas curiosidade não é pecado: o que o homem poderia querer?

Paul Devereaux entrou acompanhado por um jovem noviço. O provincial se levantou e atravessou a sala para cumprimentá-lo. O visitante tinha quase a mesma idade dele, o número bíblico de 60 anos mais 10; esguio, aprumado em uma camisa de seda, gravata com emblemas estampados e paletó tropical bege. Nada de calça jeans ou pelos no pescoço. Frei Ruiz achava que jamais conhecera um espião ianque, mas a carta de Boston fora muito franca.

— Padre, hesito em perguntar logo de início, mas é preciso. Podemos considerar tudo o que for dito nesta sala como protegido pelo sigilo do confessionário?

Frei Ruiz assentiu com a cabeça e indicou para que o convidado se sentasse em uma cadeira castelhana estofada, com encosto de couro cru. Ele retomou seu lugar atrás da mesa.

— Como posso ajudá-lo, meu filho?

— Fui escolhido por ninguém menos que meu presidente para tentar destruir a indústria da cocaína, que está causando danos gravíssimos ao meu país.

Não era necessária mais nenhuma explicação quanto ao motivo pelo qual ele estava na Colômbia. A palavra "cocaína" explicava tudo.

— Já tentaram isso muitas vezes. Muitas vezes. Mas o apetite em seu país é enorme. Se não houvesse um apetite tão atroz pelo pó branco, ele não seria produzido.

— É verdade — admitiu o americano. — A demanda sempre resulta no fornecimento. Mas o contrário também é verdade. O suprimento sempre cria uma demanda. Eventualmente. Se o suprimento cessa, o apetite desvanece.

— Não funcionou com a Lei Seca.

Devereaux estava acostumado com tal subterfúgio. A Lei Seca fora um desastre. Simplesmente criara um submundo gigantesco que, após a revogação da lei, se transferira para todas as outras atividades criminosas possíveis. Ao longo dos anos, o prejuízo sofrido pelos Estados Unidos podia ser calculado em trilhões de dólares.

— Acreditamos que a comparação seja falha, padre. Existem mil fontes para uma taça de vinho ou uma dose de uísque.

Ele queria complementar: "Mas a cocaína vem daqui." Mas não era necessário colocar em palavras.

Devereaux passara a vida toda no ramo da espionagem. Havia muito tempo chegara à conclusão de que a maior agência de obtenção de inteligência no mundo era a Igreja Católica Apostólica Romana. Com sua onipresença, ela via tudo; no confessionário, ouvia tudo. E a ideia de que ao longo de um milênio e meio jamais apoiara imperadores e príncipes e tampouco se opusera a eles era simplesmente divertida.

— Mas onde se vê o mal, busca-se combatê-lo — disse ele.

O provincial era astuto demais para cair naquela.

— O que deseja da Sociedade, meu filho?

— Na Colômbia, vocês estão em todos os lugares, padre. Seu trabalho pastoral leva jovens padres a todos os cantos de todas as cidades e aldeias...

— E você deseja que se tornem informantes? Para vocês? Lá longe, em Washington? Eles também respeitam o sigilo do confessionário. O que lhes é dito naquele lugarzinho nunca pode ser revelado.

— E se houver um navio com uma carga de veneno para destruir muitas vidas jovens e deixar um rastro de miséria, tal conhecimento também é sagrado?

— Ambos sabemos que o confessionário é sacrossanto.

— Mas um navio não pode confessar, padre. Dou-lhe minha palavra de que nenhum marinheiro jamais morrerá. Interceptação e confisco são o limite que tenho em mente.

Devereaux sabia que agora também precisaria confessar ter cometido o pecado da mentira. Mas para outro padre, muito longe dali. Não lá. Não agora.

— O que está pedindo pode ser extremamente arriscado; os homens por trás desse negócio, pérfido como é, são extremamente perversos e violentos.

Como resposta, o americano retirou algo do bolso. Era um telefone celular pequeno e muito compacto.

— Padre, ambos crescemos muito antes da invenção destas coisas. Hoje, todos os jovens têm um, assim como a maioria daqueles que deixaram de ser jovens. Enviar uma mensagem curta não exige que nada seja dito...

— Conheço mensagens de texto, meu filho.

— Então também deve conhecer criptografia. Estes aparelhos estão criptografados muito além da capacidade do Cartel de interceptá-los, seja hoje ou no futuro. Tudo que peço é o nome do navio que esteja a caminho da minha pátria com o veneno a bordo para destruir nossos jovens. Por lucro. Por dinheiro.

O padre permitiu-se abrir um leve sorriso.

— Você é bom em seus argumentos, meu filho.

O Cobra tinha uma última carta a jogar:

— Na cidade de Cartagena há uma estátua de São Pedro Claver da Sociedade de Jesus.

— É claro. Nós o reverenciamos.

— Há centenas de anos, ele combateu o mal da escravidão. E foi martirizado pelos comerciantes de escravos. Padre, imploro ao senhor. O comércio de drogas é um mal igual ao comércio de escravos. Ambos comercializam o sofrimento humano. Aquele que escraviza nem sempre precisa ser um homem; pode ser um narcótico. Os comerciantes de escravos tomavam os corpos de jovens e abusavam deles. Os narcóticos tomam a alma.

O padre ficou olhando por vários minutos pela janela, para além da praça Simón Bolívar, um homem que libertara o povo.

— Quero rezar, meu filho. Pode retornar em duas horas?

Devereaux almoçou frugalmente sob o toldo de um café em uma rua que saía da praça. Quando retornou, o líder de todos os jesuítas da Colômbia tinha se decidido:

— Não posso ordenar o que me pede. Mas posso explicar aos párocos o que está pedindo. Desde que o sigilo da confissão jamais seja violado, eles decidirão por conta própria. Pode distribuir suas maquininhas.

Entre todos os dirigentes no Cartel, aquele com quem Alfredo Suarez precisava trabalhar mais próximo era José-Maria Largo, responsável pelo merchandising. Era uma questão de acompanhar cada carga, até o último quilograma. Suarez podia despachá-las, encomenda por encomenda, mas era vital saber quanto chegava ao ponto de entrega à máfia compradora e quanto era interceptado pelas FLO.

Felizmente, cada grande interceptação era imediatamente ostentada na mídia pelas FLO. Elas queriam crédito, reconhecimento de seus governos, sempre visando a orçamentos maiores. As regras de Largo eram simples e ferrenhas. Grandes clientes podiam pagar cinquenta por cento do preço da carga (o preço cobrado pelo Cartel) no ato da encomenda. O restante tornava-se dívida depois da entrega, a qual marcava a mudança de propriedade. Operadores menores precisariam fornecer cem por cento do pagamento na forma de um único depósito, não negociável.

Se as quadrilhas e máfias nacionais conseguissem cobrar preços astronômicos no nível das ruas, isso cabia a elas. Caso fossem descuidadas ou infiltradas por informantes da polícia e perdessem a compra, também era problema delas. Mas o confisco da carga após a entrega não as eximia da necessidade de saldar as dívidas.

As sanções tornavam-se necessárias quando uma quadrilha estrangeira ainda devia um saldo de cinquenta por cento, perdia a compra para a polícia e se recusava a pagar. O Don era irredutível quanto ao valor dos exemplos terríveis que eram dados. E o Cartel era verdadeiramente paranoico quanto a duas coisas: roubo de recursos e traição por informantes. Nenhuma era passível de perdão ou esquecimento, fosse lá qual fosse o custo da retaliação. A vingança precisava ser executada. Essa era a lei do Don... e ela funcionava.

A única maneira que Suarez tinha de saber o quanto do que despachara havia sido interceptado, até o último quilo, antes do ponto de entrega era conferindo com Largo.

Somente isso mostraria a ele quais métodos de envio tinham as maiores chances de chegar ao destino e quais tinham mais chances de fracassar.

Perto do final de 2010, ele calculara que a interceptação mantinha o mesmo nível de sempre: entre 10 e 15 por cento.

Considerando os lucros na casa dos oito dígitos, era bastante aceitável. Mas ele sempre ansiara por reduzir o nível de interceptações a valores de um único dígito. Quando a cocaína era interceptada ainda em posse do Cartel, a perda era totalmente deles. Don não gostava disso.

O antecessor de Suarez, agora desmembrado e em decomposição sob um prédio residencial, colocara toda a confiança, após a virada do século (uma década antes), em submarinos. A ideia engenhosa envolvera a construção, em rios escondidos, de embarcações submergíveis que, propulsionadas por motores a diesel, podiam levar tripulação de quatro pessoas, uma carga de até 10 toneladas, além de comida e combustível, e depois submergir até a profundidade de periscópio.

Nem os melhores submarinos iam muito fundo. Não precisavam. Tudo que podia ser visto acima da superfície era um domo redondo de Perspex com a cabeça do capitão espiando para poder conduzir a embarcação e um tubo para tragar ar fresco para o motor e a tripulação.

A ideia era a de que os submergíveis invisíveis avançassem de forma lenta, mas segura, da costa da Colômbia no Pacífico até o norte do México, e entregassem quantidades enormes às máfias mexicanas, deixando a cargo delas o contrabando das cargas pelo resto do caminho, através da fronteira com os Estados Unidos. E os submarinos funcionaram... por algum tempo. Depois, aconteceu o desastre.

O gênio por trás do projeto e da construção dos submergíveis era Enrique Portocarrero, que se passava por um inofensivo pescador de camarões de Boaventura, mais ao sul, na costa do Pacífico. Até que foi pego pelo coronel Dos Santos.

Se ele falou sob "pressão" ou se uma busca em suas instalações revelou rastros, não se sabe, mas a base principal dos estaleiros de construção dos submergíveis foi descoberta e invadida pela Marinha. Quando o capitão German Borrero terminou o trabalho, sessenta cascos em vários estágios de construção haviam se transformado em destroços fumegantes. O prejuízo para o cartel foi gigantesco.

O segundo erro do antecessor de Suarez fora enviar porcentagens extremamente altas de cargas para os Estados Unidos e para a Europa por mulas isoladas, cada uma carregando 1 ou 2 quilos, o que significava usar milhares para transportar apenas 2 toneladas.

À medida que o fundamentalismo islâmico resultou no aumento da segurança no mundo ocidental, um número cada vez maior de malas de passageiros passou a ser examinado com raios X e os conteúdos ilegais eram descobertos, o que levou à mudança para o transporte de cargas dentro de barrigas. Idiotas dispostos a correr o risco entorpeciam a glote com novocaína e engoliam uma centena de cápsulas com cerca de 10 gramas cada.

Algumas cápsulas rompiam na barriga das mulas, que morriam espumando na área de embarque do aeroporto. Outras eram descobertas por comissários astutos por causa da recusa a ingerir comida ou bebidas em voos de longa distância. Eram então detidas, forçadas a tomar xarope de figo e a usar uma latrina com um coador no fundo. As prisões americanas e europeias estavam repletas desse tipo de mula. Ainda assim, mais de oitenta por cento conseguia passar por causa do grande número de mulas e da obsessão do Ocidente pelos direitos humanos. Foi quando o antecessor de Suarez sofreu o segundo golpe de azar.

O método foi usado pela primeira vez em Manchester, na Inglaterra, e funcionou. Era uma nova máquina de "revista sem roupas" virtual através de raios X, a qual revelava não apenas o passageiro como se estivesse nu como também aportava implantes, inserções no ânus e o conteúdo dos intestinos. A máquina era tão silenciosa que poderia ser instalada abaixo do guichê ocupado pelo oficial de controle, para que o passageiro apresentando o passaporte pudesse ser observado do tórax até as panturrilhas por outro oficial, instalado em outra sala. Conforme cada vez mais aeroportos e terminais marítimos ocidentais instalavam novas máquinas, a taxa de interceptação de mulas disparava.

Finalmente, Don perdeu a paciência. Ele ordenou a mudança do executivo-chefe daquela divisão; em caráter permanente. Suarez assumiu o posto.

Suarez era um homem dedicado a cargas grandes, e seus cálculos mostravam claramente quais eram as melhores rotas. Para os Estados Unidos, as cargas eram feitas por embarcações ou aviões que cruzavam o Caribe, entregando-as no norte do México ou na costa sul dos Estados Unidos, realizadas principalmente por navios mercantes tipo cargueiro por quase todo o percurso e sendo transferidas finalmente no mar para embarcações particulares abundantes nas duas costas, como pesqueiros, lanchas, iates e embarcações de passeio.

Para a Europa, ele favorecia enormemente as novas rotas; não diretamente do Caribe para a Europa Ocidental e Setentrional, onde as interceptações excediam a vinte por cento, mas para o leste, rumo ao anel de estados falidos que abrange a costa africana. Com as cargas trocando de mãos lá e com o Cartel pago, cabia aos compradores dividir as encomendas e filtrá-las para o norte através dos desertos para a costa do Mediterrâneo, de onde seguiam para o sul da Europa. E o destino favorito de Suarez era uma pequena ex-colônia portuguesa, um

Estado falido e devastado pela guerra civil: o narcoinferno da Guiné-Bissau.

Era exatamente a essa conclusão que Cal Dexter estava chegando na reunião em Viena com o caçador de traficantes canadense Walter Kemp, do Escritório das Nações Unidas sobre Drogas e Crime. Os cálculos do Unodc eram muito próximos dos de Tim Manhire em Lisboa.

Tendo começado apenas poucos anos antes como receptora de vinte por cento da cocaína colombiana enviada para a Europa, a África Ocidental agora recebia mais da metade. O que nenhum dos homens sentados a uma mesa em um café no parque Prater poderia saber era que Alfredo Suarez elevara o total para setenta por cento.

Havia sete repúblicas costeiras na África Ocidental que se qualificavam para a descrição da polícia como sendo "de interesse": Senegal, Gâmbia, Guiné-Bissau, Guiné-Conacri, Serra Leoa, Libéria e Gana.

Depois de cruzar o Atlântico de avião ou de navio até a África Ocidental, a cocaína era filtrada para o norte através de uma centena de rotas e artifícios diferentes. Uma parte chegava em barcos pesqueiros, subia até a costa do Marrocos e, depois, seguia a velha rota da cannabis. Outras cargas cruzavam o Saara de avião até a costa norte-africana, de onde seguiam em pequenas embarcações até a máfia espanhola através das Colunas de Hércules ou até a 'Ndrangheta calabresa, que a aguardava no porto de Gioia.

Alguns carregamentos atravessavam diretamente o Saara, do sul para o norte, levados por extenuantes caminhões articulados. Havia um interesse extremo pela companhia aérea líbia Afriqiyah, que conecta vinte das principais cidades da

África Ocidental a Trípoli, logo do outro lado do mar, na Europa.

— Quando se trata de enviar cargas para o norte, rumo à Europa — disse Kemp —, todos estão juntos. Mas quando se trata de recebê-las através do Atlântico, a Guiné-Bissau está na primeira divisão.

— Talvez eu devesse ir até lá para dar uma olhada — refletiu Dexter.

— Caso decida ir — disse o canadense —, tome cuidado. Tenha uma boa história para encobri-lo. Se puder leve seguranças. Obviamente, a melhor camuflagem é ser negro. Consegue fazer isso?

— Não, não deste lado do oceano.

Kemp rabiscou um nome e um número em um guardanapo de papel.

— Experimente falar com ele em Londres. É um amigo meu. Trabalha com a Soca. E boa sorte. Você vai precisar.

Cal Dexter não ouvira falar na Agência para Crimes Graves e Crime Organizado, mas estava prestes a conhecê-la. Ao anoitecer, estava de volta ao hotel Montcalm.

Por causa da antiga ligação colonial, a companhia aérea portuguesa TAP é a única conveniente. Uma semana depois, devidamente de posse dos vistos necessários, vacinado e inoculado contra tudo que a Escola de Medicina Tropical conseguisse imaginar e atestado pela Bird Life International como um ornitólogo renomado especializado no estudo de aves pernaltas que passam o inverno na África Ocidental, o "doutor" Calvin Dexter partiu de Lisboa no voo noturno da TAP para a Guiné-Bissau.

Sentados atrás dele estavam dois cabos do Regimento Paraquedista Britânico. A Soca, ele descobrira, reunia sob a mesma bandeira praticamente todas as agências que lidavam com grandes crimes e antiterrorismo. Dentro da rede de contatos disponíveis para um amigo de Walter Kemp, havia um antigo soldado que passara quase toda a carreira no Terceiro Batalhão do Regimento, conhecido como 3 Para. Fora ele quem encontrara Jerry e Bill alocados no quartel-general em Colchester. Eles se ofereceram como voluntários.

Agora, não se chamavam mais Jerry e Bill. Eram Kwame e Kofi. Os passaportes deles afirmavam serem ganenses autênticos e documentos adicionais juravam que trabalhavam para a Bird Life International em Acra. Na verdade, eram tão ingleses quanto o Palácio de Windsor, mas os pais de ambos vinham de Granada. Desde que ninguém os interrogasse em twi, eweh ou ashanti fluentes, se sairiam bem. Tampouco falavam português ou crioulo, mas definitivamente pareciam ser africanos.

Passava da meia-noite e estava escuro como breu quando o avião da TAP aterrissou no aeroporto em Bissau. A maioria dos passageiros seguia para São Tomé, e apenas um número mínimo saiu do saguão de trânsito para o controle de passaportes. Dexter foi na frente.

O oficial de passaportes escaneou todas as páginas do passaporte canadense novo, anotou o visto de Guiné, recebeu a nota de 20 euros e acenou com a cabeça para que Dexter passasse. Depois, gesticulou para os dois companheiros.

— *Avec moi* — disse Dexter, e acrescentou: — *Con migo*.

Francês não é português nem espanhol, mas o significado ficou claro. E ele emanava bom humor para todas as partes. Estar radiante costuma funcionar. Um oficial superior aproximou-se.

— *Qu'est-ce que vous faites en Guinée?* — perguntou ele.

Dexter simulou deleite. Revirou dentro da mochila e puxou um punhado de panfletos com imagens de garças, colhereiras e outras das 700 mil aves pernaltas que invernam nos vastos charcos e pântanos da Guiné-Bissau. Os olhos do oficial vitrificaram de tédio. Ele acenou para que todos passassem.

Fora do aeroporto não havia táxis. Mas havia um caminhão e um motorista, e uma nota de 50 euros ali pode levar até muito longe.

— Hotel Malaika? — perguntou Dexter, esperançosamente. O motorista concordou com a cabeça.

Ao se aproximarem da cidade, Dexter percebeu que estava quase tudo totalmente às escuras. Apenas alguns pontos de luz despontavam. Toque de recolher do Exército? Não; não há eletricidade. Somente prédios com geradores particulares possuem luz após o anoitecer ou energia elétrica a qualquer hora. Felizmente, o hotel Malaika era um deles. Os três preencheram o registro de hóspedes e recolheram-se para o que ainda restava da noite. Logo antes do amanhecer, alguém atirou no presidente.

O primeiro a detectar o nome foi Jeremy Bishop, o especialista em computadores do Projeto Cobra. Assim como os aficionados por questionários de conhecimento geral exploram dicionários, enciclopédias e atlas absorvendo avidamente fatos sobre os quais jamais serão perguntados, Bishop, que não tinha vida social, passava o tempo livre explorando o ciberespaço. Não surfando na internet — isso era simples demais. Ele tinha o hábito de penetrar invisivelmente — sem o menor esforço — nos bancos de dados de outras pessoas, só para ver o que continham.

Tarde da noite de um sábado, quando grande parte de Washington estava nas ruas aproveitando o início da temporada de festas de fim de ano, Bishop sentou-se diante de um console e entrou nas listas de chegadas e partidas registradas no aeroporto de Bogotá. Havia um nome que aparecia repetidamente. Quem quer que fosse, ia regularmente de Bogotá para Madri, a cada 15 dias.

Os voos de volta eram sempre menos de três dias depois após a chegada, proporcionando ao viajante menos de cinquenta horas na capital espanhola. Não era o bastante para uma folga, e tempo demais para uma parada rumo a um destino mais distante.

Bishop conferiu o nome no compêndio de pessoas conhecidas por ter qualquer tipo de envolvimento com qualquer aspecto possível da cocaína, o qual fora fornecido pela polícia colombiana à DEA e copiado para o quartel-general do Cobra. O nome não constava lá.

Ele invadiu o banco de dados da Iberia, a companhia que o homem sempre usava quando viajava. O nome constava como "passageiro frequente" com privilégios especiais, como prioridade em voos com *overbooking*. Sempre viajava de primeira classe e as reservas dos voos de volta eram marcadas automaticamente, a menos que ele cancelasse.

Bishop usou sua autorização superior para contactar o pessoal da DEA em Bogotá e também a equipe da Soca inglesa na mesma cidade. Ninguém o conhecia, mas a DEA acrescentou solicitamente que os registros de referência locais indicavam que era um advogado, dono de um escritório de alto nível, que jamais trabalhava em cortes criminais. Com cara de tacho, mas ainda curioso, Bishop informou Devereaux.

Cobra absorveu a informação, mas não a considerou digna de muito mais esforço. Como uma tentativa com poucas chances de sucesso, era um pouco exagerada. Contudo, uma simples consulta em Madri não poderia fazer mal. Agindo por intermédio da equipe da DEA na Espanha, Devereaux solicitou que, na visita seguinte a Madri, o homem fosse seguido discretamente. Ele, o Cobra, ficaria grato por saber onde o homem se hospedava, para onde ia, o que fazia e quem encontrava. Com muita má vontade, os americanos em Madri concordaram em pedir um favor aos colegas espanhóis.

A unidade antidrogas em Madri é a Unidad de Drogas y Crimen Organizado, ou Udyco. O pedido caiu sobre a mesa do inspetor Francisco "Paco" Ortega.

Como todos os policiais, Ortega achava que trabalhava demais, carecia de equipamentos e, definitivamente, era mal pago. Ainda assim, se os ianques quisessem que um colombiano fosse seguido, não tinha como recusar. Se a Inglaterra era isoladamente o maior consumidor de cocaína na Europa, a Espanha era o principal ponto de chegada da droga e continha um submundo gigantesco e perverso. Com seus recursos enormes, os americanos interceptavam ocasionalmente um pouco de ouro puro e o compartilhavam com a Udyco. Ficou registrado que quando, dali a dez dias, o colombiano chegasse outra vez, ele seria seguido discretamente.

Nenhum deles — Bishop, Devereaux ou Ortega — poderia saber que Julio Luz era o único membro da Hermandad que jamais chamara a atenção da polícia colombiana. O coronel Dos Santos sabia exatamente quem eram todos os outros, mas não conhecia o advogado responsável pela lavagem de dinheiro.

Ao meio-dia, após a chegada de Cal Dexter e sua equipe à cidade de Bissau, o caso do presidente morto fora solucionado e o pânico dissipara. No fim das contas, não fora outro golpe de Estado.

O atirador era o amante da esposa muito mais jovem do velho tirano. De manhã os dois já tinham desaparecido no mato bem ao norte do país e jamais foram vistos novamente.

A solidariedade tribal os protegeria como se jamais tivessem existido.

O presidente era da tribo papel; a bela esposa mais jovem era balanta, assim como o namorado. O Exército também era essencialmente balanta e não tinha a menor intenção de caçar membros da própria tribo. Além disso, o presidente não tinha sido muito popular. Eventualmente, escolheriam outro. Quem detinha o poder real era o comandante do Exército e chefe do Gabinete.

Dexter alugou uma caminhonete da Magevo Trading, cujo solícito proprietário holandês colocou-o em contato com um homem que possuía uma pequena embarcação para alugar, com cabine, motor externo e um reboque. Certamente poderia ser usada para a navegar pelos córregos e baías do arquipélago de Bijagos, próximo à costa, em busca de aves pernaltas.

Finalmente, Dexter conseguiu alugar um bangalô afastado em frente ao estádio esportivo recém-construído pela China, que estava recolonizando discretamente grandes partes da África. Ele e os dois ajudantes saíram do hotel Malaika para se instalar no bangalô.

Enquanto seguiam de carro para o novo alojamento, foram cortados por um Jipe Wrangler que fez uma curva atravessando o caminho deles em um cruzamento. Em apenas dois dias, Dexter descobrira que não havia policiamento no trânsito e que os sinais raramente funcionavam.

Quando o utilitário esportivo e o jipe desviaram, a centímetros um do outro, o carona do Wrangler encarou Dexter a poucos centímetros, mas por trás de um vidro fumê. Assim como o motorista, não era africano nem europeu. Moreno, cabelos pretos em um rabo de cavalo e correntes de ouro no pescoço. Colombiano.

O jipe tinha uma estrutura cromada sobre a cabine, na qual havia quatro poderosos holofotes instalados. Dexter sabia o motivo. Muitos transportes de cocaína chegavam pelo mar, jamais alcançando o miserável porto de Bissau, mas transferindo os fardos nas enseadas, entre as ilhas de manguezais.

Outras cargas chegavam de avião, ou para serem jogadas ao mar perto de um barco pesqueiro que estivesse aguardando ou para serem levadas até o interior. Os vinte anos de combate de guerrilha pela independência contra Portugal deixaram um legado de praticamente cinquenta pistas de pouso cravadas no mato. Às vezes os aviões de coca as usavam para aterrissar antes de retornar ao aeroporto, vazios e "limpos", para reabastecer.

As aterrissagens noturnas eram mais seguras, mas como nenhuma das pistas no meio do mato tinha energia elétrica instalada, não havia luz. Mas um grupo de quatro ou cinco caminhonetes receptoras poderia usar os holofotes instalados sobre as cabines para manter iluminada uma pista de pouso durante os poucos minutos necessários. Foi o que Dexter pôde explicar aos dois seguranças paraquedistas.

No pestilento estaleiro de Kapoor, ao sul de Goa, o trabalho nos dois graneleiros seguia a todo o vapor. O responsável era um canadense de origem escocesa chamado Duncan McGregor, que passara toda a vida nos estaleiros dos trópicos e tinha a pele como a de um ictérico terminal, olhos de acordo. Algum dia, se a febre do pântano não desse conta dele, o uísque o faria.

Cobra gostava de contratar especialistas aposentados. Eles tendiam a ter quarenta anos de experiência, nenhum laço familiar e a precisar de dinheiro. McGregor sabia o que queriam, mas não por quê. Com a quantia que estava recebendo, não tinha a menor intenção de especular e, certamente, tampouco de perguntar.

Os soldadores e cortadores que trabalhavam para ele eram locais; os armadores eram cingapurenses, os quais conhecia bem. Para acomodá-los, ele alugara e levara uma série de *motor-homes*; com certeza eles não tolerariam as choupanas dos goenses.

O exterior dos dois graneleiros deveria permanecer igual, assim ele fora instruído. Apenas o interior dos cinco porões enormes deveria ser convertido. O mais à frente deveria ser uma prisão temporária, mas ele não sabia disso. Teria catres, latrinas, uma cozinha, chuveiros e uma sala para o carcereiro, com ar-condicionado e até mesmo uma televisão.

O porão seguinte, na direção da popa, seria outro alojamento, só que melhor. Algum dia, comandos do SBS britânico ou Seals da Marinha americana morariam ali.

O terceiro porão precisaria ser menor, para que o vizinho pudesse ser grande. A antepara de aço entre os porões 3 e 4 precisaria ser cortada e removida. O lugar estava sendo preparado para funcionar como uma oficina geral. O penúltimo porão, que dava para o castelo de popa, foi deixado vazio. Nele ficariam botes infláveis de ataque RIB muito velozes, propulsionadas por motores enormes. O único guindaste do navio ficaria sobre esse porão.

O porão maior era o que exigia mais trabalho. No piso, estavam instalando uma placa de aço, a qual seria elevada verticalmente por quatro guinchos hidráulicos, um em cada quina, até que ficasse nivelada com o convés. Quando isso ocorresse, o que quer que estivesse preso ao piso elevadiço ficaria ao ar livre. E seria o helicóptero de ataque da unidade.

Durante todo o inverno, sob o sol ainda escaldante de Karnakatan, os maçaricos silvaram, furadeiras perfuraram, metal tiniu, martelos bateram e dois inofensivos graneleiros foram transformados em armadilhas mortais. E muito longe dali os nomes dos navios mudaram, quando a propriedade deles foi transferida para uma empresa invisível administrada pela Thame, de Cingapura. Pouco antes da conclusão dos trabalhos, os nomes seriam pintados nas popas, e as tripulações seriam levadas de avião para assumir o comando e zarpariam rumo ao trabalho que as aguardaria no outro lado do mundo.

Cal Dexter passou uma semana se aclimatando antes de levar o barco ao coração do arquipélago de Bijagos. Colou na caminhonete adesivos que levara, divulgando a Bird World International e a American Audubon Society. Largados de modo proeminente no assento traseiro para que fossem vistos por qualquer passante observador, havia cópias dos últimos relatórios da Ghana Wildlife Society e o indispensável guia de campo *Pássaros da África Ocidental,* de Borrow e Demey.

Na verdade, depois da quase colisão com o Wrangler, dois homens morenos tinham sido enviados para espionar o bangalô. Quando voltaram, disseram aos chefes que os observadores de pássaros eram idiotas inofensivos. No coração do território inimigo, "idiota" é o melhor disfarce de todos.

A primeira tarefa de Dexter era encontrar um lugar para o barco. Ele levou a equipe para oeste da cidade de Bissau, na direção de Quinhamel, capital da tribo papel. Depois de Quinhamel, encontrou o rio Mansoa, que deságua no mar e em cuja margem havia o hotel e restaurante Mar Azul. Foi ali que colocou o barco com cabine no rio e instalou Jerry no hotel, para cuidar dele. Antes de partir com Bill, comeram um almoço suntuoso de lagostas com vinho português.

— O vinho é melhor do que em Colchester — concordaram os dois paraquedistas. Eles começaram a espionar as ilhas próximas à costa no dia seguinte.

Existem 14 ilhas principais em Bijagos, mas o arquipélago tem 88 pequenos pedaços de terra localizados entre 32 e 48 quilômetros de distância da costa da Guiné-Bissau. Agências de combate ao tráfico de cocaína as haviam fotografado do espaço, mas ninguém jamais as penetrara com um barco pequeno.

Dexter descobriu que todas as ilhas eram pantanosas, quentes, repletas de manguezais e febricitantes, mas quatro ou cinco, mais afastadas da costa, haviam sido agraciadas com luxuosas *villas* brancas como neve em praias ensolaradas, todas com grandes antenas parabólicas, tecnologia de ponta e antenas de rádio que captavam o sinal da distante operadora de telefonia celular MTN. Cada *villa* tinha um píer e uma lancha. Eram as residências de colombianos no exílio.

Quanto ao restante, ele contou 23 casebres de pescadores, os quais levavam uma vida de subsistência, com chiqueiros e criações de cabras. Mas havia também campos pesqueiros aos quais estrangeiros iam para saquear as reservas repletas de peixes do país. Havia canoas de 20 metros da Guiné-Conacri, de Serra Leoa e do Senegal, com alimentos e combustível suficientes para ficarem 15 dias longe de suas bases.

Tais embarcações trabalhavam para grandes barcos sul-coreanos e chineses cujos refrigeradores manteriam a pesca congelada durante todo o percurso de volta. Ele observou quase quarenta canoas servindo a uma única grande embarcação. Mas a carga que ele realmente queria observar chegou na sexta à noite.

Ele ancorara o barco em uma baía estreita, atravessara uma ilha a pé e se escondera nos manguezais à beira do mar. O americano e os dois paraquedistas ingleses aguardaram protegidos por roupas de camuflagem e munidos de binóculos poderosos enquanto o sol se punha diante deles, no oeste. Em meio aos últimos raios vermelhos, surgiu um cargueiro que, certamente, não era um grande pesqueiro. A embarcação passou entre duas ilhas e as correntes tiniram quando a âncora afundou. Depois, apareceram as canoas.

Eram embarcações locais, não estrangeiras, e sem equipamentos de pesca. Eram cinco, cada uma com uma tripulação de quatro nativos e um hispânico na proa de duas delas.

Na amurada do cargueiro surgiram homens arrastando fardos com cabos grossos, fardos tão pesados que eram necessários quatro homens para erguer apenas um por sobre a amurada e baixá-lo até as canoas que os aguardavam, as quais balançavam e afundavam um pouco mais com o peso.

Não havia necessidade de discrição. A tripulação gargalhava nos tons agudos e pipilantes do Oriente. Um dos hispânicos subiu a bordo para conversar com o comandante. Uma maleta de dinheiro trocou de mãos, o valor da travessia do Atlântico, mas apenas uma pequena fração do lucro que seria obtido na Europa.

Avaliando o peso dos fardos e contando quantos eram, Cal Dexter calculou que 2 toneladas de cocaína colombiana pura haviam sido descarregadas enquanto observava pelos binóculos. Ficou mais escuro. O cargueiro acendeu algumas luzes. Lampiões surgiram nas canoas. Finalmente, com a transação concluída, as canoas ligaram os motores e zarparam. O cargueiro suspendeu a âncora e balançou no fluxo da maré antes de voltar-se para o mar.

Dexter viu a bandeira vermelha e azul da Coreia do Sul e leu o nome do navio: *Hae Shin*. Ele aguardou uma hora em nome da segurança e depois navegou de volta rio acima até o Mar Azul.

— Já viram alguma vez 100 milhões de libras esterlinas, rapazes?

— Não, chefe — disse Bill, usando o jargão dos paraquedistas quando um cabo fala com um oficial.

— Bem, acabaram de ver. Esse é o valor de 2 toneladas de cocaína.

Eles ficaram taciturnos.

— Lagostas para o jantar. Nossa última noite.

Aquilo animou os dois soldados. Vinte e quatro horas depois, estavam de volta ao bangalô; entregaram o barco e a caminhonete e voltaram para Londres, via Lisboa. Na noite em que partiram, homens com balaclavas atacaram a *villa* na qual estavam, destruíram tudo e incendiaram o local. Um dos nativos de Bijagos vira um homem branco nos manguezais.

O relatório do inspetor Ortega era sucinto e restringia-se aos fatos. Excelente, portanto. Ao longo de todo o texto, ele se referiu ao advogado colombiano Julio Luz somente como "o alvo".

O alvo chegou no voo diário da Iberia que aterrissou às 10 horas. Foi identificado na passarela saindo da cabine da primeira classe para o trem de transporte subterrâneo que partiu do Terminal 4 para o prédio principal. Um dos meus homens com uniforme da tripulação da Iberia seguiu-o durante todo o tempo. O alvo não reparou nele, tampouco tomou qualquer precaução caso estivesse sendo seguido. Carregava uma valise e uma mala de mão. Não havia despachado nenhuma bagagem.

Passou pelo controle de passaportes e pelo Canal Verde na alfândega sem ser parado. Uma limusine o aguardava; havia um motorista fora do saguão da alfândega com um cartaz escrito Villa Real. Trata-se de um dos mais importantes hotéis de Madri, que envia limusines ao aeroporto para hóspedes privilegiados.

Um colega meu à paisana acompanhou-o durante todo o percurso e estava no veículo que seguiu a limusine do hotel. O alvo não encontrou ninguém e não falou com ninguém até a chegada ao Villa Real, na Plaza de las Cortes, 10.

O alvo se registrou depois de boas-vindas calorosas, e ouviram-no pedir "o quarto de sempre", ao que lhe garantiram que o aposento estava pronto para recebê-lo. Ele se recolheu ao quarto, ao meio-dia pediu ao serviço de quarto um leve almoço e, aparentemente, dormiu para se recuperar do voo noturno. Tomou chá no café para hóspedes, chamado East 47, e em um dado momento foi cumprimentado pelo diretor do hotel, señor Felix Garcia.

Recolheu-se novamente ao quarto, mas ouviram-no pedir o jantar para o restaurante gourmet no primeiro andar. Um de meus homens, escutando através da porta, ouviu o som de uma partida de futebol, à qual, aparentemente, o alvo assistia pela televisão. Como fomos instruídos a não alarmá-lo em hipótese alguma, não pudemos conferir os telefonemas feitos ou recebidos. (Obviamente, poderíamos obtê-los, mas isso alertaria os funcionários do hotel.)

Às 21 horas ele desceu para jantar. Uma jovem de pouco mais de 20 anos, aparência de universitária, acompanhou-o na refeição. Houve suspeitas de que pudesse ser o que chamam de garota de programa, mas não houve indício que comprovasse isso. Ele retirou uma carta do bolso interno do paletó. Papel bege de alta qualidade. Ela agradeceu, colocou o envelope na bolsa e foi embora. Ele voltou para o quarto e passou a noite sozinho.

O alvo tomou o café da manhã no terraço interno, também no primeiro andar. Às 8 horas, a mesma jovem do dia anterior o encontrou novamente (ver abaixo). Dessa vez ela não ficou, apenas entregou uma carta, tomou um café e foi embora.

Designei um homem adicional para seguir a jovem. Trata-se de uma certa Letizia Arenal, 23 anos, estudante de belas-artes na Universidad Complutense. Possui um estúdio modesto em Moncloa, próximo ao campus, mora sozinha com uma pequena mesada e parece respeitável.

O alvo deixou o hotel de táxi, às 10 horas, e foi levado ao banco Guzman, na Calle Serrano. Trata-se de um pequeno banco privado que atende clientes de alto nível e sobre o qual não se sabe (tampouco nunca se soube) nada de ruim. O alvo passou a manhã no banco e, aparentemente, almoçou com os diretores. Ele deixou o local às 15 horas, mas, à porta, funcionários do banco ajudaram-no a carregar duas grandes malas Samsonite de estrutura externa dura. Ele não as conseguia carregar, mas não precisou.

Um Mercedes preto chegou como se tivesse sido chamado e dois homens desembarcaram. Eles colocaram as duas malas pesadas no bagageiro e partiram. O alvo não os acompanhou. Em vez disso, pegou um táxi. Meu agente conseguiu fotografar os dois homens com o celular. Ambos foram identificados como criminosos conhecidos. Não pu-

demos seguir o Mercedes porque não esperávamos o veículo e meu agente estava a pé. O carro dele o aguardava na esquina. Portanto, continuou a seguir o alvo.

O alvo retornou ao hotel, tomou chá novamente, assistiu à televisão de novo e jantou outra vez (dessa vez a sós, acompanhado somente pelo maître d'hotel, Francisco Paton). Dormiu sozinho e partiu de limusine para o aeroporto às 9 horas. Comprou 1 litro de conhaque de qualidade superior no duty-free, aguardou no saguão de primeira classe, embarcou e decolou para Bogotá às 12h20, sem atrasos.

Considerando o aparecimento de dois bandidos da quadrilha da Galícia, gostaríamos, a partir de agora, de manter olhos atentos no señor Luz quando e como aparecer novamente. As maletas certamente poderiam conter uma quantidade de notas de 500 euros suficiente para representar um acerto de contas entre a Colômbia e nossos maiores importadores. Por favor, mantenham-nos avisados.

— O que acha, Calvin? — perguntou Devereaux ao dar as boas-vindas a Dexter quando ele retornou da África.

— Sem dúvida o advogado faz parte da operação de lavagem de dinheiro do Cartel. Mas, aparentemente, só para a Espanha. Ou talvez outras quadrilhas levem o dinheiro que devem para a rua Serrano, para quitar dívidas. Mas eu preferiria que a Udyco se guardasse para uma última viagem, da próxima vez.

— Eles poderiam capturar os dois bandidos, o advogado desonesto, o dinheiro e o banco corrupto em uma única tacada. Por que não?

— Questões em aberto. A carta, a garota. Por que ele está fazendo o papel de carteiro? E para quem? — refletiu Dexter.

— Para a sobrinha de alguém. Um favor para um amigo.

— Não, Sr. Devereaux. Existem correios, com cartas registradas, caso você insista, ou e-mails, fax, mensagens de texto, telefonemas. Isso é pessoal, altamente sigiloso. Na próxima vez que nosso amigo Luz aterrissar em Madri, eu gostaria de estar lá. Com uma pequena equipe.

— Portanto, pedimos a nossos amigos espanhóis para esperarem até que você esteja pronto? Por que tanta cautela?

— Jamais assuste uma caça cautelosa — disse o ex-soldado. — Pegue o animal com um tiro na testa. Sem fazer sujeira. Sem cometer erros. Sem precisar de tentativas. Sem feridos. Se capturarmos Luz agora, jamais saberemos quem está enviando envelopes de papel manilha para quem ou por quê. Isso me deixaria preocupado por muito tempo.

Paul Deveraux olhou-o pensativamente.

— Estou começando a entender por que os vietcongues nunca o capturaram no Triângulo de Ferro. Você ainda pensa como uma criatura da selva.

CAPÍTULO CINCO

Guy Dawson alinhou-se, freou delicadamente, estudou novamente o painel piscante de instrumentos, olhou para o asfalto reluzente sob o sol, fez a solicitação à torre e aguardou até que fosse "liberado para decolagem".

Quando foi liberado, moveu lentamente as duas alavancas para a frente. Atrás dele, dois motores Rolls-Royce Spey a jato aumentaram o tom de um gemido para um urro ensurdecedor e o velho Blackburn Buccaneer começou a avançar. Era um momento que o piloto veterano jamais deixava de saborear.

Quando atingiu a velocidade de decolagem, o antigo bombardeiro naval leve pareceu perder peso, o barulho das rodas cessou e a aeronave inclinou-se para cima, rumo ao vasto céu azul africano. Muito atrás, diminuindo rapidamente de tamanho, a Cidade do Trovão, o enclave privado de aviação da Cape Town International, desapareceu. Ainda subindo, Dawson estabeleceu a primeira rota para Windhoek, na Namíbia, o trecho curto e fácil da longa viagem para o norte.

Dawson era apenas um ano mais velho que o avião de guerra veterano que pilotava. Ele nascera em 1961, quando o Buccaneer era um protótipo. O avião iniciou sua carreira extraordinária no ano seguinte, quando ingressou no serviço do esquadrão operacional da força aeronaval da Frota Britânica. Projetado originalmente para competir com os bombardeiros soviéticos da classe Sverdlov, revelou-se tão bom que acabou permanecendo em serviço até 1994.

A força aeronaval da Frota lançou-o de porta-aviões até 1978. Em 1969, a invejosa Força Aérea Real desenvolvera a versão baseada em terra, a qual foi finalmente aposentada em 1994. Nesse meio-tempo, a África do Sul comprara 16 aeronaves, as quais voaram operacionalmente para o país até 1991. O que nem mesmo os aficionados por aviões sabiam era que aquele era o veículo que carregava as bombas atômicas da África do Sul até quando, na véspera da "revolução do arco-íris", a África do Sul branca as destruíra (exceto por três exemplares, cujas carcaças vazias viraram peças de museu) e aposentara o Buccaneer. O avião que Guy Dawson pilotava naquela manhã de janeiro de 2011 era um dos três no mundo que ainda voavam, resgatados por entusiastas de aviões de guerra, mantidos para passeios turísticos e estacionados na Cidade do Trovão.

Ainda subindo, Dawson desviou do azul Atlântico Sul e seguiu quase exatamente para o norte, rumo à areia ocre e estéril de Namaqualand e da Namíbia.

O antigo avião da Força Aérea Real modelo S.2 subiria até quase 12 mil metros e voaria a 0,8 Mach, bebendo 40 quilos de combustível por minuto. Mas para aquele trecho curto, ele tinha mais do que o suficiente. Com oito tanques internos cheios, além do tanque na porta do compartimento para bombas e mais dois tanques de combustível sob as asas, o Bucc era capaz de transportar 23 mil toneladas na potência ideal com uma autonomia de 2.266 milhas náuticas. Windhoek ficava a bem menos de mil milhas.

Guy Dawson era um homem feliz. Quando era um jovem piloto na Força Aérea sul-africana, fora designado em 1985 para o 24º esquadrão, a elite da elite, apesar dos caças de combate franceses Mirage que também estavam em serviço. Mas o Bucc, um veterano já com vinte anos de experiência, era especial.

Uma das características estranhas do avião era o compartimento de bombas totalmente fechado por uma porta giratória. Em um bombardeiro leve daquele tamanho, quase todo o arsenal era carregado sob as asas. Com as bombas dentro do avião, o exterior ficava livre de atrito, o que aumentava a velocidade e a autonomia.

O que os sul-africanos fizeram foi aumentar ainda mais o compartimento e instalar suas bombas atômicas, preparadas secretamente ao longo dos anos com ajuda israelense. Uma variação foi instalar um gigantesco tanque de combustível adicional no compartimento oculto para bombas e conceder ao Bucc uma autonomia inigualável. Foram a autonomia e a resistência, as quais concediam ao Bucc horas de "tempo livre" nas alturas, que conquistaram o americano descomprometido e magro chamado Dexter, que visitara a Cidade do Trovão em dezembro.

Dawson, na verdade, não tinha a menor vontade de alugar seu "bebê", mas a crise de crédito global reduzira os investimentos que fizera com sua pensão para uma fração do que esperara para a aposentadoria, e a oferta do americano era tentadora demais. Um acordo de aluguel por um ano foi fechado por uma quantia que tiraria Guy Dawson do buraco.

Dawson optara por pilotar o próprio avião por todo o percurso até a Inglaterra. Ele sabia que havia um grupo de entusiastas do Bucc no antigo campo da Segunda Guerra Mundial da RAF em Scampton, Lincolnshire. Eles também estavam restaurando dois Buccaneers, mas os aviões ainda não estavam prontos. O piloto sabia disso, e o americano também sabia, porque os dois grupos de entusiastas estavam sempre em contato.

A viagem de Dawson seria longa e árdua. O antigo *cockpit* do navegador atrás dele fora usado para turistas pagantes, mas graças à tecnologia GPS ele voaria sozinho de Windhoek por uma longa distância sobre o Atlântico Sul até o pequeno ponto que era a Ilha de Ascensão, um afloramento de propriedade inglesa no meio do nada.

Depois de uma noite de sono e de um segundo reabastecimento, ele seguiria novamente rumo ao norte para o aeroporto em Sal, nas ilhas de Cabo Verde, depois para a espanhola Gran Canaria e, finalmente, para Scampton, na Inglaterra.

Guy Dawson sabia que o cliente americano estabelecera linhas de crédito em cada parada para cobrir as despesas de reabastecimento e hospedagem. Mas ele não sabia por que Dexter escolhera o avião de ataque veterano da Marinha.

Havia três motivos.

Dexter procurara em todas as partes, especialmente em sua terra natal, os Estados Unidos, onde havia toda uma cultura de aficionados por antigos aviões de guerra que os mantinham em condições de voar. Ele finalmente decidira pelo Buccaneer sul-africano porque era obscuro. O avião se passaria por uma peça de museu fora de uso sendo transportada de um lugar para outro para ser exposta.

O avião era de manutenção simples e robusto a ponto de ser quase indestrutível. E podia permanecer no ar por horas a fio.

O que somente ele e o Cobra sabiam, enquanto Guy Dawson levava seu bebê de volta à terra natal, era que aquele Buccaneer não iria para nenhum museu. Ele voltaria à guerra.

* * *

Quando o *señor* Julio Luz aterrissou no Terminal 4 do aeroporto Barajas, em Madri, em fevereiro de 2011, o comitê de recepção era um pouco maior.

Cal Dexter já estava matando tempo no saguão com o inspetor Paco Ortega, observando discretamente o fluxo de passageiros que atravessavam as portas do setor de imigração. Os dois homens estavam na banca de jornais: Dexter de costas para o alvo que acabava de chegar, Ortega folheando uma revista.

Anos antes — depois do Exército, depois de se formar em direito —, quando estava trabalhando como conselheiro legal em Nova York, Cal Dexter descobrira que tinha tantos "clientes" hispânicos que seria útil dominar o espanhol. Portanto, foi o que fizera. Ortega ficou impressionado. Era difícil encontrar um ianque que falasse decentemente castelhano. Aquilo tornava desnecessário que se esforçasse para acompanhá-lo em inglês.

Sem se mover, Ortega murmurou:

— É ele.

Dexter não teve dificuldade de identificá-lo. Seu colega Bishop baixara uma fotografia dos arquivos da Ordem dos Advogados de Bogotá.

O colombiano manteve o procedimento normal. Embarcou na limusine do hotel carregando uma pasta de documentos, permitiu que o motorista colocasse a mala de viagem no bagageiro e relaxou no percurso até a Plaza de las Cortes. O veículo policial sem identificação ultrapassou a limusine e Dexter, que se registrara mais cedo, chegou antes ao hotel.

Dexter levara para Madri uma equipe de três pessoas, todas emprestadas do FBI. O departamento ficara curioso, mas todas as perguntas e objeções foram anuladas pela autorização presidencial. Um dos integrantes da equipe era capaz de abrir qualquer sistema de fechadura como uma faca quente corta manteiga. E rápido. Dexter insistira na rapidez. Ele descrevera os tipos de problema com os quais poderiam se deparar e o arrombador de fechaduras dera de ombros, fazendo pouco caso. Só isso?

O segundo homem conseguia abrir envelopes, escanear o conteúdo em segundos e lacrá-los sem deixar sinal de que fora violado. O terceiro era apenas o sentinela. Não estavam hospedados no Villa Real, mas a 200 metros desse hotel, conectados permanentemente por celulares.

Dexter estava no saguão quando o colombiano chegou. Ele sabia qual era o quarto de Julio Luz e conferira o acesso. Estavam com sorte. O quarto ficava no fim de um longo corredor, longe dos elevadores, o que reduzia as chances de uma interrupção repentina e inesperada.

No que diz respeito a observar um alvo, Dexter sabia havia tempos que o homem de sobretudo fingindo ler um jornal em um canto ou parado de pé sem motivo em uma porta era tão perceptível quanto um rinoceronte no pátio de um vicariato. Ele preferia se esconder ficando bem à vista.

Ele usava uma camisa chamativa e estava debruçado sobre seu laptop, ao mesmo tempo falando ao celular, bem alto, com alguém a quem chamava de "meu amor". Luz olhou para ele por um segundo, examinou-o e então perdeu todo o interesse.

O homem era como um metrônomo. Registrou-se no hotel e almoçou frugalmente no quarto, onde permaneceu para uma boa sesta. Às 16 horas, reapareceu no café East 47, pediu um bule de chá Earl Grey e reservou mesa para o jantar. Parecia que a existência de outros restaurantes ótimos em Madri e a noite agradável apesar de fresca lhe escapavam.

Minutos depois, Dexter e sua equipe estavam no corredor do quarto de Luz. O sentinela ficou ao lado das portas dos elevadores. Sempre que um deles estava subindo e parava no andar, o homem indicava que queria descer. Com sorrisos educados de quem estivesse lá dentro, as portas fechavam-se. Quando o elevador estava descendo, o teatro acontecia ao contrário. Não havia o patético amarrar e reamarrar de cadarços.

O especialista em fechaduras, com um aparato tecnológico inteligente, leva 18 segundos para abrir a porta eletrônica da suíte. Lá dentro, os três trabalharam com rapidez. A mala de viagem fora desfeita com cuidado e o conteúdo estava pendurado no armário ou guardado cuidadosamente nas gavetas. A pasta de documentos estava sobre a cômoda.

A pasta possuía trancas protegidas por botões giratórios numerados de zero a nove. O especialista colocou nos ouvidos um dispositivo auditivo ligado a um estetoscópio, girou cuidadosamente os botões e escutou. Um a um, os números atingiram os pontos certos e os trincos de cobre abriram-se.

O conteúdo eram basicamente documentos. O escâner de materiais pôs-se em ação. Tudo foi copiado para um cartão de memória por mãos em luvas brancas de seda. Não havia nenhuma carta. Dexter, também de luvas, folheou todos os compartimentos na tampa. Nenhuma carta. Ele acenou com a cabeça para a meia dúzia de armários que havia na suíte. O cofre do quarto foi encontrado no armário abaixo da TV de plasma.

Era um bom cofre, mas não havia sido projetado para resistir à tecnologia, à habilidade e à experiência do homem que treinava no laboratório de arrombamentos de Quantico, sede do FBI. O código revelou ser os primeiros quatro dígitos do número de cadastro do alvo no bar Bogotá. A carta estava dentro, longa, num envelope rígido de cor creme.

O envelope estava lacrado pela própria cola, mas também fora aplicada uma tira de fita adesiva transparente. O homem dos documentos estudou-o durante vários segundos, pegou uma ferramenta tecnológica na pasta de trabalho e pareceu passar o envelope como se passa uma gola de camisa. Quando terminou, a aba do envelope foi aberta sem resistência.

Luvas brancas retiraram as três folhas dobradas. Com uma lupa, o copiador procurou algum fio de cabelo ou algodão ultrafino que pudesse ter sido incluído como armadilha para revelar qualquer manipulação alheia. Não havia nada. O remetente contava claramente com o advogado para entregar a carta intacta à *señorita* Letizia Arenal.

A carta foi copiada e colocada de volta no lugar; o envelope foi lacrado novamente com um líquido transparente e incolor. A carta foi recolocada no envelope exatamente como estava antes de ser manuseada; o cofre foi fechado e os botões colocados exatamente na mesma numeração de antes. Depois, os três guardaram os equipamentos e deixaram a suíte.

Na porta do elevador, o sentinela abanou a cabeça. Nenhum sinal do alvo. Naquele momento, o elevador subiu e parou. Os quatro homens se dirigiram rapidamente para a escada do prédio e por ali desceram. Melhor assim; as portas do elevador se abriram para expelir o *señor* Luz, voltando para o quarto para um banho aromático e para assistir a um pouco de televisão antes do jantar.

Dexter e a equipe voltaram para o quarto, onde fizeram o download do conteúdo da pasta de documentos. Ele daria ao inspetor Ortega tudo que havia na pasta, exceto a carta, que lia agora com os próprios olhos.

Dexter não foi jantar, mas colocou dois homens a uma mesa do lado oposto do salão em relação à mesa de Luz. Eles relataram que a garota chegou, jantou, pegou a carta, agradeceu ao mensageiro e partiu.

Na manhã seguinte, Cal Dexter cumpriu o turno do café da manhã. Observou Luz ocupar uma mesa para dois perto da parede. A garota chegou e entregou-lhe outra carta, a qual Luz colocou no bolso interno do paletó. Depois de um café rápido, ela sorriu em gratidão e deixou o hotel.

Dexter esperou que o colombiano fosse embora do salão. Antes que a equipe pudesse chegar à mesa desocupada, ele próprio passou por ela e tropeçou. Derrubou o bule de café quase vazio do colombiano no tapete. Amaldiçoando a própria falta de jeito, pegou um guardanapo da mesa para limpar a mancha. Um garçom apressou-se em se oferecer para o trabalho. Quando o jovem abaixou a cabeça, Dexter colocou o guardanapo sobre a xícara que a garota usara, envolveu-a e enfiou-a no bolso da calça.

Depois de algumas perguntas e de afirmações de "de nada, *señor*", ele saiu do salão.

— Eu gostaria — disse Paco Ortega quando se sentaram e viram Julio Luz desaparecer no banco Guzman — que vocês nos deixassem prender todos eles.

— Esse dia chegará, Paco — disse o americano. — Você terá sua hora. Mas não agora. Essa lavagem de dinheiro é grande. Muito grande. Há outros bancos em outros países. Queremos todos. Deixe que coordenemos e peguemos tudo.

Ortega assentiu com um grunhido. Como qualquer detetive, ele já havia coordenado operações de tocaia que duraram meses até chegar o momento do ataque final. Paciência era essencial, mas imensamente frustrante.

Dexter estava mentindo. Ele não sabia de nenhuma outra operação de lavagem de dinheiro como a ligação Luz-Guzman.

Mas não podia revelar o furacão que o Projeto Cobra geraria quando o homem de olhos frios em Washington estivesse pronto.

E, agora, ele queria ir para casa. Ele lera a carta em seu quarto. Era longa, terna, cheia de preocupação com a segurança e o bem-estar da jovem e assinada simplesmente com "Papa".

Ele duvidava que Julio Luz se afastasse da carta de resposta durante toda a noite ou todo o dia. Talvez, quando estivesse na primeira classe do voo de volta para Bogotá, pudesse cair no sono, mas "furtar" a pasta de documentos do compartimento acima da cabeça dele sem que os comissários de bordo vissem estava fora de questão.

O que Dexter queria elucidar antes de qualquer ataque era simplesmente uma questão: quem era Letizia Arenal e quem era Papa?

O inverno estava diminuindo de intensidade em Washington quando Cal Dexter retornou, no começo de março. As florestas que cobrem partes da Virgínia e de Maryland perto da capital estavam prestes a se vestir de uma névoa verde.

Do estaleiro de Kapoor, ao sul de Goa, chegara uma mensagem de McGregor, que ainda dava duro em meio ao fedor de produtos químicos tóxicos e ao calor malárico. A transformação dos dois navios graneleiros estava quase concluída. Eles estariam prontos em maio para a entrega e para desempenhar seu novo papel, McGregor disse.

Ele presumia que o novo papel dos navios seria o que lhe haviam dito. Tratava-se de um consórcio americano extremamente rico que desejava ingressar no mundo da caça a tesouros com dois navios equipados para mergulhos em grandes profundidades e resgate de destroços. As acomodações seriam para os mergulhadores e a equipe de superfície; as oficinas, para a manutenção de equipamentos; e o grande porão, para um pequeno helicóptero localizador. Era tudo muito plausível; só não era verdade.

A etapa final da transformação dos graneleiros em *Q-ships* seria realizada no mar, quando destacamentos armados de fuzileiros navais ocupassem os beliches e a oficina e os paióis contivessem alguns equipamentos realmente perigosos. Disseram a McGregor que ele estava fazendo um ótimo trabalho e que as duas equipes de marinheiros mercantes chegariam de avião para a entrega.

A papelada já estava pronta havia muito tempo, caso alguém a procurasse. Os antigos navios desapareceram e os dois prestes a entrar em ação eram os recondicionados *Chesapeake* e *Balmoral*. Eram propriedade de uma empresa baseada em um escritório de advocacia em Aruba, ostentavam a bandeira (de conveniência) da pequena ilha e seriam alugados para transportar grãos do norte, rico em trigo, para o faminto sul. Os proprietários e propósitos verdadeiros eram invisíveis.

Os laboratórios do FBI elaboraram um perfil perfeito do DNA da jovem de Madri que havia usado a xícara de café roubada por Dexter no Villa Real. Ele não tinha dúvidas de que ela era colombiana, o que já fora confirmado pelo inspetor Ortega. Mas havia centenas de jovens colombianos estudando em Madri. O que Dexter desejava era encontrar um DNA que coincidisse com o da jovem.

Teoricamente, pelo menos cinquenta por cento do DNA deriva do pai, e ele estava convencido de que o "Papa" estaria na Colômbia. E quem era ele, para pedir a um agente importante no mundo da cocaína, ainda que fosse um "técnico", que lhe servisse de carteiro? E por que não poderia usar o correio? As possibilidades de sucesso eram poucas, mas ele consultou o coronel Dos Santos, chefe de inteligência da Divisão Antidrogas da Polícia Judicial. Enquanto aguardava pela resposta, fez duas viagens rápidas.

Perto da costa nordeste do Brasil existe um arquipélago formado por 21 pequenas ilhas cujo nome vem da maior do grupo: Fernando de Noronha. A ilha tem somente 10 quilômetros por 3,5, com uma área total de 26 quilômetros quadrados. A única cidade chama-se Vila dos Remédios.

No passado, era uma ilha-prisão, como a Ilha do Diabo, na Guiana Francesa, e as densas florestas nativas foram derrubadas para impedir que os prisioneiros construíssem jangadas para fugir. Arbustos e vegetação rasteira substituíram as árvores. Alguns brasileiros ricos possuem reservadas *villas* de férias na ilha, mas o que interessava a Dexter era o aeroporto. Construído em 1942 pelo Comando de Transportes da Força Aérea dos Estados Unidos, seria um local perfeito para uma unidade americana operar aeronaves não tripuladas Predator ou Global Hawk, que têm a capacidade impressionante de permanecer horas no ar, observando a superfície com câmeras, radares e sensores térmicos. Dexter foi até lá como um incorporador canadense de resorts turísticos, deu uma olhada, confirmou as suspeitas e voltou. A segunda visita que fez foi à Colômbia.

Em 2009, o presidente Uribe esmagara efetivamente o movimento terrorista das Farc, o qual se especializara em sequestros e em exigir resgates. Mas os esforços contra a cocaína foram basicamente frustrados por Don Diego Esteban e pelo cartel incrivelmente eficiente criado por ele.

Naquele ano, Uribe ofendera os vizinhos de extrema-esquerda da Venezuela e da Bolívia convidando forças americanas até a Colômbia para que lhe emprestassem sua tecnologia superior. Instalações foram fornecidas em sete bases militares colombianas. Uma delas ficava em Malambo, bem na costa norte, perto de Barranquilla. Dexter chegou como um sério escritor especializado em defesa com aprovação do Pentágono.

Uma vez no país, aproveitou a oportunidade para ir a Bogotá e conhecer o formidável coronel Dos Santos. O Exército dos EUA levou-o até o aeroporto de Barranquilla e ele pegou a ponte aérea para a capital. Entre a costa tropical de clima tépido e a cidade nas montanhas, a temperatura caiu 20 graus.

Nem o chefe da operação americana da DEA nem o líder da equipe britânica da Soca em Bogotá sabiam quem ele era ou o que o Cobra estava preparando, mas ambos foram aconselhados por seus quartéis-generais na Army Navy Drive e no Albert Embankment, respectivamente, a cooperar. Todos falavam espanhol fluente e o inglês de Dos Santos era perfeito. Ele ficou surpreso quando o estrangeiro mencionou uma amostra de DNA que fora entregue duas semanas antes.

— Estranho que você chegue neste momento — disse o vigoroso e dinâmico detetive colombiano. — Obtive uma identificação hoje de manhã.

A explicação era mais estranha do que a chegada de Dexter, que fora uma simples coincidência. A tecnologia de análise de DNA chegara tarde à Colômbia devido à parcimônia dos governos anteriores à presidência de Alvaro Uribe. Ele aumentara os orçamentos.

Mas Dos Santos lia febrilmente todas as publicações que tratavam de tecnologia forense moderna. Ele percebera antes dos colegas que um dia o DNA seria uma arma impressionante para a identificação de corpos, vivos ou mortos (e havia muitos dos últimos). Dos Santos começara a recolher amostras como e quando pudesse, mesmo antes que os laboratórios do departamento pudessem lidar com elas.

Cinco anos antes, um homem que figurava no álbum de fotografias de criminosos fichados da Divisão Antidrogas se envolvera em um acidente de carro. O homem nunca foi acusado, nunca foi condenado, nunca foi preso. Qualquer advogado de direitos humanos de Nova York teria conseguido expulsar Dos Santos da polícia pelo que ele fizera.

Ele e colegas, muito antes de Don criar o Cartel, estavam convencidos de que o homem era um criminoso importante. Não era visto havia sete anos, e ninguém tinha notícias dele havia dois. Se fosse tão grande quanto suspeitavam, ele viveria se mudando, trocando de disfarces e de uma casa segura para outra. Deveria se comunicar somente por celulares descartáveis, dos quais deveria ter uns cinquenta, repostos constantemente.

O que Dos Santos fez foi ir ao hospital e roubar os chumaços de algodão usados no nariz quebrado da vítima do acidente. Quando a tecnologia foi atualizada, o DNA foi identificado e arquivado. Cinquenta por cento dele estavam na amostra enviada por Washington com um pedido de ajuda. Ele procurou em uma pasta e colocou uma foto sobre a mesa.

O rosto era abrutalhado, tinha cicatrizes e um ar cruel. Nariz quebrado, olhos vítreos, cabelo grisalho cortado à máquina. A fotografia fora tirada havia mais de dez anos, mas fora "envelhecida" para mostrar como deveria ser a aparência atual do homem.

— Estamos convencidos de que ele é agora um integrante do círculo íntimo do Don, cujos agentes pagam os oficiais corruptos no exterior que ajudam o Cartel a passar seu produto pelos portos e aeroportos dos Estados Unidos e da Europa. Os que vocês chamam de ratos.

— Podemos encontrá-lo? — perguntou o homem da Soca.

— Não, ou eu já teria feito isso. Ele é de Cartagena e, hoje, é um cachorro velho. Cachorros velhos não gostam de se afastar de sua zona de conforto. Mas vive muito escondido, invisível.

Ele se virou para Dexter, a fonte da misteriosa amostra de DNA sendo de um parente muito próximo.

— Você nunca o encontrará, *señor*. E, se o fizesse, ele provavelmente o mataria. E mesmo que o pegasse, ele jamais abriria a boca. É duro como aço e duas vezes mais afiado. Nunca viaja; manda agentes fazerem seu trabalho. E sabemos que o Don confia totalmente nele. Infelizmente sua amostra, apesar de interessante, não nos leva a lugar algum.

No extremo nordeste do Brasil há uma vasta região de colinas e vales, algumas montanhas altas e muita selva. Mas também existem ali fazendas enormes, com até 200 hectares, com pastos bem irrigados pelas incontáveis correntes de água que descem das serras. Devido ao tamanho e ao isolamento, as casas grandes só são realisticamente alcançáveis pelo ar. Como resultado, todas têm pistas para aviões. Algumas possuem várias.

Enquanto Cal Dexter pegava o voo comercial de Bogotá para Miami e Washington, um avião estava sendo reabastecido em uma dessas pistas. Era um Beech King Air, com dois pilotos, duas bombas de gasolina e 1 tonelada métrica de cocaína.

Enquanto a equipe de reabastecimento enchia os tanques principais e reservas até a boca, a tripulação cochilava à sombra de um alpendre com telhado de palha de palmeira. Tinham uma longa noite pela frente. Uma pasta de documentos contendo maços e maços de notas de 100 dólares já havia sido entregue para pagar pelo combustível e pela parada.

Se as autoridades brasileiras tivessem suspeitas em relação ao rancho Boavista, a 360 quilômetros da cidade portuária de Fortaleza em direção ao interior, havia muito pouco que pudessem fazer. Só o isolamento da propriedade já significava que o menor indício de um estranho seria percebido. Vigiar o complexo das principais edificações seria inútil; usando um sistema de GPS, um avião com drogas poderia pousar em um ponto de reabastecimento a quilômetros de distância sem jamais ser visto.

Para os proprietários, os valores recebidos pelas paradas de reabastecimento eram recompensas muito superiores aos lucros obtidos com a criação de gado. Para o Cartel, as paradas eram vitais à rota para a África.

O Beech C12, mais comumente conhecido como King Air, fora projetado e produzido originalmente pela Beechcraft como um miniavião para transporte de passageiros de uso geral, com 19 lugares e dois motores turbo. Foram vendidos muitos deles em todo o mundo. Versões posteriores tiveram os assentos removidos para ser convertidas em cargueiros e para transportes em geral. Mas a versão que aguardava sob o sol da tarde no rancho Boavista era ainda mais especial.

O avião não havia sido projetado para cruzar o Atlântico. Com capacidade total para 2.500 litros de combustível, as duas turbinas Pratt and Whitney proporcionavam uma autonomia de 708 milhas náuticas. Isso voando sem ventos, com os tanques cheios, configurado para cruzeiros de longa distância e com o suficiente para ligar os motores, taxiar, decolar e aterrissar. Tentar ir da costa do Brasil para a África daquela forma era garantia de morrer no meio do oceano.

Em oficinas clandestinas pertencentes ao Cartel, escondidas perto de pistas de pouso nas selvas colombianas, os aviões "de coca" foram modificados. Artífices inteligentes instalaram tanques adicionais de combustível, mas não nas asas, e sim dentro da fuselagem. Normalmente eram dois, um em cada lado do compartimento de carga, com uma passagem estreita que dava acesso para o convés, à frente.

Tecnologia é cara, mão de obra é barata. Em vez de transferir o combustível adicional para os tanques principais através de energia retirada das turbinas, dois "peões" eram levados na viagem. À medida que os tanques principais esvaziavam no alto de um céu escuro, eles começavam a bombear manualmente.

A rota era simples. O primeiro trecho era de uma pista escondida na selva colombiana cuja localização era mudada constantemente para não atrair a atenção do coronel Dos Santos.

Na primeira noite, os pilotos cobririam diretamente 2.400 quilômetros sobre o Brasil até o rancho Boavista. Voando a 1.700 metros de altitude na escuridão por sobre a copa das florestas tropicais de Mato Grosso, eram praticamente invisíveis.

Ao amanhecer, a tripulação tomaria um farto café da manhã e dormiria no calor. Ao anoitecer, o King Air estaria novamente abastecido ao máximo para encarar os 2 mil quilômetros do Novo Mundo para o Velho, no ponto mais próximo entre as duas costas.

Naquela noite, quando a última luz sangrou do céu sobre o rancho Boavista, o piloto do King Air fez uma curva na brisa leve, fez as checagens finais e partiu. O peso do avião no momento da decolagem era o máximo recomendado pelo fabricante, de 7.500 quilos. Ele precisaria de 1.200 metros para decolar, mas tinha mais de 1.500 metros de pasto plano. A estrela vespertina piscava quando decolou do rancho Boavista, e a escuridão tropical envolveu-o como uma cortina de teatro.

Há um ditado que diz que existem pilotos velhos e pilotos ousados, mas que não há pilotos ousados velhos. Francisco Pons tinha 50 anos e passara grande parte de sua vida aterrissando e decolando em pistas que jamais constariam em nenhum manual oficial. E sobrevivera porque era cuidadoso.

A rota dele era cuidadosamente planejada, nenhum detalhe era ignorado. Recusava-se a voar sob mau tempo, mas a previsão para aquela noite era a de um agradável vento de popa durante toda a viagem. Ele sabia que não haveria nenhum aeroporto moderno no outro lado, e sim outra pista recortada no mato e iluminada pelas luzes de seis caminhonetes estacionadas em fila.

Ele memorizara o sinal de ponto-ponto-traço que piscariam para ele quando se aproximasse para confirmar que não haveria nenhuma emboscada esperando lá embaixo, no veludo quente da noite africana. Ele voaria, como de costume, entre 1.600 e 3 mil metros, bem abaixo de qualquer necessidade de oxigênio, dependendo da altitude das nuvens. É claro que ele poderia voar através de nuvens durante todo o percurso, se necessário, mas era mais agradável planar sobre a camada de nuvens sob o luar.

Com seis horas de voo, mesmo viajando para o leste e para o sol nascente, mesmo acrescentando três horas de fuso horário e duas para outro reabastecimento em um caminhão de combustível estacionado no mato, ele estaria no ar, voando sobre a costa africana, antes que o nascer do sol fosse mais do que um brilho rosado.

E havia o pagamento. Os dois bombeadores no compartimento traseiro receberiam 5 mil dólares cada por três dias e noites, o que para eles era uma fortuna. O capitão Pons, como gostava de ser chamado, receberia dez vezes mais e em pouco tempo iria se aposentar como um homem muito rico. Mas estava transportando uma carga que valeria nas grandes cidades da Europa até 100 milhões de dólares. Ele não se considerava mau. Apenas fazia seu trabalho.

Pons viu as luzes de Fortaleza sob a asa direita, depois a escuridão do oceano tomou o lugar da escuridão da selva. Uma hora depois, Fernando de Noronha passou sob a asa esquerda e ele conferiu o horário e a rota. A 250 nós, sua melhor velocidade de cruzeiro, estava no horário e no rumo certos. Foi quando apareceram as nuvens. Ele subiu para 3 mil metros e seguiu voando. Os dois peões começaram a bombear.

Ele estava seguindo para a pista de pouso de Cufar, uma área na Guiné-Bissau recortada no mato durante a guerra de independência, travada muitos anos antes por Amilcar Cabral contra os portugueses. O relógio indicava 23 horas, horário do Brasil. Faltava uma hora. As estrelas brilhavam no alto e a camada de nuvem sob o avião começava a se dissipar. Perfeito. Os peões seguiram bombeando.

Ele conferiu novamente sua posição. Obrigado, Deus, pelo GPS, os quatro satélites de auxílio para o navegador, apresentados ao mundo pelos americanos e de utilização gratuita. O sistema fazia com que a tarefa de encontrar a pista no mato fosse tão fácil quanto encontrar Las Vegas no Deserto de Nevada. Ele ainda estava voando no rumo de 040˚, o mesmo desde quando deixara a costa brasileira. Agora, mudou alguns pontos para boreste, reduziu a altitude para mil metros e vislumbrou o brilho da lua sobre o rio Mansoa.

A bombordo, viu algumas luzes fracas cercadas pela escuridão do campo. O aeroporto; deviam estar aguardando o voo de Lisboa, ou não desperdiçariam o gerador de energia. Reduziu para 150 nós e olhou adiante, para Cufar. Na escuridão, camaradas colombianos estariam esperando, atentos para o rugido das turbinas Pratt e Whitney, um som que podiam ouvir a quilômetros de distância, acima do coaxar dos sapos e do zumbido dos mosquitos.

Adiante, uma única faixa de luz branca iluminou o céu, uma coluna vertical gerada por uma Maglite de 1 milhão de velas. O capitão Pons estava próximo demais. Ele piscou as luzes de pouso e recuou, voltando depois em uma curva acentuada. Ele sabia que a orientação da pista era de leste para oeste. Sem vento, poderia aterrissar em ambas as direções, mas o combinado fora que os jipes estariam na extremidade oeste. Seria necessário passar por cima deles.

Com os trens de pouso abaixados, *flaps* ativados e reduzindo a velocidade, o piloto posicionou o avião para a aproximação final. Adiante, todas as luzes ardiam. Era como meio-dia lá embaixo. Ele rugiu sobre os jipes a 3 metros de altitude e a 100 nós. O King Air tocou o solo na velocidade usual de 84 nós. Antes que Pons pudesse desligar os motores e desativar os sistemas, havia jipes Wranglers em alta velocidade nos dois lados do avião. Na traseira, os dois peões estavam encharcados de suor e exaustos. Eles haviam passado mais de três horas bombeando e os últimos 250 litros de combustível jorraram para dentro dos tanques internos.

Francisco Pons proibia qualquer tipo de fumo a bordo de seus voos. Outros permitiam, transformando seus aviões, com o perigo do vapor de gasolina, em bolas de fogo voadoras na ocorrência de uma única centelha. Uma vez no solo, os quatro homens acenderam seus cigarros.

Havia quatro colombianos, liderados pelo patrão, Ignacio Romero, chefe de todas as operações do Cartel na Guiné-Bissau. Era uma carga grande, digna da presença dele. Nativos carregaram os vinte fardos que constituíam a tonelada de cocaína. Entraram em uma caminhonete com pneus de trator e um colombiano levou-os embora.

Também havia seis guineenses de pé sobre os fardos — na verdade, eram soldados designados pelo general Djalo Gomes. Ele administrava o país na ausência de até mesmo um presidente titular. Era um cargo que ninguém parecia desejar ocupar. O tempo de serviço tendia a ser curto. O truque era, se possível, roubar rapidamente uma fortuna e aposentar-se na costa portuguesa de Algarve com várias jovens. O problema era o "se possível".

O motorista do caminhão de combustível prendeu as mangueiras e começou a bombear. Romero ofereceu a Pons uma xícara de café da própria garrafa térmica. Pons cheirou o café. Colombiano, o melhor. Ele assentiu em gratidão. Às 3h50, horário local, haviam terminado. Pedro e Pablo, exalando um forte cheiro de suor e tabaco preto, subiram na parte traseira do avião. Tinham mais três horas para descansar enquanto os tanque principais de combustível esvaziassem. Depois, bombeariam mais na volta para o Brasil. Pons e o jovem copiloto, que ainda estava aprendendo o ofício, despediram-se de Romero e foram para a cabine de comando.

Os Wranglers reposicionaram-se para que, quando os holofotes fossem ligados, o capitão Pons precisasse apenas dar meia-volta e decolar para o oeste. Às 3h55 ele decolou, agora uma tonelada mais leve, e passou sobre a costa ainda na escuridão.

Em algum lugar no mato atrás dele, a tonelada de cocaína seria guardada em um armazém secreto e dividida cuidadosamente em pacotes menores. Grande parte seguiria para o norte através de qualquer um dos vinte métodos e cinquenta transportadores distintos. Essa divisão em volumes menores era o que convencera o Cobra de que não seria possível conter o comércio depois que a droga tocasse o solo.

Em toda a África Ocidental, os ajudantes locais, até o nível presidencial, não eram pagos em dinheiro, mas em cocaína. Convertê-la em riqueza era problema deles. Estabeleceram um tráfico paralelo, o qual também seguia para o norte, mas exclusivamente nas mãos e sob o controle de africanos negros. Era ali que os nigerianos entravam em cena. Eles dominavam o comércio dentro da África e vendiam a cota deles quase que exclusivamente por intermédio das centenas de comunidades nigerianas espalhadas pela Europa.

Já em 2009 havia um problema se desenvolvendo localmente que um dia despertaria um surto de fúria no Don. Alguns dos aliados africanos não queriam permanecer como simples comissionados. Queriam ser promovidos a grandes operadores, comprando diretamente da fonte e transformando seus lucros magros no sobrepreço gigantesco do homem branco. Mas o Don tinha os clientes europeus para atender. Ele se recusara a elevar o papel dos africanos de empregados para sócios iguais. Era uma disputa adormecida que o Cobra pretendia explorar.

O padre Isidro lutara contra sua consciência e rezara por muitas horas. Ele teria procurado o padre provincial, mas o dignitário já dera seu conselho. A decisão era pessoal e cada padre paroquial era um agente livre. Mas o padre Isidro não se sentia como um agente livre. Sentia-se preso. Ele tinha um pequeno celular criptografado, o qual só discaria para um único número. Naquele número atenderia uma voz gravada; o sotaque era americano, mas em espanhol fluente. Ou ele poderia enviar uma mensagem de texto. Ou poderia permanecer em silêncio. Foi o adolescente no hospital Cartagena quem finalmente fez com que se decidisse.

Ele batizara e depois crismara o garoto, um dos muitos jovens da paróquia portuária de operários e extremamente pobre. Quando foi chamado para fazer a extrema-unção, sentou-se ao lado da cama, correu o terço pelas mãos e chorou.

— *Ego te absolvo ab omnibus peccatis tuis* — o padre sussurrou. — *In nomine Patris, et Filii et Spiritu Sancti.*

Ele fez o sinal da cruz no ar e o jovem morreu, absolvido. A freira que estava perto levantou delicadamente o lençol branco para cobrir o rosto morto. Quatorze anos e a vida tirada por uma overdose de cocaína.

"Mas que pecados ele cometeu?", perguntou padre Isidro ao seu Deus silencioso enquanto, recordava a absolvição ao caminhar de volta para casa, pelas ruas escuras do porto. Naquela noite, ele deu o telefonema.

Não acreditava que estivesse traindo a confiança da *señora* Cortez. Ela ainda era uma de suas paroquianas, nascida e criada nas favelas portuárias, mas havia se mudado para um elegante bangalô em um condomínio particular sob a sombra da montanha Cerro La Popa. O marido dela, Juan, era um livre-pensador que não ia à missa. Mas a mulher ia, e levava o filho, um garoto agradável, bem-humorado e travesso como os garotos devem ser, mas bondoso e devoto. O que a *señora* contara ao padre não se dera no confessionário, e ela implorara por ajuda. Era por isso que ele não estava violando a confidencialidade da confissão. Portanto, ele telefonou e deixou um recado curto.

Cal Dexter ouviu o recado 24 horas depois. Em seguida, foi ver Paul Devereaux.

— Existe um homem em Cartagena, um soldador. Descrito como um artífice genial. Trabalha para o Cartel. Cria dentro de cascos de aço esconderijos construídos com tamanha habilidade que são praticamente indetectáveis. Acho que eu deveria visitar esse tal de Juan Cortez.

— Concordo — disse o Cobra.

CAPÍTULO SEIS

Era uma casinha agradável, limpa e arrumada, do tipo que mostra que os moradores sentem orgulho de ter subido da classe trabalhadora para o nível de artífice habilidoso.

Fora o representante local da Soca inglesa quem localizara o soldador. O agente secreto era na verdade um neozelandês cujos anos nas Américas Central e do Sul tornaram-no fluente em espanhol. Ele tinha um bom emprego de fachada como professor-visitante de matemática na Academia de Cadetes Navais. O posto lhe dava acesso a todos os oficiais na cidade de Cartagena. Um amigo na Prefeitura foi quem localizou a casa a partir dos registros do imposto predial.

A resposta que deu à solicitação de Cal Dexter foi louvavelmente sucinta. Juan Cortez, artesão independente do porto, seguido pelo endereço. Ele adicionou a afirmação de que não havia nenhum outro Juan Cortez em nenhum lugar perto dos condomínios particulares que cobrem as ladeiras da montanha Cerro La Popa.

Cal Dexter chegou à cidade três dias depois, um turista com uma quantidade modesta de dinheiro que se hospedou em um hotel barato. Ele alugou uma lambreta, uma das dezenas de milhares na cidade. Com um mapa, encontrou a rua suburbana no distrito de Las Flores, memorizou o caminho e seguiu adiante.

Na manhã seguinte, estava no começo da rua em meio à escuridão de antes do amanhecer, agachado ao lado de sua lambreta estacionada, cujas peças internas estavam espalhadas na calçada ao seu lado enquanto ele trabalhava. Ao redor, luzes acenderam à medida que as pessoas despertavam para o novo dia. Entre elas, estavam as da casa de número 17. Cartagena é um balneário no sul do Caribe, e o clima é balsâmico durante todo o ano. No começo daquela manhã de março, a temperatura estava agradável. Mais tarde, faria calor. Os primeiros trabalhadores saíram das casas. De onde estava agachado, Dexter via o Ford Pinto estacionado no caminho pavimentado diante da casa-alvo e as luzes através das persianas enquanto a família tomava o café da manhã. O soldador abriu a porta da frente dez minutos antes das 7 horas.

Dexter não se mexeu. E nem poderia, pois a lambreta estava imóvel. Além do mais, aquela não era a manhã em que deveria seguir o homem; naquele dia ele iria apenas anotar o horário em que o homem saía de casa. Dexter esperava que Juan Cortez mantivesse a regularidade no dia seguinte. Ele observou o Ford fazer a curva para pegar a estrada principal. Ele estaria naquela esquina às 6h30 da manhã seguinte, mas com capacete e jaqueta, montado na lambreta com as pernas abertas. O Ford dobrou a esquina e desapareceu. Dexter montou na lambreta e retornou ao hotel.

Ele vira o colombiano razoavelmente de perto, o suficiente para reconhecê-lo. Sabia qual carro o homem dirigia e o número da placa.

A manhã seguinte foi como a primeira. As luzes se acenderam, a família tomou café da manhã, trocaram beijos. Dexter estava na esquina às 6h30, motor em ponto morto, fingindo falar ao celular para que o par de pedestres visse um motivo para ele estar parado. Ninguém reparou nele. O Ford, com Juan Cortez ao volante, passou às 6h45. Dexter deixou que se afastasse 100 metros e o seguiu.

O soldador atravessou o distrito de La Quinta e pegou a rodovia para o sul, a estrada costeira, a Carretera Troncal Oeste. Obviamente, quase todos os píeres ficavam ali, à beira-mar. O trânsito se intensificou. Contudo, caso o homem que estava seguindo tivesse olhos aguçados, Dexter desviou duas vezes para trás de um caminhão quando pararam nos sinais vermelhos.

Uma vez, ele apareceu vestindo a jaqueta pelo avesso. Antes, ela era de um vermelho vivo; agora, era azul anil. Noutra parada, trocou-a por uma camisa branca. De todo modo, era um em meio a uma multidão de pessoas que dirigiam lambretas a caminho do trabalho.

A estrada era muito longa. O trânsito diminuiu. Os que permaneciam na estrada seguiam para as docas na Carretera de Mamonal. Dexter trocou novamente de disfarce, guardando o capacete entre os joelhos e colocando um gorro branco de lã. O homem à frente dele parecia não ter reparado, mas com o trânsito mais leve Dexter precisou aumentar a distância para 100 metros. Finalmente, o soldador saiu da estrada. Estava 24 quilômetros ao sul da cidade, além dos portos de petroleiros e navios de produtos petroquímicos nos quais era feita a manutenção dos cargueiros de utilidade geral. Dexter reparou no grande cartaz promocional na entrada da estrada que levava ao Estaleiro Sandoval. Ele reconheceria o cartaz.

Dexter passou o resto do dia voltando para a cidade, em busca de um lugar para fazer a captura. Encontrou-o no fim da tarde: um trecho desolado no qual o caminho tinha uma única faixa em cada sentido e estradas de terra que desciam para os manguezais cerrados. A estrada permanecia reta por 500 metros, com uma curva em cada extremidade.

Naquela noite, aguardou onde a rua que seguia o Estaleiro Sandoval encontrava a estrada. O Ford apareceu pouco depois das 18 horas, ao anoitecer, faltando apenas poucos minutos para cair a escuridão. O Ford era um entre dúzias de carros e lambretas que voltaram para a cidade.

No terceiro dia, Dexter foi até o estaleiro. Aparentemente não havia seguranças. Ele estacionou e caminhou pelo local. Um *hola* animado foi trocado ao passar por um grupo de homens que trabalhavam nos navios. Encontrou o estacionamento de funcionários e ali estava o Ford, esperando pelo dono, que trabalhava nas profundezas de um navio em doca seca com um maçarico de oxiacetileno. Na manhã seguinte, Cal Dexter pegou um voo de volta para Miami para recrutar e planejar. Retornou uma semana depois, mas ilegalmente.

Foi de avião para a base do Exército da Colômbia em Malambo, onde as Forças Armadas americanas mantinham uma presença conjunta com integrantes do Exército, da Marinha e da Aeronáutica. Ele chegou em um Hercules C-130 que partira da base da Força Aérea em Englin, na Península da Flórida. Tantas operações secretas já foram originadas em Englin que o local é simplesmente conhecido como a Central de Espiões.

O equipamento do qual precisava estava no Hercules, acompanhado por seis boinas-verdes. Apesar de terem vindo de Fort Lewis, no estado de Washington, eram homens com quem já trabalhara, e o desejo de Dexter fora atendido. Fort Lewis é o lar do Primeiro Grupo de Forças Especiais, conhecido como Destacamento Operacional (DO) Alpha 143. Eram especialistas em montanhas, apesar de não haver montanhas em Cartagena.

Ele teve sorte de encontrá-los na base, tendo voltado do Afeganistão, em um intervalo tedioso bastante breve. Quando lhes apresentaram uma curta operação secreta, todos se ofereceram, mas Dexter precisava de apenas seis homens. Ele insistiu que dois deveriam ser hispânicos fluentes em espanhol. Ninguém sabia do que se tratava e ninguém precisava saber nada além dos detalhes imediatos. Mas todos conheciam as regras. Seriam informados do que fosse necessário para a missão. Nada mais.

Considerando o tempo que houvera, Dexter estava satisfeito com o que a equipe do Projeto Cobra realizara. A van preta para entregas era americana, assim como metade dos veículos nas estradas da Colômbia. Os documentos do veículo estavam em ordem e as placas eram as normais de Cartagena. Os adesivos colados em cada lado diziam: *Lavandería de Cartagena.* Vans de lavanderias raramente despertam suspeitas.

Ele conferiu os três uniformes da polícia de Cartagena, os dois cestos de vime, os sinalizadores de trânsito vermelhos portáteis e o corpo congelado, embalado em gelo seco dentro de um caixão refrigerado, o qual permanecera a bordo do Hercules até quando fosse útil utilizá-lo.

O Exército colombiano estava sendo muito hospitaleiro, mas não havia necessidade de abusar de seus favores.

Cal Dexter conferiu brevemente o cadáver. Altura certa, constituição certa, quase a mesma idade. Um pobre joão-ninguém tentando viver rusticamente nas florestas de Washington, encontrado morto de hipotermia, levado para o necrotério em Kelso pelos vigias do monte Santa Helena dois dias antes.

Dexter fez dois ensaios com a equipe. Estudaram de dia e à noite o trecho de 500 metros de estrada estreita escolhido. Na terceira noite, estavam prontos. Todos sabiam que simplicidade e rapidez eram essenciais. Na terceira tarde, Dexter estacionou a van na divisão central da longa reta. Havia uma trilha que conduzia ao manguezal, na qual ele colocou a van, a 50 metros de onde ela começava.

Usou a motocicleta que viera com o equipamento para ir, às 16 horas, ao estacionamento para funcionários no Estaleiro Sandoval, onde, acocorando-se, esvaziou dois pneus do Ford, um na traseira e o estepe na mala. Às 16h15, estava de novo com a equipe.

No estacionamento do Estaleiro Sandoval, Juan Cortez aproximou-se de seu carro, viu o pneu vazio, praguejou e foi pegar o estepe na mala. Descobrindo que também estava vazio, praguejou ainda mais, foi ao depósito e pegou uma bomba de ar. Quando finalmente estava pronto para partir, o atraso custara-lhe uma hora e estava escuro como breu. Todos os colegas de trabalho tinham ido embora havia muito tempo.

A quase 5 quilômetros do estaleiro, um homem com óculos de visão noturna estava parado em silêncio e invisível em meio à folhagem que margeava a estrada. Como todos os colegas de trabalho de Cortez tinham ido embora antes dele, o trânsito estava muito tranquilo. O homem no mato era americano, falava espanhol com fluência e vestia um uniforme de guarda de trânsito de Cartagena. Ele memorizara o Ford Pinto com base nas fotografias fornecidas por Dexter. O carro passou por ele cinco minutos depois das 19 horas. Ele pegou uma lanterna e iluminou a estrada. Três piscadas curtas.

Na faixa divisória da pista, Dexter pegou o bastão sinalizador vermelho, foi para o meio da estrada e balançou-o de um lado para o outro na direção dos faróis que se aproximavam. Cortez, vendo o aviso diante dele, começou a reduzir.

Atrás dele, o homem que esperava nos arbustos montou um sinal vermelho portátil no ponto da estrada onde estava, acendeu-o e, ao longo dos dois minutos seguintes, deteve dois outros carros que seguiam para a cidade. Um dos motoristas inclinou-se para fora da janela e gritou:

— *Qué pasa?*

— *Dos momentos, nada más* — respondeu o policial.

Quinhentos metros mais à frente, na faixa de quem vinha da cidade, o segundo boina-verde em uniforme policial montou seu sinal vermelho e, em dois minutos, acenou para que três carros parassem. Na parte central não haveria interrupções, e as possíveis testemunhas estavam fora de vista, depois das curvas.

Juan Cortez reduziu e parou. Um policial, sorrindo amigavelmente, aproximou-se da janela do motorista, que, devido à noite quente e agradável, já estava aberta.

— Posso lhe pedir para sair do carro, *señor?* — Dexter perguntou, e abriu a porta.

Cortez protestou, mas saltou. Depois, tudo aconteceu muito rapidamente. Ele se lembrava de dois homens saindo da escuridão; braços fortes; um lenço com clorofórmio; uma breve resistência; a consciência diminuindo; escuridão.

Os dois sequestradores carregaram o corpo flácido do soldador estrada abaixo e o colocaram na van em trinta segundos.

Dexter assumiu o volante do Ford e desapareceu pela mesma trilha. Depois, voltou correndo para a estrada.

O quinto boina-verde dirigia a van e o sexto o acompanhava. Na beira da estrada, Dexter murmurou uma instrução no radiotransmissor e os dois homens escutaram. Eles removeram os sinais vermelhos da via e acenaram para que os carros parados avançassem.

Dois aproximavam-se de Dexter vindo da direção do estaleiro, e três do lado de sentido contrário. Os motoristas, curiosos, viram um policial de pé à beira da estrada, próximo a uma motocicleta caída ao lado da qual estava sentado um homem atordoado, apoiando a cabeça nas mãos — o sexto soldado, de calça jeans, tênis e jaqueta. O policial gesticulou impacientemente para que avançassem. Foi só um tombo; não fiquem olhando.

Quando os carros se afastaram, o trânsito voltou ao normal, mas os motoristas subsequentes não viram nada. Os dois sinais vermelhos e uma motocicleta estavam na trilha e os seis homens guardando tudo na van. Cortez, inconsciente, foi colocado em um cesto de vime. Do outro cesto tiraram o corpo de dentro de um saco para cadáveres. Estava agora flácido e começando a cheirar mal.

A van e o carro trocaram de lugar. Ambos recuaram até a estrada. Os homens haviam tirado de Cortez a carteira, o celular, o anel de sinete, o relógio e o medalhão de seu santo patrono, o qual usava pendurado no pescoço. O cadáver, retirado do saco, já estava vestido com um macacão verde idêntico ao que Cortez usava.

O corpo foi "vestido" com todos os acessórios pessoais que identificavam Cortez. A carteira foi posta sob o traseiro do cadáver quando o colocaram atrás do volante do Ford. Quatro homens fortes, empurrando por trás, fizeram o carro colidir com força contra uma árvore logo na saída da estrada.

Os outros dois boinas-verdes pegaram latas de gasolina na traseira da van e encharcaram o Ford. O tanque de gasolina do próprio carro explodiria e completaria a bola de fogo.

Quando estavam prontos, os seis soldados se espremeram dentro da van. Eles esperariam por Dexter na estrada, 4 quilômetros adiante. Dois carros passaram. Depois, nada. A van preta de lavanderia lançou-se da entrada da trilha e partiu. Dexter aguardou ao lado da motocicleta até que a estrada estivesse vazia, pegou do bolso um trapo encharcado de gasolina enrolado em uma pedra, acendeu-o com um Zippo e, a 10 metros de distância, arremessou-o. Houve um estrondo surdo e o Ford incendiou. Dexter partiu em alta velocidade.

Duas horas depois, sem ser interceptada, a van atravessou os portões da base do Exército em Malambo, seguiu diretamente para as portas de carga abertas na traseira do Hercules e subiu a rampa. A tripulação do avião, alertada por uma ligação do celular, completara todas as formalidades e estava com as turbinas Allison prontas para voar. Quando as portas traseiras foram fechadas, aumentaram a potência, taxiaram até o ponto de decolagem e alçaram voo, rumo à Flórida.

Dentro da fuselagem, a tensão evaporou em sorrisos, apertos de mãos e *hurras*. Zonzo, Juan Cortez foi retirado do cesto de roupas, colocado suavemente em um colchão e um dos boinas-verdes, qualificado como médico do Exército, aplicou nele uma injeção. Era inofensiva, mas garantiria várias horas de um sono sem sonhos.

Às 22 horas, a *señora* Cortez estava histérica. Havia um recado do marido na secretária eletrônica, gravado quando ela estava fora. Fora deixado pouco antes das 18 horas. Juan dizia que estava com um pneu furado e que chegaria atrasado, talvez até uma hora. O filho deles já retornara havia muito tempo da escola e terminara o dever de casa. Jogara um pouco de Gameboy, depois também começou a se preocupar, mas tentou tranquilizar a mãe. Ela ligou diversas vezes para o celular do marido, mas não foi atendida. Mais tarde, consumido pelas chamas, o aparelho parou de tocar. Às 22h30, ela ligou para a polícia.

Eram 2 horas quando alguém no quartel-general da polícia de Cartagena fez a conexão entre um carro em chamas que colidira e explodira na estrada para Mamonal e uma mulher histérica em Las Flores porque o marido não voltara para casa do trabalho, nas docas. Mamonal, pensou o jovem policial do turno da noite, era onde ficavam as docas. Ele telefonou para o necrotério da cidade.

Houve quatro fatalidades naquela noite: um assassinato entre duas gangues na área de prostituição da cidade, dois acidentes automobilísticos graves e um ataque cardíaco em um cinema. O legista ainda estava abrindo os cadáveres às 3 horas.

Ele confirmou que um corpo totalmente queimado fora retirado de um dos carros acidentados, muito além de qualquer possibilidade de reconhecimento facial; mas alguns itens haviam sido recuperados ainda em condições de serem reconhecidos, os quais seriam colocados em uma sacola plástica e enviados de manhã para o quartel-general.

Às 6 horas, os restos da noite foram examinados no quartel-general da polícia. Nenhum dos três outros mortos fora queimado. Uma pilha de resíduos ainda fedia a gasolina e fogo. Nela havia um celular derretido, um anel de sineta, um medalhão de santo, um relógio com fragmentos de tecidos ainda presos à pulseira e uma carteira. A última devia ter sido protegida das chamas porque o morto estava sentado sobre ela. Dentro havia documentos, alguns ainda legíveis. A carteira de motorista era sem dúvida de um certo Juan Cortez. E a senhora histérica ligando de Las Flores era a *señora* Cortez.

Às 10 horas, um policial e um sargento foram à casa dela. Ambos tinham expressões graves. O policial começou:

— *Señora* Cortez, *lo siento muchissimo*...

A *señora* Cortez desmaiou no mesmo instante.

Uma identificação formal estava fora de questão. No dia seguinte, acompanhada e apoiada por dois vizinhos, a *señora* Irina Cortez compareceu ao necrotério. O que restava do marido era apenas uma casca chamuscada e enegrecida de ossos e carne derretida, massas carbonizadas, dentes sorrindo insanamente. O legista, com a aprovação dos policiais silenciosos que estavam presentes, liberou-a até mesmo de ver o que restava.

Mas ela identificou aos prantos o relógio, o anel de sineta, o medalhão, o celular derretido e a carteira de motorista. O patologista assinaria um atestado de que os itens haviam sido retirados do cadáver e a Divisão de Trânsito confirmaria que o corpo era realmente o que fora retirado do carro destruído, o qual, por sua vez, estava provado como sendo o de propriedade de Juan Cortez, que o dirigia naquela noite. Era o bastante; a burocracia ficou satisfeita.

Três dias depois, em Cartagena, o americano desconhecido que vivia na floresta foi enterrado na sepultura de Juan Cortez, soldador, marido e pai. Irina estava inconsolável; Pedro fungava em silêncio. O padre Isidro realizou os ofícios. Ele estava passando por um calvário particular.

Teria sido o telefonema que dera?, ele se perguntava incessantemente. Teriam os americanos divulgado a informação? Traído sua confiança? Teria o Cartel se dado conta? Teriam presumido que Cortez os trairia antes que ele próprio o fosse? Como os ianques poderiam ter sido tão burros?

Ou teria sido apenas uma coincidência? Uma coincidência verdadeira e terrível. Ele sabia o que o Cartel fazia com qualquer um de quem suspeitasse, por mais fracas que fossem as provas. Mas como poderiam ter suspeitado de que Juan Cortez não fosse seu artesão leal, o que, na verdade, fora até o fim? Assim, ele realizou a cerimônia, viu a terra cair sobre o caixão e tentou confortar a viúva e o órfão explicando o amor verdadeiro que Deus tinha por eles, mesmo que fosse difícil compreender. Depois, voltou para sua habitação espartana para rezar, rezar e rezar por perdão.

Letizia Arenal estava andando nas nuvens. Um dia nublado de abril na cidade de Madri não a afetaria. Ela jamais se sentira tão feliz ou tão satisfeita. O único jeito de estar mais satisfeita seria nos braços dele.

Eles tinham se conhecido duas semanas antes, na varanda de um café. Ela o vira ali antes, sempre sozinho, sempre estudando. No dia em que o gelo foi quebrado, ela estava com um grupo de amigos estudantes, gargalhando e contando piadas, e ele estava apenas duas mesas depois da dela. Como eram meados da primavera, a vidraça da varanda estava fechada. A porta abriu e o vento da rua jogou alguns papéis dela no chão. Ele se inclinou para pegá-los. Ela também se curvou, e seus olhares se encontraram. Ela se perguntou por que não percebera antes que ele era absolutamente lindo.

— Goya — disse ele.

Ela pensou que ele estivesse se apresentando. Depois, percebeu que ele segurava uma de suas folhas. Era uma reprodução de uma pintura a óleo.

— *Garotos colhendo frutas* — disse ele. — Goya. Você estuda arte?

Ela confirmou com a cabeça. Pareceu natural que ele a acompanhasse até em casa, que discutissem Zurbarán, Velásquez, Goya. Até pareceu natural que ele beijasse delicadamente seus lábios, frios devido ao vento. A chave de casa quase caiu da mão dela.

— Domingo — disse ele. Mas agora ele estava realmente lhe dizendo seu nome, e não o dia da semana. — Domingo de Vega.

— Letizia — respondeu ela. — Letizia Arenal.

— Srta. Arenal — disse ele tranquilamente. — Creio que a levarei para jantar. Não adianta resistir. Sei onde você mora. Se disser não, simplesmente vou ficar encolhido diante da sua porta e vou morrer aqui.

— Não acho que deva fazer isso, *señor* De Vega. Portanto, para evitar que o faça, jantarei com você.

Ele a levou a um velho restaurante que já servia comida quando os conquistadores deixaram seus lares na erma Estremadura em busca do financiamento do rei para descobrir o Novo Mundo. Quando ele contou a história — totalmente falsa, pois o Sobrino de Botín, na Rua dos Afiadores de Faca, é velho, mas não tanto —, ela estremeceu e olhou ao redor para ver se os velhos aventureiros ainda jantavam ali.

Ele disse que era de Porto Rico, que também falava inglês; um jovem diplomata das Nações Unidas determinado a ser embaixador algum dia. Mas tirara uma licença sabática de três meses, encorajado pelo chefe da missão, para estudar mais seu verdadeiro amor: a pintura clássica espanhola, no Prado, em Madri.

E pareceu bastante natural ir para a cama de Domingo, onde ele fez amor como nenhum homem que ela conhecera, apesar de ela admitir que só conhecera três.

Cal Dexter era um homem duro, mas ainda com uma consciência. Ele poderia ter considerado frio demais usar um gigolô profissional, mas o Cobra não tinha tais escrúpulos. Para ele, havia somente vencer ou perder, e entre as duas possibilidades, a imperdoável era perder.

Ele ainda via com assombro e admiração o espião-chefe de coração gelado Marcus Wolf, que por anos liderara a rede de espionagem da Alemanha Oriental, a qual cercava o aparato de contrainteligência dos inimigos alemães ocidentais. Wolf usara extensivamente armadilhas sedutoras — contudo, geralmente da maneira oposta à norma.

A norma era capturar figurões ocidentais ingênuos usando como isca garotas de programa lindíssimas até que pudessem ser fotografados e subjugados por meio de chantagem. Wolf usava rapazes sedutores; não para diplomatas gays (apesar de jamais ter excluído a possibilidade), mas para as solteiras negligenciadas e ignoradas pelo amor que muitas vezes eram as secretárias particulares dos grandes e poderosos da Alemanha Ocidental.

Que tais mulheres, quando finalmente se revelasse como tinham sido otárias, quando percebiam os segredos incalculáveis que haviam retirado dos arquivos dos patrões, copiado e entregue aos seus Adonis, acabassem arruinadas no banco dos réus de um tribunal alemão ocidental ou tirassem as próprias vidas na prisão enquanto aguardavam julgamento, não era algo que preocupasse Marcus Wolf. Ele estava jogando o Grande Jogo para vencer, e vencera.

Depois do colapso da Alemanha Oriental, um tribunal ocidental fora obrigado a absolver Wolf porque ele não traíra o próprio país. Assim, enquanto outros foram presos, ele desfrutou de uma aposentadoria tranquila até morrer de causa natural. No dia em que leu a notícia, Paul Devereaux mentalmente tirou o chapéu e fez uma oração pelo velho ateu. E não hesitou em enviar o belo gato vira-lata Domingo de Vega a Madri.

Juan Cortez despertou gradativamente e, durante os primeiros segundos acordado, pensou que pudesse estar no paraíso. Na verdade, era simplesmente um quarto de um tipo que jamais vira. Era grande, assim como a cama de casal na qual estava deitado, e tinha paredes de tom pastel com persianas fechadas sobre as janelas, atrás das quais o sol brilhava. Na verdade, estava na suíte VIP do clube de oficiais da base Homestead da Força Aérea, no sul da Flórida.

Quando a névoa inicial se dissipou, ele viu um robe felpudo sobre uma cadeira perto da cama. Girou as pernas dormentes, colocou os pés no chão e, percebendo que estava nu, vestiu o robe. Na mesa de cabeceira havia um telefone. Pegou-o e falou roucamente *Oiga* diversas vezes, mas ninguém atendeu.

Foi até uma das grandes janelas, puxou um canto da persiana e espiou lá fora. Viu jardins bem cuidados e um mastro, no qual tremulava a bandeira dos Estados Unidos. Não, não estava no paraíso; era o oposto: ele fora capturado pelos americanos.

Juan já ouvira histórias terríveis sobre as chamadas rendições extraordinárias em aviões escuros, sobre tortura no Oriente Médio e na Ásia Central, de anos no enclave cubano chamado Guantánamo.

Apesar de ninguém ter atendido o telefone, perceberam que Juan despertara. A porta se abriu e um garçom entrou com uma bandeja de comida, comida boa, e Juan Cortez não comia desde o almoço no Estaleiro Sandoval, 72 horas antes, com a refeição que levara de casa. Ele não sabia que haviam se passado três dias.

O garçom pousou a bandeja, sorriu e chamou-o até a porta do banheiro. Juan olhou para dentro. Um quarto de mármore para um imperador romano, como os que vira na televisão. O garçom gesticulou para indicar que tudo aquilo era dele: chuveiro, vaso sanitário, kit de barbear, tudo. Depois, retirou-se.

O soldador contemplou os ovos com presunto, o suco, a torrada, a geleia e o café. O aroma do presunto e do café encheu-lhe a boca de saliva. Provavelmente a comida continha drogas, ele raciocinou. Devia estar envenenada. Mas e daí? Podiam fazer o que quisessem com ele, de qualquer modo.

Ele se sentou e comeu, repassando suas últimas lembranças: o policial pedindo para que saísse do carro, os braços fortes ao redor de seu peito, o pano sufocante pressionado contra seu rosto, a sensação de estar caindo. Tinha poucas dúvidas quanto ao motivo. Ele trabalhava para o Cartel. Mas como era possível terem descoberto?

Quando terminou de comer, experimentou o banheiro; usou o vaso sanitário, tomou um banho, barbeou-se. Havia loção pós-barba. Ele molhou o rosto sem parcimônia. Eles que paguem. Crescera sob a ficção de que todos os americanos eram ricos.

Quando voltou ao quarto, deparou-se com um homem de pé: maduro, cabelo grisalho, altura mediana, magro. O homem abriu um sorriso amigável, muito americano. E falou, em espanhol:

— *Hola, Juan. Qué tal? Me llamo Cal. Hablamos un ratito.*

Um truque, obviamente. A tortura viria mais tarde. Assim, sentaram-se em duas poltronas e o americano explicou o que acontecera. Contou a respeito do rapto, do Ford incendiado, do corpo atrás do volante. Contou sobre a identificação do corpo a partir da carteira, do relógio, do anel e do medalhão.

— E minha mulher e meu filho? — perguntou Cortez.

— Ah, os dois estão arrasados. Acreditam que compareceram ao seu funeral. Queremos trazê-los para ficar com você.

— Ficar comigo? Aqui?

— Juan, aceite a realidade. Você não pode voltar. O Cartel jamais acreditaria em nenhuma palavra que dissesse. Você sabe o que fazem com pessoas que desertam para cá. E com todas as famílias dessas pessoas. Quando se trata disso, são uns animais.

Cortez começou a tremer. Ele sabia bem demais. Jamais vira ele próprio tais coisas, mas ouvira a respeito. Ouvira e tremera. As línguas cortadas, a morte lenta, famílias inteiras executadas. Ele tremia por Irina e Pedro. O americano inclinou-se para a frente.

— Aceite a realidade. Você está aqui agora. Não importa mais se o que fizemos foi certo ou errado; provavelmente errado. Você está aqui, vivo. Mas o Cartel está convencido de que morreu. Até enviaram um homem ao funeral.

Dexter tirou um DVD do bolso do casaco, ligou a grande tela de plasma, inseriu o disco e apertou play no controle remoto. Estava claro que a filmagem fora feita por uma câmera no teto de um prédio alto a 500 metros do cemitério, mas a definição era excelente. E ampliada.

Juan Cortez assistiu ao próprio funeral. Os editores do vídeo deram um close em Irina chorando, apoiada por um vizinho. No filho de Juan, Pedro. No padre Isidro. No homem ao fundo de terno preto com gravata e com o rosto sombrio e óculos escuros com laterais fechadas, o homem enviado por ordem do Don para espreitar. O vídeo terminou.

— Compreenda — disse o americano, jogando o controle remoto na cama. — Você não pode voltar. Mas também não virão atrás de você. Nem agora nem nunca. Juan Cortez morreu naquele acidente que incendiou o carro. É um fato. Agora, você precisa ficar conosco, aqui nos Estados Unidos. E cuidaremos de você. Não lhe faremos mal. Tem a minha palavra, e eu jamais volto atrás. Você terá outro nome, é claro, e talvez façamos algumas pequenas mudanças no rosto. Temos algo chamado Programa de Proteção para Testemunhas. Você vai fazer parte dele. Será um novo homem, Juan Cortez, com uma nova vida em um novo lugar; um emprego novo, uma casa nova, amigos novos. Tudo novo.

— Mas eu não quero tudo novo! — Cortez gritou em desespero. — Quero minha vida antiga de volta.

— Você não pode voltar, Juan. A vida antiga acabou.

— E minha mulher e meu filho?

— Por que não poderia tê-los com você nessa nova vida? Há muitos lugares neste país onde faz sol igual a Cartagena. Há centenas de milhares de colombianos aqui que hoje são imigrantes legais estabelecidos e felizes.

— Mas como eles...?

— Nós traríamos os dois. Você poderia criar Pedro aqui. Em Cartagena, o que ele seria? Um soldador, como você? Ir todos os dias suar nas docas? Aqui ele pode ser o que quiser daqui a vinte anos. Médico, advogado, até mesmo senador.

O colombiano olhou-o boquiaberto.

— Pedro, meu filho, senador?

— Por que não? Qualquer garoto pode crescer e se tornar qualquer coisa aqui. Chamamos isso de sonho americano. Mas, por esse favor, precisaríamos de sua ajuda.

— Eu não tenho nada a oferecer.

— Ah, sim, você tem, meu amigo Juan. Aqui, no meu país, aquele pó branco está destruindo a vida de jovens iguais ao seu filho Pedro. E chega em navios, escondido em lugares nos quais jamais poderemos encontrá-lo. Mas lembre-se dos navios, Juan, daqueles nos quais trabalhou. Escute, preciso ir. — Cal Dexter levantou-se e deu um tapinha no ombro de Cortez. — Pense a respeito. Veja a fita. Irina sofre por você. Pedro chora pelo *Papa* morto. Tudo poderia ser tão bom se os trouxéssemos para ficar aqui com você... Em troca de apenas alguns nomes. Voltarei em 24 horas. Infelizmente você não pode sair. Para seu próprio bem. Caso tenha sido visto por alguém. Improvável, mas possível. Portanto, fique aqui e pense. Meu pessoal cuidará de você.

O vapor afretado *Sidi Abbas* jamais ganharia qualquer concurso de beleza, e seu valor integral como um pequeno navio de carga era uma ninharia comparado aos oito fardos que transportava no porão.

Ele zarpara do Golfo de Sirte, na costa da Líbia, e agora seguia para a província italiana da Calábria. Contrariando as esperanças dos turistas, o Mediterrâneo pode ser um mar bravio. As ondas enormes açoitavam o navio enferrujado enquanto ele deslizava a leste de Malta, na direção da ponta da bota italiana.

Os oito fardos havia sido descarregados um mês antes, com a total aprovação das autoridades portuárias em Conacri (capital da outra Guiné), de um cargueiro maior vindo da Venezuela. Da África tropical, a carga fora transportada de caminhão até o norte, deixando a floresta, atravessando a savana e a areia ardente do Saara. Era uma viagem que desanimaria qualquer motorista, mas os homens durões que dirigiam os caminhões articulados estavam acostumados com as inclemências.

Eles dirigiam caminhões enormes e reboques por horas e horas, dias e mais dias, por estradas esburacadas e trilhas de terra. Em cada fronteira e alfândega havia mãos a serem molhadas e barreiras a serem erguidas enquanto os oficiais comprados davam-lhes as costas com gordos maços de notas de euro de alto valor nos bolsos traseiros.

Levava um mês, mas a cada metro que se aproximavam da Europa o valor de cada quilo nos oito fardos aumentava rumo ao astronômico preço europeu. Finalmente, os caminhões articulados paravam em um posto empoeirado nos arredores da cidade grande que era seu destino verdadeiro.

Caminhões menores ou, mais provavelmente, caminhonetes reforçadas levavam os fardos da estrada nos arredores da cidade até uma ruidosa aldeia de pescadores, um aglomerado de casebres de adobe à beira de um mar praticamente sem peixes, onde um navio afretado como o *Sidi Abbas* estaria aguardando em um píer decrépito.

Em abril, o navio seguia no último estágio da viagem, para o porto calabrês de Gioia, o qual estava inteiramente sob o controle da máfia' Ndrangheta. Naquele ponto, a propriedade mudaria. Alfredo Suarez, na distante Bogotá, teria feito seu trabalho; a autodenominada Sociedade Honorável assumiria. A dívida de cinquenta por cento seria paga e a enorme fortuna seria lavada através da filial italiana do banco Guzman.

De Gioia, a poucos quilômetros do gabinete do promotor estadual na capital Reggio di Calabria, os oito fardos, em pacotes muito menores, seriam transportados por terra até a capital da cocaína na Itália, Milão.

Mas o comandante do *Sidi Abbas* não sabia e tampouco se importava. Ele apenas se deu por satisfeito quando passou pelo molhe de Gioia e o mar bravio ficou para trás. Mais 4 toneladas de cocaína chegaram à Europa, e, a muitos quilômetros dali, o Don ficaria satisfeito.

Em sua prisão confortável mas solitária, Juan Cortez assistira diversas vezes ao DVD do funeral e chorava sempre que via os rostos arrasados da mulher e do filho. Ele ansiava por revê-los, por abraçar Pedro, por dormir com Irina. Mas sabia que o ianque estava certo; jamais retornaria. Recusar-se a cooperar e enviar uma mensagem seria condená-los à morte, ou até a algo pior.

Quando Cal Dexter retornou, o colombiano concordou com um movimento de cabeça.

— Mas também tenho minhas condições — disse ele. — Só quando abraçar meu filho, quando beijar minha esposa, me lembrarei dos navios. Até lá, nenhuma palavra.

Dexter sorriu.

— Não pedi nada além disso — disse ele. — Mas, agora, precisamos trabalhar.

Um engenheiro de áudio chegou e gravou uma fita. Apesar de a tecnologia não ser nova, tampouco o era Cal Dexter, como costumava brincar. Ele preferia a velha Pearlcorder, pequena, confiável e com uma fita tão minúscula que poderia ser escondida em muitos lugares. E fotografias foram tiradas. De Cortez olhando para a câmera, segurando uma cópia do *Miami Herald* daquele dia com a data claramente visível e da marca vermelha de nascença na coxa direita, parecida com um lagarto rosado brilhante. Quando obteve as provas, Dexter foi embora.

Jonathan Silver estava ficando impaciente. Ele exigira relatórios sobre o progresso da operação, mas Devereaux era irritantemente reservado. O chefe da Casa Civil da Casa Branca bombardeava-o constantemente.

Em outros lugares, as FLO oficiais continuaram como antes. Quantias enormes dos cofres públicos eram destinadas a elas, mas ainda assim o problema parecia piorar.

Capturas eram realizadas e aclamadas com alarde; interceptações ocorriam, os pesos e valores eram citados — sempre o valor das ruas, e não o valor do mar, porque era mais alto.

Mas no Terceiro Mundo, navios confiscados escapavam milagrosamente dos ancoradouros e desapareciam no mar; tripulações acusadas tinham suas fianças pagas e sumiam; pior ainda, carregamentos de cocaína confiscados simplesmente evaporavam sob custódia e o comércio seguia em frente. Para os guerreiros frustrados da DEA, parecia que todos recebiam propinas. Esse era o ônus da reclamação de Silver.

O homem atendendo o telefonema em sua casa em Alexandria enquanto o país fazia as malas para a Semana Santa permaneceu gelidamente cortês, mas recusou-se a fazer qualquer concessão.

— Recebi a missão em outubro — disse ele. — Informei que precisaria de nove meses para os preparativos. No momento apropriado, as coisas mudarão. Feliz Páscoa. — E desligou.

Silver ficou enfurecido. Ninguém fazia aquilo com ele. Exceto, aparentemente, o Cobra.

Cal Dexter retornou à Colômbia, novamente através da Base Aérea de Malambo. Dessa vez, com o auxílio de Devereaux, pegara emprestado da CIA o jato executivo Grumman. Não por conforto, mas para o caso de uma fuga rápida. Alugou um carro na cidade vizinha e dirigiu até Cartagena. Não levara reforços. Existem momentos e lugares em que somente a furtividade e a velocidade eram garantia de sucesso. Mesmo porque, se precisasse de seguranças e poder de fogo, ele fracassaria.

164

Apesar de Dexter já ter visto a *señora* Cortez na porta de casa, dando um beijo de despedida no marido quando ele saía para o trabalho, ela jamais o vira. Era a Semana Santa, e o distrito de Las Flores estava agitado com os preparativos para o Domingo de Páscoa. Exceto a casa de número 17.

Ele passou pela área diversas vezes, esperando anoitecer. Não queria estacionar ao lado da calçada por medo de ser visto e interrogado por algum vizinho enxerido. Mas queria ver as luzes acenderem logo antes de as persianas serem fechadas. Não havia nenhum carro no caminho pavimentado para a casa, indicando que não havia visitas. Quando as luzes foram acesas, ele pôde ver dentro da casa. A *señora* Cortez e o garoto; ninguém além deles. Estavam sozinhos. Ele se aproximou da porta e tocou a campainha. Quem atendeu foi o filho, um garoto de pele bem escura, a quem Dexter reconheceu do vídeo feito no funeral. Seu rosto estava triste. O garoto não sorriu.

Dexter puxou um distintivo policial, mostrou-o brevemente e guardou-o.

— Teniente Delgado, Policía Municipal — disse ele ao garoto. Na verdade, o distintivo era uma cópia do usado no Departamento de Polícia de Miami, mas o garoto não sabia disso. — Posso falar com sua *mama*?

Ele próprio respondeu, passando silenciosamente pelo garoto e entrando na casa.

Pedro foi correndo atrás dele, gritando:

— *Mama, está un oficial de la policía.*

A *señora* Cortez apareceu da cozinha, secando as mãos. Seu rosto estava inchado de tanto chorar. Dexter sorriu delicadamente e fez um gesto na direção da sala. Ele estava tão obviamente no comando que ela apenas obedeceu à sugestão. Quando estava sentada com o filho protetoramente ao seu lado, Dexter agachou-se e mostrou a ela um passaporte. Americano.

Ele apontou para a águia na capa, o brasão dos Estados Unidos.

— Não sou um policial colombiano, *señora*. Sou, como pode ver, americano. Agora, quero que se controle de verdade. E você, filho. Seu marido, Juan. Ele não está morto. Está conosco, na Flórida.

A mulher encarou-o sem entender durante vários segundos. Depois, suas mãos voaram em choque até a boca.

— *No se puede.* — Não pode ser, disse ela, soluçando. Eu vi o corpo...

— Não, *señora*, o que viu era o corpo de outro homem sob um lençol, irreconhecível de tão carbonizado. E viu o relógio de Juan, a carteira, o medalhão e o anel de sineta. Ele nos deu tudo. Mas o corpo não era dele. Um pobre vagabundo. Juan está conosco na Flórida. Ele me mandou buscar vocês. Os dois. Agora, por favor...

Ele retirou três fotos de um bolso interno. Juan Cortez, bastante vivo, olhava para a câmera. Uma segunda foto mostrava o *Miami Herald* recente nas mãos dele, a data visível. A terceira mostrava a marca de nascença. Foi a prova decisiva. Ninguém mais teria como saber.

Ela começou a chorar outra vez.

— *No comprendo, no comprendo* — repetia.

O garoto recuperou-se primeiro. Ele começou a gargalhar.

— *Papa está en vida* — Papai está vivo, disse ele com a voz rouca.

Dexter pegou o gravador e apertou o botão de play. A voz do soldador "morto" encheu a pequena sala.

— Amada Irina, minha querida. Pedro, meu filho. Sou eu mesmo...

Ele concluiu com um pedido para que Irina e Pedro fizessem cada um uma mala com seus pertences mais importantes, dissessem *adieu* ao número 17 e fossem junto com o americano.

Foi uma hora de agitação, entre lágrimas e gargalhadas, coisas colocadas nas malas, descartadas e guardadas de novo, de escolhas, mudanças de ideia, a bagagem sendo feita pela terceira vez. É difícil colocar toda uma vida em uma mala.

Quando estavam prontos, Dexter insistiu que deixassem as luzes acesas e as persianas fechadas para que a partida deles só fosse descoberta mais tarde. A *señora* escreveu uma carta, ditada por Dexter, e a deixou para os vizinhos sob um vaso na mesa. A carta dizia que ela e Pedro haviam decidido emigrar e começar uma vida nova.

No Grumman, retornando para a Flórida, Dexter explicou que os vizinhos mais próximos receberiam cartas dela, enviadas da Flórida, dizendo que conseguira um emprego como faxineira e que estava bem. Se alguém investigasse, os vizinhos mostrariam as cartas. Teriam o carimbo postal correto, mas não o endereço do remetente. Ela jamais seria localizada porque não estaria lá. E então, aterrissaram em Homestead.

Foi um longo encontro, mais uma vez com uma combinação de lágrimas e gargalhadas na suíte VIP. Orações foram feitas pela ressurreição. Depois, cumprindo sua palavra, Juan Cortez sentou-se com uma caneta e uma folha de papel e começou a escrever. Ele podia ter a educação formal limitada, mas sua memória era fenomenal. Fechou os olhos, pensou nos anos que haviam se passado e escreveu um nome. E outro. E mais outro.

Quando terminou e garantiu a Dexter que não havia mais nem um navio sequer no qual tivesse trabalhado, a lista continha 78 nomes. E, já que ele fora chamado para criar compartimentos ultrassecretos neles, deduzia-se que todos eram usados no contrabando de cocaína.

CAPÍTULO SETE

FELIZMENTE PARA CAL DEXTER A VIDA SOCIAL DE JEREMY Bishop era tão movimentada quanto uma área destruída por um bombardeio. Ele passara a Páscoa simulando alegria em um hotel-fazenda, de modo que quando Dexter mencionou, apologeticamente, que tinha um trabalho urgente que precisava do gênio dos computadores em seu banco de dados, foi como um raio de sol.

— Tenho os nomes de alguns navios — disse Dexter. — Setenta e oito, no total. Preciso saber tudo sobre eles. Tamanho, tipo de carga... proprietário também, se possível, pois provavelmente é uma empresa de fachada. Agentes, locatários atuais e, principalmente, localizações. Onde estão neste momento? É melhor que você se torne uma empresa de importação e exportação, ou uma virtual, com cargas que necessitem ser transportadas. Investigue os agentes. Quando rastrear um dos 78 navios, consulte a respeito do fretamento. Tonelagem errada, lugar errado, disponibilidade errada. Qualquer coisa. Apenas me diga onde estão e que aparência têm.

— Posso fazer melhor — disse Bishop, feliz. — Provavelmente posso conseguir fotos deles.

— Do alto.

— Do alto?

— Sim.

— Esse não é o ângulo pelo qual navios costumam ser fotografados.

— Apenas tente. E concentre-se em outros que naveguem com frequência entre o Caribe Oriental e o Ocidental e portos americanos e europeus.

Em dois dias, Jeremy Bishop, sentado satisfeito em seu amontoado de teclados e monitores, localizara 12 dos navios indicados por Juan Cortez. Ele passou a Dexter os detalhes que conseguira até então. Todos estavam na bacia caribenha, ou tinham partido ou rumavam para lá.

Dexter sabia que alguns dos navios indicados pelo soldador jamais apareceriam em listas de transportes marítimos internacionais. Eram navios pesqueiros ou afretados velhos e decrépitos, abaixo da tonelagem necessária para despertar o interesse do mundo comercial. E sabia também que encontrar as últimas duas categorias seria uma parte difícil, embora vital.

Os grandes cargueiros poderiam ser denunciados às alfândegas locais nos portos de destino. Provavelmente os navios teriam recebido a carga de cocaína no mar e haviam se livrado dela da mesma forma. Mas ainda poderiam ser apreendidos se os cães farejadores detectassem traços residuais nos compartimentos secretos a bordo, o que provavelmente aconteceria.

As embarcações que tanto frustravam Tim Manhire e os analistas em Lisboa eram os contrabandistas menores que saíam dos manguezais e atracavam em píeres de madeira em enseadas na África Ocidental. Foi descoberto que 28 navios da Lista

Cortez estavam registrados na Lloyd's; o resto estava abaixo do radar. Tirar 25 deles de atividade faria um rombo enorme na reserva de navios do Cartel; mas ainda não. O Cobra ainda não estava pronto. Os TR-1s, porém, estavam.

O major reformado João Mendoza, da Força Aérea Brasileira, aterrissou em Heathrow no início de maio. Cal Dexter encontrou-o diante das portas do saguão da alfândega do Terminal 3. Reconhecê-lo não foi um problema; ele memorizara o rosto do ex-piloto de jatos.

Seis meses antes, o major Mendoza fora o resultado de uma longa e árdua procura. Em certo ponto, Dexter encontrara-se almoçando com um antigo chefe de tripulação aérea da Royal Air Force. O tenete-brigadeiro do ar analisara a pergunta principal de Dexter demoradamente e cuidadosamente.

— Creio que não — disse ele, afinal. — Do nada, é? Sem avisos? Acho que nossos amigos poderão ter algum problema com isso. Uma questão de consciência. Não acredito que possa recomendar ninguém a você.

Era a mesma resposta que Dexter ouvira de um major-general da Força Aérea dos Estados Unidos, também reformado, que pilotara F-15 Eagles na primeira Guerra do Golfo.

— Lembre-se — disse o inglês, ao se despedirem. — Existe uma força aérea que bombardearia um traficante de cocaína sem remorso. A brasileira.

Dexter então esquadrinhou a comunidade de pilotos reformados da Força Aérea em São Paulo e finalmente encontrou João Mendoza. Ele tinha cerca de 45 anos e pilotara Northrop Grumman F5E Tigers antes de se aposentar para ajudar a administrar o negócio do pai, que começara a ficar mais frágil com a idade. Mas os esforços não deram resultado.

No colapso econômico de 2009, a empresa foi colocada sob administração judicial.

Sem outras habilidades, João Mendoza gravitara para um trabalho de escritório e arrependia-se de ter deixado de pilotar. E ainda sofria pelo irmão mais novo, praticamente criado por ele depois que a mãe morrera, pois o pai trabalhava 15 horas por dia. Enquanto o piloto estava na base de caças no Nordeste, o jovem envolvera-se com más companhias e morrera de overdose. João jamais esquecera e jamais perdoara. Além do que a quantia oferecida era enorme.

Dexter alugara um carro e seguira para o Nordeste do Brasil até uma cidade de relevo plano e à beira do mar. Com sua posição privilegiada na costa ocidental, tornara-se, durante a Segunda Guerra Mundial, um lugar perfeito para bases de bombardeiros. Scampton, na Inglaterra, fora uma delas. Durante a Guerra Fria, tornara-se o lar de parte da força V-bomber, carregando as bombas atômicas da Inglaterra.

Em 2011, Scampton abrigava diversos empreendimentos não militares, entre eles um grupo de entusiastas da aviação que estavam restaurando lentamente dois Blackburn Buccaneers. O par de aeronaves agora já podia taxiar, mas não voar, não ainda. Foi quando mudaram, por um valor que resolveu muitos dos problemas, para a conversão de um Bucc sul-africano que Guy Dawson pilotara desde a Cidade do Trovão, quatro meses antes.

A maioria dos integrantes do grupo de entusiastas de Buccaneers não era nem jamais fora piloto de jatos. Eram os armadores e montadores, os eletricistas e engenheiros que mantiveram os Buccs quando recebidos pela Marinha ou pela RAF. Viviam ali por perto, dedicando seus fins de semana e suas noites ao trabalho de colocar os dois veteranos resgatados de volta ao ar.

Dexter e Mendoza passaram a noite em uma pousada local, uma antiga ex-hospedagem para cocheiros com vigas escuras e baixas e troncos formidáveis, com reluzentes arreios de cavalos e gravuras de caça que fascinaram o brasileiro. De manhã, foram de carro até Scampton para encontrar a equipe. Eram 14 pessoas no total, todas recrutadas por Dexter com a verba do Cobra. Com orgulho, mostraram ao novo piloto do Bucc o que tinham feito.

A principal mudança foi a instalação de metralhadoras. Na época da Guerra Fria, o Buccaneer carregara uma série de armas adequadas para um bombardeiro leve e especialmente para um destruidor de navios. Como avião de guerra, a carga útil sob as asas fora uma variedade assustadora de bombas e mísseis, incluindo até bombas atômicas táticas.

Na versão que o major Mendoza examinou naquela manhã de primavera em um hangar de Lincolnshire em que ventava forte, toda a carga útil fora convertida em tanques de combustível, proporcionando uma autonomia impressionante. Com uma exceção.

Apesar de o Bucc jamais ter sido um avião de bombardeiro e interceptador, as instruções para a tripulação de solo foram claras. Armas de fogo foram instaladas na aeronave.

Sob cada asa, nos pilares que antes sustentavam os casulos de foguetes, foi aparafusado um par de canhões Aden de 30mm com poder de fogo suficiente para destruir qualquer coisa que atingissem.

A cabine traseira ainda não fora convertida. Em breve conteria outro tanque de combustível reserva e equipamentos de comunicação ultramodernos. O piloto do Bucc jamais teria um operador de rádio atrás dele; em vez disso, teria no ouvido uma voz de alguém a milhares de quilômetros dizendo-lhe exatamente aonde ir para encontrar o alvo. Mas, primeiro, o avião voaria com o instrutor.

— É lindo — murmurou Mendoza.

— Fico feliz que tenha gostado — disse uma voz atrás dele.

O piloto virou-se e viu uma mulher com cerca de 40 anos. Ela estendia uma das mãos.

— Meu nome é Colleen. Serei sua instrutora de voo para a conversão.

A comandante Colleen Keck jamais pilotara Buccaneers quando estava na Marinha. No tempo do Buccaneer, a força aeronaval não tinha pilotos femininos. Ela ingressara à força na Marinha e transferira-se para a força aeronaval. Depois de se qualificar para helicópteros, finalmente conquistara sua ambição: jatos. Depois de vinte anos em serviço, reformara-se, mas, como morava nas proximidades, juntara-se por capricho aos entusiastas. Um ex-piloto de Buccs "convertera" Colleen para se qualificar a pilotá-los antes que ele próprio ficasse velho demais para a tarefa.

— Aguardo ansiosamente — disse Mendoza em seu inglês lento e cuidadoso.

O grupo todo retornou à hospedagem para uma festa por conta de Dexter. No dia seguinte, ele os deixou para que se recuperassem e iniciassem o treinamento. Dexter precisava que o major Mendoza e a equipe de manutenção de seis pessoas que o acompanharia estivessem instalados até o final de junho. Ele voltou a Washington a tempo de acompanhar a segunda leva de identificações feitas por Jeremy Bishop.

O TR-1 é raramente mencionado e ainda mais raramente visto. É o sucessor invisível do famoso avião espião U-2 no qual Gary Powers foi memoravelmente abatido sobre a Sibéria em

1960 e que seguiu voando para descobrir as bases de mísseis soviéticos que estavam sendo construídas em Cuba em 1962.

Durante a Segunda Guerra do Golfo, o TR-1 foi o principal avião espião, voando à maior altitude e mais veloz, com câmeras capazes de transmitir imagens em tempo real sem a necessidade de se voltar para casa com rolos de filme. Dexter pedira um emprestado para usar a partir da base da Força Aérea americana em Pensacola, e o avião acabara de chegar. Ele começou a trabalhar na primeira semana de maio.

Dexter, com ajuda do incansável Bishop, localizara um projetista e arquiteto naval cujo talento era identificar quase qualquer navio a partir de praticamente qualquer ângulo. Ele trabalhava com Bishop no andar superior do armazém em Anacostia, com os cobertores de doação para o Terceiro Mundo amontoados abaixo deles.

O TR-1 cobria a Bacia do Caribe, reabastecendo sempre que necessário em Malambo, na Colômbia, ou nas bases dos Estados Unidos em Porto Rico. O avião espião enviava para a base fotografias em alta definição de ancoradouros e portos abarrotados de embarcações mercantes ou de navios que encontrasse ao mar.

O especialista naval, com uma poderosa lente de aumento, debruçava-se sobre as fotografias conforme Bishop as baixava pelo computador, comparando-as com os detalhes descobertos anteriormente por Bishop a partir dos nomes fornecidos pelo soldador.

— Aquele — dizia ele eventualmente, indicando um entre três dúzias em um porto caribenho — deve ser o *Selene*.

Ou então:

— Está ali, inconfundível, tamanho conveniente, quase sem equipamentos.

— É que tipo de navio? — perguntou Bishop, perplexo.

— Tonelagem média, apenas um porão, localizado na frente. É o *Virgen de Valme*. Atracado em Maracaibo.

Os dois eram especialistas, e, como é típico de especialistas, um achava impossível compreender a especialidade do outro. Mas, juntos, estavam identificando metade da frota marítima do Cartel.

Ninguém vai às Ilhas Chagos. É proibido. Elas são apenas um pequeno grupo de atóis de coral no centro isolado do oceano Índico, 1.600 quilômetros ao sul da extremidade austral da Índia.

Se fosse permitido, poderiam, como as Maldivas, possuir estâncias balneárias para aproveitar as lagoas límpidas, o sol durante todo o ano e recifes de corais intocados. Em vez disso, possuem bombardeiros. Especificamente, o americano B-52.

O maior atol do grupo chama-se Diego Garcia. Assim como o resto, é de propriedade inglesa, mas emprestado a longo prazo para os Estados Unidos, sendo uma grande base aérea e uma estação de abastecimento naval. É tão secreto que até os habitantes originais das ilhas, pescadores bastante inofensivos, foram removidos para outras ilhas e proibidos de retornar.

O que aconteceu durante o inverno e a primavera de 2001 na Eagle Island foi uma operação inglesa, mas parte dela foi financiada por contribuições da verba do Cobra. Quatro navios auxiliares da Frota Real ancoraram em sequência perto da costa com toneladas de ferramentas e equipamentos e os engenheiros navais construíram uma pequena colônia.

A colônia jamais seria uma estância, mas era habitável. Havia três fileiras de unidades habitacionais que vinham em pacotes e podiam ser montadas em um dia. Foram escavadas latrinas externas. Um refeitório foi montado e equipado com cozinhas, geladeiras e uma estação dessalinizadora geradora de água potável, tudo alimentado por um gerador.

Quando estivesse concluída e pronta para ocupação, a colônia poderia acomodar mais de duzentos homens, desde que entre eles houvesse bastantes engenheiros, cozinheiros e faz-tudo para manter todas as instalações em condição de funcionamento. Meio que por exagero, a Marinha chegou a instalar um centro esportivo, com máscaras, tubos de snorkel e pés de pato. Quem quer que ficasse isolado ali poderia até mergulhar de snorkel nos recifes. E havia uma biblioteca com livros em inglês e espanhol.

Para os marinheiros e engenheiros, não era uma missão árdua. No horizonte estava Diego Garcia, um mini-Estados Unidos nos trópicos, equipado com todas as facilidades que o militar americano longe de casa espera ter — ou seja, tudo. E os marujos ingleses eram bem-vindos para visitas, o que faziam. A única perturbação no paraíso tropical era o trovão constante dos bombardeiros partindo e voltando das missões de treinamento.

A Eagle Island tinha outra característica. Estando a quase 1.600 quilômetros do continente mais próximo e localizada no meio de um oceano repleto de tubarões, era praticamente à prova de fugas. Isso era o que importava.

As ilhas de Cabo Verde são outra zona abençoada com sol durante todo o ano. Em meados de maio, a nova escola de voo na Ilha do Fogo estava oficialmente aberta. Novamente, houve uma cerimônia. O ministro da Defesa foi da Ilha de Santiago para presidi-la. Felizmente para todos, o português foi a única língua falada.

O governo, depois de uma seleção rigorosa, escolhera 24 cabo-verdianos para se tornarem cadetes pilotos. Talvez nem todos chegassem a voar, mas era preciso ter uma margem para os que não conseguissem. Os 12 aviões de treinamento Tucano, com assentos gêmeos, haviam chegado do Brasil e estavam cuidadosamente enfileirados. Em posição de sentido estavam os 12 instrutores emprestados pela Força Aérea Brasileira. A única pessoa ausente era o oficial comandante, identificado como um certo major João Mendoza. Ele estava retido em missões aéreas em outro lugar e assumiria o comando dentro de um mês.

Pouco importava. Os primeiros trinta dias seriam dedicados a trabalhos em sala de aula e à familiarização com a aeronave. Informado de tudo, o ministro moveu a cabeça em profunda concordância e aprovação. Não era preciso dizer a ele que o major Mendoza chegaria no próprio avião, o qual podia pilotar por recreação.

Se o ministro soubesse a respeito do avião, ele poderia ter compreendido por que os tanques de combustível JP8 das aeronaves de treino ficavam separados do combustível muito mais volátil JP5, necessário para jatos de alto desempenho da Marinha. E ele jamais entrara no hangar adicional com portas de aço escavado na encosta da rocha. Ao ouvir que era uma instalação para armazenamento, perdera o interesse.

Ansiosos, os cadetes instalaram-se nos dormitórios, a comitiva oficial partiu para a capital e as aulas começaram no dia seguinte.

Na verdade, o oficial comandante estava quase 7 mil metros acima do cinzento Mar do Norte, a leste da costa inglesa, em um exercício navegacional de rotina com sua instrutora. A comandante Keck estava na cabine traseira. Jamais houvera controles na cabine traseira, de modo que o instrutor estava em uma situação de "confiança total". Mas ela ainda podia monitorar a precisão de interceptações de alvos imaginários. E estava satisfeita com o que via.

O dia seguinte era livre porque o voo noturno, que era fundamental, começaria na noite seguinte. E também, finalmente, os treinos de artilharia e Rato*, nos quais haveria barris pintados com cores chamativas flutuando no mar, deixados em locais combinados por um grupo que estava em um barco pesqueiro. Ela não tinha dúvida de que o aluno seria aprovado com louvor; reparara prontamente que o brasileiro era um piloto nato e gostara do velho Bucc como mergulhões gostam de água.

— Já voou alguma vez com decolagem propelida por mísseis? — perguntou ao piloto uma semana depois, no alojamento da tripulação.

— Não, o Brasil é muito grande. — Ele brincou. — Sempre tivemos terra suficiente para construir pistas longas.

— Seu Bucc S2 nunca teve Rato porque nossos porta-aviões eram longos o bastante — disse ela. — Mas às vezes, nos trópicos, o ar é quente demais. Há uma perda de potência. E este avião estava na África do Sul. Ele precisa de ajuda. Assim, não tivemos outra escolha senão instalar a Rato. Você vai ficar sem fôlego.

E ele ficou. Fingindo que a enorme pista de Scampton era realmente curta demais para uma decolagem não assistida, os armadores instalaram os pequenos foguetes atrás da bequilha. Colleen Keck instruiu-o cuidadosamente a respeito da sequência de decolagem.

---

* Sigla de Rocket Assisted Take Off: sistema de lançamento de aviões com empuxo auxiliar de um pequeno foguete. (*N. do E.*)

Estacione bem no fim da pista. Freios de mão completamente puxados. Ligue os motores Spey, contra os freios. No momento em que os freios não aguentarem mais, solte-os, potência máxima, ligue a chave dos foguetes. João Mendoza pensou que um trem o tivesse acertado por trás. O Buccaneer quase empinou e disparou pela linha no asfalto. Ele viu a pista como um borrão e decolou.

Sem o conhecimento da comandante Keck, o major Mendoza passara as noites estudando um pacote de fotografias enviadas à pousada para ele por Cal Dexter. Elas mostravam a pista de Fogo, o padrão das luzes de aproximação, o limite para pouso ao chegar do mar. O brasileiro não tinha mais dúvidas. Seria moleza, ou, como os amigos ingleses gostavam de dizer, *a piece of cake.*

Cal Dexter examinara com extremo cuidado os três veículos sem piloto fabricados no EUA, os Veículos Aéreos Não Pilotados, ou UAVs, na sigla em inglês. O papel deles seria vital na guerra que o Cobra iniciaria. Ele finalmente descartou o Reaper e o Predator e escolheu o "desarmado" Global Hawk. A função dele era de vigilância e somente de vigilância.

Usando a autorização presidencial de Paul Devereaux, Dexter travara longas negociações com a Northrop Grumman, fabricante do RQ-4. Ele já sabia que uma versão dedicada à "vigilância de grandes áreas marítimas" fora desenvolvida em 2006 e que a Marinha americana fizera uma grande encomenda.

Ele queria mais duas funções; disseram-lhe que não haveria problema. A tecnologia existia.

A primeira era que a memória instalada guardasse as imagens recebidas pelos aviões espiões TR-1 de quase quarenta navios, tiradas diretamente de cima. As fotografias seriam decompostas em pixels, os quais representariam uma distância de não mais do que 5 centímetros sobre o convés do navio real. Depois, o Global Hawk precisaria comparar o que estava vendo do alto com o que contivesse nos bancos de dados e informar aos controladores, nas bases a milhares de quilômetros de distância, quando identificasse algo.

Em segundo lugar, era necessário o uso de tecnologia de bloqueio de comunicações, possibilitando ao Hawk cercar a embarcação abaixo dele com um círculo de 16 quilômetros de diâmetro no qual nenhum tipo de comunicação eletrônica funcionasse.

Apesar de não portar nenhum míssil, o Hawk RQ-4 tinha todos os detalhes de que Dexter necessitava. Podia voar a mais de 20 mil metros de altitude, fora do alcance dos olhos de quem observasse. Sob sol, chuva, nuvens ou à noite, era capaz de rastrar 33 mil quilômetros quadrados por dia e, consumindo lentamente o combustível, ficar no ar por 35 horas. Diferentemente dos outros dois, sua velocidade de cruzeiro era de 340 nós, muito mais rápida do que a dos alvos.

No fim de maio, duas dessas maravilhas estavam instaladas e foram dedicadas ao Projeto Cobra. Uma foi preparada para operar da base costeira colombiana de Malambo, a nordeste de Cartagena.

A outra estava na ilha de Fernando de Noronha. Cada unidade estava em uma instalação afastada de qualquer olhar curioso do outro lado da base aérea. Sob instrução do Cobra, começaram a espreitar assim que foram instaladas.

Apesar de operada das bases aéreas, a varredura propriamente dita era feita a muitos quilômetros de distância, no Deserto de Nevada, onde ficava a base Creech, da Força Aérea dos EUA. Lá, homens ficavam sentados diante de consoles, olhando para monitores. Cada um tinha uma coluna de controle igual à de um piloto na cabine de comando.

O que cada operador via na tela era exatamente o que o Hawk podia ver olhando da estratosfera para baixo. Alguns homens e mulheres naquela silenciosa sala de controle com ar condicionado em Creech tinham Predators caçando sobre o Afeganistão e nas montanhas fronteiriças que levam ao Paquistão. Outros tinham Reapers sobre o Golfo Pérsico.

Todos tinham fones de ouvido e um microfone de garganta para receberem instruções e informarem às autoridades superiores quando um alvo fosse detectado. A concentração era total e, portanto, os turnos eram curtos. A sala de controle em Creech era o rosto das guerras futuras.

Com seu humor negro, Cal Dexter apelidou cada um dos Hawks de patrulha para diferenciá-los. Ao ocidental, deu o nome de *Michelle*, em homenagem à primeira-dama; o outro era *Sam*, em homenagem à esposa do primeiro-ministro inglês.

E cada um tinha uma tarefa diferente. A de *Michelle* era olhar para baixo, identificar e rastrear todas as embarcações marítimas mercantes identificadas por Juan Cortez que fossem encontradas e fotografadas pelo TR-1. A de *Sam* era encontrar e informar sobre tudo que decolasse ou zarpasse da costa brasileira entre Natal e Belém ou seguisse para o leste e atravessasse o Atlântico passando pela longitude 40, na direção da África.

Os dois postos de controle, em Creech, responsáveis pelos dois Hawks do Cobra estavam em contato direto com o armazém sujo no subúrbio de Washington, 24 horas por dia, sete dias por semana.

Letizia Arenal sabia que o que estava fazendo era errado e ia contra as instruções rígidas de seu *papa*, mas não conseguia se conter. Ele lhe dissera que jamais deixasse a Espanha, mas ela estava apaixonada, e o amor passou por cima até mesmo das instruções dele.

Domingo de Vega pedira Letizia em casamento e ela aceitara. Ela usava a aliança no dedo. Mas ele precisava voltar para seu posto em Nova York, senão o perderia, e faria aniversário na última semana de maio. Ele lhe enviara uma passagem em aberto da Iberia para o aeroporto Kennedy e implorou para que ela fosse encontrá-lo.

As formalidades na embaixada americana foram executadas como que sobre rodas bem lubrificadas; ela obteve a isenção de visto e foi liberada pela Agência de Segurança Nacional.

O bilhete era de classe executiva e ela fez o check-in no Terminal 4 praticamente sem esperar nada. A única mala que tinha foi etiquetada para o aeroporto Kennedy, em Nova York, e deslizou pela esteira para os carregadores de bagagens. Ela não reparou no homem atrás dela carregando uma grande bolsa de viagem como única bagagem de mão.

Letizia não tinha como saber que a bolsa estava cheia de jornais ou que ele daria meia-volta assim que ela desaparecesse depois de passar pela segurança e pelo controle de passaportes. Ela jamais vira o inspetor Paco Ortega e jamais o veria outra vez. Mas ele memorizara cada detalhe da única valise dela e das roupas que vestia. Uma fotografia de Letizia fora tirada de longe quando ela saíra do táxi, na calçada. Tudo estaria em Nova York antes mesmo que ela decolasse.

Mas, apenas por segurança, ele ficou em uma janela, olhando para a pista, e viu quando, muito longe, o jato da Iberia virou na direção do vento, parou e depois decolou na direção dos picos ainda nevados da Sierra de Guadarrama e do Atlântico. Depois, telefonou para Nova York e trocou algumas palavras com Cal Dexter.

O avião chegou na hora prevista. Havia um homem com uniforme da equipe de solo na passarela do aeroporto quando os passageiros deixaram o avião. Ele murmurou duas palavras em um celular, mas ninguém reparou. As pessoas fazem isso o tempo todo.

Letizia Arsenal passou pelo controle de passaportes depois de não mais do que a formalidade habitual de pressionar um polegar de cada vez em um pequeno painel de vidro e olhar para a lente de uma câmera para o reconhecimento de íris.

Quando ela passou, o oficial de imigração virou-se e acenou silenciosamente com a cabeça para um homem que estava no corredor pelo qual os passageiros passavam em direção ao saguão da alfândega. O homem acenou com a cabeça em resposta e foi atrás da jovem.

Era um dia de muito movimento no aeroporto, de forma que a liberação das bagagens sofreu um atraso de vinte minutos. Finalmente, a esteira fez um ruído, foi ligada com um baque surdo e as malas começaram a ser cuspidas. A de Letizia não foi nem a primeira nem a última, veio mais ou menos no meio. Ela a viu descer rolando pela boca aberta do túnel e reconheceu a etiqueta amarela com seu nome e endereço, a qual prendera à mala para que fosse mais fácil encontrá-la.

Era uma mala dura com rodinhas; Letizia pendurou a bolsa de mão no ombro esquerdo e puxou a valise na direção da alfândega. Ela estava na metade do caminho quando um oficial de pé, como que matando tempo, a chamou. Uma inspeção aleatória. Nada com que se preocupar. Domingo estaria aguardando por ela no saguão, do outro lado das portas. Ele só precisaria esperar mais alguns minutos.

Ela puxou a mala até a mesa indicada pelo oficial e a levantou. Os trincos estavam voltados para ela.

— Por favor, a senhora poderia abrir?

Escrupulosamente educado. Sempre são escrupulosamente educados e nunca riem ou brincam. Ela abriu os dois trincos. O oficial virou a mala de frente para ele e levantou a tampa. Viu as roupas arrumadas em cima e, com as mãos enluvadas, levantou a camada superior. Depois, parou. Ela percebeu que ele estava olhando para ela por sobre a tampa. Ela presumiu que ele agora fecharia a mala e ela poderia seguir em frente.

Ele fechou a mala e disse, muito friamente:

— Venha comigo, por favor, senhora.

Não era um pedido. Ela percebeu que um homem grande e uma mulher robusta, com o mesmo uniforme, aproximavam-se por trás. Era constrangedor; outros passageiros olhavam de lado ao passarem apressados.

O primeiro oficial fechou os trincos, suspendeu a mala e foi em frente. Os outros, sem uma palavra, foram atrás. O primeiro oficial entrou por uma porta no canto. Era uma sala praticamente vazia, com uma mesa no centro, algumas cadeiras simples encostadas nas paredes, nas quais havia apenas duas câmeras, em cantos diferentes. A valise foi colocada deitada sobre a mesa.

— Por favor, senhora, abra novamente sua valise.

Foi quando Letizia começou a perceber que poderia haver algo errado, embora não tivesse ideia do que poderia ser. Ela fez o que lhe fora ordenado e viu as próprias roupas, dobradas com cuidado.

— Retire-as, por favor, senhora.

Estava sob o casaco de linho, as duas saias de algodão e várias blusas dobradas. Não era grande, aproximadamente do tamanho de um saco de açúcar. Cheio de algo parecido com talco.

Foi quando ela se deu conta; como uma onda de náusea sufocante, um soco no plexo solar, uma voz silenciosa dentro da cabeça, gritando: "Não, não fui eu, não fiz isso, não é meu, alguém deve ter colocado na mala..."

Foi a mulher robusta quem a segurou, apoiando-a, mas não para ajudá-la. Para as câmeras. Os tribunais de Nova York são tão obcecados com os direitos do acusado e os advogados de defesa tão determinados a buscar a menor infração das regras de procedimento para obter a anulação da acusação que, para os oficiais, nem mesmo a menor formalidade pode ser ignorada.

Após a abertura da mala e a descoberta do que até aquele momento era simplesmente um pó branco não identificado, Letizia Arenal entrou, no jargão oficial, "no sistema". Depois, tudo pareceu um pesadelo difuso e contínuo.

Ela foi levada para outra sala, mais bem montada, no complexo do terminal. Havia uma série de gravadores digitais. Outros homens chegaram. Ela não sabia, mas eram da DEA e da ICE, a polícia de imigração e alfandegária. Contando com a alfândega, havia três autoridades detendo-a sob diferentes jurisdições.

Apesar de Letizia falar bem inglês, um intérprete de espanhol foi providenciado. Leram para ela seus direitos, os direitos Miranda, dos quais jamais ouvira falar. A cada frase perguntavam: "Entendeu, senhora?" Sempre o educado "senhora", apesar de as expressões faciais lhe dizerem que a desprezavam.

Em algum lugar, o passaporte dela estava sendo minuciosamente examinado. Noutro, a mala e a bolsa de mão recebiam a mesma atenção. O saco de pó branco foi enviado para análise, a qual seria feita fora do terminal, em outras instalações, em um laboratório químico. Não foi nada surpreendente quando determinaram que era cocaína pura.

O fato de ser pura era importante. Uma pequena quantidade de pó "malhado" poderia ser explicada como sendo "de uso pessoal". Não 1 quilo de cocaína pura.

Na presença de duas mulheres, ela teve de tirar toda a roupa, que foi levada embora. Recebeu uma espécie de macacão de papel para vestir. Uma médica qualificada fez uma busca invasiva nos orifícios, inclusive nos ouvidos. A essa altura, Letizia chorava incontrolavelmente. Mas o "sistema" faria o que quisesse. E tudo diante de câmeras, para os registros. Nenhum advogado espertinho livraria a cadela.

Finalmente, um oficial superior da DEA informou que ela tinha o direito de solicitar um advogado. Ela não fora formalmente interrogada, não ainda. Os direitos Miranda não tinham sido infringidos. Letizia disse que não conhecia nenhum advogado em Nova York. Ela foi, então, informada de que um advogado de defesa seria indicado, mas pelo tribunal, não por ele.

Ela repetia que o noivo estava esperando por ela no saguão. Aquilo não fora ignorado, de jeito nenhum. Quem quer que a estivesse esperando poderia ser um cúmplice. As pessoas do outro lado das portas do saguão da alfândega foram cuidadosamente examinadas. Nenhum Domingo de Vega foi encontrado. Ou ele era uma invenção ou, caso fosse cúmplice, deixara o local. De manhã, procurariam um diplomata de Porto Rico com aquele nome nas Nações Unidas.

Letizia insistiu em explicar tudo, abrindo mão da presença de um advogado. Contou tudo que sabia, ou seja, nada. Não acreditaram nela. Então ela teve uma ideia.

— Sou colombiana. Quero ver alguém da embaixada colombiana.

— Será do consulado, senhora. São 10 da noite. Tentaremos encontrar alguém de manhã.

Quem disse isso foi o homem do FBI, mas ela não sabia. Tráfico de drogas para os Estados Unidos é um crime federal, e não de nível estadual. Os federais tinham assumido o comando.

O aeroporto J.F. Kennedy fica no Distrito Leste de Nova York, e na região do Brooklyn. Finalmente, perto da meia-noite, Letizia Arenal foi alojada no Instituto Correcional Federal da região, onde aguardaria uma audiência com um juiz pela manhã.

E, é claro, foi aberta uma pasta, a qual ficava rapidamente cada vez mais cheia. O "sistema" exige muita papelada. Na cela individual, cheirando a suor e medo, Letizia Arenal chorou a noite toda.

De manhã, a Polícia Federal contatou alguém no consulado da Colômbia que concordou em ir até lá. Se a prisioneira esperava alguma compaixão, ficaria decepcionada. A assistente consular não poderia ter um rosto mais comprido e magro. Aquele era exatamente o tipo de situação que os diplomatas detestavam.

A assistente era uma mulher em um terno executivo preto e soturno. Ela escutou a explicação sem a menor mudança na expressão do rosto e não acreditou em uma palavra sequer. Mas não tinha outra opção além de telefonar para Bogotá e pedir ao Ministério das Relações Exteriores que localizasse um advogado particular chamado Julio Luz. Era o único nome em que a Srta. Arenal conseguia pensar para pedir ajuda.

Houve uma primeira audiência no tribunal, mas somente para providenciar a extensão da prisão preventiva. Ao saber que a acusada não tinha um representante, o magistrado ordenou que um defensor público fosse encontrado. Um jovem que mal terminara a faculdade foi localizado. Ele e Letizia passaram alguns instantes juntos em uma cela temporária antes de voltarem ao tribunal.

O advogado de defesa fez um pedido impossível de fiança. Era impossível porque a acusada era estrangeira, sem recursos ou família, o crime alegado era imensamente grave e o promotor deixara claro que maiores investigações estavam em andamento, devido à suspeita de que a acusada estivesse envolvida com uma cadeia muito maior de traficantes de cocaína.

O defensor tentou alegar que havia um noivo, que era diplomata nas Nações Unidas. Um dos policiais federais entregou um bilhete ao promotor, que voltou a se levantar, desta vez para revelar que não existia nem jamais existira nenhum Domingo de Vega na missão de Porto Rico nas Nações Unidas.

— Guarde isso para suas memórias, Sr. Jenkins — falou o magistrado, com a voz arrastada. — A acusada será recolocada em prisão preventiva. Próximo.

O juiz bateu o martelo. Letizia Arenal foi retirada em uma inundação de novas lágrimas. Seu suposto noivo, o homem a quem amara, a traíra cinicamente.

Antes que fosse levada de volta ao instituto correcional, teve o último encontro com seu advogado, o Sr. Jenkins. Ele lhe ofereceu seu cartão.

— Pode me telefonar a qualquer hora, *señorita*. Você tem esse direito. Nada será cobrado. O defensor público é gratuito para quem não possui recursos.

— Você não compreende, Sr. Jenkins. Em breve o *señor* Luz virá de Bogotá. Ele vai me resgatar.

Enquanto retornava de transporte público para seu desarrumado escritório nas instalações da Defensoria Pública, Jenkins pensou que realmente ingenuidade não tem limite. Domingo de Vega uma ova, e, provavelmente, Julio Luz idem.

Ele estava errado no segundo nome. Naquela manhã, o *señor* Julio Luz recebera um telefonema do Ministério das Relações Exteriores da Colômbia que quase lhe causara uma parada cardíaca.

CAPÍTULO OITO

Julio Luz, o advogado da cidade de Bogotá, pegou um voo para Nova York envolto em uma calma aparente, mas por dentro era um homem apavorado. Desde a prisão de Letizia Arenal no aeroporto Kennedy, três dias antes, ele tivera duas entrevistas longas e aterrorizantes com um dos homens mais violentos que já conhecera.

Apesar de ter se sentado com Roberto Cardenas nas reuniões do Cartel, os encontros sempre haviam acontecido na presença de Don Diego, cuja palavra era lei e que exigia um nível de dignidade equivalente ao dele próprio.

Em um quarto de uma casa de fazenda no meio do nada, Cardenas não tinha tais limitações. Ele ficara enfurecido e fizera ameaças. Assim como Luz, ele não tinha dúvida de que haviam mexido na bagagem da filha dele e estava convencido de que a inserção da cocaína fora colocada por algum maldito oportunista no aeroporto de Barajas, em Madri.

Ele descreveu o que faria com o carregador de bagagens quando o encontrasse até Julio Luz ficar com náusea. Finalmente, elaborou a história que apresentariam às autoridades de Nova York. Nenhum deles jamais ouvira o nome Domingo de Vega e não conseguiam imaginar por que ela pegara um avião para os EUA.

A correspondência enviada dos institutos correcionais dos EUA pelos presos é censurada, e Letizia não escrevera nenhuma carta. Tudo que Julio Luz sabia era que o Ministério das Relações Exteriores lhe informara.

A história do advogado seria que a jovem era órfã e ele, seu tutor. Foram preparados documentos que comprovassem a informação. Era impossível usar dinheiro cujo rastreio levasse a Cardenas. Luz sacaria recursos do próprio escritório e Cardenas o reembolsaria. Ao chegar a Nova York, Luz estaria com dinheiro, no direito de ver sua protegida na prisão e na busca pelo melhor advogado criminal que o dinheiro pudesse pagar.

E foi o que fez, nessa ordem. Deparando-se com o conterrâneo, mesmo com uma mulher da DEA fluente em espanhol sentada no canto da sala, Letizia Arenal contou toda a sua história para um homem que costumava encontrar apenas para jantar e tomar café da manhã no hotel Villa Real.

Luz estava aterrorizado, não tanto com a história do diabolicamente belo pseudodiplomata de Porto Rico, menos ainda com a decisão incrivelmente burra de desobedecer ao pai cruzando o Atlântico, mas com a perspectiva da ira vulcânica de Cardenas quando soubesse — pois ele deveria saber.

O advogado conseguia somar dois mais dois e chegar a quatro. O amante da arte impostor, "De Vega", era claramente membro de uma quadrilha de traficantes baseada em Madri que usava seus talentos de gigolô para recrutar jovens incautas a servirem de "mulas". Ele tinha poucas dúvidas de que, logo depois que retornasse à Colômbia, haveria um exército de bandidos espanhóis e colombianos indo a Madri e Nova York para encontrar o desaparecido "De Vega".

O idiota seria capturado, levado para a Colômbia, entregue a Cardenas e, depois, que Deus o ajudasse. Letizia disse que tinha uma foto do "noivo" na bolsa e uma maior no apartamento de Moncloa. Ele pensou em exigir a primeira de volta e mandar remover a maior do apartamento em Madri. Seriam de grande ajuda na busca pelo tratante por trás daquele desastre. Luz calculou que o jovem traficante não deveria estar escondido, pois não saberia o que o estaria aguardando, saberia apenas que perdera uma das cargas.

Sob tortura, ele daria o nome do carregador de bagagens que inserira o saco de cocaína em Madri. Uma confissão completa dele e Nova York seria obrigada a retirar a acusação. Foi o que Luz pensou.

Porém, as autoridades negaram totalmente a existência de qualquer foto na bolsa que fora confiscada no aeroporto Kennedy, e a de Madri já desaparecera. Paco Ortega cuidara disso. Mas, primeiro, o mais importante. Luz contratou os serviços do Sr. Boseman Barrow, da Manson Barrow, considerado o melhor advogado de defesa da corte criminal de Manhattan. A quantia oferecida para que o Sr. Barrow largasse tudo e cruzasse o rio até o Brooklyn foi realmente impressionante.

Mas quando os dois homens voltaram do instituto correcional federal para Manhattan no dia seguinte, a expressão do nova-iorquino era grave, embora por dentro não se sentisse tão desanimado. Ele via meses e meses de trabalho pela frente por valores astronômicos.

— *Señor* Luz, preciso ser brutalmente honesto. As coisas não estão bem. Não tenho dúvida de que sua protegida foi atraída para uma situação desastrosa pelo traficante que dizia se chamar Domingo de Vega, e de que ela não sabia o que estava fazendo. Foi enganada. Acontece a toda hora.

— Então isso é bom — interrompeu o colombiano.

— É bom que eu acredite nisso. Mas, se vou defendê-la, é preciso acreditar mesmo. O problema é que não sou nem o júri nem o juiz e muito menos a DEA, o FBI ou o procurador distrital. E um problema muito maior é que o tal de De Vega não só desapareceu como não há o menor rastro de prova de que algum dia tenha existido.

A limusine do escritório de advocacia atravessou o East River e Luz olhou abatido para a água cinzenta abaixo dele.

— Mas De Vega não era o carregador de bagagens. — Ele protestou. — Deve haver outro homem, o que abriu a mala e colocou dentro o pacote, em Madri.

— Não sabemos disso. — O advogado de Manhattan suspirou. — Ele poderia ser também o carregador de bagagens. Ou teve acesso a um local em que pôde mexer na mala. Pode ter se passado por tripulante da Iberia ou oficial da alfândega com direito de acesso. Pode ter sido qualquer uma dessas coisas. Quanta energia as autoridades de Madri dedicarão ao trabalho de tentar libertar alguém que provavelmente veem como uma traficante de drogas, ainda por cima não espanhola?

O carro entrou na East River Drive, na direção da zona de conforto de Boseman Barrow, o centro de Manhattan.

— Tenho recursos — protestou Julio Luz. — Posso contratar investigadores particulares nos dois lados do Atlântico. Como o senhor diz, o céu é o limite.

O Sr. Barrow olhou sorrindo para Luz. Quase conseguia sentir o cheiro da nova ala em sua mansão nos Hamptons. Aquilo levaria muitos meses.

— Temos um argumento poderoso, *señor* Luz. Está claro que o aparato de segurança no aeroporto de Madri fez alguma asneira colossal.

— Asneira?

— Falhou gravemente. Neste período de paranoia, toda bagagem dos aviões comerciais que seguem para os EUA deve ser submetida a raios X no aeroporto de partida. Principalmente os que vêm da Europa. Existem tratados bilaterais. A silhueta do saco deveria ter aparecido em Madri. E eles têm cães farejadores. Por que nenhum cão farejador? Tudo isso indica uma inserção *posterior* à checagem habitual...

— Então podemos pedir que retirem a acusação?

— Ou um erro administrativo. Receio que a retirada da acusação esteja fora de cogitação. E quanto a nossas chances no tribunal, sem alguma nova prova incontestável a favor dela, não são boas. Um júri de Nova York simplesmente não vai acreditar numa falha no aeroporto de Madri. Eles darão atenção às evidências, e não aos protestos da acusada. Uma passageira logo da Colômbia, dentre tantos lugares no mundo; saindo pela alfândega; 1 quilo de cocaína colombiana pura; rios de lágrimas. Lamento que seja muito, muito comum. E a cidade de Nova York está ficando cansada, muito cansada disso.

O Sr. Barrow não avisou que o próprio envolvimento tampouco pareceria muito bom. Quantidades olímpicas de dinheiro eram arrecadadas com o comércio de cocaína por nova-iorquinos de baixa renda, do tipo que acaba nos tribunais. Uma mula realmente inocente não receberia muita atenção do escritório de auxílio legal. Mas quanto ao próprio desligamento do caso, não era necessário afirmar.

— O que acontece agora? — perguntou Luz.

As entranhas dele começavam novamente a derreter diante da ideia de confrontar o temperamento vulcânico de Roberto Cardenas por causa daquilo.

— Bem, ela será apresentada em breve diante do tribunal do distrito federal do Brooklyn. O juiz não determinará uma fiança. Isso é certo. Ela será transferida para um presídio federal no norte do estado, novamente sob prisão preventiva, onde aguardará o julgamento. Esses lugares não são agradáveis. Ela não cresceu nas ruas, foi educada em um convento, você disse? Meu Deus. Existem lésbicas agressivas nesses lugares. Lamento profundamente dizer isso. Duvido que seja diferente na Colômbia.

Luz deixou o rosto cair nas mãos.

— *Dios mio* — ele murmurou. — Quanto tempo lá dentro?

— Bem, receio que não menos de seis meses. É o tempo que leva para a Promotoria preparar o caso, em alguma brecha da vasta carga de trabalho. E para nós, é claro. Para que seus detetives possam ver o que conseguem descobrir.

Julio Luz também não foi totalmente franco. Ele não duvidava de que alguns detetives seriam lobinhos em comparação com o exército de homens durões que Roberto Cardenas enviaria para encontrar o impostor que destruíra a vida de sua filha. Mas estava errado. Cardenas não faria tal coisa porque Don Diego descobriria. O Don não sabia a respeito da filha secreta, e o Don insistia em saber tudo. Até Julio Luz antes pensara que ela fosse namorada do bandido e que os envelopes que transportava eram a mesada dela. Ele tinha uma última pergunta tímida a fazer. A limusine silvou ao parar diante do luxuoso prédio comercial em cuja cobertura ficava o escritório de advocacia, pequeno mas revestido de ouro, de Manson Barrow.

— Se ela for considerada culpada, *señor* Barrow, qual seria a sentença?

— É difícil prever, é claro. Depende das provas atenuantes, caso exista alguma; da minha defesa; do juiz do dia. Mas receio que, na disposição em que Nova York está, pensarão ser necessário dar um exemplo. Uma intimidação. Cerca de vinte anos em uma prisão federal. Agradeça aos céus que os pais dela não estejam aqui para ver.

Julio Luz gemeu. Barrow sentiu pena.

— Obviamente, o quadro poderia ser mudado caso ela se tornasse uma informante. Chamamos isso de acordo judicial. A DEA faz acordos por informações privilegiadas que capturem o peixe muito maior. Agora, se...

— Ela não pode — gemeu Luz. — Ela não sabe de nada. É realmente inocente.

— Ah, bem... Que pena.

Luz estava sendo muito sincero. Só ele sabia o que fazia o pai da jovem presa, e certamente não ousara contar a ela.

Maio deu lugar a junho, e o Global Hawk *Michelle* flutuava silenciosamente e girava sobre o leste e o sul do Caribe, como um falcão real nas ondas termais em uma busca infinita por presas. Não era a primeira vez.

Na primavera de 2006, um programa conjunto da Força Aérea e da DEA posicionara um Global Hawk sobre o Caribe, a partir de uma base na Flórida. No breve período em que ficara no ar, o Hawk conseguira monitorar centenas de alvos marítimos e aéreos. Foi o bastante para convencer a Marinha de que a Bams, ou Broad Area Maritime Surveillance, era o futuro, e foi feita uma encomenda enorme.

Mas a Marinha estava concentrada na frota russa, em navios armados iranianos e navios espiões da Coreia do Norte. A DEA, em traficantes de cocaína. O problema era que, em

2006, o Hawk conseguia mostrar o possível, mas ninguém sabia quem era quem, os inocentes e os culpados. Graças a Juan Cortez, o maravilhoso soldador, as autoridades possuíam agora os nomes e a tonelagem dos cargueiros listados pela Lloyd's. Eram quase quarenta.

Na base da Força Aérea em Creech, Nevada, homens e mulheres em turnos observavam o monitor do *Michelle* e a cada dois ou três dias os minúsculos computadores a bordo encontravam algo — comparando o *identikit* de um convés fornecido por Jeremy Bishop com algo em movimento muito abaixo.

Quando *Michelle* encontrava algo, Creech telefonava para o armazém sujo em Anacostia para dizer: "Equipe Cobra. Temos o *Mariposa*. Saindo do Canal do Panamá, no Caribe."

Bishop confirmava o recebimento da mensagem e inseria os detalhes do *Mariposa* na viagem atual. Carga seguindo para Baltimore. O navio poderia ter recebido a encomenda de cocaína na Guatemala ou no mar. Ou talvez ainda não tivesse recebido. O próprio navio poderia levar a cocaína diretamente para Baltimore ou jogá-la para uma lancha à noite em algum lugar na vasta escuridão da Baía de Chesapeake. Ou poderia não estar transportando nada.

— Devemos alertar a alfândega de Baltimore? Ou a Guarda Costeira de Maryland? — perguntou Bishop.

— Ainda não. — Foi a resposta.

Paul Devereaux não tinha o hábito de dar explicações a subalternos. Guardava sua lógica para si próprio. Se os fiscais alfandegários fossem diretamente ao local secreto, ou até mesmo fingissem encontrá-lo com cães, depois de duas ou três descobertas bem-sucedidas as coincidências seriam claras demais para que o Cartel as ignorasse.

Devereaux não queria fazer interceptações ou entregá-los de presente para outros quando a carga chegasse em terra. Estava preparado para deixar as quadrilhas importadoras americanas e europeias para as autoridades locais. O alvo dele era a Irmandade, e ela só podia receber o "golpe" diretamente se a interceptação fosse no mar, antes da entrega e da mudança de dono.

Como era hábito seu dos velhos tempos, quando o adversário era a KGB e seus satélites espiões, ele estudou o inimigo com extremo cuidado. Debruçou-se sobre a sabedoria de Sun Tsu expressa no *Ping Fa, a arte da guerra*. Ele reverenciava o velho sábio chinês cujo conselho constantemente repetido era "estude seu inimigo".

Devereaux sabia quem chefiava a Irmandade e estudara Don Diego Esteban, proprietário de terras, cavalheiro, acadêmico católico, filantropo, lorde da cocaína e assassino. Ele sabia que tinha uma vantagem, que, no entanto, não duraria para sempre: ele sabia a respeito do Don, mas o Don não sabia nada sobre o Cobra, o homem à espera.

No outro lado da América do Sul, perto da costa brasileira, o Global Hawk *Sam* também patrulhava a estratosfera. Tudo que via era enviado para um monitor em Nevada e depois transferido para os computadores em Anacostia. O número de navios mercantes era muito menor. O comércio por grandes cargueiros partindo da América do Sul rumo à África Ocidental era menos intenso. O que foi encontrado foi fotografado e, apesar de os nomes dos navios serem geralmente ilegíveis a 20 mil metros de altitude, as imagens eram comparadas com as dos arquivos do Moac, em Lisboa, do Escritório das Nações Unidas, em Viena, e da Soca inglesa, em Acra, Gana.

A cinco navios reconhecidos podia-se atribuir nomes que constavam na lista de Cortez. O Cobra olhou para os monitores de Bishop e prometeu para si próprio que a hora deles chegaria.

E *Sam* percebeu e registrou algo mais. Aviões deixavam a costa brasileira rumo a leste ou nordeste, para a África. Os comerciais não eram muitos e não representavam um problema. Mas todos os perfis foram enviados para Creech e, depois, para Anacostia. Jeremy Bishop identificou todos rapidamente por tipo e surgiu um padrão.

Muitos não tinham a autonomia necessária. Não conseguiriam cobrir aquela distância. A menos que fossem modificados internamente. O Global Hawk *Sam* recebeu novas instruções. Reabastecido na base aérea de Fernando de Noronha, voltou ao céu e concentrou-se nos aviões menores.

Trabalhando de trás para a frente, como o aro de uma roda de bicicleta descendo pelos raios até o pino central, o *Sam* determinou que quase todos vinham de uma fazenda gigantesca muito interiorana em relação à cidade de Fortaleza. Mapas do Brasil elaborados do espaço, imagens enviadas de volta ao *Sam* e checagens distintas dentro do escritório de administração de terras em Belém identificaram a fazenda. Chamava-se Boavista.

Os americanos chegaram primeiro, pois a viagem deles seria mais longa. Doze chegaram pelo Aeroporto Internacional de Goa em meados de junho, disfarçados de turistas. Se tivesse procurado com mais critério na bagagem deles, o que ninguém fez, o fiscal teria descoberto que, por uma coincidência notável, todos eram plenamente qualificados como marinheiros mercantes. Na verdade, era a mesma tripulação da Marinha americana que levara originalmente o graneleiro agora convertido no

Chesapeake. Um ônibus alugado por McGregor levou-os para o estaleiro de Kapoor, descendo pela costa.

O *Chesapeake* aguardava por eles. Como não havia acomodações dentro do estaleiro, os homens imediatamente subiram a bordo, para um longo sono. Na manhã seguinte, começaram o intenso processo de familiarização, que levaria dois dias.

O oficial superior, o novo comandante, era um capitão de fragata da Marinha; o imediato era de um posto abaixo. Havia dois tenentes, e os oito restantes variavam entre os postos de suboficial e marinheiro. Cada especialista se concentrava em seu domínio: passadiço, praça de máquinas, cozinha, estação rádio, convés e escotilhas.

Foi quando penetraram nos cinco gigantescos porões de grãos que eles pararam maravilhados. Havia um quartel completo das forças especiais lá embaixo, tudo sem escotilhas ou luz natural e, portanto, invisível por fora. No mar, disseram a eles, era possível que jamais precisassem sair de seus aposentos. Os Seals fariam a própria comida e, de modo geral, se virariam sozinhos.

A tripulação ocuparia os camarotes normais, que eram mais espaçosos e confortáveis do que, por exemplo, os de um destróier.

Havia um camarote para hóspedes com dois beliches, cujo propósito era desconhecido. Se os oficiais Seals quisessem deliberar com o passadiço, caminhariam sob o convés e passariam pelas quatro portas estanque que ligavam os porões, seguindo para o alto, rumo à luz do dia.

Eles não foram informados, porque não era necessário que soubessem — ao menos não por enquanto —, por qual motivo o porão mais perto da proa era uma espécie de prisão. Mas aprenderam a remover as escotilhas que davam para o convés de dois dos cinco porões, para colocar em ação o que havia ali dentro. Eles praticariam repetidamente esse exercício durante a longa viagem; em parte para passar o tempo; e em parte para que pudessem fazê-lo o mais rápido possível e mesmo adormecidos.

No terceiro dia, McGregor, o homem da pele de pergaminho, lançou o navio ao mar. Ele ficou de pé na extremidade do molhe mais avançado no mar quando o *Chesapeake* se aproximou, deslizou por ele e ergueu um vidro âmbar. Ele estava preparado para viver em condições de calor, malária, suor e mau cheiro, mas jamais sem uma ou duas garrafas do destilado de sua ilha natal, nas Hébridas.

A rota mais curta até o destino seria cruzando o Mar Arábico e atravessando o Canal de Suez. Apenas para o improvável acaso de piratas somalis representarem problemas perto do Chifre da África, e porque tinha tempo, ficou decidido que o navio seguiria para sudoeste, rumo ao Cabo da Boa Esperança, e depois rumo a noroeste, para o ponto de encontro no mar perto de Porto Rico.

Três dias depois, os ingleses chegaram para pegar o *Balmoral*. Eram 14, todos da Marinha Real, e, sob a orientação de McGregor, também passaram por um processo de familiarização que durou dois dias. Como a Marinha dos Estados Unidos é "seca" em termos etílicos, os americanos não levaram bebidas dos duty-free shops do aeroporto. Os herdeiros da Marinha de Nelson não tinham tais rigores a suportar e deixaram uma lembrança com o Sr. McGregor levando várias garrafas de cerveja de malte único de Islay, sua cervejaria preferida.

Quando estava pronto, o *Balmoral* também foi lançado ao mar. O ponto de encontro marítimo dele ficava mais perto: contornando o Cabo da Boa Esperança e seguindo para noroeste, até a Ilha de Ascensão, onde se encontraria, fora de vista e longe da terra, com um navio auxiliar da Frota Real que estaria transportando o complemento de fuzileiros navais do Serviço Especial de Barcos (SBS, na sigla em inglês) e dos equipamentos de que também precisariam.

Quando o *Balmoral* sumiu no horizonte, McGregor guardou o que faltava. As equipes de conversão e os armadores internos já tinham partido havia muito e os trailers nos quais estavam instalados já haviam sido retirados pela locadora. O velho escocês morava no último deles, sobrevivendo com sua dieta de uísque e quinino. O pagamento dos irmãos Kapoor havia sido depositado em contas bancárias que ninguém jamais rastrearia e perderam todo o interesse pelos dois navios graneleiros que haviam convertido em centros de mergulho. O estaleiro retornou ao velho regime de desmontar navios cheios de produtos químicos tóxicos e asbestos.

Colleen Keck agachou-se na asa do Buccaneer e franziu o rosto contra o vento. As planícies abertas de Lincolnshire não são quentes e agradáveis nem mesmo em junho. Ela fora se despedir do brasileiro, por quem se afeiçoara.

Ao lado dela, na cabine dianteira do bombardeiro, sentava-se o major João Mendoza, terminando as conferências finais. Na cabine traseira, onde ela sentara para treiná-lo, o assento fora removido. No lugar dele havia mais um tanque de combustível adicional e um equipamento de rádio ligado diretamente aos fones de ouvido do piloto. Atrás deles, as duas turbinas Spey roncavam afinadas em ponto morto.

Quando não fazia sentido esperar mais, ela se inclinou e deu um beijo na bochecha do major.

— Faça uma boa viagem, João — gritou ela.

Mendoza entendeu o que ela dissera por leitura labial. Ele sorriu de volta e ergueu a mão direita com o polegar para o alto. Com o vento, as turbinas a jato atrás dele e a voz da torre nos ouvidos, João não conseguia escutar o que ela dizia.

A comandante Keck deslizou sobre a asa e saltou para o chão. A abóbada de Perspex rolou para a frente e fechou, trancando o piloto em um mundo próprio: um mundo de controles, alavancas, instrumentos, mira de armas, medidores de combustível e navegador aero-tático, o Tacan.

O piloto pediu e recebeu a autorização, posicionou-se na pista, parou novamente, conferiu os freios, soltou-os e disparou. Segundos depois, a tripulação de solo na van ao lado da pista, que fora se despedir, observou os 11 mil quilos de propulsão das duas turbinas Spey impulsionarem o Buccaneer para o céu e o avião inclinar-se para o sul.

Por causa das mudanças feitas, fora decidido que o major Mendoza voaria de volta para o meio do oceano Atlântico por outra rota. Na ilhas portuguesas de Açores fica a base de Lajes, da Força Aérea americana, lar da 64ª Ala Aérea. O Pentágono, operando por meio de mãos invisíveis, concordara em reabastecer a "peça de museu" que ostensivamente seguia de volta para a África do Sul. A 1.395 milhas náuticas da costa, isso não era problema.

No entanto, o piloto dormiu no clube de oficiais de Lajes para partir de manhã para Fogo. Ele não desejava fazer o primeiro pouso em seu novo lar no escuro, e decolou ao amanhecer para o segundo trecho da viagem, 2.302 quilômetros até Fogo, bem menos do que a autonomia de 3.520 quilômetros.

O céu estava claro sobre as ilhas de Cabo Verde. Ao descer da altitude de cruzeiro de 11.600 metros, o brasileiro viu-as com clareza total. A 3.300 metros, os rastros de algumas lanchas no mar eram como pequenas penas brancas flutuando na água azul. Na extremidade sul do arquipélago, a oeste de Santiago, ele via a caldeira do vulcão extinto de Fogo, e, entranhada no lado sudoeste da rocha, a faixa da pista do aeroporto.

Desceu mais em uma curva longa sobre o Atlântico, mantendo o vulcão bem a bombordo. Ele sabia que possuía um sinal de chamada e uma frequência e que a língua usada não seria português, mas inglês. Ele seria Pilgrim, e Fogo Central seria Progress. Pressionou o botão de comunicação e chamou:

— Pilgrim, Pilgrim, Progress Tower, está ouvindo?

Reconheceu a voz que respondeu. Um dos seis de Scampton que seriam sua equipe técnica e de apoio. Uma voz inglesa, sotaque de North Country. O amigo dele estava sentado na torre de comando ao lado do controlador de tráfego de voos comerciais cabo-verdense.

— Ouço perfeitamente, Pilgrim.

O entusiasta de Scampton, outro aposentado recrutado por Cal Dexter com o dinheiro do Cobra, olhou pela janela de vidro espelhado do pequeno compartimento que era a sala de controle e viu claramente o Bucc fazendo a curva sobre o mar. Deu as instruções de pouso: direção da pista, velocidade e direção do vento.

A 300 metros de altitude, João Mendoza desceu os trens de pouso, ajustou os *flaps* para aterrissagem e observou a velocidade do ar e a altitude diminuírem. Com uma visibilidade tão luminosa, não havia muita necessidade de tecnologia; era como se costumava pilotar nos velhos tempos. A 700 metros de distância, ele se alinhou. A espuma das ondas na arrebentação passou sob o avião, as rodas bateram no asfalto bem no marcador do ponto-limite e ele freou delicadamente ao longo de uma pista com metade da extensão da de Scampton. Ele estava sem combustível e desarmado. Não havia problema.

Quando parou, ainda restando 200 metros de pista, uma pequena caminhonete fez uma curva na frente do avião e indicou para que ele a seguisse. Ele taxiou para longe do terminal até o complexo da escola de pilotos e então finalmente desligou os motores.

Os cinco homens que tinham vindo de Scampton antes dele cercaram-no. Estavam gritando saudações enquanto ele descia. O sexto vinha da torre em sua lambreta alugada. Os seis haviam chegado em um Hércules C-130 inglês dois dias antes. Com eles tinham chegado também os foguetes para as decolagens Rato, todas as ferramentas necessárias para manter o Bucc no novo papel e a tão importante munição para os canhões Aden. Entre os seis, todos os quais haviam recebido a garantia de que seriam recompensados com pensões muito mais confortáveis do que as de seis meses antes, havia um armador, um montador, um armeiro (o "bombeiro"), um especialista em aviônica, um técnico de comunicação (por rádio) e o controlador de tráfego aéreo que acabara de orientar a aterrissagem.

A maioria das futuras missões seria realizada na escuridão, tanto no momento de decolagem quanto no de aterrissagem; seria mais arriscado, mas o grupo ainda tinha mais 15 dias para praticar. Por enquanto, apenas levaram o brasileiro para seu alojamento, onde o equipamento dele já estava arrumado. Depois ele foi para o refeitório principal encontrar os colegas instrutores brasileiros e os cadetes, que também falavam português. O novo oficial-chefe e sua "peça de museu" particular haviam chegado. Depois de quatro semanas de sala de aula e de familiarização com a aeronave, os jovens estavam ansiosos pelos primeiros voos duplos de instrução, na manhã seguinte.

Em comparação com os aviões de treinamento Tucano, tão simples e básicos, o antigo destruidor de navios parecia formidável. Mas ele logo sumiu de vista, rebocado para o hangar com portas de aço. Naquela tarde, foi reabastecido, os foguetes instalados e os canhões carregados. Faltavam duas noites para a familiarização noturna. Os poucos passageiros que saíam da ponte aérea de Santiago para o terminal não viram nada.

Naquela noite, falando de Washington, Cal Dexter teve uma conversa rápida com o major Mendoza e, como resposta às perguntas óbvias, pediu-lhe que fosse paciente. Ele não precisaria esperar muito.

Julio Luz tentava agir normalmente. Ele jurara segredo a Roberto Cardenas, mas ainda assim a ideia de enganar o Don, mesmo que por não contar nada, o aterrorizava. Os dois homens o aterrorizavam.

Ele retomou as idas quinzenais a Madri como se nada tivesse acontecido. Naquela viagem específica, a primeira desde a visita a Nova York e de mais de uma hora de completa agonia se reportando a Cardenas, foi seguido imperceptivelmente mais uma vez. Ele não tinha noção, assim como a excelente administração do hotel Villa Real, de que seu quarto habitual fora grampeado por dois homens do FBI, coordenados por Cal Dexter. Todo som emitido era ouvido por outro hóspede em um quarto dois andares acima.

O homem se sentou pacientemente com fones nos ouvidos e abençoou o ex-rato de túneis que o instalara em um quarto confortável em vez de em suas instalações costumeiras: uma van apertada em um estacionamento, com café terrível e "mais nada". Quando o alvo saía para o banco, para jantar ou para tomar o café da manhã, ele podia relaxar vendo TV ou lendo os quadrinhos do *International Herald Tribune*, que comprara no saguão do hotel. Mas naquela manhã, dia em que o alvo iria embora, ele estava ouvindo atentamente, com o celular na mão esquerda.

O médico pessoal do advogado compreenderia perfeitamente o problema permanente do paciente de meia-idade. As viagens constantes através do Atlântico prejudicavam muito sua constituição física. Ele carregava o próprio suprimento de xarope de figo o tempo todo. Isso fora descoberto durante uma revista no quarto de Luz enquanto ele estava no banco.

Depois de pedir um bule de chá Earl Grey na cama, o advogado se recolheu para o banheiro de mármore, seguindo para o vaso sanitário, como sempre. Ali, esperou até que a natureza seguisse seu curso, o que levava até dez minutos. Nesse tempo, com a porta fechada, ele não conseguia ouvir os sons que vinham do próprio quarto. Foi quando o agente na escuta fez a chamada.

Na manhã em questão, entraram silenciosamente no quarto. O código da fechadura mudava a cada visita, é claro. Na verdade, era alterado para cada novo ocupante do quarto, o que não era uma barreira para o especialista em fechaduras que Cal Dexter levara novamente consigo. O felpo alto do carpete abafava tanto os passos que o silêncio era total. Dexter atravessou o quarto até a cômoda sobre a qual estava a pasta de documentos. Ele esperava que a sequência de números não tivesse sido alterada, e de fato não tinha. Ainda era o número do cadastro de Luz na associação de advogados. Dexter levantou a tampa, fez o trabalho e repôs a tampa em segundos. Depois, partiram. Atrás da porta do banheiro, o *señor* Julio Luz estava sentado fazendo força.

Poderia ter chegado ao salão de embarque da primeira classe em Barajas sem abrir a pasta se ao menos tivesse colocado a passagem no bolso da frente. Mas ele a guardara na carteira de viagem, dentro da pasta. Assim, enquanto a conta do hotel era impressa, ele abriu a pasta para pegá-la.

Se o telefonema chocante do Ministério das Relações Exteriores colombiano dez dias antes fora ruim, aquilo era calamitoso. Luz sentiu-se tão fraco que pensou na possibilidade de estar sofrendo um ataque cardíaco. Ignorando a conta impressa, ele se retirou para sentar-se em uma cadeira no saguão, pasta no colo, olhando perturbado para o chão. Um carregador de malas precisou informá-lo três vezes de que a limusine estava na porta. Finalmente, ele desceu os degraus, com dificuldade, e entrou no carro. Ao afastar-se, olhou para trás. Estaria sendo seguido? Será que o interceptariam e o levariam para uma cela por crime de terceiro grau?

Na verdade, ele não poderia estar mais seguro. Seguido imperceptivelmente na chegada e durante a estada, estava agora sendo acompanhado na partida, no aeroporto. Quando a limusine deixou os subúrbios para trás, ele conferiu outra vez, caso fosse uma ilusão de ótica. Não era ilusão. Estava ali, bem em cima. Um envelope de papel manilha bege. Estava endereçado simplesmente para "Papa".

O *Balmoral*, com sua tripulação inglesa, estava a 80 quilômetros da Ilha de Ascensão quando encontrou o navio auxiliar da Frota Real. Como a maioria dos RFAs, fora batizado com o nome de um dos Cavaleiros da Távola Redonda, nesse caso *Sir Gawain*. O navio estava no fim de uma longa carreira fazendo sua especialidade: reabastecimento em alto-mar, o que era conhecido como RAS, na sigla em inglês*. Ou cooperação.

Fora do alcance de qualquer olhar curioso, os navios fizeram a transferência e os homens do SBS embarcaram.

---

* Sigla de *replacement at sea*. (*N. do R.T.*)

O SBS, baseado muito discretamente na costa de Dorset, na Inglaterra, é muito menor do que a unidade Seal da Marinha americana. Raramente há mais de duzentos agentes "com insígnias", ou seja, qualificados em operações especiais na guarnição. Apesar de noventa por cento dos integrantes serem retirados dos Fuzileiros Navais Reais, eles operam como os primos americanos em terra, no mar ou no ar. Operam em montanhas, desertos, selvas, rios e no oceano aberto. E havia apenas 16 deles.

O oficial-comandante era o major Ben Pickering, veterano com mais de vinte anos de experiência. Ele estivera na pequena equipe que testemunhara o massacre de prisioneiros talibás pela Aliança do Norte no forte de Qala-i-Jangi, nordeste do Afeganistão, no inverno de 1991. Ele ainda era um adolescente. Ficaram deitados no alto da muralha da fortaleza, vendo do alto o banho de sangue quando os uzbeques do general Dostum massacraram os prisioneiros depois da revolta talibá.

Um dos dois agentes especiais da CIA que também estavam presentes, Johnny "Mike" Spann, já fora morto pelos prisioneiros talibás, e um colega dele, Dave Tyson, fora capturado. Ben Pickering entrou naquele inferno com mais dois homens, e juntos "acertaram" os três talibás que mantinham o americano como refém e arrastaram Tyson de lá.

O major Pickering servira no Iraque, no Afeganistão (novamente) e em Serra Leoa. Também tinha vasta experiência na interceptação de cargas ilegais no mar, mas jamais comandara um destacamento a bordo de um *Q-ship* convertido, porque aquilo não era feito desde a Segunda Guerra Mundial.

Quando Cal Dexter, ostensivamente funcionário do Pentágono, explicara a missão na base do SBS, o major Pickering retirara-se com o oficial-comandante e os armeiros para discutir o que precisariam.

Para as interceptações marítimas, ele escolhera dois botes infláveis rígidos de 8,5 metros, chamados de RIBs, e escolhera a versão "ártica". Os botes transportavam oito homens sentados eretos e em pares atrás do comandante e do timoneiro. Mas também poderiam transportar para o navio capturado dois especialistas das "equipes de inspeção" da alfândega da rainha e dois cães farejadores. Eles seguiriam o RIB de ataque em velocidade mais baixa, para não perturbar os cães.

Os inspetores eram os especialistas em encontrar compartimentos secretos, serpenteando pelos porões inferiores, detectando locais disfarçados destinados a ocultar cargas ilegais. Os cães eram cocker spaniels, treinados não apenas para detectar o odor do hidrocloreto de cocaína sob várias camadas de invólucros mas também para detectar mudanças no cheiro do ar. Um porão aberto recentemente tem um cheiro diferente de outro que não é aberto há meses.

O major Pickering ficou de pé ao lado do comandante na asa do passadiço do *Balmoral* e viu os RIBs subirem no convés do cargueiro balançando delicadamente. Depois, o guindaste do próprio *Balmoral* pegou os suportes e baixou os botes até o porão de carga.

Entre os quatro Esquadrões Sabre do SBS, o major tinha uma unidade do Esquadrão M, especializada em contraterrorismo marítimo, ou CTM. Foram esses os homens que embarcaram depois dos RIBs, seguidos pelos "equipamentos".

Era um grande volume de carga, incluindo fuzis de assalto, fuzis para atiradores de elite, pistolas, equipamentos de mergulho, roupas impermeáveis e resistentes à água do mar, pequenas âncoras, escadas de assalto e 1 tonelada de munição. Além de dois americanos da área de comunicação para manterem contato com Washington.

A equipe de apoio era formada por armeiros e técnicos que manteriam os RIBs em perfeitas condições de funcionamento e por dois pilotos de helicóptero da Força Aérea do Exército, além dos engenheiros de manutenção. Eles estavam preocupados com o que fora colocado a bordo por último. Era um Little Bird americano.

A Marinha Real poderia ter preferido um Sea King ou até mesmo um Lynx, mas o problema era o tamanho do porão de carga. Com as pás do rotor abertas, os helicópteros maiores não passariam pela cobertura do hangar abaixo do convés aberto. Mas o Little Bird da Boeing sim. Com um diâmetro de pá do rotor de pouco menos de 9 metros, ele passaria pela escotilha principal, que tinha 13 metros de largura.

O helicóptero era a única coisa que não podia ser elevada por guindastes através do trecho de mar que separava as duas embarcações. Libertado das correias de lona protetoras, sob as quais navegara até a Ilha de Ascensão, ele decolou do convés de vante do *Sir Gawain*, circulou duas vezes e pousou na escotilha do porão de vante do *Balmoral*. Quando os dois rotores, o principal e o da cauda, pararam de girar, o pequeno e ágil helicóptero foi içado pelo guindaste do convés e baixado cuidadosamente para dentro do largo porão, onde foi preso ao convés inferior.

Quando finalmente não havia mais nada para transferir e os tanques de combustível do *Balmoral* estavam novamente cheios, os navios se separaram. O auxiliar seguiria para o norte, de volta à Europa, enquanto o cargueiro, agora muito perigoso, seguiria para a primeira estação de patrulha, ao norte das ilhas de Cabo Verde, no meio do Atlântico, entre o Brasil e a curva de Estados falidos ao longo da costa ocidental da África.

O Cobra dividira o Atlântico em dois, com uma linha na direção norte-nordeste a partir de Tobago, a ilha mais ao leste das Antilhas, até a Islândia. Ele batizou a parte oeste da linha, em termos de destino da cocaína, de Zona Alvo EUA. A leste da linha ficava a Zona Alvo Europa. O *Balmoral* ficaria com o Atlântico. O *Chesapeake*, prestes a encontrar o navio de suprimentos perto de Porto Rico, ficaria com o Caribe.

Roberto Cardenas olhou a carta atenta e longamente. Ele a lera uma dúzia de vezes. No canto, Julio Luz tremia.

— É do vigarista, De Vega? — indagou o advogado, com nervosismo. Ele se perguntava seriamente se deixaria a sala vivo.

— Não tem nada a ver com De Vega.

Pelo menos a carta explicava, sem ser explícita, o que acontecera com a filha de Cardenas. Não haveria vingança contra De Vega. Não existia nenhum De Vega. Nunca existira. Não havia nenhum carregador de bagagens no aeroporto de Barajas que escolhera a mala errada para colocar a cocaína. Jamais houvera. A única realidade eram vinte anos em uma prisão americana para sua Letizia. A mensagem contida na réplica dos envelopes que Cardenas usava para mandar as próprias mensagens era simples. Ela dizia:

Creio que devemos conversar sobre sua filha, Letizia. Próximo domingo, 16 horas. Estarei na minha suíte no hotel Santa Clara, Cartagena, registrado sob o nome Smith. Estarei sozinho e desarmado. Esperarei por uma hora. Por favor, venha.

CAPÍTULO NOVE

Os Seals da Marinha americana embarcaram no *Q-ship* a 160 quilômetros ao norte de Porto Rico, onde o próprio navio de suprimentos recebera a carga, em Roosevelt Roads, a base americana na ilha.

Os Seals são pelo menos quatro vezes maiores do que o SBS inglês. O grupo de origem dos Seals, o Comando Naval de Operações Especiais (NSWC, na sigla em inglês), tem 2.500 integrantes, dos quais pouco menos de mil são agentes "com insígnias" e o resto, unidades de apoio.

Aqueles que usam o cobiçado brevê dos Seals estão divididos em oito times, cada um com três equipes de quarenta homens. Um pelotão com a metade desse tamanho fora designado para morar no *Chesapeake* e vinha do Time Dois dos Seals, baseado na Costa Leste, em Little Creek, Virginia Beach.

O oficial-comandante era o capitão de corveta Casey Dixon, que, assim como sua contrapartida inglesa em algum lugar no Atlântico, também era veterano. Como um jovem segundo-tenente, participara da operação Anaconda. Enquanto o homem do SBS estava no norte do Afeganistão assistindo ao massacre em Qala-i-Jangi, o segundo-tenente Dixon estava caçando membros da al Qaeda nas montanhas de Tora Bora, na Cordilheira Branca, quando as coisas deram muito errado.

Dixon era integrante de uma tropa que desembarcou em uma área plana elevada nas montanhas quando o Chinook no qual estava foi varrido por tiros de metralhadora disparados de uma toca escondida nas rochas. O enorme helicóptero foi atingido mortalmente e balançou com força enquanto o piloto lutava para retomar o controle. Um dos tripulantes escorregou no fluido hidráulico que vazava no piso e caiu pela rampa traseira na escuridão congelante. Foi salvo da queda pela corda de segurança.

Mas um Seal perto do homem que caía, o auxiliar de contramestre Neil Roberts, também escorregou para fora ao tentar segurá-lo. Como não usava corda de segurança, caiu nas rochas que havia metros abaixo. Casey Dixon esforçou-se muito para tentar pegar a correia de Roberts, mas a perdeu por uma questão de centímetros e o viu cair.

O piloto recuperou o controle, embora não o bastante para salvar o helicóptero, mas o suficiente para voar, com dificuldade, quase 5 quilômetros e abandonar o Chinook fora do alcance das metralhadoras. Mas o contramestre Roberts fora deixado sozinho nas rochas, cercado por vinte assassinos da al Qaeda. Os Seals orgulham-se de jamais terem deixado um parceiro para trás, vivo ou morto. Transferindo-se para outro Chinook, Dixon e os outros retornaram para resgatar Roberts, pegando um esquadrão de boinas-verdes e uma equipe de SAS inglesa no caminho. O que aconteceu depois é uma lenda sagrada dos Seals.

Neil Roberts ativou seu sinalizador para informar aos parceiros que estava vivo. Ele também percebeu que o ninho de metralhadora permanecia ativo e pronto para derrubar do céu qualquer tentativa de resgate. Com granadas de mão, ele eliminou os inimigos no ninho de metralhadora, mas assim acabou revelando sua posição. A al Qaeda veio atrás dele. Roberts cobrou um preço alto, lutando e matando até a última bala e morrendo com a faca de combate na mão.

Quando o resgate retornou, era tarde demais para salvar Roberts, mas a al Qaeda permanecia no local. A troca de tiros se deu a pouca distância e por entre as rochas e durou oito horas, à medida que mais jihadistas chegavam para se juntar aos sessenta que haviam emboscado o Chinook. Seis americanos morreram e dois Seals ficaram gravemente feridos. Mas, de manhã, contaram trezentos cadáveres da al Qaeda. Os mortos americanos foram levados para casa, inclusive o corpo de Neil Roberts.

Casey Dixon carregou o corpo para o helicóptero de evacuação e, como ele próprio sofrera um ferimento — felizmente superficial — na coxa, também foi enviado aos EUA, onde, uma semana depois, compareceu ao funeral, na capela da base em Little Creek. Depois disso, sempre que olhava para a cicatriz serrilhada na coxa direita, Dixon se lembrava da terrível noite em meio às rochas de Tora Bora.

Mas nove anos depois, na noite quente a leste das Ilhas Turcos e Caicos, ele observou os equipamentos serem transferidos do navio-mãe para seu novo lar, o antigo graneleiro que agora se chamava *Chesapeake*. Muito acima, um EP-3 patrulha de Roosevelt Roads informou a eles que o mar estava vazio. Ninguém observava.

Para ataques a partir do mar, ele levara um grande bote inflável de 11 metros com casco rígido, ou RHIB. Ele poderia transportar um pelotão inteiro e navegar sobre águas calmas a 40 nós. Também tinha dois dos botes menores, os Zodiacs, conhecidos como embarcações de borracha de ataque e combate, ou CRRC, na sigla em inglês. Tinham apenas 5 metros de comprimento, eram igualmente rápidos e transportavam com conforto quatro homens armados.

Também foram transferidos dois homens da Guarda Costeira dos EUA, especialistas em busca de navios, dois treinadores de cães da alfândega, dois homens de comunicações do quartel-general de comando e, aguardando no heliponto da popa do navio-mãe, os dois pilotos da Marinha. Estavam dentro do Little Bird, veículo que os Seals viam raramente e que jamais tinham usado.

Quando eram transportados por helicópteros, o que era comum, viajavam somente no novo Night Hawk, da Boeing. Mas o pequeno helicóptero detectador era o único cujas pás do rotor passavam pelas escotilhas abertas do porão do *Chesapeake*.

Também entre o equipamento transferido estavam as habituais submetralhadoras alemãs Heckler e Koch MP5A, a arma de escolha dos Seals para qualquer alvo a pouca distância; equipamentos de mergulho; as unidades Draeger padrão; rifles para os quatro atiradores de elite e muita, muita munição.

Conforme escurecia, o EP-3 no alto informou que o mar continuava limpo. O Little Bird decolou, girou como uma abelha enfurecida e pousou no *Chesapeake*. Quando os dois rotores pararam, um guindaste de bordo içou o pequeno helicóptero e baixou-o para dentro do porão. As escotilhas do convés, deslizando suavemente nos trilhos, fecharam-se sobre os porões, e os revestimentos impermeabilizaram-nas contra a chuva e a água do mar.

Os dois navios se separaram e o navio-mãe afastou-se na escuridão. No passadiço, algum piadista piscou uma mensagem codificada em uma lâmpada Aldis, tecnologia de cem anos atrás. No passadiço do *Chesapeake*, foi o comandante da Marinha quem a decifrou. Dizia BOA VIAGEM.

Durante a noite o *Chesapeake* navegou pelas ilhas, entrando em sua área de patrulha, a bacia caribenha e o Golfo do México. Qualquer um que pesquisasse na internet veria que se tratava de um graneleiro perfeitamente legal transportando trigo do Golfo de São Lourenço para as bocas famintas da América do Sul.

Abaixo do convés, os Seals limpavam e conferiam as armas mais uma vez; os engenheiros aprontavam os transportes externos e o helicóptero para combate; os cozinheiros preparavam um jantar rápido enquanto estocavam os produtos nos armários e geladeiras, e os homens de comunicações montavam os equipamentos para uma escuta de 24 horas ininterruptas em um canal secreto criptografado transmitido de um armazém sujo em Anacostia, Washington.

A chamada pela qual foram instruídos a esperar poderia chegar em dez semanas, dez dias ou dez minutos. Eles pretendiam estar prontos para o combate quando ela chegasse.

O Santa Clara, um convento de centenas de anos convertido em hotel, era um estabelecimento de luxo localizado no coração do centro histórico de Cartagena. Os detalhes completos do local foram enviados a Cal Dexter pelo agente da Soca que vivia disfarçado como professor na Escola Naval. Dexter estudara os planos e insistiu em uma suíte específica.

Ele se registrou como Sr. Smith, logo depois do meio-dia, no domingo marcado. Perfeitamente consciente de que cinco homens mal-encarados estavam sentados visivelmente sem bebidas no pátio interno ou estudando avisos presos nas paredes do saguão, ele almoçou frugalmente em um átrio sob as árvores. Enquanto comia, um tucano saiu voando por entre a folhagem, parou na cadeira diante de Dexter e encarou-o.

— Amigo, suspeito que você esteja muito mais seguro aqui do que eu — murmurou o Sr. Smith. Quando terminou, ele assinou a conta para que fosse debitada de seu quarto e pegou o elevador até o último andar. Deixara evidente que estava ali, e sozinho.

Devereaux, em uma rara demonstração de preocupação, sugerira que Dexter levasse "reforços" na forma dos boinas-verdes de Fort Clark, os quais, àquela altura, já haviam sido adotados por ele. Dexter recusou.

— Por melhor que sejam, não são invisíveis — disse ele.
— Se Cardenas vir algo, não vai aparecer. Presumirá que será assassinado ou sequestrado.

Ao sair do elevador no quinto e último andar e seguir pelo corredor aberto até sua suíte, ele sabia que seguira o aviso de Sun Tsu. Sempre deixe que subestimem você.

Havia um homem com um esfregão e um balde mais à frente no corredor aberto quando Dexter se aproximou do quarto. Não muito sutil. Em Cartagena, as mulheres é que fazem faxina. Ao entrar no quarto, ele sabia o que encontraria. Vira fotos. Um cômodo grande e arejado refrescado por um aparelho de ar-condicionado, chão de lajotas, móveis de carvalho escuro e amplas portas de vidro que davam para a varanda. Eram 15h30.

Ele desligou o ar-condicionado, abriu as cortinas e as portas de vidro e saiu para a varanda. No alto, o azul-claro de um dia de verão na Colômbia. Atrás da cabeça dele e apenas 1 metro acima, a calha e o telhado com telhas de barro. À frente, cinco andares abaixo, a piscina cintilava. Com um mergulho de cisne ele quase poderia alcançar o lado raso, mas o mais provável seria deixar um monte de sujeira nas pedras do piso. De todo modo, não era o que Dexter tinha em mente.

Ele retornou ao quarto, puxou uma *bergère* até uma posição na qual as portas abertas da varanda ficassem ao seu lado e ele tivesse uma visão clara da porta. Finalmente, atravessou o quarto, abriu a porta — que, como todas as portas de hotel, tinha uma mola que a fechava e trancava automaticamente —, deixou uma fresta de meio centímetro e voltou para a *bergère*. Ele esperou, olhando para a porta. Às 16 horas, ela foi aberta. Roberto Cardenas, bandido de carreira e assassino de muitos, estava emoldurado diante do céu azul da paisagem lá fora.

— *Señor* Cardenas, por favor. Entre, sente-se.

O pai da jovem no centro de detenção em Nova York deu um passo à frente. A porta fechou sozinha e a tranca de bronze emitiu um estalido. Seria preciso o cartão certo ou um aríete para abri-la por fora.

Para Dexter, Cardenas parecia um grande tanque de guerra, só que com pernas. Era atarracado, sólido, aparentemente impossível de ser movido contra sua vontade. Poderia ter 50 anos, mas era musculoso e tinha o rosto do Deus do Sangue asteca.

Cardenas fora informado de que o homem que interceptara seu mensageiro em Madri e lhe enviara a carta pessoal estaria sozinho e desarmado, mas, obviamente, ele não acreditara. Os homens dele estavam examinando o hotel e as cercanias desde o amanhecer. Ele tinha uma Glock 9mm atrás da cintura e uma faca afiada presa à panturrilha dentro da perna direita da calça. Ele piscou, procurando alguma armadilha oculta no quarto, em busca do esquadrão de americanos que estaria esperando por ele.

Dexter deixara a porta do banheiro aberta, mas Cardenas ainda deu uma boa olhada para dentro. Estava vazio. Ele encarou Dexter como um touro em uma arena espanhola que consegue ver que o inimigo é pequeno e fraco mas não consegue entender direito por que ele está ali desprotegido. Dexter indicou a outra *bergère*. Ele falou, em espanhol:

— Como nós dois sabemos, há momentos em que a violência funciona. Este não é um deles. Vamos conversar. Por favor, sente-se.

Sem tirar os olhos do americano, Cardenas ocupou a cadeira estofada. A arma na base da coluna obrigou-o a sentar um pouco para a frente. Dexter não deixou de reparar.

— Você está com minha filha. — Ele não era homem de conversa fiada.

— As autoridades de Nova York é que estão com a sua filha.

— É melhor para você que ela esteja bem.

Um Julio Luz quase urinando de medo contara a Cardenas o que Boseman Barrow dissera sobre algumas das penitenciárias femininas do norte do estado.

— Ela está bem, *señor*. Abalada, é claro, mas não está sendo maltratada. Está detida no Brooklyn, onde as condições são confortáveis. Na verdade, está sob vigilância para evitarem que cometa suicídio...

Ele levantou a mão quando Cardenas ameaçou levantar rugindo da poltrona.

— Mas apenas como um truque. Isso quer dizer que ela está em um quarto particular no anexo do hospital. Não precisa se misturar com outros prisioneiros... a ralé, por assim dizer.

O homem que ascendera da miséria do *barrio* até se tornar um membro-chave da Irmandade, o cartel que controlava a indústria mundial de cocaína, encarou Dexter, ainda sem conseguir decifrá-lo.

— Você é um idiota, gringo. Esta é a minha cidade. Eu poderia capturar você. Com facilidade. Algumas horas comigo e você estaria implorando para dar o telefonema. Minha filha em troca de você.

— É verdade. Você poderia, e é o que eu faria. O problema é que as pessoas no outro lado da linha não me obedeceriam. Elas seguem ordens. Você, acima de todas as outras pessoas, compreende as regras da obediência absoluta. Também sou um peão insignificante. Não haveria nenhuma troca. Tudo que aconteceria seria a transferência de Letizia para o norte.

O olhos negros que encaravam Dexter não piscaram, mas a mensagem atingiu o alvo.

Cardenas desconsiderou a ideia de que o americano magro e grisalho não fosse um peão, e sim jogador importante. Ele próprio jamais teria entrado sozinho e desarmado no território inimigo. Portanto, por que o ianque o faria? Um sequestro não funcionaria — para nenhum dos lados. Cardenas não poderia ser capturado, e não fazia sentido sequestrar o americano. Cardenas pensou no relatório de Luz sobre o conselho de Barrow. Vinte anos, uma sentença exemplar. Nenhuma defesa viável, um caso que seria aberto e logo fechado, sem nenhum Domingo de Vega para dizer que fora tudo ideia dele.

Enquanto Cardenas pensava, Cal Dexter moveu a mão direita para coçar o peito. Durante um segundo, os dedos dele ficaram ocultos pela lapela do paletó. Cardenas inclinou-se para a frente, pronto para sacar a Glock escondida. O "Sr. Smith" sorriu apologeticamente.

— Mosquitos — disse ele. — Não me deixam em paz.

Cardenas não estava interessado. Ele relaxou quando a mão do outro reapareceu. Mas teria ficado menos relaxado se soubesse que as pontas dos dedos tocaram um sensível botão de "siga em frente" em um transmissor ultrafino preso ao bolso interno.

— O que quer, gringo?

— Bem — disse Dexter, inabalado pelo tratamento ríspido —, a menos que haja uma intervenção, as pessoas acima de mim não podem parar a máquina da justiça. Não em Nova York. É algo que não pode ser comprado e tampouco desvirtuado. Em breve, até mesmo a piedade que os leva a manter Letizia fora de perigo no Brooklyn deverá acabar.

— Ela é inocente. Você sabe, eu sei. Quer dinheiro? Vou torná-lo rico para toda a vida. Tire-a de lá. Quero-a de volta.

— É claro. Mas, como eu disse, sou apenas um peão. Talvez haja uma maneira.

— Diga.

— Se a Udyco, em Madri, descobrisse um carregador de bagagens corrupto e apresentássemos uma confissão completa, com testemunhas, de que ele escolheu uma mala aleatoriamente depois das conferências de segurança habituais e nela colocou a cocaína para que fosse recolhida por um cúmplice em Nova York, seu advogado poderia solicitar uma audiência de emergência. Seria difícil que o juiz de Nova York abandonasse o caso. Seguir em frente seria uma recusa a acreditar em nossos amigos espanhóis no outro lado do Atlântico. Honestamente, acredito que seja a única maneira.

Houve um estrondo, como se nuvens de tempestade estivessem se formando no céu azul.

— Esse... carregador de bagagens. Ele poderia ser descoberto e obrigado a confessar?

— É possível. Depende de você, *señor* Cardenas.

O estrondo ficou mais alto. Dividiu-se em um vum-vum ritmado. Cardenas repetiu a pergunta:

— O que quer, gringo?

— Acho que ambos sabemos. Quer fazer uma troca? É isso. Aquilo que você tem, em troca de Letizia?

Ele se levantou, jogou um pequeno cartão de visitas no carpete, atravessou as portas da varanda e dobrou à esquerda. A escada serpenteante de cordas de aço desceu pelo canto do telhado do hotel, balançando na corrente de ar que vinha de cima.

Dexter pulou para a balaustrada, pensou "Sou velho demais para isso" e saltou para os degraus. Acima do rugido das hélices, sentia que Cardenas estava saindo para a varanda, atrás dele. Esperou pelo tiro nas costas, mas ele não veio. Ao menos não a tempo. Caso Cardenas tivesse disparado, ele não teria ouvido. Dexter sentiu os degraus morderem as palmas das suas mãos, enquanto o homem acima dele inclinava para trás o Blackhawk e o fazia subir como um foguete.

Segundos depois, Dexter foi deixado na praia arenosa logo além dos muros do hotel Santa Clara. O Blackhawk pousou sob o olhar atento de uma ou duas pessoas que caminhavam com seus cães; ele se abaixou para entrar pela porta da tripulação e o helicóptero subiu outra vez. Vinte minutos depois, Dexter estava de volta à base.

Don Diego Esteban orgulhava-se de administrar a Hermandad, o cartel supremo da cocaína, como uma das corporações mais bem-sucedidas do planeta. Ele até se regalava em pensar que a autoridade governante era a diretoria, e não apenas ele, apesar de isso ser palpavelmente falso. Apesar da enorme inconveniência causada aos colegas por precisarem passar dois dias se desviando dos agentes do coronel Dos Santos que os seguiam, ele insistia em reuniões trimestrais.

Tinha o costume de somente por intermédio de emissários pessoais dar o nome da fazenda, entre as 15 que possuía, na qual o conclave seria realizado, e esperava que os colegas chegassem sem ser seguidos. Os dias de Pablo Escobar, nos quais metade da polícia estava no bolso do Cartel, tinham terminado fazia tempos. O coronel Dos Santos era um cão de ataque insubornável e o Don tanto o respeitava quanto o desprezava por isso.

A reunião de verão era sempre realizada no fim de junho. Ele reunia os seis colegas, omitindo somente o Defensor, Paco Valdez, "El Animal", que só era chamado quando havia questões de disciplina interna a serem tratadas. Desta vez não havia nenhuma.

O Don ouviu com aprovação os relatórios do aumento na plantação, mas sem qualquer reajuste de preço. O chefe de produção, Emilio Sanchez, assegurou que uma quantidade suficiente de pasta poderia ser cultivada e comprada para atender a todas as necessidades dos outros ramos do Cartel.

Rodrigo Perez pôde garantir ao Don que o desvio interno de produtos antes da exportação representava uma porcentagem mínima, graças a vários exemplos aterrorizantes dados por meio daqueles que se julgaram capazes de enganar o Cartel. O exército particular, recrutado principalmente a partir de ex-terroristas do grupo que vivia na selva, as Farc, estava em boas condições.

Don Diego, fazendo o papel de anfitrião bondoso, encheu ele próprio a taça de vinho de Perez, uma honraria.

Julio Luz, o advogado/banqueiro que não conseguira de forma alguma fazer contato visual com Roberto Cardenas, relatou que os dez bancos ao redor do mundo que o ajudavam a lavar bilhões de euros e de dólares estavam satisfeitos em seguir com a tarefa; não haviam sido infiltrados nem eram alvo de suspeitas dos órgãos de regulamentação de atividades financeiras.

José-Maria Largo tinha notícias ainda melhores quanto à frente comercial. O apetite nas duas zonas-alvo, os Estados Unidos e a Europa, estava subindo para níveis sem precedentes.

As quarenta quadrilhas e submáfias que eram clientes do Cartel haviam feito encomendas ainda maiores do que costumavam fazer.

Duas grandes quadrilhas, na Espanha e na Inglaterra, haviam sofrido prisões em massa, julgamentos e condenações. Agora estavam fora de cena. Foram substituídas por novatos ansiosos. A demanda atingiria níveis recordes no ano seguinte. As cabeças se projetaram para a frente enquanto ele revelava os valores. Ele precisaria de no mínimo 300 toneladas de cocaína pura intactas nos pontos de entrega em cada continente.

Isso colocava em foco os dois homens cujo trabalho era assegurar as entregas. Provavelmente, fora um erro esnobar Roberto Cardenas, cuja rede internacional de agentes subornados em aeroportos, portos e postos alfandegários nos dois continentes era crucial. O Don simplesmente não gostava do homem. Ele atribuiu o papel de estrela a Alfredo Suarez, maestro dos transportes entre a fonte, na Colômbia, e o comprador, no norte; Suarez se envaideceu como um pavão e deixou clara sua subserviência ao Don.

— Considerando o que todos ouvimos, não tenho dúvidas de que o total de 600 toneladas entregues possa ser atingido. Se nosso amigo Emilio puder produzir 800 toneladas, temos uma margem de vinte e cinco por cento para perda em interceptações, confiscos, roubos ou perdas no mar. Jamais perdi nada que sequer se aproximasse de tal porcentagem.

— Temos mais de cem navios atendidos por mais de mil barcos pequenos. Alguns de nossos navios dedicados são grandes cargueiros, que recebem o produto no mar e se livram dele antes de atracar. Outros levam a carga de um porto a outro, auxiliados nos dois pontos por agentes comprados pelo nosso amigo aqui, Roberto.

— Alguns usam contêineres marítimos, empregados atualmente em todo o mundo para todo tipo e descrição de frete, incluindo o nosso. Outros no mesmo grupo usam compartimentos secretos criados pelo esperto soldador de Cartagena que morreu faz poucos meses. O nome dele me foge agora.

— Cortez — rosnou Cardenas, que vinha da mesma cidade. — Chamava-se Cortez.

— Precisamente. Bem. Há também outras embarcações, vapores a frete, barcos pesqueiros, iates particulares. No total, transportam e entregam quase 100 toneladas por ano. E, finalmente, temos mais de cinquenta pilotos freelancers que voam e pousam, ou voam e despejam. Alguns vão ao México para entregar aos nossos amigos de lá, que atravessam com a carga a fronteira com os EUA, ao norte. Outros seguem diretamente para uma das milhões de enseadas e baías na costa sul dos EUA. A terceira categoria cruza o oceano rumo à África Ocidental.

— E houve alguma inovação desde o ano passado? — perguntou Don Diego. — Não foi divertido acompanhar o destino de nossa frota de submarinos. Uma despesa gigantesca, toda perdida.

Suarez engoliu em seco. Ele se lembrava do que acontecera com seu antecessor, que defendera a política de submergíveis e de "mulas" que faziam uma única viagem. A Marinha colombiana rastreara e destruíra os submarinos; as novas máquinas de raios X que começavam a ser utilizadas nos dois continentes-alvo estavam reduzindo a menos de cinquenta por cento os envios de pessoas com drogas armazenadas nos estômagos.

— Don Diego, essas táticas estão praticamente extintas. Como o senhor sabe, um submergível que estava no mar no momento do ataque naval foi interceptado posteriormente, obrigado a emergir e capturado no Pacífico, perto da Guatemala. Perdemos 12 toneladas. Quanto ao resto, estou limitando o uso de mulas a 1 quilo cada. Estou concentrado em uma centena de carregamentos por continente-alvo com uma média de 3 toneladas por carga. Eu lhe garanto, Don, que posso entregar com segurança 300 toneladas por continente, descontando as perdas previstas de dez por cento para interceptações e confiscos e cinco por cento para prejuízo no mar. Isso não é nada em comparação com a margem de vinte e cinco por cento sugerida por Emilio entre as 800 toneladas de produto e as 600 de entregas seguras.

— Pode garantir isso? — perguntou o Don.

— Sim, Don Diego, creio que sim.

— Então vamos confiar em você — murmurou o Don.

A sala gelou. Devido a sua pretensão, Alfredo Suarez agora estava por um fio. O Don não tolerava fracassos. Ele levantou e sorriu.

— Por favor, amigos, o almoço nos aguarda.

O minúsculo envelope acolchoado não parecia nada de mais. Chegou como encomenda registrada no endereço de fachada que estava no cartão largado por Cal Dexter no chão do quarto de hotel. Dentro havia um cartão de memória. Cal levou-o a Jeremy Bishop.

— O que há nele? — perguntou o mago dos computadores.

— Eu não o teria trazido a você se soubesse.

Bishop franziu o cenho.

— Quer dizer que não consegue inseri-lo em seu próprio laptop?

Dexter ficou um pouco constrangido. Ele era capaz de muitas coisas que mandariam Bishop para a UTI de um hospital, mas seu conhecimento de cibertecnologia ficava abaixo do básico. Dexter observou enquanto Bishop executava o que era, para ele, tarefa de criança.

— Nomes — disse Bishop. — Colunas de nomes, na maioria estrangeiros. E cidades... Aeroportos, portos, docas. E postos... Parecem tipos diferentes de oficiais. E contas bancárias. Contas e localizações. Quem são essas pessoas?

— Apenas imprima tudo para mim. Sim, em preto e branco. Em papel. Faça um velho feliz.

Ele foi até um telefone que sabia ser ultrassecreto e ligou para um número na cidade antiga de Alexandria. O Cobra atendeu.

— Tenho a Lista dos Ratos — disse Dexter.

Jonathan Silver telefonou aquela noite para Paul Devereaux. O chefe da Casa Civil não estava com o humor muito apreciável. Se bem que ele não era conhecido pelo bom humor.

— Já teve seus nove meses — observou ele. — Quando podemos esperar alguma ação?

— Que gentileza sua telefonar — disse a voz lá de Alexandria, aculturada com um leve ritmo arrastado típico de Boston. — E em momento tão oportuno. Começamos na próxima segunda, na verdade.

— E o que veremos acontecer?

— No começo, absolutamente nada — disse o Cobra.

— E depois?

— Caro colega, eu não sonharia em estragar a surpresa — respondeu Devereaux, e desligou.

Na Ala Oeste, o chefe da Casa Civil viu-se encarando um fone mudo.

— Ele desligou na minha cara — disse, quase sem acreditar. — De novo.

PARTE TRÊS

Bote

CAPÍTULO DEZ

Por sorte, foi o SBS que capturou a primeira presa; uma questão de estar no lugar certo na hora certa.

Pouco depois de o Cobra emitir o edital de "abertura de temporada", o Global Hawk *Sam* encontrou no oceano, muito abaixo dele, uma embarcação misteriosa a qual foi batizada de "Criminoso Um". O rastreador com televisão de amplo espectro do *Sam* estreitou quando o Global Hawk reduziu a altitude para 6.600 metros, ainda completamente fora do alcance de ouvidos e olhos. As imagens se condensaram.

Claramente, o Criminoso Um não era grande o bastante para ser um navio de cruzeiro ou um cargueiro na lista da Lloyd's. Poderia ser um navio mercante ou costeiro muito pequeno, mas estava a quilômetros de qualquer costa. Ou poderia ser um iate ou pesqueiro particular. O que quer que fosse, o Criminoso Um cruzara a longitude de 55° a caminho da África Ocidental. E comportava-se de modo estranho.

Ele navegava durante a noite e, depois, desaparecia. Aquilo só poderia significar que, ao amanhecer, a tripulação cobria o navio com uma lona azul-marinho e passava o dia flutuando, quase impossível de ser vista do alto. Tal manobra só poderia significar uma coisa. Depois, ao anoitecer, a lona era recolhida e o barco voltava a navegar para o leste. Infelizmente para o Criminoso Um, o *Sam* conseguia enxergar no escuro.

A 480 quilômetros de Dakar, o *Balmoral* virou para o sul e seguiu em velocidade de evolução* para realizar a interceptação. Um dos dois americanos responsáveis pela comunicação estava de pé no passadiço do comandante para ler as coordenadas da agulha magnética.

O *Sam*, flutuando muito acima do navio criminoso, transmitiu os detalhes dos progressos para Nevada e a Base Aérea de Creech informou Washington. Ao amanhecer, o navio criminoso desligou os motores e foi coberto pela lona. O *Sam* retornou à ilha de Fernando de Noronha para reabastecer e decolou novamente antes do amanhecer. O *Balmoral* navegou durante a noite. O navio criminoso foi alcançado ao amanhecer do terceiro dia, muito ao sul de Cabo Verde e ainda a 800 quilômetros da Guiné-Bissau.

O navio estava prestes a ser coberto para o penúltimo dia no mar. Quando o comandante percebeu o perigo, era tarde demais para esticar a lona ou dobrá-la e fingir ser um navio qualquer.

Muito acima, o *Sam* ligou os mecanismos bloqueadores de frequência e o navio criminoso de repente se viu na base de um cone de espaço morto para aparelhos eletrônicos, do tipo "sem transmissão e sem recepção". Inicialmente, o comandante não tentou transmitir uma mensagem porque não acreditava

---

* Correspondente a 3/5 da velocidade máxima desenvolvida pelo navio (*N. do R.T.*)

nos próprios olhos: voando rapidamente em sua direção havia um pequeno helicóptero pouco mais de 30 metros acima do mar tranquilo.

O comandante não conseguia acreditar no que via devido à questão da distância. Um helicóptero como aquele não poderia estar tão longe da terra firme, e não havia nenhuma outra embarcação à vista. Ele não sabia que o *Balmoral* estava a 40 quilômetros bem à frente, logo além do horizonte e, por isso, invisível. Quando percebeu que estava prestes a ser interceptado, era tarde demais.

O comandante memorizara as instruções. *Primeiro, você será seguido pela inconfundível silhueta cinzenta de um navio de guerra, mais veloz que você. Ele vai ultrapassar você e ordenar que pare. Quando o navio de guerra ainda estiver longe, use o casco do barco como escudo e "afogue" os fardos de cocaína jogando-os por sobre a amurada. Eles podem ser substituídos. Antes que eles subam a bordo, informe-nos pelo computador usando a mensagem pré-gravada para Bogotá.*

Assim, o comandante, apesar de não enxergar nenhum navio de guerra, fez como o haviam orientado. Ele apertou "enviar", mas nenhuma mensagem foi transmitida. Tentou usar o telefone via satélite, mas este também estava inoperante. Deixando um de seus homens tentando repetidamente se comunicar pelo rádio, o comandante subiu a escada localizada atrás do passadiço e olhou para o Little Bird que se aproximava diante dele. Vinte e quatro quilômetros atrás, ainda invisíveis mas navegando rapidamente a 40 nós, havia dois RIBs com dez homens cada.

O pequeno helicóptero traçou um círculo acima do navio para então parar no ar 30 metros à frente do passadiço. O comandante viu que uma antena Wasp esticada apontava para baixo com uma bandeira rígida esticada por trás. Ele reconheceu o desenho. Na parte inferior do helicóptero havia duas palavras: "Marinha Real".

— *Los ingleses* — murmurou ele.

O comandante não conseguia decifrar onde estava o navio de guerra, mas o Cobra dera instruções estritas: os dois *Q-ships* nunca deveriam ser vistos.

Levantando o olhar para o helicóptero, o comandante viu o piloto, com uma viseira preta para protegê-lo do sol nascente, e, ao lado dele, inclinado para fora, um atirador de elite. Ele não reconheceu o rifle G3 com mira telescópica, mas sabia quando uma arma estava apontada diretamente para sua cabeça. As instruções que recebera eram claras: *jamais troque tiros com qualquer armada nacional.* Assim, ele ergueu as mãos, um gesto universal. Apesar da ausência do sinal de "transmissão realizada" em seu laptop, o comandante esperava que o aviso tivesse sido enviado mesmo assim. Mas não fora.

De onde estava, o piloto do Little Bird conseguiu ler o nome na proa do comandante criminoso. Era *Belleza del Mar*, o nome mais otimista no oceano. Na verdade, tratava-se de um barco pesqueiro enferrujado e manchado, de 33 metros de comprimento e fedendo a peixe. A ideia era justamente essa. A tonelada de cocaína em fardos amarrados estava sob o peixe em putrefação.

O comandante tentou tomar a iniciativa, ligando os motores. O helicóptero então virou de repente e baixou até ficar de través, 3 metros acima da água e a 30 metros da lateral do *Belleza del Mar*. Àquela distância, o atirador de elite poderia acertar as duas orelhas do comandante, bastava escolher qual.

— *Pare los motores* — ressoou uma voz do alto-falante do Little Bird.

O comandante obedeceu. Ele não conseguira ouvi-los por causa do barulho do helicóptero, mas vira a espuma levantada por duas lanchas de ataque que se aproximavam.

Aquilo também era incompreensível. Estavam a muitos quilômetros da terra firme. Onde diabos estava o navio de guerra? Não era nem um pouco difícil entender quem eram os homens que saíram dos dois RIBs que rugiam ao lado do *Belleza del Mar*, atiraram ganchos sobre a balaustrada, fixaram-se e subiram a bordo.

Eram jovens vestidos de preto, mascarados, armados e em forma. O comandante estava acompanhado por sete tripulantes. A instrução para "não resistir" era perspicaz. Eles durariam poucos segundos se a desobedecessem. Dois homens aproximaram-se dele; os outros cercaram os tripulantes, todos com as mãos bem acima das cabeças. Um dos homens parecia estar no comando, mas só falava inglês. O outro interpretava. Nenhum deles tirou a máscara preta.

— Comandante, acreditamos que esteja transportando substâncias ilegais. Drogas. Especificamente, cocaína. Queremos revistar sua embarcação.

— Não é verdade. Eu transporto somente peixe. E vocês não têm o direito de revistar meu barco. É contra as leis dos mares. É pirataria.

Ele fora instruído a dizer isso. Infelizmente, o aconselhamento legal era menos astuto do que o quanto a permanecer vivo. Ele jamais ouvira falar no Ato de Justiça Criminal (Cooperação Internacional) 1990, conhecido como Crijica, e mesmo que tivesse não o teria compreendido.

Mas o major Ben Pickering estava perfeitamente dentro de seus direitos. O Crijica contém várias cláusulas relacionadas a interceptações marítimas de embarcações que supostamente transportem drogas. Também contém os direitos dos acusados. O que o comandante do *Belleza del Mar* não sabia era que ele e sua embarcação haviam sido reclassificados silenciosamente como uma ameaça à nação inglesa, como qualquer outro terrorista, o que significava que, infelizmente para o comandante, o livro de regras, incluindo os direitos humanos, havia seguido o caminho que os fardos de cocaína teriam seguido se ele tivesse tempo — fora lançado ao mar.

Os homens do SBS haviam ensaiado durante duas semanas e tinham conseguido reduzir o tempo necessário à execução do trabalho para poucos minutos. Os sete tripulantes e o comandante foram revistados minuciosamente em busca de armas ou equipamentos de transmissão. Celulares foram confiscados para análise posterior. A estação de rádio foi destruída. Os oito colombianos foram algemados com as mãos à frente da cintura e encapuzados. Quando não podiam ver nem resistir, foram conduzidos à proa e forçados a se sentar.

O major Pickering assentiu com a cabeça, ao que um dos homens pegou um lança-foguetes. O sinalizador subiu 170 metros e explodiu em uma bola de fogo. Muito acima, os sensores de calor do Global Hawk captaram o sinal e o homem diante do monitor em Nevada desligou os bloqueadores de frequência. O major informou ao *Balmoral* que o navio estava livre para navegar e o *Q-ship* surgiu no horizonte para atracar ao lado do barco interceptado.

Um dos comandos estava com equipamento completo para mergulho. Ele passou pela amurada e mergulhou para explorar o casco sob a água. Um artifício comum é transportar cargas ilegais em uma bolha soldada ao fundo do casco, ou até mesmo arrastar a 30 metros de profundidade fardos presos por cabos de náilon, que passam incógnitos por qualquer busca.

O mergulhador mal precisava da roupa de mergulho completa, pois a água estava tépida. E o sol, agora bem acima do horizonte, iluminava a água como um holofote. Ele passou vinte minutos submerso entre as algas e cracas do casco malcuidado. Não havia bolhas, nenhuma porta submersa, nenhum cabo pendurado. Na verdade, o major Pickering sabia onde a cocaína estava.

Assim que os bloqueadores de frequência foram desligados, ele pôde informar ao *Balmoral* o nome do pesqueiro interceptado. Afinal de contas, o barco constava na lista de Cortez como uma das menores embarcações, não registrada em nenhuma lista internacional de navios de carga, apenas um pesqueiro sujo de uma aldeia obscura. Obscuro ou não, estava realizando a sétima viagem à África Ocidental, transportando uma carga que valia 10 mil vezes o valor do próprio barco. Informaram ao major onde procurar.

Pickering murmurou instruções para a equipe de revista da Guarda Costeira. O homem da alfândega protegeu seu cocker spaniel. As portas do porão ao se abrirem revelaram toneladas de peixes nada frescos, mas ainda estocados. O próprio guindaste do *Belleza* içou os peixes e descartou-os. Quase 2 quilômetros abaixo, os caranguejos ficariam contentes.

Com o piso do porão enfim exposto, os inspetores procuraram pela chapa descrita por Cortez. Estava brilhantemente escondida, e o fedor dos peixes teria confundido o cão. A tripulação, encapuzada, não saberia o que os agentes estavam fazendo, tampouco veria o *Balmoral* aproximando-se.

Foi preciso um pé de cabra e vinte minutos para remover a chapa. Se não tivessem sido interceptados, os tripulantes fariam o trabalho no próprio ritmo, a 16 quilômetros dos manguezais das Ilhas Bijagós, prontos para passar a carga por sobre a amurada para as canoas que estariam aguardando nas enseadas. Depois, em troca, pegariam barris de combustível, reabasteceriam e seguiriam de volta para casa.

A abertura dos porões abaixo do de peixes liberou um cheiro ainda pior. Os inspetores colocaram máscaras e respiradores. Todos os outros permaneceram afastados.

Um dos inspetores entrou com a parte superior do corpo, segurando uma lanterna. Os outros seguraram suas pernas. O primeiro voltou, se retorcendo e ergueu o polegar. Bingo. Ele entrou com ganchos e cordas. Um a um, os homens retiraram vinte fardos, com pouco mais de 50 quilos cada. O *Balmoral* emparelhou com o barco, elevando-se sobre ele com sua altura bem maior.

Foi preciso mais uma hora. Os tripulantes do *Belleza*, ainda encapuzados, foram ajudados a subir a bordo do *Balmoral* pela escada de cabos e conduzidos ao porão. Quando lhes retiraram as algemas e os capuzes, estavam na prisão temporária de vante, detidos abaixo do nível do mar.

Duas semanas depois, transferidos para o navio auxiliar da frota em um segundo reabastecimento, eles seriam levados ao posto avançado inglês em Gibraltar, novamente encapuzados, transferidos para um Starlifter americano e levados de avião até o oceano Índico. Os capuzes seriam então removidos, revelando um paraíso tropical e a instrução: "Divirtam-se, mas não se comuniquem com ninguém e não tentem fugir." A primeira recomendação era opcional. As outras, impossíveis de desobedecer.

A tonelada de cocaína também foi levada para o *Balmoral*, onde seria vigiada até ser descarregada no mar sob custódia americana. A última tarefa relativa ao *Belleza del Mar* cabia ao especialista em explosivos do esquadrão. Ele ficou 15 minutos submerso, emergiu e, subindo pela lateral, embarcou no segundo RIB.

A maioria dos companheiros dele já estava a bordo. O Little Bird já estava de volta em seu porão, assim como o primeiro RIB. O *Balmoral* mudou a velocidade para "adiante devagar" e um rastro preguiçoso surgiu atrás da popa. O segundo RIB seguiu o navio. Quando havia 200 metros de mar aberto entre eles e o velho e sujo barco pesqueiro, o especialista em explosivos pressionou um botão no detonador.

As cargas moldadas de explosivo plástico PETN deixadas no barco interceptado emitiram apenas um estampido abafado, mas fizeram no casco um buraco do tamanho de uma porta de celeiro. Em trinta segundos o barco desapareceu para sempre em um mergulho longo e solitário de 1.600 metros até o fundo do mar.

O RIB foi novamente embarcado e guardado. Ninguém mais no Atlântico Central vira coisa alguma. O *Belleza del Mar*, seu comandante, sua tripulação e a carga simplesmente evaporaram.

Uma semana se passou até que o coração do Cartel acreditasse plenamente na perda do *Belleza del Mar,* e mesmo então a reação foi de pura perplexidade.

Embarcações, cargas e tripulações já tinham sido perdidas anteriormente, mas, fora o desaparecimento total dos submarinos que subiam arriscadamente pela costa do Pacífico rumo ao México, sempre havia rastros ou motivos. Algumas embarcações pequenas afundaram em tempestades oceânicas. O Pacífico — assim batizado por Vasco Nuñez de Balboa, o primeiro europeu que o avistou, pois parecia tão calmo naquele dia — enlouquecia de vez em quando. O quente e agradável Caribe dos prospectos turísticos podia ser atingido por ciclones violentos. Mas era raro.

As cargas perdidas no mar eram quase sempre atiradas na água pela tripulação quando a captura era inevitável.

O resto das perdas no mar era causado por interceptações de órgãos da lei ou pela Marinha de algum país. O navio era confiscado, os homens da tripulação eram capturados, processados, julgados e presos, mas eles eram dispensáveis e suas famílias recebiam doações generosas. Todos conheciam as regras.

Os vitoriosos na captura concediam entrevistas coletivas e exibiam a cocaína em fardos para uma mídia satisfeita. Mas a única forma de o produto desaparecer completamente era terem-no roubado.

Os sucessivos cartéis que dominaram a indústria de cocaína sempre foram afligidos por um problema psiquiátrico: paranoia intensa. A capacidade de suspeitar é instantânea e incontrolável. Existem dois crimes que, segundo o código dos criminosos, são imperdoáveis: roubar o produto e informar as autoridades. O ladrão e o "traidor" sempre serão caçados e sofrerão a vingança. Não pode haver exceções.

Levou uma semana para que a perda fosse aceita porque, primeiro, o receptor na Guiné-Bissau, o chefe de operações Ignacio Romero, reclamou que um carregamento simplesmente não chegara. Ele esperara toda a noite na hora e no local marcados, mas o *Belleza del Mar*, barco que conhecia bem, jamais avistara terra firme.

Pediram a ele que reconfirmasse duas vezes a informação, e foi o que ele fez. Depois, precisaram investigar a possibilidade de um mal-entendido. Teria o *Belleza* ido para o lugar errado? E, mesmo que tivesse, por que o comandante não se comunicara? Havia algumas mensagens de duas palavras cuidadosamente escolhidas para soarem desconexas, que ele podia transmitir em caso de problemas.

Depois o despachante, Alfredo Suarez, precisou conferir os boletins do clima. O tempo estivera tranquilo em todo o Atlântico. Um incêndio a bordo? Mas o capitão tinha o rádio. Mesmo que tivesse fugido no bote salva-vidas, tinha o laptop e o celular. Finalmente, ele precisou informar a perda ao Don.

Don Diego refletiu e examinou todas as evidências levadas por Suarez. Parecia um roubo, e no topo da lista de suspeitos estava o próprio comandante. Ou ele roubara toda a carga para vender a algum importador renegado ou ele próprio fora interceptado no mar, ainda longe dos manguezais, e assassinado junto com o restante da tripulação. As duas suposições eram possíveis, mas, primeiro as prioridades.

Se tivesse sido o comandante, ele teria informado a sua família antecipadamente, ou teria entrado em contato depois de desviar a carga. A família dele era constituída da esposa e três crianças que moravam na mesma aldeia enlameada em que guardava o velho barco de pesca, em uma enseada a leste de Barranquilla. O Don enviou o Animal para conversar com ela.

As crianças não foram problema. Foram enterradas. Vivas, é claro. Diante da mãe. Ainda assim, ela se recusou a confessar. Levou muitas horas para morrer, mas manteve a alegação de que o marido não dissera nada, tampouco fizera nada de errado. Finalmente, Paco Valdez não teve outra opção se não acreditar nela. De todo modo, ele não podia continuar. A esposa do comandante estava morta.

O Don lamentou. Tão desagradável. E, no fim, sem resultados. Mas inevitável. E aquilo impunha um problema ainda maior. Se não fora o comandante, então quem? Mas havia outra pessoa na Colômbia ainda mais perturbada do que Don Diego Esteban.

O Defensor realizara o trabalho depois de levar a família de carro até o coração da selva. Mas uma selva nunca está totalmente vazia. Um camponês descendente de índios ouvira os gritos e espiara por entre a folhagem. Quando o Defensor e seus dois homens partiram, o peão foi à aldeia e contou o que vira.

Os aldeões foram ao local com um carro de boi e levaram os quatro corpos de volta ao assentamento na enseada. Fizeram um enterro cristão para todos. A cerimônia foi celebrada pelo padre Eusebio S.J. Ele sentiu repugnância diante do que viu antes que o caixão rústico de tábuas fosse fechado.

De volta aos seus aposentos na missão, o padre abriu a gaveta de sua escrivaninha de carvalho escuro e baixou os olhos para o dispositivo que o provincial distribuíra meses antes. Normalmente ele jamais sonharia em utilizá-lo, mas agora estava com raiva. Talvez algum dia ele visse algo, fora do sigilo do confessionário; então, talvez usasse o dispositivo americano.

O segundo ataque coube aos Seals. Novamente, foi uma questão de estar no lugar certo na hora certa. O Global Hawk *Michelle* patrulhava a grande faixa no sul do Caribe que se estende em um arco da Colômbia até Yucatan. O *Chesapeake* estava na passagem entre a Jamaica e a Nicarágua. Dois *go-fasts* saíram dos pântanos do Golfo de Urabá, na costa colombiana, e seguiram não para sudoeste, rumo a Colón e ao Canal do Panamá, mas para noroeste. A viagem era longa, no limite da autonomia dos barcos, e ambos carregavam tanques de combustível, além de 1 tonelada de cocaína cada.

O *Michelle* detectou os barcos a 36 quilômetros do ponto de partida. Apesar de não estarem na velocidade máxima de 60 nós, navegavam a 40, o que bastava para dizer aos radares do *Michelle,* a 16 mil metros de altitude, que não poderiam ser nada além de lanchas. O *Michelle* começou a calcular o rumo e a velocidade e avisou ao *Chesapeake* que os *go-fasts* seguiam em sua direção. O *Q-ship* mudou de rumo para interceptá-los.

Foi no segundo dia que as duas tripulações dos *go-fasts* sentiram a mesma desorientação que o comandante do *Belleza del Mar*. Um helicóptero surgiu do nada e estava diante deles, flutuando sobre um mar azul e vazio. Não havia nenhum navio de guerra visível. Aquilo simplesmente não era possível.

O retumbante alerta do alto-falante para que desligassem os motores e arribassem foi simplesmente ignorado. As duas lanchas velozes, que contavam com quatro motores Yamaha de 200hp na popa, pensaram que poderiam ser mais rápidas do que o Little Bird. A velocidade das lanchas aumentou para 60 nós, proas empinadas, apenas os motores imersos na água, um enorme rastro branco atrás de cada uma. Como os ingleses haviam detido o Criminoso Um, as duas lanchas tornaram-se os Criminosos Dois e Três.

Os colombianos estavam enganados ao pensarem que poderiam ser mais rápidos que um helicóptero. Quando dispararam, o Little Bird inclinou as hélices em uma curva violenta e partiu atrás das lanchas a 120 nós, o dobro da velocidade dos colombianos abaixo deles.

Sentado ao lado do piloto da Marinha, segurando seu rifle de franco-atirador M-14, estava o marinheiro especializado Sorenson, o atirador de elite do pelotão. Com uma plataforma estável e a 100 metros de distância, ele estava confiante de que não erraria muito.

Usando novamente o sistema de megafone, o piloto falou, em espanhol:

— Desliguem os motores e arribem ou atiraremos.

As rápidas lanchas seguiam em disparada para o norte, sem saber que havia três botes infláveis com 16 Seals avançando velozmente em sua direção. O capitão de corveta Casey Dixon colocara o grande RHIB e os dois Zodiacs menores na água, mas, apesar de velozes, os traficantes eram ainda mais rápidos. Cabia ao Little Bird fazê-los reduzir a velocidade.

O marinheiro Sorenson fora criado em uma fazenda em Wisconsin, praticamente o mais distante do mar que se pode chegar. Talvez por isso ele tenha ingressado na Marinha — para ver o mar. O talento que levou da roça foi uma vida inteira de experiência com um rifle de caça.

Os colombianos sabiam o que fazer. Nunca tinham sido interceptados por helicópteros antes, mas foram instruídos quanto ao que fazer: basicamente, proteger os motores. Sem aqueles monstros ruidosos, ficariam indefesos.

Quando viram o M-14 com a mira telescópica voltada para os motores, dois tripulantes atiraram-se sobre as coberturas dos motores para impedir que fossem atingidos. As Forças de Lei e Ordem jamais atirariam no tronco de um homem para atingir um alvo.

Errado. Aquelas eram as regras antigas. Na fazenda, o marinheiro Sorenson acertara coelhos a 200 passos de distância. Esse alvo era maior e estava mais perto, e as regras eram claras. O primeiro tiro trespassou diretamente o traficante, penetrou na cobertura e destruiu o bloco do motor Yamaha.

O outro traficante, com um ganido de alarme, atirou-se para trás bem a tempo. O segundo projétil perfurante destruiu o motor ao lado. A lancha seguia com dois motores. Só que mais devagar. Tinha uma carga pesada.

Um dos três homens que restavam abaixo pegou uma AK-47 e o piloto do Little Bird guinou para longe. A 30 metros de altitude, ele via os pontos negros dos infláveis reduzindo a distância, vindo de frente, resultando em uma velocidade de aproximação de 100 nós.

A lancha que não fora atingida também os viu. O timoneiro não podia mais se incomodar com o enigma da origem deles.

Estavam ali, e ele tentava salvar a carga e garantir a própria liberdade. Decidiu passar diretamente entre eles e usar a velocidade maior para escapar.

Ele quase conseguiu. A lancha avariada desligou os outros dois motores e rendeu-se. A outra seguia a 60 nós, à frente. A formação Seal dividiu-se e espalhou-se, virou em curvas alucinantes e começou a perseguição. Não fosse pelo helicóptero, o traficante poderia ter conseguido fugir.

O Little Bird espumava a superfície lisa do mar à frente das lanchas, girou 90 graus e cuspiu 100 metros de um cabo de náilon azul invisível. Uma pequena âncora flutuante em sua extremidade puxou o cabo no ar e caiu no oceano, onde ficou boiando. A lancha fez uma curva rápida e quase conseguiu evitar, mas os últimos 20 metros do cabo deslizaram por sob o casco e enrolaram-se nas quatro hélices dos motores. Os quatro Yamaha tossiram, sufocaram e pararam.

Depois disso, resistir era inútil. Diante de um pelotão de fuzilamento de submetralhadoras MP5, os tripulantes foram transferidos para o grande RHIB, algemados e encapuzados. Foi a última vez que viram a luz do dia até desembarcarem na Eagle Island, no arquipélago de Chagos, como hóspedes de Sua Majestade.

Uma hora depois, o *Chesapeake* estava parado ao lado das lanchas. Os sete prisioneiros foram levados para o navio. O corajoso morto recebeu uma bênção e um pedaço de corrente para ajudá-lo a afundar. Também foram transferidas as 2 toneladas de combustível para motor de dois tempos (material que poderia ser utilizado), várias armas e celulares (para a análise das ligações feitas) e 2 toneladas de coca colombiana pura em fardos.

Depois, as duas lanchas foram perfuradas por tiros e os pesados motores Yamaha as afundaram. Era uma pena perder seis motores bons e potentes, mas as instruções do Cobra — invisível e desconhecido para os Seals — eram precisas: nada rastreável poderia restar. Somente os homens e a cocaína seriam pegos, e ainda assim para armazenamento temporário. Todo o resto deveria desaparecer para sempre.

O Little Bird pousou no escotilhão de vante, desligou os motores e desceu para seu lar oculto. Os três infláveis foram içados e colocados dentro do próprio porão para futura lavagem e manutenção. Os homens desceram para tomar banho e trocar de roupa. O *Chesapeake* virou e partiu. O mar estava novamente vazio.

Muito adiante, o cargueiro *Stella Maris IV* esperava e esperava. Finalmente, precisou retomar a viagem para o Europoort, em Roterdã, mas sem nenhuma carga extra. O imediato, desconcertado, só pôde enviar uma mensagem de texto para a "namorada", em Cartagena. Algo a respeito de não poder ir ao encontro porque o carro não viera da oficina.

Até mesmo essa mensagem foi interceptada pela Agência de Segurança Nacional em sua enorme base em Fort Meade, Maryland, onde foi decodificada e enviada ao Cobra. Ele abriu um pequeno sorriso de satisfação. A mensagem traíra o destino das lanchas: o *Stella Maris IV*. O navio estava na lista. Ficaria para uma outra vez.

Uma semana depois que o Cobra declarou aberta a temporada, o major Mendoza recebeu o primeiro chamado para voar. O Global Hawk *Sam* detectara um pequeno avião de transporte bimotor decolando do rancho Boavista, passando sobre a costa de Fortaleza e seguindo através do vasto Atlântico em um rumo de 045º, o que o levaria a algum ponto entre a Libéria e Gâmbia.

Imagens computadorizadas identificaram-no como um Transall, uma colaboração franco-alemã única que fora comprada pela África do Sul e depois, no fim do serviço ativo como transporte militar, vendida em segunda mão ao mercado civil da América do Sul.

Não era grande, mas um burro de carga eficiente. Com a autonomia que tinha, jamais chegaria ao outro lado do Atlântico, nem mesmo ao ponto de menor distância entre os continentes. Portanto, fora "operado" para ganhar mais tanques de combustível internos. Durante três horas, seguiu para nordeste através da penumbra da noite tropical, voando a 2.600 metros de altitude sobre uma planície de nuvens.

O major Mendoza apontou o nariz do Buccaneer diretamente para a pista e concluiu as conferências finais. Ele não ouvia a torre de controle falando em português, pois ela estava fechada havia muito tempo. Ouvia o tom de voz cálido de uma americana. Os dois homens da comunicação em Fogo que estavam com ele tinham recebido a mensagem uma hora antes e avisaram ao brasileiro que ele deveria se preparar para voar. Agora a mensagem estava sendo transferida para os fones de ouvido. Ele não sabia que a mulher era uma capitá da Força Aérea dos Estados Unidos sentada em frente a um monitor em Creech, Nevada. Ele não sabia que ela estava observando um contato que representava um pequeno avião cargueiro Transall, e que em pouco tempo ele próprio seria um contato na tela, e que ela juntaria os dois contatos.

O major olhou para a tripulação de solo, de pé na escuridão do aeroporto de Fogo, e viu o sinal de "Siga" piscando para ele. Isso era sua "torre de controle", mas funcionava. Ele levantou o polegar em confirmação.

Os dois Speys aumentaram o ronco e o Bucc tremeu, contido pelos freios e ávido por se libertar. Mendoza moveu a chave do sistema Rato e soltou os freios. O Bucc arremeteu-se para a frente, emergiu da sombra da montanha vulcânica e viu o mar brilhando sob o luar.

O piloto sentiu o impulso do foguete na base das costas. A velocidade aumentou rapidamente até passar da decolagem, e então o barulho das rodas cessou e ele estava no ar.

— Suba para 5 mil metros no rumo um-nove-zero — disse a voz cálida e aveludada.

Ele conferiu a agulha magnética, estabilizou o avião em 190º e aumentou de altitude, como instruído.

Em uma hora ele estava a 480 quilômetros ao sul das ilhas de Cabo Verde, girando em um círculo lento de nível 1, aguardando. Ele viu o alvo voando mais baixo, na posição de uma hora. Sobre o platô de nuvens, a lua quase cheia apareceu e cobriu o cenário com uma luz branca e pálida. O brasileiro viu uma sombra voando abaixo dele, à direita, seguindo para o nordeste. Ele continuava na metade de uma curva acentuada; ao terminá-la, posicionou-se atrás da presa.

— O alvo está a 8 quilômetros à sua frente, 2 mil metros abaixo.

— Positivo, já o vi — disse ele. — Contato.

— Contato reconhecido. Ataque autorizado.

Mendoza diminuiu a altitude até que a silhueta do Transall ficasse bem clara sob o luar. Ele recebera um álbum com fotos dos aviões que poderiam ser usados pelos traficantes, e não havia dúvida de que aquele era um Transall. Era simplesmente impossível que um avião como aquele cruzando o céu fosse inocente.

Ele desativou a trava de segurança do canhão Aden, posicionou o polegar sobre o botão "disparar" e olhou para a frente através da mira modificada em Scampton. Ele sabia que os dois canhões estavam centralizados para concentrar o poder de fogo de ambos a 400 metros.

248

Por um instante ele hesitou. Havia homens naquela máquina. Depois, pensou em outro homem, um garoto sobre uma mesa de mármore no necrotério de São Paulo. Seu irmão menor. Ele disparou.

A munição era uma mistura de projéteis de fragmentação, incendiários e traçantes. O rastro brilhante indicaria a linha de fogo. Os outros destruiriam o que atingissem.

Ele observou as duas linhas de fogo vermelho afastarem-se rapidamente e unirem-se a 400 metros. Ambas atingiram a fuselagem do Transall logo à esquerda das portas de carga traseiras. Durante meio segundo o bimotor pareceu estremecer parado no ar. Depois, implodiu.

O brasileiro mal viu o avião partir, desintegrar e cair. A tripulação, evidentemente, mal começara a usar os tanques reservas internos, de modo que os de dentro da fuselagem estavam cheios até a boca. Eles foram atingidos pelos quentes projéteis incendiários brancos e todo o avião virou metal fundido. Uma chuva de fragmentos em chamas atravessou, caindo, a camada de nuvens abaixo, e foi só. Desapareceu. Um avião, quatro homens, 2 toneladas de cocaína.

O major Mendoza jamais matara uma pessoa. Ele ficou olhando durante vários segundos para o ponto do céu onde estivera o Transall. Muitas vezes se perguntara o que sentiria. Agora ele sabia. Sentia apenas vazio. Nem exultação nem remorso. Ele dissera diversas vezes a si próprio: pense em Manolo sobre a mesa de mármore, 16 anos, que jamais teria uma vida a viver. Quando falou, sua voz era firme:

— Alvo abatido.

— Eu sei — respondeu a voz de Nevada. Ela vira os dois contatos transformarem-se em um só. — Mantenha a altitude. Siga para três-cinco-cinco rumo à base.

Setenta minutos depois, o piloto viu as luzes da pista de Fogo se acenderem para ele; desligou os motores quando taxiava rumo ao hangar na rocha. O Criminoso Quatro deixara de existir.

A 480 quilômetros dali, na África, um grupo de homens esperava ao lado de uma pista de pouso na selva. Esperaram e esperaram. Ao amanhecer, subiram nas caminhonetes e partiram. Um deles enviaria um e-mail em código para Bogotá.

Alfredo Suarez, responsável por todas as remessas de cargas da Colômbia para clientes, temia pela própria vida. Quase 5 toneladas haviam sido perdidas. Ele garantira ao Don que entregaria 300 toneladas a cada continente-alvo e lhe prometera uma margem de até 200 toneladas como perdas aceitáveis em trânsito. Mas não era isso o que importava.

A Hermandad, como o Don explicava agora a Suarez muito pessoalmente e com uma calma assustadora, tinha dois problemas. Um era que quatro cargas distintas transportadas em três meios diferentes tinham sido aparentemente capturadas ou destruídas; muito mais desconcertante, porém — e o Don odiava ficar desconcertado —, era a ausência de qualquer rastro ou pista relativo ao que dera errado.

O comandante do *Belleza del Mar* deveria ter relatado que estava com algum tipo de problema. Mas não o fizera. As duas lanchas deveriam ter usado os celulares se algo desse errado. Mas não usaram. O Transall também decolara totalmente abastecido e em bom estado, mas desaparecera da face da terra sem nenhum pedido de socorro.

— Misterioso, não concorda, querido Alfredo? — Quando o Don falava afetuosamente, ficava ainda mais assustador.

— Sim, meu Don.

— E qual explicação você poderia conceber?

— Não sei. Todos os transportes possuem diversos meios de comunicação. Computadores, celulares, rádios de navios. E mensagens curtas codificadas para informar o que houver de errado. Eles testaram os equipamentos e memorizaram as mensagens.

— Ainda assim, estão em silêncio — refletiu Don Diego.

Ele ouvira o relatório do Defensor e concluíra que era extremamente improvável que o comandante do *Belleza del Mar* fosse o responsável pelo próprio desaparecimento.

O comandante era conhecido como um pai de família e devia saber o que aconteceria aos filhos e à esposa se traísse o Cartel. Além disso, já fizera com sucesso seis viagens à África Ocidental.

Havia apenas um denominador comum para dois dos três mistérios. Tanto o barco pesqueiro quando o Transall seguiam para a Guiné-Bissau. Apesar de as duas lanchas que partiram do Golfo de Urabá serem um enigma, o dedo ainda apontava para algo muito errado acontecendo na Guiné-Bissau.

— Você tem outra encomenda em breve para a África do Sul, Alfredo?

— Sim, Don Diego. Semana que vem. Cinco toneladas seguindo pelo mar para a Libéria.

— Mude para a Guiné-Bissau. E você tem um jovem assistente muito inteligente?

— Alvaro, Alvaro Fuentes. O pai dele era muito importante no Cartel de Cáli. Ele nasceu neste negócio. Muito leal.

— Então ele deve acompanhar a carga. E manter contato a cada três horas, noite e dia, durante todo o percurso. Mensagens pré-gravadas tanto no celular quanto no laptop. Nada a fazer exceto apertar um botão. E quero uma vigília na escuta do lado de cá. Permanente, em turnos. Fui claro?

— Perfeitamente, Don Diego. Farei isso.

O padre Eusebio jamais vira nada parecido. A paróquia dele era grande e rural, abrangendo muitas aldeias, todas humildes, de trabalhadores esforçados e pobres. As luzes brilhantes e as marinas luxuosas de Barranquilla e Cartagena não eram coisa para ele. O que atracara bem na entrada do córrego que ia dos manguezais para o mar não pertencia àquele lugar.

Toda a aldeia foi ao frágil quebra-mar de madeira para olhar. Tinha mais de 50 metros, era de um branco reluzente, com cabines luxuosas em três conveses, e fora lustrado pela tripulação até brilhar. Ninguém sabia quem era o dono e ninguém da tripulação colocara os pés em terra. Por que deveriam? Para ir a uma aldeia com uma única rua de terra na qual galinhas bicavam e onde havia uma única bodega?

O que o bom padre jesuíta não tinha como saber era que aquela embarcação, atracada fora de vista do oceano depois de duas curvas do córrego, era um iate oceânico muito luxuoso, um Feadship. O barco tinha cinco apartamentos suntuosos para o proprietário e os convidados e uma tripulação de dez homens. Fora construído em um estaleiro holandês três anos antes, uma encomenda particular do proprietário, e não apareceria no catálogo da Edmiston para venda (embora o dono não quisesse se desfazer dele) por menos de 20 milhões de dólares.

É curioso que a maioria das pessoas nasça à noite e que muitas também morram à noite. O padre Eusebio foi despertado às 3 horas da manhã por uma batida na porta. Era uma menina pequena de uma família que ele conhecia, informando-o de que o avô estava tossindo sangue e que a mãe temia que ele não visse o amanhecer.

Padre Eusebio conhecia o homem. Tinha 60 anos, aparentava ter 90 e fumara o tabaco mais malcheiroso do mundo por cinco décadas. Ao longo dos dois últimos anos, expectorava catarro e sangue. O padre da paróquia vestiu uma sotaina, pegou os paramentos e o rosário e seguiu apressadamente a menina.

A família vivia perto da água, uma das últimas casas na aldeia na beira do córrego. E o velho estava mesmo morrendo. O padre Eusebio deu a extrema-unção e ficou sentado com o velho até ele cair em um sono do qual provavelmente não despertaria. Antes de adormecer, ele pediu um cigarro. O padre da paróquia deu de ombros e a filha entregou um cigarro ao velho. Não havia nada mais que o padre pudesse fazer. Em poucos dias enterraria o paroquiano. Agora, precisava completar o descanso daquela noite.

Quando saiu, o padre olhou para o mar. Na água, entre o cais e o iate ancorado, havia um grande barco aberto deslizando sobre a água movido por um motor ruidoso. Havia três homens a bordo e uma pequena quantidade de fardos nos bancos. O iate de luxo ostentava luzes acesas na proa, onde vários tripulantes aguardavam para receber a carga. O padre Eusebio observou e cuspiu na terra. Ele pensou na família que enterrara dez dias antes.

De volta ao seu quarto, preparou-se para retomar o sono interrompido. Mas parou por um instante, foi até a gaveta e pegou o dispositivo. Ele não conhecia mensagens de texto e não tinha um celular. Jamais tivera um. Mas escrevera num pequeno pedaço de papel a lista de botões que precisaria apertar se quisesse usar a maquininha. Apertou-os um a um. O dispositivo falou. Uma voz de mulher: *"Oiga?"*. Ele disse ao telefone:

— *Se habla español?* — perguntou.

— *Claro, padre* — disse a mulher. — *Qué quiere?*

Ele não sabia muito bem como falar.

— Na minha aldeia há um barco muito grande ancorado. Creio que tenha a bordo uma grande quantidade do pó branco.

— Ele tem nome, padre?

— Sim, vi na parte de trás. Em letras douradas. Chama-se *Orion Lady*.

Depois ele perdeu a coragem e desligou, para que ninguém pudesse rastreá-lo. O banco de dados computadorizado levou cinco segundos para identificar o celular, o usuário e sua localização exata. Depois de mais dez minutos, identificou o *Orion Lady*.

O iate era de Nelson Bianco, da Nicarágua, um playboy multimilionário que jogava polo e dava festas. Não estava listado como um dos barcos nos quais trabalhara Julio Cortez, o soldador. Mas a planta do convés foi obtida através dos construtores e inserida na memória do Global Hawk *Michelle*, que localizou a embarcação antes do amanhecer, quando deixava a enseada e seguia para o mar aberto.

Investigações adicionais realizadas de manhã, incluindo consultas às colunas sociais, revelaram que o *señor* Bianco era aguardado em Fort Lauderdale para um campeonato de polo.

Enquanto o *Orion Lady* navegava sentido norte-noroeste para contornar Cuba através do Canal de Yucatán, o *Chesapeake* partia para interceptá-lo.

CAPÍTULO ONZE

Havia 117 nomes na lista de ratos. Oficiais e agentes do governo de 18 países. Dois deles eram os Estados Unidos e o Canadá, os outros 16 ficavam na Europa. Antes que pudesse aprovar a liberação da Srta. Letizia Arenal, o Cobra insistiu em fazer no mínimo um teste rigoroso, escolhendo um nome aleatoriamente. E o escolhido acabou sendo Herr Eberhardt Milch, um alto funcionário da Alfândega no porto de Hamburgo. Cal Dexter pegou um avião para o porto hanseático para dar a má notícia.

Foi uma reunião um pouco intrigante, a realizada a pedido do americano na central da direção da Alfândega de Hamburgo, no Rödingsmarkt.

Dexter estava ladeado pelo representante superior da DEA na Alemanha, que já era conhecido pela delegação alemã. Ele, por sua vez, estava bastante impressionado com a posição do homem de Washington, a respeito do qual jamais ouvira falar. Mas as instruções dadas pela Army Navy Drive, quartel-general da DEA, foram restritas e sucintas. Ele é dos bons; apenas coopere.

Dois alemães vieram de Berlim — um da ZKA, a Alfândega Federal Alemã, e o outro da Divisão de Crime Organizado da Polícia Criminal Federal, a BKA. O quinto e o sexto eram locais, hamburgueses da alfândega e da polícia estaduais. O último era o anfitrião; a reunião foi em seu escritório. Mas era Joachim Ziegler, da Divisão Criminal da Alfândega, quem ocupava o posto mais elevado e que encarou Dexter.

Dexter foi breve. Não era preciso explicar; todos eram profissionais, e os alemães sabiam que não lhes teriam pedido que recebessem os dois americanos a menos que houvesse algo errado. Tampouco havia necessidade de intérpretes.

Tudo que Dexter podia dizer, o que foi perfeitamente compreendido, era que a DEA, na Colômbia, obtivera certas informações. A palavra "informante" pairou no ar, sem ser dita. Havia café, mas ninguém bebeu.

Dexter deslizou várias folhas de papel por sobre a mesa para Herr Ziegler, que as estudou cuidadosamente e passou-as aos colegas. O homem da ZKA de Hamburgo assoviou suavemente.

— Conheço ele — murmurou.

— E? — disse Ziegler.

Ele estava profundamente constrangido. A Alemanha é imensamente orgulhosa da vasta e ultramoderna Hamburgo. Era assustador que os americanos lhe mostrassem aquilo.

O homem de Hamburgo deu de ombros.

— O departamento pessoal terá as informações sobre ele, é claro. Até onde me lembro, galgou toda uma carreira no serviço e está a poucos anos da aposentadoria. Nunca fez nada de errado.

Ziegler bateu com um dedo nos papéis diante dele.

— E se o senhor foi informado erroneamente? Ou até mesmo enganado deliberadamente?

A resposta de Dexter foi deslizar mais folhas por sobre a mesa. A prova decisiva. Joachim Ziegler estudou os papéis. Extratos bancários. De um pequeno banco privado na Grande Cayman. Mais secretos, impossível. Se também fossem autênticos... Qualquer um pode manipular e aumentar os saldos de contas bancárias desde que jamais sejam conferidos.

Dexter disse:

— Cavalheiros, todos compreendemos as regras do "precisar saber". Não somos principiantes em nosso estranho negócio. Os senhores devem ter compreendido que existe uma fonte. Precisamos proteger essa fonte a todo custo. No entanto, os senhores não vão querer efetuar uma prisão e depois descobrir que têm um caso baseado em alegações que não possam ser confirmadas, as quais não seriam aceitas por nenhum tribunal alemão. Posso sugerir um estratagema?

Ele propôs uma operação secreta. Milch seria rastreado secretamente até que interviesse muito diretamente para ajudar uma carga ou um contêiner específico a passar pelas formalidades. Depois haveria uma inspeção aleatória, aparentemente por puro acaso, uma escolha a esmo feita por um agente subalterno.

Se a informação do Cobra estivesse correta, Milch precisaria intervir para desautorizar o agente subalterno. A altercação poderia ser interrompida, também por coincidência, por um oficial da ZKA que estivesse de passagem. A palavra da Divisão Criminal prevaleceria. A carga seria conferida. Se não houvesse nada, os americanos estariam errados. Uma profusão de desculpas para todos os lados. Ninguém sairia machucado. Mas o telefone de casa e o celular de Milch continuariam grampeados por semanas.

Precisaram de uma semana para organizar e mais uma até que o golpe pudesse ser aplicado. O contêiner marítimo em questão era um entre as centenas expelidas por um enorme cargueiro da Venezuela. Somente um homem reparou nos dois pequenos círculos, um dentro do outro, e a cruz de malta inscrito no círculo interno. O inspetor-chefe Milch o liberou pessoalmente para que fosse carregado no caminhão-plataforma que o aguardava antes de seguir para o interior do país.

O motorista, que descobriram ser albanês, estava na última cancela quando, depois de levantar, ela desceu novamente. Um jovem de bochechas rosadas da alfândega gesticulou para que o caminhão parasse ao lado.

— Inspeção aleatória — disse ele. — *Papiere, bitte.*

O albanês pareceu surpreso. Ele tinha os documentos de liberação assinados e carimbados. Obedeceu e deu um rápido telefonema pelo celular. Dentro de sua cabine alta, disse algumas frases em albanês.

A Alfândega de Hamburgo tem normalmente dois níveis de inspeções aleatórias de caminhões e cargas. A superficial é apenas através de raios X; a outra é "examinar". O jovem agente era, na verdade, um agente da ZKA, por isso parecia um novato no serviço. Ele indicou para que o caminhão parasse em uma zona reservada para inspeções completas. Foi interrompido por um oficial de nível muito superior, que veio às pressas da casa de controle.

Um *Inspektor* muito novo, muito jovem e muito inexperiente não discute com um *Oberinspektor* veterano. Mas esse discutiu. Ele manteve a decisão. O homem mais velho o censurou. Ele mesmo conferira o caminhão. Não havia necessidade de fazer a tarefa duas vezes. Estavam desperdiçando tempo. Ele não viu o pequeno carro sedã aproximar-se por trás. Dois homens da ZKA à paisana desceram e mostraram os distintivos.

— *Was ist los da?* — perguntou um deles, muito cordialmente.

Postos são importantes na burocracia alemã. Os homens da ZKA eram do mesmo nível de Milch, mas, sendo da Divisão Criminal, tinham precedência. O contêiner foi devidamente aberto. Cães farejadores chegaram. O conteúdo foi descarregado. Os cães ignoraram a carga, mas começaram a farejar e a ganir no interior do contêiner. Mediram-no. O interior era mais curto do que o exterior. O caminhão foi levado para uma oficina completamente equipada. Os homens da alfândega acompanharam. Os três da ZKA, dois autênticos e o jovem rapaz disfarçado — adquirindo experiência com seu primeiro golpe de verdade —, sustentaram a fachada de cordialidade.

O soldador removeu o fundo falso. Quando os blocos atrás dele foram pesados, totalizaram 2 toneladas de cocaína pura colombiana. O albanês já estava algemado. Todos os quatro fingiram, inclusive Milch, que tinha sido um notável golpe de sorte, apesar do erro — compreensível, claro — de Milch. A companhia importadora era, afinal de contas, um armazém perfeitamente respeitável em Düsseldorf. Durante o café que resolveram tomar em comemoração, Milch pediu licença, foi ao banheiro e fez uma ligação.

Um erro. O aparelho estava grampeado. Todas as palavras foram ouvidas em uma van a meio quilômetro dali. Um dos homens que tomavam café recebeu uma chamada no próprio celular. Quando Milch saiu do banheiro, foi preso.

Os protestos do agente começaram efetivamente quando ele estava sentado na sala de interrogatório. Ninguém mencionou qualquer conta bancária na Grande Cayman. Combinaram com Dexter que fazer isso comprometeria o informante na Colômbia. Mas a omissão também concedia a Milch uma ótima defesa. Ele poderia ter alegado "todos cometemos erros". Seria difícil provar que estivesse fazendo aquilo havia anos. Ou que fosse se aposentar extremamente rico. Um bom advogado poderia pagar a fiança antes do anoitecer e conseguiria a absolvição no julgamento, caso chegasse a tanto. As palavras ditas no telefonema interceptado eram um código; um inofensivo aviso de que chegaria tarde em casa. Milch não telefonara para o número da esposa, e sim para um celular que desapareceria imediatamente. Mas todos discamos para números errados.

O inspetor-chefe Ziegler, que além da carreira na Alfândega era formado em direito, estava ciente da fragilidade da acusação. Mas ele queria impedir a entrada daquelas 2 toneladas de cocaína na Alemanha, e conseguira.

O albanês, duro como aço, não dizia uma palavra sequer, somente que era um simples motorista. A polícia de Düsseldorf estava fazendo uma batida no armazém de café, onde os cães farejadores, treinados para saber diferenciar o aroma da cocaína do de café, muitas vezes usado como "mascaramento", estavam histéricos.

Foi quando Ziegler, que era um tira de primeira classe, arriscou um palpite. Milch não saberia falar albanês. Praticamente ninguém sabia, exceto albaneses. Ele colocou Milch atrás de um vidro espelhado, mas com o som da sala de interrogatório amplificado. Podia assistir ao interrogatório do albanês.

O intérprete de albanês transmitia as perguntas do oficial alemão e traduzia as respostas. As perguntas eram previsíveis. Milch as entendia, eram feitas na própria língua, mas dependia do intérprete para compreender as respostas. Apesar de o albanês estar realmente defendendo a própria inocência, o que saía pelos alto-falantes era uma admissão de ter sido instruído, para o caso de ter problemas nas docas em Hamburgo, a recorrer imediatamente a um certo *Oberinspektor* Eberhardt

Milch, que resolveria tudo e o deixaria partir sem que a carga fosse inspecionada.

Foi quando Milch, destroçado, cedeu. A confissão completa dele durou quase dois dias e foi transcrita por uma equipe de estenógrafos.

O *Orion Lady* estava na extensa amplitude do Mar do Caribe, ao sul da Jamaica e a leste da Nicarágua, quando o capitão, imaculado em um uniforme tropical branco bem passado e de pé ao lado do timoneiro no passadiço, viu algo em que ele não conseguiu acreditar.

Ele conferiu rapidamente o radar marítimo. Não havia nenhuma embarcação a quilômetros dali, de um horizonte ao outro. Mas o helicóptero era definitivamente um helicóptero. E vinha diretamente ao encontro do barco, baixo, acima da água azul. Ele sabia muito bem o que estava transportando em sua embarcação, pois ajudara a colocar a carga a bordo trinta horas antes, e sentiu a primeira fisgada de medo no estômago. O helicóptero era pequeno, não muito maior que uma aeronave de busca, mas, quando passou a bombordo e virou-se para voar em formação com o iate, as palavras Marinha dos EUA na parte inferior ficaram inconfundíveis. O capitão ligou para o salão principal para alertar o patrão.

Nelson Bianco juntou-se a ele no passadiço. O playboy vestia uma camisa havaiana florida e uma bermuda larga e estava descalço. Os cachos escuros de seu cabelo estavam sempre pintados e fixados com laquê e ele segurava seu tradicional charuto Cohiba. Hoje, em especial, ele não tinha cinco ou seis garotas de programa o acompanhando, coisa rara; e ele só evitara por causa da carga que transportava.

Os dois homens observaram o Little Bird posicionar-se em formação com eles, bem próximo do oceano, e viram que no círculo aberto da porta do passageiro havia um Seal de macacão preto. Ele segurava um fuzil de franco-atirador M-14, apontando-o diretamente para eles. Uma voz ressoou do minúsculo helicóptero:

— *Orion Lady, Orion Lady*, somos a Marinha dos Estados Unidos. Por favor, desliguem os motores. Vamos subir a bordo.

Bianco não conseguia imaginar como eles conseguiriam fazer aquilo. Havia um heliponto no iate, mas estava ocupado por seu Sikorsky, coberto por uma lona. Foi quando o capitão o cutucou e gesticulou para que olhasse à frente. Havia três pontos negros na água, um grande e dois pequenos; estavam empinados, vindo à toda na direção deles.

— Velocidade máxima — ordenou Bianco. — Velocidade máxima à frente.

Era uma reação tola, como o capitão destacou imediatamente:

— Patrão, jamais conseguiremos fugir deles. Se tentarmos, estaremos simplesmente admitindo culpa.

Bianco olhou para o Little Bird no ar, os RHIBs velozes e o fuzil apontado para a própria cabeça a 50 metros de distância. Não havia nada a fazer além de enfrentá-los de peito aberto. Ele assentiu com a cabeça.

— Desligue os motores — disse, e saiu.

O vento agitou seu cabelo, depois cessou. Ele abriu um sorriso grande e expansivo e acenou como se estivesse muito satisfeito em cooperar. Os Seals estavam a bordo em cinco minutos.

O capitão de corveta Casey Dixon foi escrupulosamente educado. Ele fora informado de que o alvo estava "transportando"; e isso bastava. Recusando champanhe para ele e seus homens, mandou que o proprietário e a tripulação fossem conduzidos para a popa e mantidos sob a mira das armas. Ainda não havia sinais do *Chesapeake* no horizonte. O mergulhador equipou-se com o equipamento Draeger e saltou no mar. Ficou meia hora submerso. Quando reapareceu, informou não ter detectado nenhum alçapão no casco, nenhuma cobertura ou bolha e nenhuma linha de náilon pendurada.

Os dois inspetores começaram a revista. Eles haviam sido informados de que o telefonema curto e assustado de um padre paroquiano mencionara apenas "uma grande quantidade". Mas quanto seria?

Foi o spaniel que sentiu o cheiro, e acabaram encontrando 1 tonelada. O *Orion Lady* não era uma das embarcações nas quais Juan Cortez construíra um esconderijo praticamente impossível de ser encontrado. Bianco pensou em fazer aquilo por pura arrogância. Ele presumira que um iate tão luxuoso, bastante conhecido nos portos mais caros e famosos do mundo, de Monte Carlo a Fort Lauderdale, estaria acima de qualquer suspeita, assim como ele próprio. Se não fosse por um velho jesuíta que enterrara quatro corpos torturados em uma cova na selva, ele poderia estar certo.

Novamente, assim como ocorrera com o SBS inglês, foi a ultrassensibilidade do spaniel ao aroma da textura do ar que o levou a agitar-se diante de uma chapa específica no piso da praça de máquinas. O ar era fresco demais; a chapa fora levantada pouco antes. Foi o que revelaram os porões.

Como fizeram os ingleses no Atlântico, os homens da equipe de inspeção colocaram máscaras e espremeram-se para dentro do porões. Mesmo em um iate de luxo, porões de carga ainda cheiram muito mal. Um a um, os fardos foram retirados e os Seals que não estavam vigiando os prisioneiros carregaram-os para o convés e empilharam-os entre o salão principal e o heliponto. Bianco protestou ruidosamente, afirmando que não tinha ideia do que era aquilo... Era tudo um truque... Um engano... Ele conhecia o governador da Flórida. Seus gritos reduziram-se a murmúrios quando o capuz preto foi colocado. O comandante Dixon disparou o foguete sinalizador para o alto e o Global Hawk *Michelle*, que voava em círculos, desligou os bloqueadores de frequência. Na verdade, o *Orion Lady* nem tentara transmitir alguma mensagem. Quando as comunicações foram restabelecidas, Dixon convocou o *Chesapeake* a se aproximar.

Duas horas depois, Nelson Bianco, mais o capitão e a tripulação estavam na prisão temporária a vante junto com os sete sobreviventes das duas lanchas. O playboy milionário, que não costumava se misturar com aquele tipo de gente, não gostou nem um pouco. Mas aqueles homens lhe fariam companhia e fariam com ele as refeições durante muito tempo; o gosto dele pelos trópicos seria plenamente satisfeito, mas no meio do oceano Índico. E garotas estavam totalmente fora de cogitação.

Até o homem dos explosivos sentiu remorso:

— Precisamos mesmo destruí-lo, senhor? É tão bonito.

— Ordens — disse o oficial-comandante. — Sem exceções.

Os Seals ficaram no *Chesapeake* e observaram o *Orion Lady* explodir e afundar. Um deles disse "Hooyah", mas a palavra, normalmente um sinal de júbilo dos Seals, foi dita com um certo pesar. Quando o mar estava novamente vazio, o *Chesapeake* partiu. Uma hora depois, quando um cargueiro passou por ali, o comandante do navio mercante, olhando pelo binóculo, viu apenas um graneleiro cuidando da própria vida e não deu atenção.

* * *

Em toda a Alemanha, as Forças da Lei e Ordem estavam tendo um dia em campo. Em sua copiosa confissão, Eberhardt Milch, agora enterrado sob camadas de confidencialidade oficial para ser mantido vivo, dera os nomes de uma dúzia de grandes importadores para os quais facilitara a liberação de cargas no porto de contêineres de Hamburgo. Todos estavam sofrendo batidas e sendo fechados.

A Polícia Federal e a Estadual estavam fazendo batidas em armazéns, pizzarias (a fachada favorita da 'Ndrangheta calabresa), lojas de alimentos e lojas de artesanato especializadas em esculturas étnicas da América do Sul. Abriram-se carregamentos de frutas tropicais enlatadas em busca do saco com o pó branco e destruíram-se ídolos maias da Guatemala. Graças a um homem, a operação alemã do Don estava em ruínas.

Mas o Cobra tinha plena consciência de que quando as importações de cocaína passavam do ponto de entrega o prejuízo cabia às quadrilhas europeias. Somente antes desse ponto o prejuízo cabia ao Cartel, o que incluía o contêiner com fundo falso que jamais saíra das docas em Hamburgo e a carga do *Orion Lady*, destinada à quadrilha cubana do sul da Flórida e que ainda estaria, teoricamente, no mar. Não fora dada falta da carga destinada a Fort Lauderdale. Por enquanto.

Mas a Lista de Ratos havia se provado genuína. O Cobra escolhera aleatoriamente o rato de Hamburgo, um dos 117 nomes da lista, e a chance de que tivessem sido inventados era muito pequena.

— Devemos libertar a garota? — perguntou Dexter.

Devereaux concordou com a cabeça. Pessoalmente, ele não teria se importado. Sua capacidade de sentir compaixão era praticamente inexistente. Mas Letizia servira ao seu propósito.

Dexter iniciou o processo. Por uma intervenção silenciosa, o inspetor Paco Ortega, da Udyco em Madri, fora promovido a inspetor-chefe. Haviam lhe prometido Julio Luz e o banco Guzman para muito em breve.

Do outro lado do Atlântico, ele ouviu Cal Dexter e planejou a encenação. Um jovem policial à paisana interpretou o papel do carregador de bagagens. Ele foi preso ruidosa e publicamente em um bar e a mídia foi avisada. Repórteres entrevistaram o barman e dois clientes habituais, que confirmaram o ocorrido.

Agindo com base em outras informações que não podiam ser atribuídas a nenhuma fonte, o *El País* publicou uma grande reportagem sobre o desmantelamento de uma quadrilha que tentava usar carregadores para contrabandear drogas de Barajas para o aeroporto Kennedy dentro da bagagem de passageiros que de nada suspeitavam. Quase toda a quadrilha fugira, mas um dos carregadores fora capturado e estava dizendo em quais voos abrira malas para inserir a cocaína depois da checagem costumeira. Em alguns casos, ele até se lembrava de como eram as malas.

O Sr. Boseman Barrow não gostava de apostas. Não apreciava cassinos, dados, cartas ou cavalos como uma forma de jogar dinheiro fora. Mas, caso apreciasse, ele precisava admitir: certamente teria apostado alto que a *señorita* Letizia Arenal iria para a prisão e lá ficaria por muitos anos. E teria perdido.

O arquivo de Madri chegou à DEA em Washington e alguma autoridade desconhecida ordenou que uma cópia das partes pertinentes à cliente do Sr. Barrow fosse entregue ao gabinete do promotor distrital do Brooklyn. Uma vez lá, precisariam agir em função delas. Nem todos os advogados são maus, por mais fora de moda que tal ponto de vista possa estar. O gabinete do promotor notificou Boseman Barrow a respeito das novidades vindas de Madri. Imediatamente ele entrou com um pedido para que as acusações fossem suspensas. Mesmo que a inocência não tivesse sido provada de modo conclusivo, agora havia uma dúvida do tamanho de uma porta de celeiro.

Foi feita uma audiência fechada com um juiz que estudara direito com Boseman Barrow e o pedido foi atendido. O destino de Letizia Arenal passou do gabinete do promotor para a ICE, a Polícia Alfandegária e de Imigração. Decretaram que mesmo que Letizia não fosse mais julgada, ela não permaneceria nos EUA. Perguntaram-lhe para onde ela gostaria de ser deportada e ela escolheu a Espanha. Dois oficiais da ICE levaram-na até o aeroporto Kennedy.

Paul Devereaux sabia que seu primeiro disfarce estava chegando ao fim. O disfarce era a inexistência. Ele estudara, de acordo com todas as informações que conseguira recolher, a figura e o caráter de um certo Don Diego Esteban, que era suposta mas nunca comprovadamente o líder supremo do Cartel.

Que aquele impiedoso fidalgo, aquele aristocrata pós-imperial descendente de espanhóis, tivesse permanecido intocável durante tanto tempo era algo que se devia a muitos fatores.

Um deles era o fato de que qualquer pessoa se recusava terminantemente a testemunhar contra ele. Outro era o conveniente desaparecimento de qualquer um que se opusesse a ele. Mas nem mesmo esses dois fatores teriam sido suficientes sem um grande poder político. Ele tinha influência em altos escalões, e muita.

Don Diego Esteban fazia doações incansavelmente em prol de boas causas, todas divulgadas. Financiava escolas, hospitais, instituições de auxílio financeiro a estudantes e bolsas de estudos; também sempre fazia doações aos pobres dos *barrios*.

Ele fazia doações muito mais discretamente não para um partido político, mas para todos, incluindo o do presidente Alvaro Uribe, que prometera destruir a indústria da cocaína. Em cada caso, permitia que tais presentes chegassem ao conhecimento daqueles que importavam. Ele até financiava o sustento e a criação de órfãos de policiais e agentes alfandegários, mesmo que os colegas deles tivessem suspeitas quanto a quem ordenara as mortes.

E, acima de tudo, havia procurado a amizade da Igreja Católica. Bastava que um monastério ou a casa de um padre atravessasse tempos difíceis para que ele doasse recursos para a recuperação. Ele deixava tais atos bem visíveis, assim como frequentemente — em meio a camponeses e funcionários públicos — ia à igreja da paróquia ao lado de sua mansão de campo, ou seja, sua residência rural oficial, e não nas diversas fazendas que possuía com nomes falsos, nas quais se reunia com os outros membros da Irmandade que criara para produzir e vender até 800 toneladas de cocaína por ano.

— Ele é um maestro — refletiu Devereaux com admiração. Ele esperava que o Don não tivesse também lido o *Ping Fa, a arte da guerra*.

O Cobra sabia que a litania de cargas desaparecidas, agentes presos e redes de compradores arruinadas não seria considerada simples coincidência por muito mais tempo. Há um limite para o número de coincidências que um homem pode aceitar, inversamente proporcional ao nível de paranoia. Em pouco tempo deixariam de acreditar no primeiro disfarce — a inexistência — e o Don perceberia que tinha um inimigo novo, muito mais perigoso e que não respeitava as regras.

Depois, viria o segundo disfarce: a invisibilidade. Sun Tsu declarou que um homem não pode derrotar um inimigo invisível. O velho sábio chinês viveu muito antes da tecnologia ultra-avançada do mundo do Cobra. Agora havia novas armas capazes de mantê-lo invisível até muito depois que o Don se desse conta da existência de um novo inimigo.

Um fator inicial na revelação de sua existência seria a Lista de Ratos. "Queimar" 117 tiras corruptos em uma série de ataques em dois continentes em uma única campanha seria demais. Ele colocaria os ratos aos poucos no triturador das FLO, até que o que sobrasse deles caísse em algum lugar na Colômbia. E, de todo modo, cedo ou tarde a informação vazaria.

Mas naquela semana de agosto Devereaux enviaria Dexter para dar a triste notícia a três autoridades governamentais, sob condições, ele esperava, de discrição máxima.

Em uma semana cansativa de viagens e reuniões, Cal Dexter informou aos EUA que havia uma maçã podre nas docas de São Francisco; aos italianos, que um alto funcionário da alfândega em Ostia era corrupto; e os espanhóis começariam a vigiar um supervisor das docas em Santander.

Em todos os casos, ele implorou para que fosse organizada a descoberta acidental de uma carga de cocaína que pudesse resultar na prisão necessária. Os pedidos foram atendidos.

O Cobra não dava a mínima para as quadrilhas de rua americanas e europeias. Aquele lixo não era problema dele. Mas sempre que um dos pequenos ajudantes do Cartel saísse de cena, o índice de interceptações aumentaria exponencialmente. E antes da entrega nos portões das docas, o prejuízo seria assumido pelo Cartel. E as encomendas precisariam ser substituídas. E atendidas. Mas não seria possível.

Alvaro Fuentes certamente não atravessaria o Atlântico até a África em um pesqueiro fedorento como o *Belleza del Mar*.

Como primeiro assistente de Alfredo Suarez, ele viajou em um navio de carga de 6 mil toneladas, o *Arco Soledad*.

Pelo seu porte, o navio tinha uma cabine do comandante; não era grande, mas era privada, e foi ocupada por Fuentes. O comandante, insatisfeito, precisou se instalar junto com o imediato, mas ele sabia qual era seu lugar e não reclamou.

Como o Don solicitara, o *Arco Soledad* fora redirecionado de Monróvia, na Libéria, para a Guiné-Bissau, onde parecia estar o problema. Mas ainda transportava 5 toneladas de cocaína pura.

O *Arco Soledad* era um dos navios nos quais Juan Cortez praticara suas habilidades. Abaixo do nível da água, carregava dois estabilizadores soldados ao casco. Mas eles tinham duas funções. Além de tornar o navio mais adaptado para o oceano e proporcionar à tripulação uma viagem mais tranquila em mares bravios, eram ocos e continham, cada um, 2,5 toneladas de fardos embalados cuidadosamente.

O principal problema com compartimentos submersos era que só poderiam ser carregados e esvaziados se o navio fosse retirado da água, o que exigia a grande complexidade de uma doca seca, com todas as chances de haver testemunhas, ou se ficasse em terra até que a maré descesse, o que significava horas de espera.

Mas Cortez instalara trincos de encaixe praticamente invisíveis, com os quais um mergulhador poderia remover rapidamente grandes placas de cada estabilizador. Sem essas placas, os fardos, totalmente à prova d'água e amarrados uns nos outros, poderiam ser puxados até que subissem à superfície, quando então seriam recolhidos longe da costa pela embarcação "receptora".

E, finalmente, o *Arco Soledad* tinha uma carga perfeitamente legítima de café nos porões e documentos para provar que os produtos haviam sido pagos e seriam recebidos por uma importadora na cidade de Bissau. As boas notícias acabavam aí.

A má notícia era que o *Arco Soledad* fora localizado havia muito tempo, com a ajuda da descrição de Juan Cortez, e fotografado do alto. Quando atravessou a longitude de 35°, o Global Hawk *Sam* captou a imagem, fez a comparação, confirmou a identificação e informou a base em Creech, Nevada.

Nevada informou Washington e o armazém sujo em Anacostia transmitiu a informação ao *Balmoral*, que partiu para a interceptação. Antes mesmo que o major Pickering e os mergulhadores entrassem na água, eles saberiam exatamente o que estariam procurando, onde estaria a carga e como operar os trincos ocultos.

Durante os três primeiros dias no mar, Alvaro Fuentes obedeceu rigorosamente às instruções que recebera. A cada três horas, noite e dia, enviava cuidadosos e-mails para a "esposa", que o aguardava em Barranquilla. Eram mensagens tão banais e comuns para quem estava no mar, que normalmente a NSA em Fort Meade, Maryland, não lhes teria dado importância. Mas, tendo sido avisada, a agência colheu cada e-mail do ciberespaço e encaminhou todos para Anacostia.

Quando o *Sam*, circulando a 13 mil metros de altitude, viu o *Arco Soledad* e o *Balmoral* a 64 quilômetros de distância um do outro, os bloqueadores de frequência foram ligados sobre o cargueiro e Fuentes entrou em uma zona vazia. Quando viu o helicóptero no horizonte e depois se virando em sua direção, ele fez um relatório de emergência desordenado. Mas o relatório não chegou a lugar algum.

Quando os comandos, vestidos de preto, passaram sobre a amurada, resistir deixou de fazer sentido para o *Arco Soledad*. O comandante, com uma bela demonstração de indignação, brandiu os documentos do navio, a lista de carga e as cópias do pedido de café feito por Bissau. Os homens de preto não deram a menor atenção.

Ainda gritando "pirataria", a tripulação e Alvaro Fuentes foram algemados, encapuzados e conduzidos à proa. Quando não viam mais nada, o bloqueio de frequências cessou e o major Pickering convocou o *Balmoral*. Enquanto o navio aproximava--se do cargueiro parado, os dois mergulhadores começaram a trabalhar. Levaram pouco menos de uma hora. Os spaniels não eram necessários, permaneceram no navio.

Antes que o *Balmoral* se emparelhasse ao cargueiro, havia dois emaranhados de fardos amarrados flutuando na água. De tão pesados, foi necessário usar o pau de carga do *Arco Soledad* para colocá-los a bordo. O *Balmoral* ergueu-os do convés do *Arco Soledad* para colocá-los sob sua guarda.

Fuentes, o comandante e cinco tripulantes ficaram quietos. Mesmo sob os capuzes, ouviam o pau de carga rangendo e os baques pesados enquanto uma longa série de objetos encharcados era colocada a bordo. Eles sabiam o que devia ser. As queixas de pirataria cessaram.

Os colombianos seguiram o mesmo destino da carga: embarcaram no *Balmoral*. Eles perceberam que estavam em um navio muito maior, mas jamais conseguiriam dizer seu nome ou descrevê-lo. Do convés, foram levados para a prisão temporária a vante e, com os capuzes removidos, colocados nos alojamentos ocupados anteriormente pela tripulação do *Belleza del Mar*.

Os homens do SBS chegaram por último, os mergulhadores com água escorrendo pelo corpo. Normalmente, eles teriam recolocado as placas submersas, mas, considerando o fim que teria tudo aquilo, foram autorizados a largá-las na água.

O homem dos explosivos foi o último. Quando estavam a 800 metros do navio, ele apertou o botão do detonador.

— Sintam o cheiro — brincou ele quando o *Arco Soledad* tremeu, inundou-se e foi a pique.

E, realmente, havia um leve aroma de café torrado na brisa do mar quando o PETN atingiu 5 mil graus Celsius por um nanossegundo. Depois, o navio desapareceu.

Um RIB, ainda na água, retornou ao local e recolheu os poucos detritos flutuantes que um observador atento poderia ver. Os restos foram colocados em uma rede, lastreados e mandados para o fundo. O oceano, azul e calmo no fim de agosto, ficou, então, como sempre estivera — vazio.

Muito longe, no outro lado do Atlântico, Alfredo Suarez não acreditava na notícia que recebia e tampouco conseguia pensar em uma maneira de contar a Don Diego e continuar vivo. O assistente jovem e inteligente cessara as transmissões havia 12 horas. Aquilo era desobediência: ou seja, loucura — ou desastre.

Ele recebera uma mensagem dos clientes, os cubanos que controlavam quase todo o comércio de cocaína no sul da Flórida, dizendo que o *Orion Lady* não atracara em Fort Lauderdale. A embarcação também era esperada pelo chefe do porto, que guardava para ele um ancoradouro precioso como rubi. Perguntas discretas revelaram que ele também tentara contactar a embarcação, mas sem sucesso. O iate estava três dias atrasado e não respondia.

Algumas entregas de cocaína foram bem-sucedidas, mas a sequência de fracassos nas entregas pelo mar e pelo ar e um grande golpe na alfândega de Hamburgo reduziram a porcentagem de "entregas seguras" para cinquenta. Ele prometera ao Don setenta e cinco por cento. Pela primeira vez, Suarez começou a temer que sua política de cargas maiores e em menor número, contrária ao estilo metralhadora giratória de seu falecido antecessor, pudesse não estar funcionando. Apesar de não ter o hábito, ele rezou; rezou para que não acontecesse coisa pior — a prova conclusiva de que rezar nem sempre funciona. Aconteceriam coisas muito piores.

Muito longe, no distinto município de Alexandria, às margens do Potomac, o homem que pretendia criar o "pior" avaliava a campanha até o momento.

Ele criara três linhas de ataque. Uma era usar a lista de navios mercantes nos quais Juan Cortez trabalhara para permitir que as FLO — marinhas, alfândegas, guardas costeiras — interceptassem os gigantes no mar e descobrissem "acidentalmente" os esconderijos secretos, confiscando a cocaína e apreendendo a embarcação.

Isso porque a maioria dos cargueiros listados pela Lloyd's era grande demais para ser afundada sem que ninguém percebesse e sem causar um furor no mundo de transportes marítimos que levaria a poderosas intervenções em nível governamental. Seguradoras e proprietários demitiriam as tripulações que tivessem sido descobertas corruptas e apenas pagariam multas, declarando inocência completa por parte da diretoria, mas perder o navio todo era um prejuízo grande demais.

Interceptações oficiais no mar também frustravam a tática comum de pegar a cocaína de outra embarcação já no mar e livrar-se dela, entregando-a ao comprador, antes de aportar. Aquilo não poderia durar para sempre, nem mesmo por muito tempo. Apesar de Juan Cortez ser, para todos os efeitos, um cadáver incinerado dentro de uma sepultura em Cartagena, logo ficaria claro que alguém sabia demais sobre todos os esconderijos criados por ele. Qualquer sutileza de fazer parecer que os lugares haviam sido descobertos por acidente acabaria.

De todo modo, as vitórias das autoridades oficiais nunca eram sigilosas. Tornavam-se públicas rapidamente e, chegavam ao conhecimento do Cartel.

A segunda linha de ataque era uma série de acidentes irregulares e aparentemente sem conexão, ocorridos em vários portos e aeroportos de dois continentes: por um azar terrível, a descoberta da chegada de um carregamento de cocaína, resultando até mesmo na prisão do agente subornado que servia de "facilitador". Tais eventos também não poderiam continuar como supostos acidentes.

Tendo sido contraespião por toda a vida, ele tirou o chapéu — coisa rara — para Cal Dexter por conseguir a Lista de Ratos. Ele jamais perguntou quem fora o informante de dentro do Cartel, apesar de haver uma ligação clara com a saga da jovem colombiana falsamente incriminada em Nova York.

Mas ele esperava que o informante pudesse arranjar um meio de se safar, pois não poderia manter os facilitadores de entrada da cocaína fora da prisão por muito tempo. À medida que o número de operações frustradas em portos americanos e europeus aumentasse, ficaria claro que alguém vazara nomes e funções.

A boa notícia, para alguém que sabia um pouco sobre interrogatórios e que fizera Aldrich Ames falar, era que tais agentes, apesar de gananciosos e venais, não eram "durões" acostumados com as leis do submundo do crime. O alemão descoberto até o momento jorrava informações sem parar, como uma cachoeira. Quase todos os outros fariam o mesmo. Os fluxos de choro disparariam uma reação em cadeia de prisões e interdições. E o número de futuras interceptações iria, sem essa ajuda oficial, aumentar notavelmente. Isso era parte do plano.

Mas seu trunfo era a terceira linha de ataque, à qual dedicara muito tempo e esforço e grande parte das verbas ao longo do período de preparação.

Devereaux a chamava de fator desconcertante e a usara durante anos no mundo de espionagem que James Jesus Angleton, seu antecessor na CIA, chamara certa vez de "selva de espelhos". Era o desaparecimento inexplicado, um após o outro, de cargas e mais cargas.

Enquanto isso, ele divulgaria discretamente os nomes e detalhes de mais quatro ratos. No período de uma semana em meados de setembro, Cal Dexter foi a Atenas, Lisboa, Paris e Amsterdã. Em todos os casos, garantiram-lhe que a prisão seria precedida por um "acidente" cuidadosamente organizado envolvendo a chegada de uma carga de cocaína. Ele descrevia o "golpe" de Hamburgo e sugeria que fosse utilizado como modelo.

O que ele pôde dizer aos europeus foi que havia um agente corrupto na alfândega de Piraeus, o porto de Atenas; os portugueses tinham um agente vendido no pequeno mas movimentado porto de Faro, no Algarve; a França abrigava um rato muito grande em Marselha; e os holandeses tinham um problema no maior destino de cargas da Europa, o Europoort, em Roterdã.

Francisco Pons estava se aposentando e muito feliz com isso. Ele fizera as pazes com a esposa gorducha e obtusa, Victoria, e até encontrara um comprador para seu Beech King Air. Ele explicara a questão ao homem para quem cruzava o Atlântico, um certo *señor* Suarez, o qual entendera a questão da idade e da falta de flexibilidade de Francisco e concordara que ele faria a última viagem para o Cartel em setembro. Não era tão ruim, ele ponderou para o *señor* Suarez; seu bem-disposto copiloto ansiava por se tornar comandante e receber a comissão respectiva. Quanto a um avião mais novo e melhor, isso já era necessário de qualquer maneira. Assim, ele alinhou na pista em Boavista e decolou. Muito acima, o minúsculo ponto em movimento foi registrado pelo radar de varredura de largo espectro do Global Hawk *Sam* e registrado no banco de dados.

O banco de dados fez o resto. Identificou o avião como um King Air partindo do rancho Boavista, seguindo para noroeste e cruzando a longitude de 35° e destacou que um Beech King Air não consegue atravessar o Atlântico sem tanques de combustível adicionais instalados na fuselagem. Depois do ponto onde estava o King Air, havia somente a África. Alguém em Nevada instruiu o major João Mendoza e a equipe de solo a se prepararem para decolar.

O Beech que se aproximava estava voando havia duas horas, quase esgotando os tanques principais, localizados nas asas, e o copiloto estava no controle. Muito abaixo e um pouco adiante, o Buccaneer sentiu a marretada dos foguetes Rato, disparou pela pista e rugiu sobre o mar escuro. Era uma noite sem lua.

Sessenta minutos depois, o brasileiro estava no ponto de interceptação, circulando a preguiçosos 300 nós. Em algum ponto a sudoeste, invisível na escuridão, o King Air seguia em frente, agora usando os tanques reservas e com os dois bombeadores funcionando sem parar atrás da cabine de comando.

— Suba para 4 mil, continue em curva de nível 1 — disse a voz cálida lá de Nevada.

Como a de Lorelei, era uma voz bonita que atraía homens para a morte. A razão para a instrução era que *Sam* relatara que o King Air aumentara a altitude para passar por sobre uma massa espessa de nuvens baixas.

Mesmo sem lua, as estrelas sobre a África são de um brilho feroz e as nuvens, como um lençol branco, refletindo a luz, exibindo sombras contra a superfície pálida. O Buccaneer estava vetorizado para uma posição 8 quilômetros atrás do King Air e 330 metros acima. Mendoza passou os olhos pelo platô pálido adiante. Não era totalmente plano; havia protuberâncias de nuvens do tipo cúmulo despontando dele. Mendoza reduziu a velocidade, com medo de se aproximar rápido demais.

Foi quando ele viu. Apenas uma sombra entre duas colinas de cúmulos desfigurando a linha dos estratos. Depois, sumiu e reapareceu.

— Estou pronto — disse ele. — Sem enganos?

— Positivo — disse a voz em seus ouvidos. — Não há mais nada no céu.

— Positivo. Contato.

— Contato reconhecido. Encerrar procedimento de ataque.

Ele aumentou delicadamente a aceleração e a distância entre as duas aeronaves diminuiu. Trava de segurança desligada. Alvo diante da mira, cada vez mais próximo. Quatrocentos metros.

As duas fileiras de projéteis do canhão uniram-se na cauda do Beech. A cauda fragmentou-se, mas os projéteis penetraram ainda mais na fuselagem, traçando o percurso através dos tanques de combustível adicionais e da cabine de comando. Os dois bombeadores morreram em um décimo de segundo, despedaçados; os dois pilotos teriam seguido o mesmo destino, mas a explosão do combustível agiu mais rapidamente. Assim como ocorrera com o Transall, o Beech implodiu, fragmentou-se e caiu em chamas através da manta de nuvens.

— Alvo derrubado — disse Mendoza. Mais 1 tonelada de cocaína que não chegaria à Europa.

— Volte para a base — disse a voz. — Seu rumo é...

Alfredo Suarez não tinha escolha quanto a informar o Don ou não sobre a litania de más notícias, pois fora chamado para uma conversa. O chefe do Cartel não sobrevivera tanto tempo em uma das indústrias mais perversas da terra sem um sexto sentido para o perigo.

Item a item, ele obrigou o diretor de transportes a contar tudo. Os dois navios e, agora, os dois aviões perdidos antes de chegarem à Guiné-Bissau; as duas lanchas no Caribe que nunca apareceram no ponto de encontro e não foram vistas desde então, incluindo oito tripulantes; o playboy que desaparecera com 1 tonelada destinada aos valiosos clientes cubanos do sul da Flórida. E o desastre em Hamburgo.

Ele esperava que Don Diego explodisse de raiva. Aconteceu o contrário. O Don aprendera quando garoto que, segundo as boas maneiras, mesmo se a pessoa ficasse irritada com coisas pequenas, em casos de grandes desastres era preciso uma tranquilidade cavalheiresca. Ele pediu que Suarez permanecesse à mesa. O Don acendeu um de seus charutos pretos e finos e saiu para uma caminhada pelo jardim.

Internamente, sentia uma fúria homicida. Haveria sangue, jurou. Haveria gritos. Haveria morte. Mas, antes, análise.

Nada podia ser provado contra Roberto Cardenas. A descoberta de um dos agentes de sua lista de pagamento em Hamburgo provavelmente fora azar. Uma coincidência. Mas não o resto. Não cinco embarcações no mar e dois aviões no ar. Não as Forças da Lei e Ordem — elas teriam concedido entrevistas coletivas, exibindo-se e confiscando os fardos. Ele estava acostumado com isso. Que se gabem de fragmentos. A indústria da cocaína como um todo valia 300 bilhões de dólares por ano. Mais do que o orçamento da maioria das nações que não estivessem entre as 30 mais ricas.

Os lucros eram tão imensos que nenhum volume de prisões poderia conter o exército de voluntários que gritavam para assumir os lugares dos mortos e presos; os lucros eram tão grandes que faziam Gates e Buffet parecer vendedores de rua. A soma da riqueza total dos dois era o que a cocaína gerava por ano.

Mas cargas não chegando a seu destino representavam perigo. O apetite do monstro comprador precisava ser alimentado. Se o Cartel era violento e vingativo, podia-se dizer o mesmo dos mexicanos, italianos, cubanos, turcos, albaneses, espanhóis e todos os outros, cujas quadrilhas organizadas matavam por qualquer palavra inadequada que fosse dita.

Portanto, se não era coincidência, o que não seria mais considerado como uma possibilidade, quem estava roubando o produto, matando as tripulações, fazendo os carregamentos desaparecerem no ar?

Para o Don, devia ser traição ou roubo, que, aliás, era apenas uma outra forma de traição. E só havia uma forma de responder à traição. Identificar e punir com violência insana. Quem quer que fosse, precisava de uma lição. Nada pessoal, mas não se pode tratar o Don dessa maneira.

Ele retornou para seu trêmulo convidado e disse-lhe:

— Chame o Defensor.

CAPÍTULO DOZE

Paco Valdez, o Defensor, aterrissou na Guiné-Bissau com mais dois homens. O Don não estava disposto a correr o risco de mais nenhum desaparecimento em alto-mar. E tampouco satisfaria a DEA americana fazendo seus subordinados pegarem voos comerciais.

No fim da primeira década do terceiro milênio, a vigilância e o controle de todos os passageiros de voos comerciais internacionais tornou-se tão absoluta que era improvável Valdez não ser percebido e seguido, dada sua aparência incomum. Por isso, utilizaram-se do Grumman G-4 particular do Don.

Don Diego estava totalmente certo... Até certo ponto. Mas o jatinho executivo com duas turbinas ainda precisava voar praticamente em linha reta de Bogotá até a Guiné-Bissau, o que a colocava sob o amplo círculo de patrulha do Global Hawk *Sam*. Portanto, o Grumman foi detectado, identificado e registrado. Quando recebeu a notícia, o Cobra sorriu satisfeito.

O Defensor foi recebido no aeroporto pelo chefe de operações do Cartel na Guiné-Bissau, Ignacio Romero, que, apesar de mais velho, foi muito deferente. Em primeiro lugar, Valdez era o emissário particular do Don; em segundo, a reputação dele despertava medo em todos os envolvidos com cocaína; e, em terceiro, Romero fora obrigado a comunicar que quatro cargas grandes, duas no mar e duas no ar, não haviam chegado.

A perda de cargas era parte do fator de risco permanente envolvido no negócio. Em muitas partes do ramo, especialmente nas rotas diretas para a América do Norte e a Europa, tais perdas podiam girar em torno de quinze por cento, o que o Don poderia assimilar desde que as explicações fossem lógicas e convincentes. Mas as perdas na rota para a África Ocidental durante todo o período de gerência de Romero na Guiné eram próximas de zero, motivo pelo qual a porcentagem do produto destinada à Europa que usava a rota africana aumentara ao longo de cinco anos de vinte para setenta por cento do total.

Romero tinha muito orgulho de seu índice de "chegadas a salvo". Ele tinha uma flotilha de canoas de Bijagos e vários pseudopesqueiros rápidos à disposição, todos equipados com localizadores GPS para garantir a precisão no encontro em alto-mar, quando se davam as transferências de cocaína.

Somado a isso, ele tinha os militares no bolso. Os soldados do general Gomes faziam o trabalho pesado durante o descarregamento. O militar recebia por sua participação e cocaína, e mandava os próprios carregamentos para o norte, rumo à Europa, em parceria com os nigerianos. Recebendo por meio do exército de corretores financeiros libaneses na África Ocidental, o general era um homem rico em termos mundiais; em termos locais, era um Creso africano.

Até que, de repente, aquilo. Não apenas quatro cargas, mas desaparecimentos completos sem nenhuma sombra de explicação. A cooperação dele com o emissário do Don era obrigatória; ele ficou aliviado por aquele a quem chamavam de Animal ter sido cordial e bem-humorado. Mas deveria saber que não era bem assim.

Como sempre que um passaporte colombiano aparecia no aeroporto, as formalidades desapareciam. Os três homens haviam sido orientados a viver no G-4, usar as instalações da suíte VIP, e jamais deixar o jato sem ao menos um homem a bordo. Depois, Romero conduziu os convidados, em seu luxuoso utilitário esportivo, pela cidade desolada pela guerra até sua mansão na praia, a 16 quilômetros do centro.

Valdez levara consigo dois assistentes. Um era baixo mas extremamente largo e grande; o outro era alto, magro e marcado pela varíola. Cada um carregava uma mala de viagem, que passaram sem ser inspecionadas. Todos os especialistas precisam de suas ferramentas.

O Defensor parecia um hóspede tranquilo. Ele pediu um veículo próprio e uma sugestão de um bom restaurante para almoçar fora da cidade. Romero propôs o Mar Azul, às margens do Mansoa, atrás de Quinhamel, por sua lagosta fresca. Ele se ofereceu para levar os hóspedes, mas Valdez declinou, pegou um mapa e partiu com o homem atarracado no volante. Ficaram fora quase o dia todo.

Romero estava confuso. Eles não pareciam interessados em seus procedimentos infalíveis para a recepção de cargas e o encaminhamento para as rotas de transmissão para o norte da África e para a Europa.

No segundo dia, Valdez declarou que, como o almoço à beira do rio fora tão esplêndido, os quatro deveriam repetir o passeio. Ele entrou no utilitário ao lado do assistente atarracado, que substituiu o motorista habitual de Romero. Romero e o magrelo sentaram-se atrás.

Os recém-chegados pareciam conhecer bem o caminho. Eles mal consultaram o mapa e dirigiram sem erros por Quinhamel, a capital não oficial da tribo papel. Os papéis haviam perdido sua influência quando o presidente Veira — um deles — fora cortado em pedacinhos com facões pelo Exército, um ano antes. Desde então, o general Gomes, um balanta, era o ditador.

Depois da cidade, a rodovia que levava ao restaurante, indicada por uma placa, deixava a autoestrada principal e descia por uma trilha arenosa por mais 10 quilômetros. Na metade do caminho, Valdez acenou para o lado com a cabeça e o homem atarracado pegou uma trilha ainda menor, na direção de uma fazenda de caju. Nesse ponto, Romero começou a implorar.

— Fique quieto, *señor* — disse o Defensor tranquilamente.

Quando Romero não parou de alegar inocência, o magrelo puxou uma faca estreita de desossar e segurou-a sob o queixo dele. Romero começou a chorar.

A casa da fazenda era pouco mais que um barraco, mas tinha uma espécie de cadeira. Romero estava perturbado demais para perceber que alguém fixara as pernas da cadeira no chão com parafusos para impedi-la de balançar.

Os interrogadores foram bastante objetivos e profissionais. Valdez não fez nada além de observar com seu pequeno rosto querúbico os cajueiros que os cercavam, grandes demais e cheios de frutos não colhidos. Os assistentes carregaram Romero para fora do utilitário, entraram na casa, despiram-no até a cintura e amarraram-no na cadeira. O que se seguiu durou uma hora.

O Animal começou, pois tinha prazer até o momento em que o interrogado perdia a consciência, quando então o passava adiante. Seus acólitos usavam sais aromáticos para restaurar a consciência. Depois, Valdez simplesmente fazia a pergunta.

Havia apenas uma a ser feita. Que destino Romero dera às cargas roubadas?

Uma hora depois, estavam quase no fim. O homem na cadeira tinha parado de gritar. Seus lábios inchados emitiam apenas um gemido baixo na forma de um "Não-o-o-o-o-o-o" quando, depois de uma breve pausa, os dois torturadores recomeçaram. O atarracado batia e o magrelo cortava. Eram suas especialidades.

No fim, Romero estava irreconhecível. Não tinha orelhas, olhos ou nariz. Todas as juntas dos dedos estavam esmagadas e as unhas, arrancadas. A cadeira estava sobre uma poça de sangue.

Valdez reparou em algo aos seus pés, inclinou-se e arremessou o objeto pela porta aberta para a luz cegante do sol lá fora. Em segundos, um cão sarnento aproximou-se. Havia uma baba branca ao redor de sua mandíbula. Estava com raiva.

O Defensor puxou uma pistola automática, engatilhou, mirou e disparou uma vez. O projétil atravessou o quadril. A criatura, parecida com uma raposa, emitiu um ganido agudo e desmoronou, as patas dianteiras arranhando em busca de atrito, as traseiras inúteis. Valdez virou-se, guardando a pistola no coldre.

— Acabem com o cara — disse tranquilamente. — Não foi ele.

O que restava de Romero morreu com a faca de desossar cravada no coração.

Os três homens de Bogotá não tentaram esconder o que fizeram. Isso poderia ficar a cargo do assistente de Romero, Carlos Sonora, que agora poderia assumir o comando. A experiência de limpar aquilo tudo lhe faria bem e garantiria sua lealdade no futuro.

Os três tiraram as capas de chuva sujas e as enrolaram. Todos estavam encharcados de suor. Quando saíram, tomaram o cuidado de desviar do focinho espumante do cão moribundo. Ele ficava mordendo o ar, ainda a 1 metro da guloseima que o tirara da toca. Era um nariz humano.

Acompanhado por Sonora, Paco Valdez foi fazer uma visita de cortesia ao general Djalo Gomes, que os recebeu em seu escritório no quartel-general do Exército. Explicando que era o costume de seu povo, Valdez entregou um presente pessoal de Don Diego Esteban para o estimado parceiro africano. Era um elaborado vaso de flores de cerâmica nativa muito bem trabalhada e pintada delicadamente à mão.

— Para colocar flores — disse Valdez. — Para que, quando olhar para elas, lembre-se de nossa relação lucrativa e fraternal.

Sonora traduziu para o português. O magrelo pegou água no banheiro anexo. O atarracado trouxera um punhado de flores. Fizeram um belo arranjo. O general sorriu. Ninguém reparou que o vaso acomodava notavelmente pouca água e que os caules das flores eram muito curtos. Valdez memorizou o número do telefone que havia na mesa, um dos poucos na cidade que realmente funcionavam.

O dia seguinte era domingo. O grupo de Bogotá estava prestes a deixar o país. Sonora levaria os homens ao aeroporto. A 800 metros do quartel-general do Exército, Valdez ordenou que parassem. De seu celular, operado pela MTN, a única prestadora de serviços local — usada apenas pela elite, os brancos e os chineses —, ele ligou para o telefone na mesa do escritório do general Gomes.

Levou alguns minutos até que o general deixasse sua luxuosa suíte residencial e caminhasse até o escritório, adjacente.

Quando ele atendeu, estava a 1 metro do vaso de flores. Valdez apertou o detonador que tinha na mão.

A explosão derrubou quase todo o prédio e reduziu o escritório a entulho de tijolos. Encontraram alguns fragmentos do ditador, os quais foram posteriormente levados de volta ao território balanta para um enterro tribal entre os espíritos dos ancestrais.

— Você precisará de um novo sócio nos negócios — disse Valdez a Sonora a caminho do aeroporto. — Honesto. O Don não gosta de ladrões. Cuide disso.

O Grumman estava pronto para decolar, totalmente abastecido. Na rota de volta a Bogotá, passou ao norte da ilha de Fernando de Noronha, onde o *Sam* o detectou e transmitiu a informação. O golpe na África Ocidental apareceu no noticiário televisivo da BBC World Service, mas era uma reportagem sem imagens, de modo que não foi muito longa.

Alguns dias antes, outra notícia que não despertou nenhuma atenção fora transmitida pela CNN de Nova York. Normalmente, a deportação de uma estudante colombiana de volta para seus estudos em Madri, após a retirada das acusações contra ela no Brooklyn, poderia não ter uma cobertura notável. Mas alguém mexera os pauzinhos em algum lugar e uma equipe fora enviada.

Uma notícia de dois minutos foi transmitida no jornal da noite. Às 21 horas, foi interrompida por motivos editoriais. Mas, enquanto esteve no ar, a notícia mostrou o carro da ICE parando no setor de partidas internacionais do aeroporto Kennedy e dois delegados acompanhando uma jovem muito bonita com jeito contido atravessarem o saguão até desaparecerem depois da barreira de segurança, onde o grupo não foi parado.

O áudio narrava simplesmente que a Srta. Arenal fora vítima da tentativa de um carregador de bagagens criminoso em Madri de utilizar sua mala como veículo para 1 quilo de cocaína, o qual fora descoberto em uma inspeção aleatória no aeroporto Kennedy, várias semanas antes. A prisão e a confissão na Espanha exoneraram a estudante colombiana, que fora libertada para voltar ao curso de belas-artes em Madri.

Não houve repercussão, mas a notícia foi vista e gravada na Colômbia. Roberto Cardenas assistia à gravação com frequência. Só assim ele via a filha, na qual não pousava os olhos havia anos, e ela o lembrava a mãe, Conchita, que era realmente linda.

Diferentemente do alto escalão da indústria da cocaína, Cardenas jamais desenvolvera gosto por ostentação e luxo. Ele viera da sarjeta e lutara para subir nos cartéis antigos. Fora um dos primeiros a perceber a estrela ascendente de Don Diego e a reconhecer as vantagens da centralização. Por isso que o Don, convencido de sua lealdade, aceitara-o no estágio inicial da recém-formada Hermandad.

Cardenas tinha instintos de animais de caça tímidos; conhecia a floresta, podia sentir o perigo, jamais deixava de acertar uma conta. Tinha apenas um ponto fraco, que fora revelado por um advogado cujas visitas excessivamente regulares a Madri foram detectadas por um operador de computadores muito longe dali, em Washington. Quando Conchita, que criara Letizia sozinha depois que os dois se separaram, morrera de câncer, Cardenas tirara a filha do ninho de víboras que era o mundo no qual estava condenado a viver — pois não conhecia nenhum outro.

Ele deveria ter fugido para algum lugar seguro depois do desmascaramento de Eberhardt Milch em Hamburgo. Sabia disso; seu sexto sentido não o enganava. Simplesmente se recusou. Odiava um lugar chamado "exterior"; só podia administrar sua divisão de agentes estrangeiros comprados através de uma equipe de jovens que nadavam como peixes entre o coral estrangeiro. Ele não sabia fazer aquilo, e tinha consciência disso.

Como uma criatura da selva, Cardenas mudava constantemente de um refúgio para outro, mesmo na própria floresta. Ele tinha cinquenta esconderijos, a maioria na zona ao redor de Cartagena, e comprava celulares descartáveis como se fosse bala, nunca os usando para mais de um telefonema antes de atirar o aparelho em um rio. Era tão esquivo que, às vezes, o Cartel levava cerca de um dia para encontrá-lo. E isso era algo que o altamente eficaz coronel Dos Santos, chefe de inteligência na Divisão Antidrogas da Polícia Judicial, não conseguia fazer.

Esses esconderijos eram geralmente casebres em minissítios, obscuros, com móveis simples, até espartanos. Mas havia uma indulgência que Cardenas valorizava: ele amava sua televisão. Tinha o melhor e mais novo modelo de tela de plasma e a antena parabólica mais precisa, objetos que viajavam com ele.

Ele gostava de se sentar com seis latas de cerveja, zapeando pelos canais via satélite ou assistindo a filmes no aparelho de DVD. Amava desenhos animados porque Willy Coiote o fazia rir e ele não era um homem que risse por natureza. Gostava dos dramas "policiais" no canal Hallmark porque podia zombar da incompetência dos criminosos que sempre eram capturados e da inutilidade dos detetives, que jamais teriam capturado Roberto Cardenas.

E amava uma notícia gravada, à qual assistia repetidamente. Ela mostrava uma jovem adorável mas abalada no aeroporto Kennedy. Às vezes ele congelava a imagem e ficava olhando para ela por meia hora. Depois do que fizera para que aquelas imagens pudessem existir, ele sabia que, cedo ou tarde, alguém cometeria um erro.

O erro, quando aconteceu, foi justamente em Roterdã. A cidade holandesa, apesar de muito antiga, dificilmente seria reconhecida por algum mercador que tivesse morado nela há cem anos, ou por algum soldado inglês que por lá tivesse marchado sob uma chuva de flores e beijos no começo de 1945. Somente a Cidade Antiga ainda guardava as elegantes mansões do século XVIII, enquanto que o gigantesco Europoort era uma segunda cidade, moderna, feita de aço, vidro, concreto, cromo, água e navios.

Sendo boa parte do descarregamento de grandes quanti- dades de petróleo, que mantêm a Europa funcionando, feita em ilhas no mar formadas por canos e bombas, muito longe da cidade, a segunda especialidade de Roterdã é o porto de contêineres; não tão grande quanto o de Hamburgo, mas igualmente moderno e mecanizado.

A Alfândega holandesa, trabalhando em cooperação com a polícia e, na frase consagrada pelo tempo, "agindo de acordo com informações obtidas", desmascarou e prendeu um de seus oficiais superiores chamado Peter Hoogstraten.

Ele era esperto e ardiloso e pretendia derrubar a acusação. Sabia o que fizera e onde guardara o dinheiro que recebera ou, mais precisamente, que o Cartel depositara para ele. Preten- dia se aposentar e desfrutar cada centavo. Não tinha a menor intenção de confessar ou admitir nada. Pretendia recorrer aos seus "direitos civis" e "direitos humanos" até a última carta na mesa. A única coisa que o preocupava era como as autoridades sabiam tanto. Alguém, em algum lugar, o entregara; disso ele tinha certeza.

Por mais que os holandeses se orgulhem de ser ultraliberais, o país abriga um enorme submundo do crime, do qual grande parte, talvez por causa da extrema permissividade, está na mão de estrangeiros, europeus e não europeus.

Hoogstraten trabalhava principalmente para uma dessas quadrilhas, formada por turcos. Ele conhecia as regras do comércio de cocaína. O produto pertencia ao Cartel até deixar o porto de contêineres rumo às estradas da União Europeia. Depois, pertencia à máfia turca, que pagara cinquenta por cento de adiantamento, com cinquenta por cento na entrega. Uma encomenda interceptada pela alfândega holandesa atingiria os dois lados.

Os turcos precisariam fazer uma outra encomenda, mas se recusariam a pagar o adiantamento novamente. Mas os turcos também tinham clientes que também faziam encomendas e exigiam a entrega. A habilidade de Hoogstragen na liberação de contêineres e de outras cargas era inestimável e extremamente bem paga. Ele era apenas uma etapa em um processo que, da selva colombiana até um jantar na Holanda, poderia facilmente ter vinte camadas de participantes diferentes, todos querendo receber suas partes — mas ele era crucial.

O erro ocorreu por causa do problema pessoal do inspetor-chefe Van Der Merwe. Ele trabalhara toda a vida na Alfândega Real da Holanda. Ingressara na Divisão de Investigação Criminal menos de três anos depois de entrar na profissão e interceptara uma montanha de contrabando ao longo dos anos. Mas os anos cobraram seu preço. Ele tinha uma próstata aumentada e bebia café demais, o que exacerbava a fraqueza da bexiga. Aquilo era uma fonte de risos abafados entre os colegas mais novos, mas, sendo ele a pessoa afligida pelo problema, Van Der Merwe não via nenhuma graça. No meio do segundo interrogatório de Peter Hoogstraten, ele simplesmente precisava ir ao banheiro.

Não deveria ser um problema. Ele acenou com a cabeça para o colega ao lado e todos fariam uma pausa. O colega disse "Entrevista suspensa às..." e desligou o gravador digital. Hoogstraten insistiu que queria um cigarro, o que significava que precisava ir à área onde era "Permitido fumar".

O sistema de correção proibia, mas os direitos civis não. Van Der Merwe ansiava pela aposentadoria em sua casa de campo perto de Groningen, com sua amada horta e o pomar, onde poderia fazer o que bem entendesse pelo resto da vida. Os três homens levantaram.

Quando Van Der Merwe virou-se, a barra do seu casaco esbarrou na pasta que estava diante dele sobre a mesa. A pasta de couro girou 90 graus e um papel saiu de dentro. Em um segundo foi recolocado na pasta, mas Hoogstraten o vira. Ele reconheceu os números. Eram de sua conta bancária nas Ilhas Turcos e Caicos.

Nada passou pelo rosto dele, mas uma luz acendeu dentro de sua cabeça. O porco penetrara em detalhes protegidos por sigilo bancário. Tirando ele, havia apenas duas fontes para se obter esses números e o nome do banco, que aparecera pela metade no papel durante uma fração de segundo. Uma fonte era o próprio banco; a outra era o Cartel, que engordava a conta. Ele duvidava que fosse o banco, a menos que a DEA americana tivesse invadido os firewalls dos computadores.

Isso sempre seria possível. Nada mais era realmente inexpugnável, nem mesmo os firewalls da Nasa e do Pentágono, como fora provado. De todo modo, o Cartel deveria ser alertado de que houvera um vazamento, e muito grave. Ele não tinha ideia de como poderia contatar o cartel colombiano, sobre cuja existência lera em uma longa reportagem sobre cocaína no *De Telegraf.* Mas os turcos saberiam.

Dois dias depois, na audiência para a fiança, a Alfândega da Holanda sofreu um segundo golpe de azar. O juiz era um conhecido fanático por direitos civis que privadamente defendia a legalização da cocaína, a qual ele próprio usava. Ele concedeu a fiança; Hoogstraten foi solto e fez o telefonema.

Em Madri, o inspetor-chefe Paco Ortega finalmente atacou a presa, e com a bênção total de Cal Dexter. O advogado responsável pela lavagem de dinheiro, Julio Luz, não tinha mais utilidade para Dexter. Uma consulta às reservas de voos no aeroporto de Bogotá indicou que ele faria sua viagem habitual a Madri.

Ortega aguardou até que o advogado estivesse saindo do banco, quando os dois funcionários atrás dele lhe entregaram duas pesadas malas rígidas Samsonite. De repente surgiu uma enxurrada de membros armados da *Guardia Civil*, liderados por homens da Udyco à paisana.

No beco atrás do banco, dois homens apresentados posteriormente como capangas das quadrilhas da Galícia, localizados por homens da Udyco em um terraço a 500 metros dali, foram capturados com os funcionários do banco e as malas, que continham o "acerto de contas" quinzenal entre todo o submundo espanhol e o Cartel colombiano.

O valor total era de mais de 10 milhões de euros, embalados em tijolos de notas de 500. Na Eurozona, tal nota quase nunca é vista, pois o valor é tão elevado que torna praticamente impossível usá-la na rua. Na prática só pode ser usada para pagamentos volumosos em dinheiro, e existe apenas um comércio que precisa disso regularmente.

Julio Luz foi preso na frente do banco, e, dentro, os irmãos Guzman e o contador-chefe. Com um mandado, a Udyco confiscou todos os livros e registros. Provar conluio em lavagem de dinheiro transcontinental exigiria meses de pesquisa e os melhores contadores, mas as duas malas forneciam a acusação "irrefutável". Simplesmente não era possível explicar legalmente por que estavam sendo entregues a dois criminosos conhecidos. Mas seria muito mais simples se alguém confessasse.

Quando foram levados para as celas, os galícios passaram por uma porta aberta. Dentro, estava um perturbado Julio Luz, a quem Paco Ortega, bem-humorado, oferecera café e biscoitos; Ortega agora sorria ao servir a bebida.

Um dos *guardias* uniformizados sorriu alegremente para o prisioneiro.

— Aquele é o cara que vai mandar você para a prisão perpétua na Toledo Penal — disse ele, a voz arrastada.

Dentro da sala, o advogado colombiano virou-se para a porta e por um segundo fez contato visual com o criminoso carrancudo. Ele não teve tempo para protestar. O homem no corredor foi levado embora. Dois dias depois, transferido do centro de Madri para uma prisão temporária no subúrbio, ele conseguiu fugir.

Parecia uma terrível falha de segurança básica, e Ortega desculpou-se profusamente com seus superiores. As algemas do homem não estavam travadas corretamente e ele soltara uma das mãos quando estava na van, a qual não entrara no pátio da prisão, parara na calçada. Os dois prisioneiros estavam sendo conduzidos até a entrada da penitenciária quando um deles se libertou e disparou rua abaixo. A perseguição foi lamentavelmente lenta; ele escapou.

Dois dias depois, Ortega entrou na cela de Julio Luz e anunciou que não conseguira obter uma prorrogação do mandado de prisão contra o advogado. Ele estava livre. Mais do que isso: seria acompanhado até o aeroporto para pegar o voo matinal da Iberia para Bogotá.

Julio Luz ficou acordado a noite toda na cela, refletindo. Ele não tinha esposa nem filhos, e agora, ficava grato por isso. Os pais estavam mortos. Nada o prendia a Bogotá, e Don Diego o aterrorizava.

Corriam muitos rumores dentro da prisão sobre a fuga do criminoso galício e a incapacidade das autoridades de encontrá-lo. Certamente os amigos dele do noroeste que estavam em Madri, alguns dos quais eram também do submundo, iriam proteger o fugitivo e escondê-lo em casa.

Julio Luz pensou na pequena mentira do *guardia* no corredor. De manhã, recusou-se a partir. O advogado que o defendia ficou desorientado. Luz seguiu com a recusa.

— Não tem escolha, *señor* — disse o inspetor-chefe Ortega.
— Parece que não temos um caso contra você. Seu advogado foi esperto demais para mim. Você precisa voltar para Bogotá.

— E se eu confessar?

A cela ficou em silêncio. O advogado de defesa jogou as mãos para o alto e foi embora bufando. Ele fizera o possível. E conseguira. Mas nem mesmo ele poderia defender um louco. Paco Ortega levou Luz para uma sala de interrogatório.

— Agora — disse ele. — Vamos conversar. Conversar de verdade. Sobre muitas coisas. Quer dizer, se você realmente quiser ficar protegido aqui.

E Luz falou. Sem parar. Ele sabia muito, e não apenas sobre o banco Guzman, mas também sobre outros. Assim como Eberhardt Milch, ele não nascera para aquilo.

* * *

O terceiro alvo de João Mendoza era um antigo Noratlas francês, inconfundível ao luar por causa da cauda bicilíndrica e das portas de carga que abriam na traseira. Ele nem sequer seguia para a Guiné-Bissau.

Os mares perto de Dakar, capital do Senegal, ao norte da Guiné, são repletos de peixes de caça e atraem esportistas para a região. Aguardando no Atlântico a 80 quilômetros de Dakar estava um grande barco de pesca esportiva Hatteras. Era o "disfarce" perfeito, porque a visão de uma embarcação branca e veloz com hastes oscilantes e uma fileira de varas na popa tende a desfazer suspeitas.

O *Blue Marlin* balançava suavemente nas vagas noturnas, como que esperando que os peixes começassem a morder ao nascer do sol. Graças à conveniência moderna do GPS, o barco estava posicionado onde deveria, com a precisão de um quadrado de 100 metros de lado. E a tripulação aguardava com a poderosa Maglite para piscar para o alto o código combinado quando fosse ouvido o som dos motores se aproximando. Mas nenhum motor apareceu.

Pois haviam parado de funcionar 1.200 quilômetros a sudeste e jaziam no fundo do mar com os fragmentos que restavam do Noratlas. Ao amanhecer, a tripulação do Hatteras, que não tinha nenhum interesse por pesca, seguiu de volta para Dakar para informar, por meio de um e-mail em código, que o encontro não se dera e que não havia a esperada tonelada de cocaína no depósito sob o compartimento do motor.

Quando setembro deu lugar a outubro, Don Diego Esteban convocou uma reunião de emergência do conselho. Não serviria muito como análise, era mais um post-mortem.

Dois membros da diretoria não estavam presentes. A notícia da prisão de Julio Luz em Madri fora absorvida, apesar de não saberem nada a respeito de ele ter traído a organização.

Não conseguiram contactar Roberto Cardenas. O Don até pretendia perder a paciência com o hábito do homem de Cartagena de desaparecer na selva e não manter contato pelo celular. Mas o foco da reunião eram os números, e o homem no banco dos réus era Alfredo Suarez.

As notícias eram ruins e estavam piorando. As encomendas exigiam que um mínimo de 300 toneladas de cocaína pura chegasse anualmente aos Estados Unidos e à Europa. Naquele mês, 200 já deveriam ter chegado. O número estava abaixo de 100.

Os desastres estavam ocorrendo em três frentes. Em portos dos EUA e da Europa, contêineres estavam sendo parados e submetidos a inspeções aleatórias em um ritmo maior, e essas inspeções acertavam na mosca com uma frequência alta demais. Havia muito tempo já estava ofuscantemente claro para o Don que ele estava sob ataque. A nuvem negra da suspeita caíra sobre o despachante, Suarez. Apenas ele sabia exatamente quais contêineres transportavam a cocaína como carga secundária.

A defesa dele foi que dos mais de cem portos em dois continentes, apenas quatro haviam realizado interceptações bemsucedidas. O que Suarez não sabia era que mais sete estavam previstos para entrar na lista à medida que o Cobra revelasse os nomes dos agentes públicos corruptos.

A segunda frente eram os navios mercantes. Houvera um aumento gritante no número de cargueiros grandes parados e abordados no meio do oceano. Eram todas embarcações grandes. Em alguns casos, a cocaína era escondida no porto de origem e permanecia oculta até que o navio atracasse em seu destino final.

Mas Suarez aumentara substancialmente a prática de o cargueiro deixar o porto sem a carga e receber no mar várias toneladas de cocaína, transferidas de um barco pesqueiro ou de um *go-fast* no mar. A carga seria descarregada da mesma maneira, antes da chegada do navio de longo curso, enquanto ainda estivesse a até 180 quilômetros do porto de destino. Assim ele poderia chegar limpo, como o *Virgen de Valme* em Seattle.

A desvantagem era que, desse modo, não era possível impedir que toda a tripulação testemunhasse as transferências nos dois lados. Às vezes o cargueiro estava realmente sem cocaína e o grupo que o abordava precisava partir com pedidos de desculpas e mais nada. Mas a proporção das descobertas em esconderijos que jamais deveriam ser encontrados era grande demais.

No setor ocidental, três marinhas, as do Canadá, dos EUA e do México, estavam em ação, ao lado de patrulhas da Alfândega e da Guarda Costeira chegando a pontos distantes no mar. Na parte leste, quatro marinhas europeias estavam cada vez mais ativas.

Segundo a propaganda oficial ocidental, as vitórias antidrogas eram devidas à implementação de um novo tipo de tecnologia, desenvolvida a partir do equipamento que detectava corpos enterrados sob concreto, utilizado por divisões de homicídios em todo o mundo. A invenção, segundo as explicações oficiais, permitia penetrar no aço como raios X em tecidos macios e revelava os pacotes e fardos nas cavidades criadas pelo "falecido" Juan Cortez. Era plausível... embora não fizesse sentido.

Mas um navio confiscado é um navio improdutivo, e até mesmo a porcentagem ínfima do mundo da navegação mercante disposta a correr o risco de transportar o contrabando estava agora se voltando contra o Cartel, apesar das compensações financeiras.

Mas era a terceira frente que preocupava o Don. Até fracassos tinham uma razão; até desastres tinham explicações. O que o devorava por dentro eram os desaparecimentos completos.

Ele não sabia dos dois Global Hawks que operavam a Vigilância Marítima de Área Irrestrita — Bams, na sigla em inglês — sobre o Caribe e o Atlântico. Não sabia sobre a identificação de conveses que o *Michelle* e o *Sam* podiam transmitir em segundos para a base em Creech, Nevada, tampouco da lista-fonte criada por Juan Cortez, que se encontrava em um armazém em Washington. Ele não conhecia a capacidade dos Hawks de eliminar toda a comunicação por rádio, celular e e-mail dentro de uma área circular de 1,8 quilômetro de diâmetro no mar. E não sabia dos dois *Q-ships* disfarçados de graneleiros no Caribe e no Atlântico.

E, acima de tudo, ele não sabia que as regras tinham mudado e que suas embarcações e tripulações estavam sendo eliminadas, afundadas, presas e confiscadas sem publicidade e tampouco os devidos procedimentos. O Don só sabia que, simplesmente, estava desaparecendo um navio após o outro, e também aviões. Ele não sabia que agora a lei tratava ele e seu Cartel como terroristas estrangeiros.

E havia consequências. Não apenas era mais difícil encontrar grandes navios mercantes dispostos a correr o risco como também os pilotos de *go-fasts* precisavam ser muito habilidosos, não apenas capangas das docas, e havia cada vez menos deles. Pilotos de avião freelancers começaram a descobrir que suas aeronaves estavam com defeito e que não poderiam voar.

Don Diego era um homem lógico e muito paranoico. As duas coisas mantinham-no vivo e rico. Agora, estava totalmente convencido de que havia um traidor e que era um homem de dentro de seu Cartel, a Irmandade, sua Hermandad. À noite, o Don brincava de imaginar o que faria com o desgraçado quando o descobrisse.

Alguém tossiu discretamente à esquerda do Don. Era José-Maria Largo, o diretor comercial.

— Don Diego, lamento muito dizer isso, mas preciso. Nossos clientes nos dois continentes estão ficando impacientes, especialmente os mexicanos e, na Itália, a 'Ndrangheta, que domina grande parte da Europa. Foi você quem fechou os dois acordos: com La Familia no México e com os calabreses, os quais detêm a parte do leão de nosso produto na Europa. Agora estão reclamando de falta de produto, de encomendas não atendidas, da alta de preços devido ao déficit nas entregas.

Don Diego precisou se conter para não bater no homem. Em vez disso, concordou gravemente com a cabeça.

— José-Maria, caro colega, acho que você deveria fazer uma viagem. Visite nossos dez maiores clientes. Diga-lhes que houve um problema localizado e temporário que está sendo resolvido.

E virou-se afavelmente para Suarez.

— E será resolvido com certeza, não é mesmo, Alfredo?

A ameaça estava no ar e aplicava-se a todos. A produção seria aumentada para suprir o que faltava. Embarcações pesqueiras e pequenos cargueiros nunca utilizados deveriam ser comprados ou recrutados para a travessia do Atlântico. Novos pilotos precisariam receber ofertas irresistíveis para correr o risco de voar para a África e o México.

A si próprio, o Don prometeu que a caçada ao traidor seria intensificada até que o rebelde fosse encontrado. Depois cuidaria dele, e sua morte não seria agradável.

* * *

No começo de outubro, o *Michelle* detectou um ponto saindo das selvas colombianas e seguindo para o norte, sobre o mar. A ampliação da imagem revelou um bimotor Cessna 441. O avião chamou atenção porque decolara de uma minúscula pista no meio do nada, um lugar do qual normalmente não saíam voos de passageiros para destinos internacionais; não era um jato executivo carregando homens de negócios; e, no rumo de 325°, seguiu para o México.

O *Michelle* mudou de rumo e acompanhou o estranho avião passar pelas costas da Nicarágua e de Honduras, onde, se não tivesse tanques de combustível adicionais, seria obrigado a aterrissar e reabastecer. Não foi o que fez; o Cessna seguiu sobre Belize e o Deserto de Yucatán. Foi quando a Base Aérea de Creech ofereceu-se para realizar a interceptação à Força Aérea mexicana, que ficou encantada. Quem quer que fosse o idiota, estava voando de dia, sem saber que o observavam ou que o observador já percebera que deveria estar sem combustível.

O Cessna foi interceptado por dois jatos mexicanos que tentaram contatá-lo pelo rádio. Não houve resposta. Acenaram para que o piloto desviasse e pousasse em Mérida. Adiante havia uma grande formação de nuvens. De repente o Cessna mergulhou na direção das nuvens e tentou escapar. Devia ser um dos novatos do Don, alguém com pouca experiência. Os pilotos de caças tinham radares, mas um senso de humor limitado.

O Cessna caiu em chamas no mar perto de Campeche. Estava tentando fazer uma entrega em uma fazenda de gado perto de Nuevo Laredo, na fronteira do Texas. Ninguém sobreviveu. Os fardos eram tantos que deviam pesar uns 500 quilos; foram retirados das águas rasas por barcos pesqueiros locais. Uma parte foi entregue às autoridades, mas não tudo.

Em outubro, os dois *Q-ships* precisavam renovar os suprimentos. O *Chesapeake* encontrou o navio auxiliar da frota para o reabastecimento em mar aberto ao sul da Jamaica. Foram transferidos para o navio uma carga completa de combustível e alimento e um pelotão substituto de Seals, desta vez o Time Três de Coronado, Califórnia. Todos os prisioneiros também deixaram a embarcação.

Os prisioneiros, encapuzados fora da prisão sem janelas, sabiam pelas vozes que estavam nas mãos de americanos, mas não onde estavam ou em qual embarcação. Eventualmente, porém, seriam levados para terra firme, encapuzados e transportados em um ônibus de janelas pretas até a base de Eglin, da Força Aérea, onde embarcariam em um avião cargueiro C-5 para o longo voo até as Ilhas Chagos, onde finalmente veriam a luz do dia e poderiam aguardar o fim da guerra.

O *Balmoral* também foi reabastecido no mar. Os homens do SBS permaneceram a bordo porque a unidade estava no limite de sua capacidade, com dois esquadrões inteiros operando no Afeganistão. Os prisioneiros foram levados até Gibraltar, onde o mesmo C-5 americano parou para pegá-los. As 18 toneladas de cocaína apreendidas pelos ingleses também foram entregues aos americanos em Gibraltar.

Mas toda a cocaína apreendida, 23 toneladas pelo *Chesapeake* e 18 pelo *Balmoral*, foi transferida para outra embarcação. Era um pequeno cargueiro operado pelo Cobra.

A droga capturada em diferentes portos dos EUA e da Europa era destruída por várias autoridades policiais. Encomendas apreendidas no mar iam para as mãos da marinha ou guarda costeira responsável, que as destruía em terra. As cargas dos aviões derrubados no mar eram perdidas para sempre. Mas Paul Devereaux ordenou que as capturas do Cobra ficassem guardadas e sob vigilância em uma minúscula ilhota alugada nas Bahamas.

As montanhas baixas de fardos estavam enfileiradas sob redes de camuflagem entre as palmeiras, e um pequeno destacamento de fuzileiros navais americanos vivia em uma série de casas móveis estacionadas à sombra bem ao lado da praia onde ficava o cais. O único visitante que recebiam era o pequeno cargueiro que encontrava os *Q-ships* para aliviá-los dos fardos de droga.

Na metade de outubro, o recado de Hoogstraten chegou ao Don. Ele não acreditava que os bancos tivessem revelado às autoridades os segredos mais confidenciais. Um, talvez; nunca dois. Portanto, restava apenas um homem que sabia os números das contas bancárias nas quais eram depositados os subornos que asseguravam a liberação das cargas de cocaína nos portos americanos e europeus. O Don encontrara o traidor.

Roberto Cardenas assistia ao vídeo da filha atravessando a calçada no aeroporto Kennedy quando a porta foi derrubada. Como sempre, sua mini-Uzi estava ao alcance da mão, e ele sabia usar a arma.

Ele derrubou seis do grupo do Defensor antes que o pegassem e deu um tiro que atravessou a mão esquerda de El Animal. Mas os números não mentem, e Paco Valdez, sabendo o que enfrentaria, levara consigo 12 homens.

Em vida, Roberto Cardenas era um homem áspero, duro e mau. Na morte, era apenas mais um cadáver. Em cinco partes, quando a serra elétrica foi desligada.

Ele só tivera uma filha. E a amava muito.

CAPÍTULO TREZE

Durante o mês de outubro, o ataque do Cobra contra o império da cocaína de Don Diego prosseguiu sem piedade, e finalmente as falhas começaram a aparecer. A imagem do Cartel diante de seus diversos e ultraviolentos clientes deteriorou-se gravemente, se não até o ponto fatal.

Don Diego percebera havia tempos que mesmo que Roberto Cardenas o tivesse traído, o homem que controlava a Lista de Ratos não poderia ser seu único inimigo. Cardenas não poderia saber sobre os esconderijos construídos tão habilmente por Juan Cortez. Não teria como saber a identificação dos navios, quando zarpariam e de quais portos. Não poderia saber a respeito dos voos noturnos para a África Ocidental e o avião utilizado. Mas havia um homem que sabia.

A paranoia do Don começou a apontar na direção do homem que sabia tudo aquilo — Alfredo Suarez. Suarez sabia perfeitamente o que acontecera com Cardenas e começou a temer pela própria vida.

Mas o primeiro problema era a produção. Com as interceptações, destruições, perdas no mar e os desaparecimentos girando em torno de cinquenta por cento da tonelagem enviada, o Don ordenou a Emilio Sanchez aumentar a produção nas selvas a níveis nunca antes necessários. E os custos mais altos começaram a afetar até mesmo a riqueza impressionante do Cartel. Foi quando o Cobra descobriu o que acontecera com Cardenas.

Camponeses encontraram o corpo mutilado. A cabeça estava faltando, e não foi encontrada, mas para o coronel Dos Santos o uso da serra elétrica dizia "Cartel", e então pediu uma amostra de DNA ao necrotério de Cartagena. Foi isso que identificou o velho criminoso.

Dos Santos informou ao chefe residente da DEA em Bogotá e o americano comunicou à Army Navy Drive em Arlington. O Cobra viu a informação graças ao seu nível de acesso a toda comunicação recebida pelo quartel-general da DEA.

Até aquele ponto, na tentativa de salvar a vida da fonte, apenas 12 oficiais corruptos tinham sido presos, todos com base em supostas coincidências. Com Cardenas morto, não era mais necessário protegê-lo.

Cal Dexter, acompanhado pelo principal caçador de drogas da DEA, Bob Berrigan, viajou pela Europa, eventualmente dando instruções a inspetores alfandegários maravilhados em 12 países. O diretor da DEA fez o mesmo na América do Norte — México, Estados Unidos e Canadá. Em todos os casos, os inspetores foram impelidos a usar o artifício de Hamburgo. Em vez de partirem diretamente para a apreensão e a prisão, pediram para que usassem a nova informação para capturar tanto o oficial corrupto quanto a carga que estivesse chegando e que o rato tentasse proteger.

Alguns reclamaram, outros não puderam esperar. Mas antes de o último nome da Lista de Ratos ser preso, mais de 40 toneladas de cocaína haviam sido descobertas e confiscadas. E não parou por aí.

Cardenas usara para os pagamentos bancos em seis paraísos fiscais secretos. Esses bancos, sob pressão insuportável, começaram relutantemente a revelar o ninho de ovos. Meio bilhão de dólares foi recuperado, do qual boa parte foi usada para encher os cofres das agências de combate às drogas.

Mas isso ainda não foi tudo. A grande maioria dos homens que estavam sentados nas celas das prisões provisórias não era lá muito durona. Diante da ruína certa e de uma possível condenação à prisão perpétua, a maioria buscava melhorar sua situação cooperando. Apesar de perigosos mafiosos fecharem "acordos" por suas cabeças, a ameaça costumava ser contraproducente. Tornava a outra ameaça, de libertação imediata nas ruas, ainda mais assustadora. Tendo uma prisão ultrassecreta e guarda constante como único meio de permanecerem vivos, a cooperação tornava-se a única opção.

Os homens presos — e eram todos homens — lembravamse, então, das empresas de fachada que adquiriam e administravam os caminhões-plataforma que recolhiam os contêineres depois da liberação da carga. A alfândega e a polícia fizeram batidas em diversos armazéns e depósitos enquanto as quadrilhas tentavam às pressas mudar os estoques de lugar. Mais toneladas foram confiscadas.

A maioria das apreensões não atingia o Cartel diretamente, pois a mercadoria já trocara de dono, mas as gangues locais perderam fortunas e foram obrigadas a fazer novas encomendas e a acalmar os próprios subagentes e compradores secundários, que já reclamavam. Essas gangues descobriram que o vazamento de informação que lhes custara fortunas viera da Colômbia e não ficaram satisfeitos.

O Cobra havia muito presumira que cedo ou tarde haveria uma falha em sua segurança, e estava certo. Foi no fim de outubro. Um soldado colombiano baseado em Malambo estava de licença quando se gabou, em um bar, de que quando ficava na base fazia parte do destacamento da guarda para o complexo americano. Ele relatou para uma namorada impressionada, além de um bisbilhoteiro ainda mais interessado, também sentado no bar, que os ianques decolavam com um avião estranho de sua fortemente vigiada zona. Muros altos impediam que qualquer pessoa visse o avião ser abastecido e passar pela manutenção, mas era possível vê-lo ao decolar. Apesar de os pousos e as decolagens acontecerem à noite, o soldado o vira sob o luar.

Parecia um modelo daqueles vendidos em lojas de brinquedos, ele disse; movido a hélice, com a unidade de energia na parte traseira. O mais estranho era que não tinha piloto, mas havia rumores nos refeitórios que diziam que a criatura teria câmeras impressionantes capazes de enxergar a quilômetros e através da escuridão, de nuvens e de nevoeiros.

Transmitidas ao Cartel, as divagações do cabo só poderiam significar uma coisa: os americanos estavam usando VAVs, veículos aéreos não tripulados, para espionar todas as embarcações que deixassem a costa caribenha da Colômbia.

Uma semana depois, a base de Malambo foi atacada. O Don não empregou o Defensor nas tropas de ataque pois ele ainda estava tratando da mão esquerda, destruída pelo tiro. Don Diego usou seu exército particular de ex-guerrilheiros do grupo terrorista Farc, ainda sob o comando do veterano das selvas Rodrigo Perez.

O ataque foi à noite; o grupo passou pelo portão principal e seguiu diretamente para o complexo dos EUA no centro da base. Cinco soldados colombianos morreram em torno do portão, mas os tiros alertaram bem a tempo a unidade de fuzileiros navais que guardava o santuário interior.

Em uma onda suicida, os soldados do Don passaram pelo muro alto, mas foram pegos tentando chegar ao hangar fortificado no qual ficava o VAVs. Os dois homens das Farc que entraram logo antes de morrer ficaram decepcionados. O *Michelle* estava sobre o mar a 360 quilômetros dali, girando preguiçosamente enquanto bloqueava as frequências de dois *go-fasts* que estavam sendo interceptados pelos Seals do *Chesapeake*.

Além de algumas marcas no concreto, nenhum dano foi causado ao hangar ou às oficinas. Nenhum fuzileiro americano morreu, somente os cinco soldados colombianos. Mais de setenta corpos de membros das Farc foram encontrados na manhã seguinte. No mar, mais dois *go-fasts* desapareceram sem deixar rastros. Suas tripulações foram instaladas na prisão dianteira abaixo do nível do mar e 4 toneladas de cocaína foram apreendidas.

Mas 24 horas depois o Cobra descobriu que o Cartel sabia a respeito do *Michelle*. O que Don Diego não sabia era da existência do segundo VAV que decolava de uma ilha brasileira.

Com a orientação do outro VAV, o major Mendoza derrubou mais quatro traficantes de cocaína em pleno ar. Isso apesar da mudança do Cartel do rancho Boavista para outra fazenda de reabastecimento, ainda mais escondida na floresta. Quatro dos empregados em Boavista foram torturados demoradamente por El Animal e seu grupo quando suspeitaram de que poderiam ser a fonte do vazamento dos planos de voo.

No fim do mês, um financista brasileiro, de férias em Fernando de Noronha, falou pelo telefone ao irmão no Rio sobre um estranho avião de brinquedo que os americanos lançavam do outro lado do aeroporto. Dois dias depois foi publicado um artigo exagerado no jornal *O Globo* e a segunda história foi revelada.

Mas a ilha estava fora do alcance até mesmo das tropas das Farc que serviam ao Don; a base de Malambo teve a segurança reforçada e os dois VAVs continuaram suas atividades. Na vizinha Venezuela, o presidente de extrema-esquerda Hugo Chávez, que apesar do tom altamente moralista permitira que o país e a costa norte se tornassem um dos principais pontos de partida de cocaína, teve que engolir a própria raiva, mas não havia nada mais que pudesse fazer.

Acreditando que pudesse haver alguma espécie de maldição na Guiné-Bissau, os pilotos preparados para atravessar o Atlântico insistiam em outros destinos. Os quatro derrubados em novembro iam para Guiné-Conacri, Libéria e Serra Leoa, onde deveriam jogar a carga do ar, mas a uma baixa altitude, para os barcos pesqueiros que estariam esperando. De nada adiantou, pois nenhuma carga chegou.

Quando a transferência da parada de reabastecimento — de Boavista para outra fazenda — e a mudança nos destinos não funcionaram, o suprimento de pilotos voluntários simplesmente secou, por maior que fosse a quantia oferecida. A rota através do Atlântico tornou-se conhecida nas salas para tripulantes na Colômbia e na Venezuela como *los vuelos de la muerte.*

Investigações na Europa, conduzidas com a ajuda de Eberhardt Milch, revelaram o pequeno código visual dos dois círculos e da cruz de malta estampado em certos contêineres, os quais foram rastreados até o porto da capital do Suriname,

Paramaribo, e de lá para o interior, até a plantação de bananas de onde tinham saído. Com financiamento e ajuda dos americanos, a fazenda sofreu uma batida e foi fechada.

Desesperado, Alfredo Suarez, que tentava freneticamente agradar a Don Diego, percebeu que nenhum cargueiro fora interditado no Pacífico; como a Colômbia possui costas nos dois oceanos, ele mudou grande parte das remessas do lado caribenho para a costa oeste.

O *Michelle* detectou a mudança quando um navio a frete registrado em seu banco de dados, um dos que constavam na lista cada vez menor de Cortez, foi visto navegando para o norte, passando pela costa oeste do Panamá. Era tarde demais para interceptá-lo, mas o rastrearam, e nisso chegaram ao porto colombiano de Tumaco, no Pacífico.

Em novembro, Don Diego Esteban concordou em receber um emissário de um dos maiores e, portanto, mais confiáveis clientes europeus. Ele raramente, se tanto, recebia alguém de fora de seu pequeno círculo de camaradas colombianos, mas o chefe comercial, José-Maria Largo, responsável pelas relações com clientes em todo o mundo, lhe implorara.

Foram tomadas precauções imensas para garantir que os dois europeus, embora fossem importantes, não tivessem ideia de em qual fazenda seriam recebidos. Não havia problema de idioma; os dois homens eram espanhóis, ambos da Galícia.

Essa província açoitada por tempestades no noroeste da Espanha é, há muito tempo, a maior estrela do contrabando no país. Ela tem uma tradição antiga de produzir marinheiros capazes de enfrentar qualquer oceano, por mais bravio que se mostre. Dizem que corre água salgada no sangue ao longo da tempestuosa costa entre Ferrol e Vigo, marcada por mil enseadas e baías, e lar de uma centena de aldeias de pescadores.

Outra tradição é uma atitude cavalheiresca em relação às ações indesejadas dos homens da alfândega e fiscais. Muitas vezes os contrabandistas são vistos sob uma luz romântica, mas não há nada de divertido na crueldade com a qual enfrentam as autoridades e punem delatores. Com o crescimento da cultura da droga na Europa, a Galícia emergiu como um dos seus principais centros.

Durante dois anos, duas gangues dominaram a indústria da cocaína na Galícia — os Charlins e Los Caneos. Antigamente aliados, um do outro, sofreram uma drástica separação e enfrentaram uma batalha sangrenta na década de 1990, mas tinham resolvido havia pouco suas diferenças e reunificaram-se em uma aliança. Um representante de cada parte fora até a Colômbia para protestar com Don Diego. Ele concordara em recebê-los por causa das fortes e antigas ligações da América Latina com a Galícia, herança do grande número de marinheiros da região que se instalou havia muito no Novo Mundo e do volume das encomendas dos galegos.

Os visitantes não estavam felizes. O inspetor-chefe Paco Ortega prendera dois deles com duas malas contendo 10 milhões de euros em notas de 500 lavadas. O desastre, argumentavam os galeses, fora resultado de um erro de segurança por parte do advogado Julio Luz, que agora provavelmente pegaria 20 anos em uma prisão espanhola e, pelo que diziam, tinha aberto o bico e nunca mais fechado.

Don Diego escutou em um silêncio gelado. Mais do que qualquer coisa na terra, ele odiava ser humilhado e estava sendo obrigado a ficar sentado e ouvir um sermão daqueles dois peões de Coruña, pensou, encolerizado por dentro. E o pior é que eles tinham razão. A culpa era de Luz. Se o idiota tivesse família, todos teriam pago com dor pelo traidor ausente. Mas os galegos ainda tinham mais a dizer.

Os principais clientes deles eram quadrilhas inglesas. Quarenta por cento da cocaína importada por essas quadrilhas vinha pela Galícia, e os suprimentos, da África Ocidental, tudo pelo mar. Dessa carga que vinha da África Ocidental, a parcela que chegava à costa entre o Marrocos e a Líbia antes de cruzar para o sul da Europa ia para outras quadrilhas. Os galegos dependiam do tráfico por mar, e ele secara.

A pergunta insinuada — não sutilmente — era: o que você fará quanto a isso? O Don convidou os dois visitantes a tomar vinho ao sol enquanto ele entrava para consultar José-Maria Largo.

Quanto os galegos valem para nós?, ele perguntou. Muito, admitiu Largo. Das estimadas 300 toneladas que deveriam chegar à Europa anualmente, os espanhóis, ou seja, os galegos, ficavam com vinte por cento, ou 60 toneladas. Maior do que eles, somente a 'Ndrangheta italiana, maior até do que a Camorra de Nápoles ou a Cosa Nostra da Sicília.

— Precisamos deles, Don Diego. Suarez precisa adotar medidas especiais para mantê-los satisfeitos.

Antes da fusão dos minicartéis na gigantesca Irmandade, os galegos obtinham o fornecimento principalmente do cartel Valle del Norte, dirigido por Montoya, que agora estava em uma prisão americana. O Valle del Norte fora o último dos cartéis independentes a sucumbir à fusão, mas seu fornecimento ainda era de produção própria. Se os poderosos galegos retornassem ao seu fornecedor original, outros poderiam fazer o mesmo, provocando, assim, uma dissolução gradual do império da Hermandad. Don Diego retornou à varanda.

— *Señores* — o Don disse a eles —, vocês têm a palavra de Don Diego Esteban. Os fornecimentos serão normalizados.

Era mais fácil falar do que fazer. A mudança de método de Suarez de milhares de "mulas" humanas que engoliam até 1 quilo cada ou carregavam 2 ou 3 quilos em uma mala torcendo para passar intactas pelos aeroportos parecera razoável na época. As novas máquinas de raios X invisíveis que penetravam nas roupas e na gordura do corpo certamente transformaram o transporte no estômago em uma causa perdida. Além disso, a segurança intensiva nos saguões de bagagens, coisa que ele atribuía aos fundamentalistas islâmicos — amaldiçoava-os todos os dias de sua vida —, fizera disparar o volume de interceptações de malas. Poucas e grandes remessas pareciam uma nova direção razoável. Mas desde julho ocorrera um caos de interceptações e desaparecimentos, e cada perda girava entre 1 e 12 toneladas.

O Don perdera o homem que fazia a lavagem do dinheiro, fora traído pelo controlador dos ratos e mais de uma centena de oficiais que trabalhavam secretamente para ele estava encarcerada. As interceptações no mar de grandes cargueiros que transportavam cocaína já passavam de cinquenta; oito pares de *go-fasts* mais 15 navios a frete menores desapareceram sem rastros e a ponte aérea para a África Ocidental pertencia ao passado.

Ele sabia que tinha um inimigo muito, muito perigoso. A revelação dos dois VAVs patrulhando constantemente os céus e detectando embarcações no mar e talvez também os aviões explicaria parte das perdas.

Mas onde estavam os navios de guerra americanos e ingleses que estariam realizando as interceptações? Onde estavam os navios capturados? Onde estavam as tripulações? Por que não as tinham feito desfilar diante das câmeras, como de costume?

Por que os agentes alfandegários não se gabavam dos fardos de cocaína apreendidos, como sempre faziam?

Quem quer que "eles" fossem, não poderiam manter as tripulações presas secretamente. Não poderiam estar afundando os navios. Era contra as leis do mar, as leis da Crijica. E não poderiam estar derrubando os aviões. Até mesmo seus piores inimigos, a DEA americana e a Soca inglesa, precisavam respeitar as próprias leis. E, finalmente, por que nenhum contrabandista enviara uma única mensagem de alerta pelos transmissores programados?

O Don suspeitava de que havia um cérebro por trás de tudo aquilo, e estava certo. Enquanto conduzia os convidados galegos para o utilitário esportivo que os levaria ao aeroporto, o Cobra estava em sua elegante casa em Alexandria, às margens do Potomac, apreciando uma sinfonia de Mozart em seu aparelho de som.

No fim de novembro, um graneleiro aparentemente inofensivo, o *Chesapeake*, atravessou o Canal do Panamá rumo ao sul, até o Pacífico. Se alguém perguntasse ou, ainda mais improvável, tivesse autoridade para examinar a documentação, ficaria comprovado que o navio seguia para o Chile, levando trigo do Canadá.

O cargueiro realmente seguiu para o sul até alcançar o Pacífico, mas apenas para atender à ordem de manter uma posição a 80 quilômetros da costa colombiana e aguardar um passageiro.

O passageiro saiu dos EUA em um jato executivo da CIA e aterrissou em Malambo, a base colombiana na costa do Caribe. Não houve formalidades alfandegárias, e mesmo que houvesse, o americano tinha um passaporte diplomático, impedindo que examinassem sua bagagem.

Neste caso, a bagagem era uma pesada mochila, da qual o homem se recusou educadamente a se separar, mesmo quando fortes fuzileiros americanos se ofereceram para carregá-la. Não que ele tenha ficado muito tempo na base. Um Blackhawk tinha ordens de aguardá-lo.

Cal Dexter conhecia o piloto, que o cumprimentou com um sorriso.

— Chegando ou partindo desta vez, senhor? — ele perguntou.

Era o piloto que o recolhera da varanda do hotel Santa Clara depois do arriscado encontro com Cardenas. Dexter conferiu o plano de voo enquanto o Blackhawk decolava do heliporto, subia e virava para sudoeste, na direção do grande Golfo de Darien.

A 1.700 metros de altitude, o piloto e o passageiro no assento dianteiro viam a selva ondulada abaixo e, mais além, o brilho do Pacífico. A primeira vez que Dexter vira uma selva fora quando era ainda um adolescente resmungão e o levaram para o Triângulo de Ferro, no Vietnã. Uma vez lá, ele logo perdera todas as ilusões sobre as florestas tropicais, e em definitivo.

Do ar, as florestas tropicais sempre parecem suntuosas e confortáveis, até convidativas; na verdade, porém, pousar nelas era fatal. O Golfo de Darien ficou para trás e eles cruzaram o istmo bem ao sul da fronteira com o Panamá.

Quando estavam sobre o mar, o piloto fez contato, conferiu o rumo e alterou-o em poucos graus. Minutos depois, por trás do horizonte, viram surgir um pontinho no mar. Era o *Chesapeake*, à espera. Fora os diversos pescadores próximos à costa, o mar estava vazio e os homens nas traineiras abaixo do helicóptero não veriam a transferência.

À medida que o Blackhawk reduzia a altitude, os homens a bordo da aeronave perceberam várias figuras de pé no convés, prontas para receber o hóspede. Atrás de Dexter, o responsável pela carga abriu cuidadosamente a porta e o vento quente gerado pelos rotores acima invadiu a cabine. Devido ao único guindaste que se projetava do convés do *Chesapeake* e à grande envergadura das pás, ficara combinado que Dexter desceria em rapel.

Primeiro, um fino cabo de aço baixou a mochila dele, que, sob o helicóptero, balançara na corrente de ar ascendente, até ser pega e solta por mãos fortes. O cabo subiu de volta. O operador do mecanismo acenou com a cabeça para Dexter, que se levantou e deu um passo até a porta. As duas travas duplas foram presas ao rapel e ele deu um salto no vazio.

O piloto mantinha o Blackhawk firme como uma rocha 45 metros acima do convés; o mar estava uma piscina; mãos esticadas agarraram Dexter e ajudaram-no a descer os últimos metros. Quando as botas dele tocaram o convés, as travas se abriram e o cabo foi novamente içado de volta. Ele se virou, ergueu os polegares para os rostos que o olhavam do alto e o Blackhawk voltou para a base.

Dexter foi recebido por quatro homens: o comandante do navio, que era um capitão de fragata da Marinha dos EUA se passando por marinheiro mercante; um dos dois encarregados da comunicação que mantinham o *Chesapeake* em contato constante com o Projeto Cobra; o capitão de corveta Bull Chadwick, à frente dos Seals do Time Três; e um jovem e corpulento Seal para carregar a mochila. Foi a primeira vez que Dexter tirou as mãos dela.

Quando deixaram o convés, os motores do *Chesapeake* foram acoplados e o navio continuou seguindo para o sul.

A espera durou 24 horas. Os dois encarregados da comunicação revezaram-se na estação rádio até que, na tarde seguinte, a AFB em Creech, Nevada, viu na tela algo transmitido pelo Global Hawk *Michelle*.

Quando a equipe do Cobra em Washington percebera que o Cartel mudara a rota do transporte do Caribe para o Pacífico, dois meses antes, o padrão de patrulha do *Michelle* também mudou. O Global Hawk estava agora a 20 mil metros de altitude, consumindo lentamente o combustível, observando do alto a costa de Tumaco, do extremo sul da Colômbia até a Costa Rica, até uma distância de 360 quilômetros do continente. E detectara algo.

Creech transmitiu a imagem para Anacostia, Washington, onde Jeremy Bishop, que parecia não dormir nunca e vivia à base de fast-food letal diante do amontoado de computadores, conferiu-a com o banco de dados. A embarcação, que antes era um pontinho invisível a 20 mil metros de altitude, foi ampliada até ocupar todo o monitor.

Era uma das últimas embarcações nas quais Juan Cortez realizara sua mágica com o maçarico. Na última vez que fora vista e fotografada, meses antes, estava atracada em um porto venezuelano, e sua presença no Pacífico confirmava a mudança de tática.

A embarcação era pequena demais para ser listada pela Lloyd's; uma caçamba enferrujada com motor a vapor mais habituada a trabalhar na costa do Caribe ou a fazer viagens curtas para as diversas ilhas cujos suprimentos eram levados somente por esse tipo de barco. O barco acabara de deixar Buenaventura e chamava-se *Maria Linda*. O *Michelle* recebeu ordens para continuar a rastreá-lo rumo ao norte e o *Chesapeake*, que aguardava instruções, seguiu para sua posição.

Os Seals já tinham adquirido muita prática com o processo, depois de diversas interceptações. O *Chesapeake* posicionou-se

40 quilômetros à frente do cargueiro e logo após o amanhecer do terceiro dia o Little Bird foi erguido para o convés.

Livre do guindaste, as pás do rotor começaram a girar e o helicóptero decolou. O grande RHIB do comandante Chadwick e os dois barcos de ataque CRRC, mais leves, já estavam na água e, quando o Little Bird ganhou altitude, dispararam na direção do cargueiro localizado além do horizonte. Sentado na parte posterior do RHIB, com os dois homens que formavam a equipe de inspeção e o treinador de cães com seu spaniel, estava Cal Dexter, agarrado a sua mochila. O mar estava calmo e a pequena flotilha fatal aumentou a potência dos motores para deslizar sobre a superfície a 40 nós.

Obviamente, o helicóptero chegou primeiro, contornando a ponte do *Maria Linda* para permitir que o capitão visse as palavras Marinha dos EUA no aerofólio, e em seguida estancou no ar até ficar diante do passadiço com um franco-atirador apontando seu fuzil diretamente para a cabeça do comandante enquanto o megafone mandava-o parar. Ele obedeceu.

O comandante sabia quais eram as ordens. Ele murmurou um comando breve para seu imediato, que estava fora de vista na escada que descia para as cabines e tentou enviar a mensagem de alerta para o operador do Cartel que estava na escuta. Nada funcionou. Ele usou o celular e depois tentou mandar uma mensagem de texto. Em seguida, recorreu ao laptop, até que, desesperado, tentou fazer uma chamada por rádio, à moda antiga. No alto, fora do alcance dos olhos e dos ouvidos de todos, o *Michelle* apenas circulava e bloqueava as frequências. Foi quando o comandante viu os RHIBs vindo rapidamente na direção do navio.

Subir a bordo não foi um problema. Os Seals, com seus uniformes pretos e mascarados, cada um com uma HK MP5 na cintura, apenas invadiram o convés saltando por sobre as amuradas, e a tripulação levantou as mãos. O comandante protestou, é claro; Chadwick foi formal e muito educado, obviamente.

A tripulação teve tempo de ver a equipe de inspeção e o spaniel subirem a bordo. Depois, foram todos encapuzados e conduzidos à proa. O comandante, sabendo exatamente o que transportava, rezou para que os invasores não encontrassem a carga. O que o aguardava, ele pensou, eram anos em uma prisão ianque. Ele estava em águas internacionais; as regras favoreciam os americanos; a costa mais próxima era a do Panamá, que cooperaria com Washington e extraditaria todos eles para o norte, para além daquela fronteira terrível. Todos que trabalham para o Cartel, do escalão mais alto até os mais inferiores, têm horror de ser extraditados para os EUA, pois significa uma condenação a longos anos e nenhuma chance de uma libertação rápida em troca de suborno.

O que o comandante não viu foi a figura mais velha, com as articulações um pouco mais enrijecidas, receber ajuda para subir a bordo com sua mochila. Quando foram encapuzados, não apenas a visão foi bloqueada, mas também a audição; os capuzes tinham um revestimento interno para abafar ruídos externos.

Graças à confissão de Juan Cortez, a qual supervisionara, Dexter sabia exatamente o que procurava e onde estava guardado. Enquanto o resto dos invasores fingia revistar o *Maria Linda* da popa à proa e de bombordo a boreste, Dexter entrou tranquilamente na cabine do comandante.

A cama estava fixada na parede por quatro fortes parafusos de latão, cujas cabeças estavam cobertas de sujeira para mostrar que não eram desatarraxados havia anos. Dexter removeu a sujeira e os desaparafusou, para que a estrutura da cama pudesse ser afastada, revelando o casco. A própria tripulação, quando faltasse cerca de uma hora para chegar ao seu destino final, faria o mesmo.

O aço do casco parecia intocado. Dexter apalpou a chapa de metal em busca do trinco, encontrou-o e girou-o. Houve um estalido baixo e a chapa de aço soltou-se. Mas não foi o mar que invadiu a cabine. Naquele ponto, o casco tinha duas camadas. Quando levantou delicadamente a chapa de aço, Dexter viu os fardos.

Ele sabia que a cavidade se estendia para a esquerda e para a direita da abertura e também para cima e para baixo. Todos os fardos tinham o formato de blocos de concreto, com não mais de 12 centímetros de comprimento, pois essa era a profundidade do espaço onde estavam escondidos. Empilhados uns sobre os outros, formavam uma parede. Cada bloco continha vinte pequenos tijolos, lacrados com camadas de polietileno industrial resistente; os blocos estavam em sacolas de juta, amarrados com cordas entrelaçadas para facilitar o manuseio. Ele calculou que devia haver cerca de 2 toneladas de cocaína colombiana pura, aproximadamente 150 milhões de dólares após malhada ou aumentada para seis vezes o volume original e inflacionada para o preço cobrado nas ruas dos EUA.

Cuidadosamente, ele começou a desamarrar um dos blocos. Como esperava, cada tijolo lacrado com polietileno tinha um símbolo e um número no invólucro, correspondente ao lote.

Quando terminou, Dexter colocou os tijolos de volta no lugar, envolveu-os com a juta e reatou as cordas exatamente como as encontrara. A chapa de aço deslizou e emitiu um estalido ao se fixar no lugar, da maneira que Juan Cortez a projetara.

O ato final foi empurrar a estrutura da cama de volta para onde estava e aparafusá-la no lugar. Até a camada de poeira e graxa que cobrira os parafusos foi recolocada sobre o latão. Quando finalmente terminou, Dexter revirou a cabine como se ela tivesse sido revistada em vão e subiu para o convés.

Como a tripulação colombiana estava encapuzada, os Seals tiraram as máscaras. O comandante Chadwick olhou para Dexter e ergueu uma sobrancelha. Dexter concordou movendo a cabeça, passou pela amurada e desceu para o RHIB, recolocando a máscara. Os Seals fizeram o mesmo. E retiraram os capuzes e as algemas da tripulação.

O comandante Chadwick não falava espanhol, mas o Seal Fontana sim. Por intermédio do oficial, o líder dos Seals desculpou-se profusamente ao comandante do *Maria Linda*:

— Pelo visto, recebemos uma informação errada, *capitano*. Por favor, aceite as desculpas da Marinha dos Estados Unidos. Estão livres para partir. Boa viagem.

Quando ouviu *Buen' viaje*, o contrabandista colombiano mal acreditou na sorte que tivera. Ele nem sequer simulou ultraje em relação ao que fizeram com ele. Afinal de contas, os ianques poderiam recomeçar e encontrar algo na segunda tentativa. Ele ainda sorria com hospitalidade quando os 16 homens mascarados e o cão voltaram para os barcos infláveis e partiram sob o barulho dos motores.

Ele esperou até que os invasores sumissem no horizonte e que o *Maria Linda* estivesse novamente navegando rumo ao norte para entregar o timão ao imediato e descer. Os parafusos pareciam intactos, mas, para ter certeza, ele os desatarraxou e puxou a cama para um canto.

O casco de aço parecia intocado, mas ainda assim ele abriu o alçapão e conferiu os fardos. Também não tinham sido tocados. Ele agradeceu em silêncio ao artesão, quem quer que fosse, que fizera um esconderijo tão impressionantemente genial. Esse homem provavelmente salvara sua vida e, com certeza, sua liberdade. Três noites depois, o *Maria Linda* avistou terra firme.

Existem três cartéis gigantes de cocaína no México, e alguns menores. Os gigantes são o La Familia, o Cartel do Golfo, que opera principalmente no leste, no Golfo do México, e o Sinaloa, que atua na costa do Pacífico. O encontro no mar do *Maria Linda* com um malcheiroso pesqueiro de camarões aconteceu perto de Mazatlan, no coração do território do Sinaloa.

O comandante e a tripulação receberam, além do altíssimo pagamento (para os padrões deles), um bônus pelo sucesso, como um dos atrativos adicionais instituídos pelo Don para renovar o suprimento de voluntários. O comandante não viu nenhum motivo para mencionar o interlúdio perto da costa do Panamá. Por que criar caso se tinham escapado? A tripulação concordou com ele.

Uma semana depois, algo muito parecido aconteceu no Atlântico. O jato da CIA aterrissou discretamente no aeroporto na Ilha do Sal, a última ao nordeste do arquipélago de Cabo Verde. O único passageiro tinha status diplomático, de modo que foi liberado das formalidades com seu passaporte e a alfândega. A pesada mochila que carregava não foi examinada.

Deixando o saguão do aeroporto, ele não pegou o ônibus de carreira que seguia para o sul, para a única estância turística em Santa Maria. Em vez disso, pegou um táxi e perguntou onde poderia alugar um carro.

O motorista parecia não saber, de modo que viajaram 3,5 quilômetros até Espargos e perguntaram outra vez. Finalmente entraram no porto de balsas de Palmeira e o dono de um posto alugou a ele um pequeno Renault. Dexter pagou um valor adicional ao motorista pelo trabalho que tivera, e partiu ao volante.

Sal tem esse nome por um motivo. O terreno é plano e sem características marcantes, exceto por quilômetros de salinas, as quais um dia foram a fonte da prosperidade muito breve da qual a ilha desfrutou. Hoje, há duas estradas e uma trilha. Uma das estradas vai do leste para o oeste; de Pedra Lume, passando pelo aeroporto, até Palmeira. A outra corre para o sul, até Santa Maria. Dexter pegou a trilha.

A trilha corre para o norte através do desolado e vazio interior até o farol, no ponto Fiura. Dexter abandonou o carro, pregou um bilhete no para-brisa para informar a qualquer curioso que o encontrasse que pretendia retornar, pendurou a mochila no ombro e caminhou até a praia adjacente ao farol. Estava anoitecendo e a luz automática começava a funcionar. Ele fez uma ligação pelo celular.

Era praticamente noite quando o Little Bird veio até ele sobre o mar escuro. Dexter piscou o código de reconhecimento e o pequeno helicóptero pousou suavemente ao lado dele, na areia. A porta do passageiro era apenas uma abertura oval. Ele entrou, instalou a mochila entre as pernas e colocou o cinto de segurança. A figura de capacete ao lado dele ofereceu-lhe um igual, com fones de ouvido.

Ele colocou o capacete e ouviu uma voz muito inglesa:

— Fez boa viagem, senhor?

Dexter se perguntou por qual motivo sempre presumiam que ele fosse um oficial superior. A insígnia ao lado dele dizia subtenente. Ele conseguira chegar a sargento. Devia ser o cabelo grisalho. De todo modo, ele gostava dos jovens zelosos.

— Sem problemas — respondeu.

— Ótimo. Vinte minutos até a base. Terão um bom bule de chá no fogo.

Ótimo, pensou Dexter. Eu gostaria de uma boa xícara de chá.

Desta vez ele pousou direto no convés, sem precisar de escadas. O Little Bird, muito menor que o Blackhawk, foi erguido suavemente pelo guindaste e colocado no porão, cuja porta se fechou em seguida sobre o helicóptero. O piloto seguiu em frente e passou por uma porta estanque que dava para o refeitório das Forças Especiais. Dexter foi conduzido na direção oposta, para dentro do castelo de popa, onde subiu para encontrar o comandante do navio e o major Pickering, comandante da tropa do SBS. À noite, durante o jantar, Dexter também conheceu os dois compatriotas, a equipe da comunicação que mantinha o *Balmoral* em contato com Washington, Nevada, e, através da base de Creech, com o VAVs *Sam*, em algum lugar acima deles, na escuridão.

Precisaram esperar três dias ao sul das ilhas de Cabo Verde até que o *Sam* detectasse o alvo. Era outro barco pesqueiro, como o *Belleza del Mar*, chamado *Bonita*. O pesqueiro não anunciara que seguia para um encontro no mar entre os manguezais da Guiné-Conacri, outro Estado falido governado por uma ditadura brutal. E, como o *Belleza*, cheirava mal, usando o fedor para encobrir qualquer aroma da cocaína.

No entanto, o barco fizera sete viagens da América do Sul para a África Ocidental e, apesar de detectado duas vezes por Tim Manhire e sua equipe de narcóticos do Maoc, em Lisboa, jamais houvera um navio de guerra da Otan à disposição. Mas agora havia, apesar de o navio não ter a aparência de uma embarcação militar, e nem mesmo o Maoc fora informado sobre o graneleiro *Balmoral*.

Juan Cortez também trabalhara no *Bonita*, um dos primeiros barcos que modificara, e colocara o esconderijo na extremidade da popa, atrás da praça de máquinas, que também fedia no calor a óleo de motor e a peixe.

O procedimento foi quase exatamente igual ao realizado no Pacífico. Quando os comandos deixaram o *Bonita*, um capitão desconcertado e grato recebeu um pedido de desculpas em nome de Sua Majestade pelo incômodo e pelo atraso. Quando os dois RIBs "árticos" e o Little Bird sumiram no horizonte, o capitão desaparafusou o tabual atrás do motor, removeu o casco falso e conferiu o conteúdo do esconderijo. Tudo estava intacto. Não houvera truque algum. Os gringos, com todas as buscas e os cães farejadores, não haviam encontrado a carga secreta.

O *Bonita* chegou ao ponto de encontro em alto-mar, onde transferiu a carga; outras embarcações transportaram-na para além da costa africana, passaram pelos Pilares de Hércules e por Portugal e fizeram a entrega aos galegos. Como prometido pelo Don. Três toneladas. Só que um pouco diferente.

Levado pelo Little Bird para a praia do farol de Fiura, Cal Dexter ficou satisfeito ao ver o surrado Renault intocado. Ele dirigiu de volta ao aeroporto, deixou uma bonificação e um recado para que o dono do posto em Palmeira fosse pegar o carro e tomou café em um restaurante. O jato da CIA, alertado pelos homens de comunicação do *Balmoral*, pegou-o em uma hora.

Naquela noite, durante o jantar no *Balmoral*, o comandante estava curioso:

— Tem certeza — ele perguntou ao major Pickering —, de que não havia absolutamente nada no barco pesqueiro?

— Foi o que disse o americano. Ele ficou uma hora lá embaixo, na praça de máquinas, com a escotilha fechada. Voltou coberto de óleo e fedendo como o diabo. Disse que tinha examinado todos os esconderijos possíveis e que o barco estava limpo. A informação que recebeu devia ser falsa. Lamentava muito.

— Então, por que ele foi embora?

— Não tenho ideia.

— Você acredita nele?

— Sem chance — disse o major.

— Então, o que está acontecendo? Pensei que deveríamos deter a tripulação, afundar aquele lixo e confiscar a cocaína. O que ele queria?

— Não tenho ideia. Devemos confiar novamente em Tennyson. Não cabe a nós questionar.

A quase 10 mil metros de altitude, na escuridão, o *Sam* virou novamente e retornou à ilha brasileira para reabastecer. E um jato executivo biturbinado emprestado pela CIA, que estava cada vez mais irritada, disparou para noroeste. O único passageiro, a quem ofereceram champanhe, preferiu tomar uma cerveja direto do gargalo. Pelo menos ele agora sabia por que o Cobra insistia em manter as drogas confiscadas longe dos incineradores. Ele queria os invólucros.

CAPÍTULO QUATORZE

Coube à Agência Inglesa de Crimes Graves e Organizados e à Polícia Metropolitana de Londres fazerem a batida. Ambas vinham preparando o terreno havia algum tempo. O alvo seria uma quadrilha de traficantes de drogas chamada Essex Mob.

A equipe de projetos especiais da Scotland Yard sabia havia algum tempo que a Essex Mob, chefiada por um famoso criminoso nascido em Londres chamado Benny Daniels, era uma grande importadora de *cannabis*, heroína e cocaína, e tinha uma reputação de recorrer a violências extremas quando incomodada. O único motivo por trás do nome da quadrilha era que Daniels usara lucros obtidos com o crime para construir para si mesmo uma grande e chamativa mansão de campo em Essex, a leste de Londres e a norte do estuário do Tâmisa, nos arredores da inofensiva cidade mercante de Epping.

Quando era um bandido iniciante no East End de Londres, Daniels construiu uma reputação de brutalidade e uma ficha criminal. Mas, com o sucesso, as prisões cessaram. Ele se tornou grande demais para precisar tocar no produto, e era difícil haver testemunhas; as amedrontadas mudavam rapidamente o discurso, e as corajosas desapareciam ou, às vezes, eram encontradas mortas nas margens do rio.

Daniels era um "alvo" e uma das dez prisões mais almejadas pela Polícia Metropolitana. A chance pela qual a Yard esperava foi resultado da Lista de Ratos fornecida por Roberto Cardenas.

A Inglaterra dera sorte, pois apenas um de seus agentes fora incriminado. Ele atuava na Alfândega no porto da costa leste de Lowestoft, o que significava que seus superiores tinham sido informadas havia já muito tempo.

Tranquila e confidencialmente, uma força-tarefa integrando diversas unidades foi reunida e equipada com a mais alta tecnologia em termos de grampos telefônicos, rastreamento e escuta.

O Serviço de Segurança, ou MI5, um dos parceiros da Soca, emprestou uma equipe de rastreadores conhecidos simplesmente como os Observadores, considerados os melhores em todo o país.

Agora, com a importação de drogas em grande escala classificada como algo tão grave quanto o terrorismo, os comandos armados CO19 da Scotland Yard também agiriam. A força-tarefa foi liderada por Peter Reynolds, comandante da Yard, mas os que estavam mais próximos do corrupto eram seus próprios colegas na Alfândega. Os poucos que sabiam dos crimes que ele cometera carregavam agora um desprezo sincero mas oculto, e eram os que se encontravam mais bem posicionados para observar tudo que ele fizesse. O nome do oficial era Crowther.

Um dos superiores em Lowestoft convenientemente desenvolveu uma grave úlcera e tirou licença médica. Ele poderia ser substituído por um especialista em vigilância eletrônica. O comandante Reynolds não queria apenas um oficial "podre" e um caminhão; ele queria usar Crowther para levar a cabo toda uma operação de narcóticos. Para tal, estava disposto a ser paciente, mesmo que isso significasse permitir que várias cargas passassem intocadas.

Como o porto de Lowestoft fica na costa de Suffolk, logo ao norte de Essex, ele suspeitava que Benny Daniels tivesse algum envolvimento, e estava certo. Parte das instalações de Lowestoft envolvia supercargueiros que chegavam após atravessar o Mar do Norte, e eram muitos desses que Crowther parecia disposto a liberar na alfândega sem que fossem examinados. Em dezembro, Crowther cometeu um erro.

Um caminhão chegou em uma balsa vindo de Flushing, na Holanda, com uma carga de queijo holandês para uma conhecida cadeia de supermercados. Um subalterno de Crowther estava prestes a solicitar a inspeção da carga quando ele veio às pressas, desautorizou seu subalterno e liberou rapidamente a carga.

O subalterno não sabia do segredo, mas o substituto estava observando. Ele conseguiu colocar um minúsculo rastreador GPS sob o para-choque traseiro do caminhão holandês quando este passou pelos portões das docas. Depois, deu um telefonema urgente. Três carros sem identificação começaram a segui-lo, trocando de posição entre si para que não fossem percebidos, mas o motorista parecia despreocupado.

O caminhão foi seguido ao longo de metade de Suffolk, até parar em um acostamento, onde foi recebido por um grupo de homens que saíram de um Mercedes preto. Um dos carros que o seguiam passou direto, sem parar, mas o motorista anotou o número da placa do Mercedes. Em segundos o veículo foi identificado. Pertencia a uma empresa de fachada, mas fora visto semanas antes entrando no terreno da mansão de Benny Daniels.

O motorista foi levado de modo perfeitamente amigável para o café que havia por ali. Dois membros da quadrilha permaneceram com ele durante as duas horas que o caminhão levou para voltar. Quando o veículo retornou, o motorista recebeu um gordo maço de dinheiro e permissão para seguir até o setor de descarga do supermercado nas Midlands. Todo o procedimento era igual ao método usado para levar imigrantes ilegais para a Inglaterra, e a força-tarefa temia que pudesse acabar simplesmente com um punhado de iraquianos assustados e desesperançados.

Enquanto o holandês tomava seu café, os outros dois homens do Mercedes tinham levado o caminhão para descarregar seu tesouro: nada de iraquianos em busca de vida nova, e sim 1 tonelada de cocaína colombiana de alta qualidade.

O caminhão foi seguido do acostamento em Suffolk até Essex. Dessa vez, o motorista e o companheiro ficaram atentos durante todo o trajeto, e os carros que os seguiam precisaram usar toda a sua habilidade para trocar de posição e ultrapassar uns aos outros para permanecer insuspeitos. Quando o caminhão atravessou o limite do município, a polícia de Essex forneceu mais dois veículos de vigilância sem identificação para ajudar.

Finalmente chegaram ao destino, um hangar de aviões velho e aparentemente abandonado nos pântanos de sal que existem atrás do estuário de Blackwater. A paisagem era tão plana e triste que os Observadores não ousaram continuar a seguir o caminhão, mas um helicóptero da divisão de trânsito de Essex detectou as portas do hangar sendo fechadas. O caminhão permaneceu no hangar por quarenta minutos antes de reaparecer e ser levado de volta ao motorista holandês, que o aguardava no café.

Quando partiu, o caminhão deixou de despertar muito interesse, mas havia uma equipe de quatro especialistas em vigilância rural munidos de poderosos binóculos escondida nas profundezas dos leitos de juncos. Foi quando deram um telefonema do armazém, o qual foi gravado pela Soca e pelo quartel-general de comunicações do governo em Cheltenham. Alguém atendeu dentro da mansão de Benny Daniels, a 36 quilômetros dali. Referia-se a pegar os "produtos" na manhã seguinte, e o comandante Reynolds não teve outra escolha senão preparar a batida para aquela noite.

De acordo com solicitações prévias de Washington, ficou decidido que a batida deveria contar com uma forte ênfase nas relações públicas e uma equipe de TV do programa *Crimewatch* deveria ter permissão para acompanhar.

Don Diego também estava com um problema de relações públicas, e grave. Mas o público dele limitava-se aos seus vinte maiores clientes: dez nos EUA e os outros dez na Europa. Ele ordenou a José-Maria Largo que viajasse pela América do Norte para assegurar aos dez maiores compradores do Cartel que os problemas que vinham atrapalhando as operações desde o verão seriam superados e que as entregas seriam restabelecidas. Mas os clientes estavam enfurecidos.

Sendo os dez grandes, eles estavam entre os privilegiados de quem exigiam apenas um adiantamento de cinquenta por cento. Mesmo assim, o valor era de dezenas de milhares de dólares por quadrilha. Elas só precisariam pagar os cinquenta por cento restantes quando a encomenda chegasse.

Cada interceptação, perda ou desaparecimento em trânsito entre a Colômbia e o ponto de entrega era prejuízo para o Cartel. Mas esse não era o problema. Graças ao desastre da Lista de Ratos, a Alfândega dos EUA e as polícias estaduais ou municipais fizeram uma série de batidas bem-sucedidas em depósitos no interior, e as perdas estavam causando um grande estrago.

E não era só isso. Todas as quadrilhas que faziam importações gigantescas tinham uma vasta rede de clientes menores que precisavam ser atendidos. Não existe lealdade nesse negócio. Se um fornecedor habitual não puder suprir a demanda, outro poderá, e o traficante menor simplesmente mudará de fornecedor.

Finalmente, com as chegadas ilesas de cargas na faixa de cinquenta por cento do que era esperado, começou a haver falta de produto em todo o país. Os preços subiam de acordo com as forças do mercado. Os importadores estavam "cortando" o material puro não na proporção de seis ou sete para um, mas de até dez para um, tentando aumentar o suprimento e preservar os clientes. Alguns usuários cheiravam uma "mistura" de apenas sete por cento. Os materiais para aumentar o volume tornavam-se cada vez mais nocivos, com os químicos acrescentando quantidades insanas de drogas substitutas, como quetamina, para tentar enganar o usuário, fazendo com que achasse que estivesse obtendo uma sensação de melhor qualidade em vez de uma dose alta de um anestésico para cavalos que simplesmente tinha aparência e cheiro iguais.

Havia outra consequência perigosa na redução no fornecimento. A paranoia que nunca está realmente ausente da criminalidade profissional começava a emergir. As grandes quadrilhas começaram a suspeitar de que outras pudessem estar recebendo um tratamento preferencial. A simples possibilidade de que o depósito secreto de uma quadrilha pudesse ser atacado por outra rival elevou as chances de uma guerra extremamente violenta no submundo.

Cabia a Largo acalmar o mar de tubarões com garantias de normalização do serviço. Ele precisou começar pelo México.

Apesar de os EUA serem abastecidos por aviões leves, lanchas, iates particulares, passageiros de voos comerciais e mulas com o estômago abarrotado, todos traficando cocaína, a dor de cabeça gigantesca é a sinuosa fronteira de 4.800 quilômetros com o México. Ela vai do Pacífico, ao sul de San Diego, até o Golfo do México, passando pelos estados da Califórnia, do Arizona, Novo México e Texas.

Ao sul da fronteira, o norte do México tem sido praticamente uma zona de guerra há anos, por causa da disputa entre quadrilhas rivais por supremacia ou até mesmo por espaço para atuar. Milhares de corpos torturados e executados são jogados nas ruas ou abandonados nos desertos enquanto os líderes dos cartéis e os chefões das quadrilhas empregam "defensores" insanos para exterminar os rivais, e milhares de passantes inocentes morrem no fogo cruzado.

A missão de Largo era conversar com os chefes dos cartéis conhecidos como Sinaloa, Golfo e La Familia, todos enfurecidos por causa das encomendas não entregues. Começaria pelo Sinaloa, que cobria quase toda a costa do Pacífico. Ele simplesmente tivera o azar de que, apesar de o *Maria Linda* ter passado, no dia em que ele viajara para o norte o sucessor do cargueiro simplesmente desaparecera sem deixar rastros.

A missão na Europa ficou a cargo do assistente de Largo, Jorge Calzado, que, além de inteligente e de ter formação universitária, falava inglês e tinha um domínio funcional de italiano. Ele chegou em Madri na noite em que a Soca invadiu o velho hangar nos pântanos de Essex.

Foi uma boa batida, e teria sido ainda melhor se toda a quadrilha de Essex estivesse presente para ser presa, ou até o próprio Benny Daniels. Mas o bandido era esperto demais e ficava a quilômetros das drogas que importava para o sul da Inglaterra. Ele usava os subalternos para isso.

O telefonema interceptado mencionara o recebimento e a transferência dos conteúdos do hangar, a serem feitos "de manhã". A equipe de choque posicionou-se silenciosamente, com as luzes apagadas, preto sobre preto, logo antes da meia-noite, e aguardou. Era absolutamente proibido falar, usar lanternas e até mesmo garrafas térmicas com café, pois o choque de metal contra metal poderia tilintar. Pouco antes das 4 horas, as luzes de um veículo desceram a trilha que levava ao prédio escuro.

Os Observadores ouviram o som das portas deslizantes abrindo e viram uma fraca luz no interior. Como não havia um segundo veículo, entraram em ação. Os comandos, armados CO19 foram os primeiros a cercar o armazém. Atrás deles, amplificadores retumbavam ordens, cães agitavam-se, atiradores de elite semicerravam os olhos para o caso de haver defesa armada e holofotes cobriram o alvo com um clarão branco e intenso.

A surpresa foi total, considerando que havia cinquenta homens e mulheres equipados agachados entre os juncos. A apreensão foi satisfatória em termos de drogas, mas bem menos em relação a criminosos.

Havia apenas três deles. Dois foram com o caminhão. Eram, à primeira vista, meros executores de tarefas banais e pertenciam a uma gangue de Midland, a quem parte da carga era destinada. A outra parte seria distribuída por Benny Daniels.

O vigia noturno foi o único membro da quadrilha de Essex que caiu na rede. Chamava-se Justin Coker, beirava os 30 anos e era um tipo atraente, com belos traços morenos e uma longa ficha criminal. Mas não era importante.

O que o caminhão fora recolher estava empilhado no chão de concreto desocupado, onde o avião do clube de voo que desocupara o local havia tempos era consertado. Havia cerca de 1 tonelada, e os fardos com a droga continuavam no embrulho de juta, atados por cordas entrelaçadas. As câmeras tiveram permissão para entrar, uma de televisão e um fotógrafo trabalhando para uma grande agência. Filmaram e fotografaram a pilha quadrada de fardos e observaram um oficial superior da Alfândega, mascarado para preservar seu anonimato, cortar algumas cordas para remover a juta e revelar os blocos de cocaína nas embalagens de polietileno. Havia até um rótulo de papel com um número impresso em um dos blocos. Tudo foi fotografado, inclusive os três homens presos com cobertores sobre as cabeças, somente com os punhos algemados visíveis. Mas era mais do que o suficiente para chegar às primeiras páginas de diversos jornais e ao horário nobre da televisão. Finalmente, um amanhecer rosado de meados de inverno começou a cobrir os pântanos de Essex. Para os oficiais da Polícia e da Alfândega, seria um longo dia.

Mais um avião foi derrubado em algum lugar a leste da longitude de 35°. Seguindo as instruções, o jovem piloto desesperado que não dera ouvidos aos conselhos de homens mais velhos para não voar estava enviando pelo rádio contatos curtos e sem significado para indicar "sinal de vida". Ele fez isso a cada 15 minutos depois que deixou a costa brasileira. Depois, parou. Estava indo na direção de uma pista de pouso não policiada no interior da Libéria, e nunca chegou.

Com uma indicação aproximada de onde a aeronave deveria ter caído, o Cartel enviou um avião de reconhecimento sob a luz do dia para que voasse na mesma rota, mas em pouca altitude sobre a água para procurar destroços. Nada foi encontrado.

Quando um avião cai inteiro no mar, ou mesmo despedaçado, várias partes flutuam até ficarem encharcadas e afundarem. Podem ser assentos almofadados, roupas, livros, cortinas, qualquer coisa mais leve do que a água, mas quando um avião se torna uma enorme bola de fogo em uma explosão de combustível a 3.300 metros de altitude, tudo que é inflamável é consumido. Somente o metal cai no mar, e metal afunda. O avião de reconhecimento desistiu e voltou. Foi a última tentativa de atravessar o Atlântico com aeronaves.

José-Maria Largo foi do México para os EUA em um avião alugado; apenas um breve salto de Monterey para Corpus Christi, no Texas. O passaporte dele era espanhol e autêntico, obtido pelos bons serviços do agora falecido banco Guzman. Deveria ter funcionado bem, mas o banco o deixara na mão.

O passaporte pertencera certa vez a um espanhol, razoavelmente parecido com Largo. Uma simples comparação facial poderia ter enganado o oficial da Imigração no aeroporto texano. Mas o antigo dono do passaporte visitara uma vez os Estados Unidos e olhara sem pensar para a lente da câmera de reconhecimento de íris. Largo fez o mesmo. A íris do olho humano é como uma amostra de DNA. Ela não mente.

O rosto do agente da Imigração não moveu um músculo. Ele olhou para o monitor, viu a informação e perguntou ao empresário visitante se ele poderia acompanhá-lo a uma sala anexa. Os procedimentos duraram meia hora. Depois, Largo recebeu uma profusão de desculpas e foi liberado. O terror que sentira se transformou em alívio. Ele passara sem ser identificado, no fim das contas. Mas estava errado.

A velocidade das comunicações tecnológicas é tão alta que os detalhes de Largo foram transmitidos à ICE, ao FBI, à CIA e, considerando de onde ele vinha, à DEA. Ele fora fotografado secretamente e exibido em um monitor na Army Navy Drive em Arlington, Virgínia.

O sempre solícito coronel Dos Santos, em Bogotá, fornecera retratos dos rostos de todos os altos membros do Cartel de cujas identidades tinha certeza, e José-Maria Largo era um deles. Apesar de o homem no arquivo em Arlington ser mais jovem e mais magro do que o visitante empacado no sul do Texas, a tecnologia de reconhecimento facial o identificou em meio segundo.

O sul do Texas, de longe a maior zona de campanha no combate dos Estados Unidos contra a cocaína, é repleto de agentes da DEA. Quando Largo deixou o saguão, pegou o carro alugado e saiu do estacionamento, um cupê sem identificação com dois homens da DEA foi discretamente atrás dele. Largo jamais os perceberia, mas eles o seguiriam a todas as reuniões com clientes.

Ele fora instruído a contatar e tranquilizar as três maiores quadrilhas exclusivamente de motoqueiros brancos que importavam cocaína para os EUA: os Hell's Angels, os Outlaws e os Bandidos. Ele sabia que apesar de as três poderem chegar a um nível psicopata de violência e cultivarem um ódio mútuo, nenhuma seria tão burra a ponto de fazer mal a um emissário do Cartel colombiano se desejasse ver ao menos 1 grama da cocaína do Don.

Ele também precisava entrar em contato as duas principais quadrilhas de negros: os Bloods e os Crips. As outras cinco na lista eram de camaradas hispânicos: os Latin Kings, os cubanos, seus conterrâneos colombianos, os porto-riquenhos e os que sem dúvida eram os mais perigosos de todos, os salvadorenhos, conhecidos simplesmente como MS-13 e tendo seu QG na Califórnia.

Largo passou duas semanas conversando, argumentando, tranquilizando e suando profusamente até ser finalmente liberado para escapar de San Diego para a proteção de sua terra natal. Também havia alguns homens extremamente violentos lá, mas ao menos, ele se confortava, estavam do seu lado. A mensagem que recebera dos clientes do Cartel nos EUA era clara: os lucros estavam despencando, e os colombianos eram os responsáveis.

A opinião pessoal de Largo, a qual ele transmitiu a Don Diego, era que, a menos que os lobos ficassem satisfeitos com as encomendas que chegassem a salvo, haveria uma guerra entre as quadrilhas, o que deixaria o norte do México mergulhado no caos total. Largo estava feliz por não ser ele no lugar de Alfredo Suarez.

A conclusão do Don foi um pouco diferente. Ele poderia precisar eliminar Suarez, mas isso não seria a solução. O importante era que alguém estava roubando grandes quantidades de seu produto, um pecado imperdoável. Ele precisava encontrar os ladrões e destruí-los, ou ele próprio seria destruído.

A acusação a Justin Coker no Tribunal de Justiça de Chelmsford não durou muito. Ele foi acusado de posse e intenção de fornecer uma droga de Classe A, desrespeitando etc. etc.

O promotor leu em voz alta a acusação e pediu que a prisão preventiva fosse estendida tendo por base, "como os senhores meríssimos compreenderão", que as investigações policiais continuavam em andamento etc. etc. Todos sabiam que era uma formalidade, mas o advogado de defesa levantou-se para pedir fiança.

A juíza folheou os termos do *Bail Act* de 1976 enquanto escutava. Antes de ser juíza, ela fora diretora de uma grande escola de meninas durante muitos anos e ouvira praticamente todas as desculpas conhecidas pela raça humana.

Coker, assim como seu empregador, viera do East End de Londres. Começara com crimes pequenos na adolescência e ascendera para "promissor" até chamar a atenção de Benny Daniels. O chefe da quadrilha o assumira como um serviçal humilde de utilidade geral. Ele não tinha talento como "durão" — Daniels tinha diversos homens tão fortes quanto caminhões, todos a seu serviço para esse tipo de coisa —, mas tinha a sabedoria das ruas e era um bom executor de tarefas. Foi por isso que o deixaram passar a noite tomando conta de 1 tonelada de cocaína.

O advogado de defesa terminou seu pedido inútil de fiança e a juíza abriu um rápido sorriso de encorajamento.

— Prorrogação da prisão preventiva por sete dias — disse ela.

Coker foi levado do banco dos réus pela escada para as celas no andar inferior, de onde o acompanharam até uma van branca sem janelas, seguida por quatro batedores do Grupo Especial de Escolta, apenas para o caso de a quadrilha de Essex ter alguma ideia espertinha de tirá-lo de lá.

Parecia que Daniels e a quadrilha estavam satisfeitos por Justin Coker ter ficado de boca fechada, pois não foram encontrados em lugar algum. Todos fugiram.

Em outros tempos, os bandidos ingleses tinham o costume de se refugiar no sul da Espanha, comprando *villas* na Costa do Sol. Com um rápido tratado de extradição entre a Espanha e a Inglaterra, porém, a Costa deixou de ser um santuário seguro. Benny Daniels construíra para si um chalé no enclave do norte de Chipre, um mini-Estado não reconhecido que não tinha um tratado com a Inglaterra. Suspeitavam que ele tivesse ido para lá após a batida no hangar, para esperar que a situação se acalmasse.

Ainda assim, a Scotland Yard queria Coker sob vigilância em Londres; Essex não tinha objeções. Então, de Chelmsford levaram-no para a prisão de Belmarsh, em Londres.

A história de 1 tonelada de cocaína em um armazém numa área pantanosa era boa para a imprensa nacional e ainda melhor para a mídia local. O *Essex Chronicle* publicou na primeira página uma grande fotografia da apreensão. Ao lado dos blocos empilhados de cocaína estava Justin Coker, o rosto borrado para proteger o anonimato, de acordo com a lei. Mas a embalagem de juta aberta estava claramente visível, assim como os blocos brancos dentro dela e o papel do embrulho com o número do lote.

A viagem de Jorge Calzado pela Europa não foi mais agradável do que a experiência de José-Maria Largo na América do Norte. Em todas as partes, ele foi recebido com repreensões enfurecidas e exigências de se normalizar o fornecimento regular. Os estoques estavam em baixa, os preços subiam, os clientes haviam começado a usar outros narcóticos e o que as quadrilhas europeias ainda tinham estava sendo "cortado" na proporção de dez para um, quase o mais fraco possível.

Calzado não precisou visitar as quadrilhas galegas, que já haviam sido tranquilizadas pelo próprio Don, mas os outros principais clientes e importadores eram vitais.

Embora mais de cem quadrilhas fornecessem e vendessem cocaína entre a Irlanda e a fronteira com a Rússia, a maioria se abastecia por meio da dúzia de gigantes que lidam diretamente com a Colômbia e repassam prontamente o produto quando as cargas chegam a terras europeias.

Calzado contatou os russos, os sérvios e os lituanos do oriente; os nigerianos e "Yardies" jamaicanos; os turcos, que, apesar de se originar do sudeste, predominavam na Alemanha; os albaneses, que o aterrorizavam; e as três mais antigas quadrilhas na Europa — a Máfia da Sicília, a Camorra de Nápoles e a maior e mais temida de todas, a "Ndrangheta.

Se o mapa da Itália parece uma bota de montaria, a Calábria é a ponta, ao sul de Nápoles, do lado oposto da Sicília, no Estreito de Messina. Existiram colônias gregas e fenícias naquela terra árida e maltratada pelo sol, e a língua local, praticamente ininteligível para outros italianos, é derivada do grego. O nome 'Ndrangheta significa simplesmente Sociedade Honorável. Ao contrário da amplamente conhecida Máfia da Sicília ou da recém-famosa Camorra, de Nápoles, os calabreses orgulham-se de manter um perfil quase invisível.

Ainda assim, a 'Ndrangheta é a quadrilha que conta com o maior número de membros e, de todas, é a que tem o maior alcance internacional. Como o Estado italiano descobriu, também é a mais difícil de sofrer infiltrações e a única na qual o juramento de silêncio absoluto, o *omertà*, permanece intacto.

Diferentemente da Máfia siciliana, a 'Ndrangheta não tem um Don acima de todos os Dons; a organização não é piramidal. Não é hierárquica, e para ser membro depende-se inteiramente da família e do sangue. É absolutamente impossível um agente se infiltrar nela, membros rebeldes são praticamente inexistentes e processos judiciais raramente a atingem. A organização é o pesadelo permanente da Comissão Antimáfia de Roma.

Em sua tradicional terra natal, no interior da capital provincial de Reggio di Calabria e afastada da estrada principal que percorre a costa, há uma área isolada com aldeias e pequenas cidades entranhadas na Cordilheira de Aspromonte. Até recentemente, reféns eram mantidos em cavernas, aguardando o pagamento de resgates ou a morte, e é ali que fica a capital não oficial de Plati. Qualquer estranho que se aproxime e todos os carros que não sejam familiares são detectados a quilômetros dali e muito malrecebidos. Não é uma região que atrai turistas.

Mas não foi para lá que Calzado se dirigiu para encontrar os chefes, pois a Sociedade Honorável assumira todo o submundo do crime na maior cidade da Itália, o centro industrial e econômico do país, Milão. A 'Ndrangheta verdadeira migrara para o norte e criara em Milão o eixo da cocaína do país e talvez da Europa.

Nenhum líder da 'Ndrangheta jamais sonharia em levar nem mesmo o mais importante emissário à própria casa. É para isso que servem os restaurantes e bares. Três subúrbios ao sul de Milão são dominados pelos calabreses, e foi no bar Lions, em Buccinasco, que se deu a reunião com o colombiano.

Encarando Calzado para ouvir suas desculpas e garantias estava o *capo* local e dois representantes da organização, incluindo o *contabile*, segundo o qual os lucros estavam desanimadores.

Graças às qualidades especiais da Sociedade Honorável, sua discrição e sua crueldade impiedosa para impor a ordem, é que Don Diego Esteban lhe concedera a honra de ser a principal parceira europeia do Cartel. Ao longo de tal relacionamento, a organização se tornara a maior importadora e distribuidora de todo o continente.

Além de controlar totalmente o porto de Gioia, a organização adquiria grande parte dos suprimentos por meio dos comboios que vinham da África Ocidental para a costa norte da África, no lado oposto da costa sul da Europa, e dos navegadores galegos da Espanha. Os representantes deixaram claro para Calzado que as duas fontes haviam sido gravemente afetadas e que os calabreses esperavam dos colombianos que fizessem algo a respeito.

Jorge Calzado encontrara os únicos Dons da Europa que ousavam falar com o chefe da Hermandad da Colômbia como iguais. Ele se recolheu ao seu quarto no hotel ansiando, assim como Largo, seu superior, pelo retorno a sua cidade natal, Bogotá.

O coronel Dos Santos não costumava levar repórteres, nem mesmo editores, para almoçar. Deveria ser o contrário. Os editores é que tinham cartões sem limites para despesas. Mas a conta do almoço costuma ir para o colo de quem pede o favor. Dessa vez, era a Divisão de Inteligência da Polícia Judicial. E até ele estava fazendo aquilo por um amigo.

O coronel Dos Santos mantinha um bom relacionamento profissional com os oficiais superiores tanto da americana DEA quanto da inglesa Soca alocados em sua cidade. A cooperação, muito mais fácil sob a presidência de Alvaro Uribe, resultava em dividendos mútuos. Apesar de o Cobra ter guardado para si a revelação da Lista de Ratos, já que ela não dizia respeito à Colômbia, outras preciosidades descobertas pelas câmeras do *Michelle* ao longo de seus círculos intermináveis acabaram sendo extremamente úteis. Mas esse favor era para a Soca.

— É uma boa história — insistiu o policial, como se o editor do *El Espectador* não fosse capaz de reconhecer uma história.

O editor tomou o gole do vinho e baixou os olhos para a notícia que lhe ofereciam. Como jornalista, ele tinha suas dúvidas; como editor, podia prever que haveria retribuição caso ele ajudasse.

A notícia era sobre uma batida policial feita na Inglaterra, em um velho armazém, no qual descobriram um carregamento de cocaína recém-chegado. Muito bem, era um carregamento grande, 1 tonelada; mas descobertas aconteciam o tempo todo e estavam se tornando "comuns" demais para ser notícias importantes. Eram todas iguais. Os fardos empilhados, os agentes alfandegários felizes, os prisioneiros desanimados desfilando algemados. Por que a história de Essex, da qual ele nunca ouvira falar, era tão digna de publicidade? O coronel Dos Santos sabia, mas não ousava dizer.

— Existe um certo senador nesta cidade que frequenta uma casa de lazer muito discreta — murmurou o policial.

O editor esperava receber algo em troca, mas aquilo era ridículo.

— Um senador gosta de mulheres — concluiu. — O céu é azul.

— Quem mencionou mulheres? — perguntou Dos Santos.

O editor cheirou o ar em apreciação. Finalmente sentiu o cheiro da retribuição.

— Certo, sua história sobre os gringos vai sair amanhã na segunda página.

— Primeira página — disse o policial.

— Obrigado pelo almoço. É um raro prazer não pagar a conta.

O editor sabia que seu amigo estava tramando algo, mas não conseguia imaginar o que seria. A foto e a legenda vinham de uma agência grande, mas baseada em Londres. Na imagem, um jovem criminoso chamado Coker estava de pé ao lado de uma pilha de fardos de cocaína, um deles rasgado, exibindo a embalagem de papel. E daí? Mas ele colocou a notícia na primeira página no jornal do dia seguinte.

Emilio Sanchez não assinava *El Espectador* e, mesmo que assinasse, passava grande parte do tempo supervisionando a produção na selva, o refino em diversos laboratórios e o empacotamento para a preparação das remessas. Mas dois dias depois da publicação, passou por uma banca de jornais quando voltava de carro da Venezuela. O Cartel criara grandes laboratórios dentro da Venezuela, onde os relacionamentos venenosos entre a Colômbia e o feudo de Hugo Chávez os protegiam da atenção do coronel Dos Santos e das batidas policiais.

Ele ordenara ao motorista que parasse em um pequeno hotel na cidade fronteiriça de Cúcuta para que pudesse ir ao banheiro e tomar um café. No saguão havia uma prateleira com a edição de dois dias antes do *El Espectador*. Algo na fotografia o deixou perturbado. Ele comprou o único exemplar disponível e ficou preocupado durante todo o percurso de volta a sua casa em sua cidade natal, Medellín.

Poucos homens conseguem guardar na cabeça tudo de que precisam se lembrar, mas Emilio Sanchez vivia para o trabalho e se orgulhava de ser metódico e obsessivo por manter registros eficazes. Somente ele sabia onde os guardava, e, por questões de segurança, era preciso um dia a mais para ir até os arquivos e consultá-los. Ele levou uma lente de aumento e, tendo examinado a foto no jornal e os próprios registros de envios, ficou branco como papel.

Mais uma vez, a paixão do Don por segurança atrasou o encontro. Três dias se passaram até que a vigilância fosse despistada e os dois pudessem se falar pessoalmente. Quando Sanchez terminou, Don Diego estava extremamente quieto.

Com a lente de aumento, ele estudou os registros que Sanchez lhe trouxera e a fotografia no jornal.

— Não há possibilidade de dúvida quanto a isso? — perguntou, com uma calma mortal.

— Nenhuma, Don Diego. A nota da remessa refere-se somente a uma encomenda enviada aos galegos em um barco pesqueiro venezuelano chamado *Belleza del Mar*, há meses. A encomenda nunca chegou. Desapareceu no Atlântico sem deixar rastros. Mas, *na verdade*, chegou. É essa carga. Sem dúvida.

Don Diego Esteban permaneceu em silêncio por muito tempo. Quando Emilio Sanchez tentava dizer algo, era calado por um aceno. Pelo menos agora o chefe do cartel colombiano sabia que alguém andara roubando sua cocaína em trânsito e mentindo para ele ao dizer que as encomendas não chegavam. Ele precisava saber muitas coisas antes que pudesse agir decisivamente.

Precisava saber há quanto tempo aquilo vinha acontecendo; quem exatamente dos seus clientes estava interceptando as embarcações e fingindo que elas jamais haviam chegado. Ele não tinha dúvida de que os navios tinham sido afundados, as tripulações massacradas e a cocaína roubada. Precisava saber que extensão a conspiração alcançara.

— O que quero que você faça — disse a Sanchez —, é que prepare duas listas para mim. Uma contendo os números de remessa de todos os fardos que estavam nas embarcações desaparecidas e jamais vistas novamente. E outra lista com todas as embarcações que chegaram a salvo e cada fardo, com o número de lote, que transportaram.

Depois daquilo, era quase como se os deuses estivessem finalmente sorrindo para ele. Ele tivera dois golpes de sorte. Na fronteira entre o México e os EUA, a Alfândega americana, entre o Arizona e a cidade de Nogales, interceptara um caminhão que cruzara a fronteira na escuridão de uma noite sem lua. Foi feita uma grande apreensão e a droga ficou armazenada no local até ser destruída. Houve publicidade. Também havia uma segurança inepta.

Don Diego precisou pagar um suborno altíssimo, mas um oficial rebelde obteve os números dos lotes. Alguns tinham vindo pelo *Maria Linda*, que chegara a salvo e descarregara os fardos nas mãos do cartel Sinaloa. Outros fardos vinham de duas lanchas que haviam desaparecido no Caribe meses antes. Também eram destinados ao Sinaloa. E, agora, tinham aparecido na interceptação em Nogales.

Outro golpe de sorte para o Don veio da Itália. Dessa vez, foi uma gigantesca encomenda de ternos masculinos italianos de uma marca muito elegante fabricados em Milão que tentava atravessar os Alpes franceses, com destino a Londres.

Foi apenas por azar que o caminhão furou um pneu em uma passagem nos Alpes, gerando um engarrafamento gigantesco. Os *carabinieri* insistiram em que o caminhão fosse içado e tirado do caminho, mas aquilo significaria reduzir o peso do veículo descarregando parte da carga. Uma caixa partiu-se, revelando a carga que, definitivamente, não adornaria as costas de jovens executivos fashionistas na Lombard Street.

O contrabando foi apreendido imediatamente, e, como a origem da carga era Milão, os *carabinieri* não precisavam ser nenhum Einstein para chegar ao nome 'Ndrangheta.

Don Diego descobrira os ladrões e se preparou para fazê-los pagar por sua ousadia.

Nem a Alfândega em Nogales nem os *carabinieri* no cruzamento alpino deram muita atenção a um americano de fala tranquila cujos documentos diziam que trabalhava para a DEA e que aparecera com uma louvável pontualidade nas duas situações. Ele era fluente em espanhol e conseguia se virar em italiano. Era magro, forte, em forma e tinha cabelos grisalhos. Procedeu como um ex-soldado e anotou todos os números dos lotes dos fardos capturados. Ninguém perguntou o que fez com eles. Pela identificação da DEA, chamava-se Cal Dexter. Um curioso da DEA que também estava em Nogales telefonou para o quartel-general em Arlington, mas ninguém jamais ouvira falar em nenhum Dexter. No entanto, não era nada assim tão suspeito. Homens disfarçados jamais têm os nomes que aparecem em suas identidades.

O agente da DEA em Nogales esqueceu o assunto; nos Alpes, os *carabinieri* aceitaram de bom grado um generoso sinal de amizade na forma de uma caixa de Cohibas cubanos, difíceis de encontrar, e permitiram que o aliado entrasse no armazém que continha o trunfo apreendido.

Em Washington, Paul Devereaux ouviu atentamente o relatório.

— Os dois artifícios foram bem-sucedidos?

— Parece que sim. Os três supostos mexicanos em Nogales precisarão passar algum tempo em uma prisão no Arizona, depois acho que poderemos libertá-los. O motorista ítalo-americano nos Alpes será absolvido porque não haverá nada que o ligue à carga. Acho que com uma bonificação consigo mandá-los de volta para suas famílias em umas duas semanas.

— Você já leu sobre Júlio César? — perguntou o Cobra.

— Não muito. Parte da minha educação foi em um trailer, e a outra parte em canteiros de obras. Por quê?

— Uma vez combatendo as tribos bárbaras na Alemanha, ele cercou o próprio acampamento com grandes fossos, cobertos por gravetos leves. Fincadas nas bases e nas laterais dos fossos havia estacas afiadas apontadas para o alto. Quando os alemães atacaram, muitos levaram uma estaca muito afiada bem no meio da cara.

— Doloroso e eficaz — observou Dexter, que vira tais armadilhas preparadas pelos vietcongues no Vietná.

— Realmente. Sabe como ele chamava as estacas?

— Não tenho ideia.

— "Estímulos". Parece que o velho Júlio tinha um senso de humor bastante sombrio.

— E daí?

— E daí que vamos torcer para que nossos estímulos cheguem a Don Diego Esteban, onde quer que ele esteja.

Don Diego estava em sua fazenda na região dos ranchos ao leste da Cordillera, e, apesar do isolamento, a informação enganosa realmente chegara a ele.

A porta de uma cela na prisão de Belmarsh foi aberta e Justin Coker levantou os olhos do livro ruim que lia. Como estava na solitária, nem ele nem o visitante poderiam ser ouvidos.

— Hora de ir — disse o comandante Peter Reynolds. — As acusações contra você foram retiradas. Não faça perguntas. Mas você precisará voltar. Será desmascarado quando isso for revelado. E devo parabenizá-lo: muito bem, Danny, muito bem mesmo. De minha parte e do pessoal lá no alto.

E assim o sargento-detetive Danny Lomax, depois de seis anos infiltrado em uma quadrilha de traficantes de drogas de Londres, deixou as sombras e foi promovido a detetive-inspetor.

PARTE QUATRO

Veneno

CAPÍTULO QUINZE

Don Diego Esteban acreditava em três coisas. Em seu Deus, em seu direito à riqueza excepcional e em castigos terríveis para qualquer pessoa que refutasse as duas primeiras.

Depois da apreensão em Nogales dos fardos de cocaína supostamente desaparecidos junto com as lanchas no Caribe, ele tinha certeza de que fora completamente enganado por um de seus principais clientes. O motivo era simples: ganância.

A identidade poderia ser deduzida a partir do local e da natureza da interceptação. Nogales é uma cidade sem importância localizada na fronteira e é o centro de uma pequena zona cujo lado mexicano é território exclusivo do cartel Sinaloa. Do outro lado da fronteira fica o lar da quadrilha de ruas do Arizona que se autodenomina Wonderboys.

Don Diego estava convencido, como era a intenção do Cobra, de que o Sinaloa roubara a cocaína no mar para, com isso, dobrar seus lucros à custa dele. A primeira reação do Don foi informar a Alfredo Suarez que todas as encomendas de Sinaloa estavam canceladas e que nem um grama sequer deveria ser enviado para eles. Isso causou uma crise no México, como se aquela terra infeliz já não tivesse crises suficientes.

Os chefes do Sinaloa sabiam que não haviam roubado nada do Don. Em outras pessoas, isso poderia ter provocado uma sensação desconcertante, mas as quadrilhas de cocaína só têm uma emoção além da satisfação: a raiva.

Finalmente, o Cobra, por meio de contatos da DEA no norte do México, divulgou entre a polícia mexicana que foram o Cartel do Golfo e seus aliados, La Familia, que denunciaram às autoridades americanas a travessia da fronteira em Nogales; era o oposto da verdade — o Cobra inventara todo o episódio. Mas metade da polícia trabalhava para as quadrilhas e, portanto, passou a mentira adiante.

Para o Sinaloa foi uma declaração de guerra, à qual corresponderam apropriadamente. O pessoal do Golfo e os amigos em La Familia não sabiam por que, visto que não haviam trapaceado ninguém, mas não tiveram outra opção se não reagir. E trouxeram como executores os Zetas, uma quadrilha que vende seus serviços para cometer os assassinatos mais horríveis.

Em janeiro de 2012, os violentos criminosos do Sinaloa estavam sendo massacrados aos montes. As autoridades mexicanas, Exército e polícia, simplesmente ficaram de fora e tentaram recolher as centenas de cadáveres.

— O que está fazendo, exatamente? — perguntou Cal Dexter ao Cobra.

— Estou demonstrando — disse Paul Devereaux — o poder que têm informações enganosas deliberadas, coisa que alguns de nós aprendemos da maneira mais difícil durante os quarenta anos da Guerra Fria.

Ao longo daqueles anos, todas as agências de inteligência perceberam que a arma mais devastadora contra uma agência

354

inimiga era fazê-la crer que havia alguém infiltrado em sua organização — perdendo apenas para um infiltrado de verdade. Durante anos, a obsessão do antecessor do Cobra, James Angleton, de que os soviéticos tinham um agente espião dentro da CIA quase destruíra a agência.

Do outro lado do Atlântico, os ingleses passaram anos tentando, sem sorte, identificar o "Quinto Homem" (depois de Burgess, Philby, Maclean e Blunt). Carreiras foram destruídas quando as suspeitas recaíram sobre o homem errado.

Devereaux, ascendendo ao longo dos anos de garoto recém-formado ao posto de chefão da CIA, observara e aprendera. E o que aprendera durante o ano anterior — e que era o único motivo pelo qual ele pensara que a missão de destruir a indústria de cocaína seria possível enquanto outros desistiram rapidamente — era que havia semelhanças marcantes entre os cartéis e as quadrilhas, de um lado, e as agências de espionagem, do outro.

— Ambos são irmandades fechadas — disse a Dexter. — Possuem rituais de iniciação complexos e secretos. Alimentam-se exclusivamente de suspeitas que levam à paranoia. São leais aos que lhe são leais, mas ferozes com os traidores. Todos os forasteiros são suspeitos pelo simples fato de serem forasteiros. Podem não confiar nem mesmo nas próprias esposas e filhos, muito menos nos amigos; portanto, tendem a socializar somente entre si. Como resultado, os boatos espalham-se como incêndios em florestas. Boa informação é vital, informações erradas são lamentáveis, mas boas informações deliberadamente enganosas são fatais.

Desde o primeiro dia de estudo, o Cobra percebera que as situações nos EUA e na Europa eram diferentes em um aspecto. Os pontos de entrada da droga na Europa eram muitos, mas noventa por cento do suprimento americano vinha pelo México, um país que, na verdade, não produzia um grama sequer da droga.

Quando os três gigantes do México e os diversos cartéis menores entraram em conflito, disputando as quantidades cada vez menores e com acertos de contas repetidos constantemente, vingando massacres cometidos entre si, o que fora uma escassez de produto ao norte da fronteira tornou-se uma seca. Até o fim do ano, as autoridades americanas permaneceram aliviadas por a insanidade ao sul da fronteira se limitar àquela região. Em janeiro, porém, a violência atravessou esse limite.

Para ludibriar as quadrilhas do México, bastou o Cobra mentir para a polícia mexicana, que então faria o resto. Ao norte da fronteira, porém, não era tão fácil. Mas nos EUA existem outros dois veículos para disseminar informações enganosas. Um deles são as milhares de estações de rádio, algumas tão sombrias que, na verdade, servem ao submundo, e outras que contam com apresentadores sensacionalistas munidos de uma ambição feroz, desesperados para se tornarem ricos e famosos. Esses radialistas não se importam muito com precisão, mas têm um apetite insaciável por "exclusivas" de impacto.

O outro veículo é a internet com seu rebento bizarro, os blogs. Com a tecnologia genial de Jeremy Bishop, o Cobra criou um blog cuja fonte jamais poderia ser rastreada. O blogger identificava-se como um veterano da complexa rede de quadrilhas que infestam os EUA e alegava ter contatos com a maioria das quadrilhas e fontes, até mesmo dentro das Forças da Lei e Ordem.

Usando as linhas de informação retransmitidas da DEA, da CIA, do FBI e de mais uma dúzia de agências que a ordem presidencial lhe concedera, o blogger podia revelar pequenos fragmentos autênticos de informações que eram o bastante para chocar as principais quadrilhas do continente. Algumas pérolas eram sobre elas próprias; outras, sobre rivais e inimigos. Em meio ao material verdadeiro estavam as mentiras que provocaram a segunda guerra civil: entre quadrilhas nas prisões, quadrilhas das ruas e quadrilhas de motoqueiros, as quais, juntas, controlavam a cocaína do Rio Grande ao Canadá.

No fim do mês, jovens radialistas sensacionalistas liam diariamente o blog sobre as gangues, elevando os artigos descobertos ao nível de verdades sagradas e divulgando-as em todos os estados.

Em um raro lance de humor, Paul Devereaux batizou o blogger de Cobra. E começou com a maior e mais violenta quadrilha das ruas, a salvadorenha MS-13.

A gigante começara como um resquício da sangrenta guerra civil de El Salvador. Jovens terroristas, imunes à compaixão ou ao remorso, viram-se desempregados e impossibilitados de conseguir empregos e batizaram a quadrilha de La Mara, em homenagem a uma rua da capital de seu país, San Salvador. Quando os crimes se tornaram demais para um país tão pequeno, a quadrilha se expandiu para a vizinha Honduras, recrutando mais de 30 mil membros.

Quando Honduras aprovou leis draconianas e prendeu milhares de criminosos, os líderes fugiram para o México e, achando que até mesmo aquele país estava repleto demais, mudaram-se para Los Angeles, acrescentando o nome da Rua 13 ao título da quadrilha.

O Cobra estudara-os intensivamente — as tatuagens por todo o corpo, as roupas azul-claro e brancas representando as cores da bandeira salvadorenha, a predileção por esquartejar as vítimas com facões e a reputação do grupo, tão temerosa que nem mesmo na colcha de retalhos das quadrilhas americanas tinham amigos ou aliados. Todos os temiam e os odiavam; por isso, o Cobra começou pela MS-13.

Ele retomou a apreensão em Nogales, dizendo aos salvadorenhos que a carga era destinada a eles até ser interceptada pelas autoridades. Depois, inseriu duas informações verdadeiras e uma falsa.

A primeira era que o pessoal no caminhão fora liberado; a segunda era que a cocaína confiscada desaparecera entre Nogales e a capital local, Flagstaff, onde deveria ser incinerada. A mentira era que a droga fora "liberada" pelos Latin Kings, os quais, com isso, roubaram da MS-13.

Como a MS-13 possuía ramificações — conhecidas como "cliques" — em uma centena de cidades em vinte estados, era impossível que não ouvissem a respeito, apesar de a notícia ter sido transmitida somente no Arizona. Em uma semana a MS-13 declarara guerra à outra gigante quadrilha latina dos EUA.

No começo de fevereiro, as quadrilhas de motoqueiros puseram fim a uma longa trégua: os Hell's Angels voltaram-se contra os Bandidos e seus aliados, os Outlaws.

Uma semana depois, o derramamento de sangue e o caos envolvera Atlanta, o novo centro de distribuição de cocaína dos EUA. Atlanta é controlada pelos mexicanos, com os cubanos e os porto-riquenhos cooperando sob suas ordens.

Uma rede de grandes autoestradas interestaduais vai da fronteira entre os EUA e o México para o nordeste, até Atlanta, e outra rede segue para o sul, até a Flórida, onde o acesso pelo mar fora praticamente eliminado pela operação da DEA em Key West, e para o norte até Baltimore, Washington, Nova York e Detroit.

Alimentados pelas informações enganosas, os cubanos se voltaram contra os mexicanos, convencidos de que estavam sendo lesados por eles em relação às encomendas reduzidas que chegavam pela fronteira.

Os Hell's Angels, perdendo um número imenso de membros, mortos pelos Outlaws e pelos Bandidos, pediram ajuda aos amigos da Irmandade Ariana, formada exclusivamente por brancos, e dispararam uma erupção de assassinatos em prisões controladas pelos arianos em todo o país, o que levou os Crips e os Bloods, quadrilhas exclusivamente de negros, a entrar em cena.

Cal Dexter já vira derramamentos de sangue e não era hipersensível. Mas quando o número de mortes aumentou, ele indagou novamente o que o Cobra estava fazendo. Por respeitar seu oficial executivo, Paul Devereaux, que habitualmente não confiava em ninguém, convidou Dexter para jantar em Alexandria.

— Calvin, existem cerca de quatrocentas cidades, grandes e pequenas, em nosso país. E pelo menos trezentas delas têm um grande problema com narcóticos. Parte dele está relacionado à *cannabis*, resina de *cannabis*, heroína, metanfetamina ou *crystal meth*, e cocaína. Pediram-me para destruir o comércio de cocaína porque era o vício que estava fugindo completamente do controle. Boa parte do problema vem do fato de que somente em nosso país a cocaína proporciona lucros de 40 bilhões de dólares por ano e quase o dobro desse valor em todo o mundo.

— Eu li isso — murmurou Dexter.

— Excelente, mas você pediu uma explicação.

Paul Devereaux comia como fazia a maioria das coisas, comedidamente, e sua culinária favorita era a italiana. O jantar era *piccata* extrafina *al limone*, salada com azeite e um prato de azeitonas, acompanhado de um Frascati fresco. Dexter pensou que precisaria parar a caminho de casa para comer alguma coisa ao estilo do Kansas, grelhado ou frito.

— Bem, esses valores impressionantes atraem todo tipo de tubarões. Temos cerca de mil quadrilhas fornecendo a droga, com um total nacional de cerca de 750 mil integrantes, metade deles também usuária de narcóticos. Portanto, voltando à sua pergunta original: o que estou fazendo, e como?

Ele encheu novamente as duas taças com o vinho levemente amarelado e tomou um gole enquanto escolhia as palavras.

— Existe somente uma força no país capaz de destruir a dupla tirania das quadrilhas e das drogas. Não é você, não sou eu, nem a DEA, o FBI ou qualquer outra de nossas numerosas e impressionantemente dispendiosas agências. Nem o próprio presidente. E, com certeza, não as polícias locais, que são como aquele garoto holandês com o dedo na represa tentando conter o vazamento.

— Então, qual é essa força?

— Eles próprios. Todos eles. Calvin, o que você pensa que temos feito ao longo do último ano? Primeiro, criamos, a um custo considerável, uma seca de cocaína. Foi uma ação deliberada, mas que jamais poderia ser mantida. O piloto de caça nas ilhas de Cabo Verde. Os *Q-ships* no mar. Eles não podem continuar para sempre, nem mesmo por muito mais tempo. No instante em que pararem, o fluxo do tráfico recomeçará. Nada pode impedir tal nível de lucro por mais que um instante. Tudo que conseguimos fazer foi reduzir o suprimento pela metade, criando uma fome furiosa entre os clientes. E quando feras ficam famintas, voltam-se umas contra as outras.

"Depois, criamos um suprimento de iscas, as quais estamos usando agora para provocar as feras a voltarem a violência não contra cidadãos honrados, mas contra elas próprias.

— Mas o derramamento de sangue está desfigurando o país. Estamos nos tornando iguais ao norte do México. Quanto tempo as guerras entre as gangues precisarão durar?

— Calvin, a violência nunca esteve ausente. Estava apenas oculta. Mentíamos para nós mesmos acreditando que tudo se passava apenas na televisão ou nas telas dos cinemas. Bem, agora está acontecendo diante dos nossos olhos. Durante algum tempo. Se me deixarem provocar as gangues até que se destruam mutuamente, o poder delas poderá ser arruinado por toda uma geração.

— Mas e a curto prazo?

— Infelizmente, muitas coisas terríveis devem ocorrer. Infligimos tais coisas ao Iraque e ao Afeganistão. Será que nossos governantes e nosso povo têm a resistência para aceitá-las aqui?

Cal Dexter pensou no que vira provocarem no Vietnã quarenta anos antes.

— Duvido — disse ele. — O exterior é um lugar muito conveniente para a violência.

Por todo os EUA, membros dos Latin Kings estavam sendo massacrados à medida que o grupo local da MS-13 investia contra eles, convencidos de que eles próprios estavam sendo atacados e na tentativa de conquistar tanto os estoques quanto a clientela dos Kings. Recuperando-se do choque inicial, os Kings retaliaram da única maneira que conheciam.

O massacre entre os Bandidos e os Outlaws, de um lado, e os Hell's Angels e a racista Irmandade Ariana, do outro, espalhou cadáveres de uma costa à outra dos EUA.

Passantes impressionados viam a palavra ADIOS grafitada em muros e pontes. É a sigla em inglês para Angels Die in Outlaw States, Anjos Morrem nos Estados dos Outlaws. As quatro quadrilhas possuem facções nas prisões mais violentas dos EUA, e os assassinatos espalharam-se pelas carceragens como chamas em gravetos. Na Europa, a vingança do Don estava apenas começando.

Os colombianos enviaram quarenta matadores selecionados para o outro lado do Atlântico. Ostensivamente, fariam uma visita cordial aos galegos e pediriam que Los Caneos lhes fornecessem uma variedade de armas automáticas de seus estoques. O pedido foi atendido.

Os colombianos chegaram de avião em voos diferentes ao longo de três dias, e um pequeno grupo que chegara antes fornecera um comboio de vans e trailers, que os vingadores usaram para dirigir em sentido noroeste até a Galícia, então açoitada pelas chuvas e tempestades sazonais comuns em fevereiro.

Não faltava muito para o Dia dos Namorados, e a reunião entre os emissários do Don e seus incautos anfitriões ocorreu em um armazém na bela e antiga cidade histórica de Ferrol. Os recém-chegados inspecionaram com aprovação o arsenal que lhes fora fornecido, encaixaram os pentes de munição, deram meia-volta e abriram fogo.

Quando o último trovão dos disparos automáticos deixou de ecoar nas paredes do armazém, quase todo o grupo galego fora eliminado. Um homem pequeno com rosto de bebê, conhecido em seu país como El Animal — era o líder colombiano —, parou de pé sobre um galego ainda vivo e olhou-o de cima.

— Não é nada pessoal — comentou ele tranquilamente.

— Mas vocês simplesmente não podem tratar o Don dessa maneira.

Depois, explodiu os miolos do homem.

Não era necessário ficar ali. O grupo de assassinos entrou nos veículos e cruzou a fronteira com a França, em Hendaye. Tanto a Espanha quanto a França são membros do acordo Schengen, que propicia fronteiras abertas e sem controle.

Revezando-se ao volante, os colombianos seguiram para o leste, passando pela base dos Pirineus; cruzaram as planícies de Languedoc, atravessaram a Riviera Francesa e chegaram à Itália. Com os documentos dos veículos eram espanhóis, eles não foram parados. Foram 36 cansativas horas atrás dos volantes até chegarem a Milão.

Ao ver os inconfundíveis números de lote da cocaína enviada pelo Atlântico no *Belleza del Mar* aparecerem nos pântanos de Essex, Don Diego descobrira rapidamente que todo o carregamento chegara até lá através da Holanda, mas pelas mãos da 'Ndrangheta, que distribuía para a quadrilha de Essex. Assim, os calabreses, aos quais ele concedera a supremacia comercial na Europa, também haviam se voltado contra ele. A retaliação era simplesmente inevitável.

O grupo enviado para aplicar a retaliação aos culpados passara horas durante a viagem estudando a geografia de Milão e as notas com instruções enviadas pelo pequeno grupo de ligação local de colombianos que residiam na cidade.

Eles sabiam exatamente como encontrar os subúrbios de Buccinasco, Corsico e Assago, ao sul da cidade, que foram os três colonizados pelos calabreses. Tais subúrbios são para os sulistas do extremo sul da Itália o que a praia de Brighton, em Nova York, é para os russos: um pedacinho de casa.

E os imigrantes levaram a Calábria com eles. Painéis de lojas, bares, restaurantes, cafés — quase todos têm nomes e servem comida do sul. A comissão antimáfia do estado estima que oitenta por cento da cocaína colombiana que entra na Europa chegue pela Calábria, mas o centro de distribuição é Milão e o centro de comando fica nos três bairros nos subúrbios. Os assassinos foram à noite.

Eles não tinham ilusões quanto à ferocidade dos calabreses. Ninguém jamais os atacara. Quando brigavam, era entre eles próprios. A chamada segunda guerra da 'Ndrangheta, que durara de 1985 a 1999, deixara 700 corpos nas ruas da Calábria e de Milão.

A história da Itália é uma litania de guerras e derramamentos de sangue, e, para além da culinária e da cultura, as antigas pedras que pavimentam as ruas ficaram vermelhas muitas vezes. Os italianos consideram a Mão Negra de Nápoles e a Máfia da Sicília temerosas, mas ninguém jamais discutira com os calabreses. Até a noite em que os colombianos chegaram.

Eles tinham 17 endereços residenciais. As ordens eram destruir a cabeça da serpente e partir antes que as centenas de soldados rasos pudessem ser mobilizadas.

De manhã, o canal Navaglio estava vermelho. Quinze dos 17 chefes foram pegos e mortos em suas casas. Seis colombianos tomaram o Ortomercato, onde fica o Rei, o clube noturno favorito da geração jovem. Caminhando tranquilamente pelos Lamborghinis e Ferraris estacionados na entrada, os colombianos eliminaram os quatro "seguranças" na porta, entraram e abriram fogo, varrendo o lugar com uma série de longas saraivadas que eliminaram todos que bebiam no bar e nas quatro mesas de clientes jantando.

Os colombianos sofreram uma baixa. O barman, em um gesto de autossacrifício, puxou uma arma guardada sob a bancada do bar e atirou de volta antes de morrer. Ele mirou em um homem pequeno que parecia coordenar o ataque e acertou um tiro em sua boca com formato de botão de rosa.

Depois, ele próprio engasgou com três balas de uma pistola automática MAC-10.

Antes do amanhecer, o Grupo de Operações Especiais dos *carabinieri* de Via Lamarmora encontrava-se em estado de alerta de crise e os cidadãos da capital italiana do comércio e da moda foram despertados pelo som das sirenes da polícia e das ambulâncias.

Pela lei da selva e do submundo, quando um rei morre, longa vida para o próximo rei. A Sociedade Honorável não estava morta e, no momento apropriado, a recém-iniciada guerra com o Cartel provocaria uma vingança terrível contra os colombianos, fossem culpados ou inocentes. Mas o Cartel de Bogotá tinha um trunfo incomparável: apesar de a disponibilidade de cocaína ter sido reduzida a quase nada, o que estava disponível permanecia nas mãos de Don Diego Esteban.

A violência nos Estados Unidos, no México e na Europa poderia levar os traficantes a tentar estabelecer novas fontes no Peru ou na Bolívia, mas a oeste da Venezuela o Don continuava sendo o único homem com quem era possível negociar. Quem quer que ele escolhesse para receber seu produto após a normalização dos carregamentos seria o receptor. Todas as quadrilhas na Europa, e também nos EUA, queriam ser a escolhida. E a única maneira de se provarem dignas de tornar-se o novo monarca era eliminando os outros príncipes.

Os outros seis gigantes eram os russos, os sérvios, os turcos, os albaneses, os napolitanos e os sicilianos. Os letões, lituanos, jamaicanos e nigerianos estavam prontos e dispostos e também eram violentos, mas menores. Precisariam aguardar para tentar uma aliança com o novo monarca. As quadrilhas nativas alemãs, francesas, holandesas e inglesas eram clientes, e não gigantes.

Mesmo depois do massacre em Milão, os traficantes de cocaína remanescentes na Europa poderiam ter se contido, mas a internet é totalmente internacional e acessada em todo o mundo. A fonte não identificada e impossível de se rastrear que fornecia informações aparentemente ultraconfiáveis sobre o mundo da cocaína, criada pelo Cobra, publicou um falso vazamento na Colômbia.

Supostamente, era uma informação privilegiada oriunda da Divisão de Inteligência da Polícia Judicial. O informante alegava que Don Diego Esteban admitira em uma reunião particular que favoreceria no futuro aquele que se tornasse o vencedor inquestionável de quaisquer acertos de contas no submundo europeu. Era uma informação puramente enganosa. Ele não dissera nada do gênero. Mas a notícia disparou a guerra de quadrilhas que varreu o continente.

Os eslavos, na forma das três principais quadrilhas russas e dos sérvios, formaram uma aliança. Mas são odiados pelos bálticos da Letônia e da Lituânia, que também se aliaram para ajudar os inimigos dos russos.

Os albaneses são nacionalmente muçulmanos e aliados com os obshina (tchechenos) e os turcos. Tanto os Yardbirds jamaicanos quanto os nigerianos são negros e podem se unir. Na Itália, os sicilianos e os napolitanos, em geral antagonistas, formaram uma parceria temporária contra os forasteiros e o banho de sangue começou.

A guerra varreu a Europa da mesma forma que varria os EUA. Nenhum país na União Europeia saiu incólume, apesar de os mercados maiores e, portanto, mais ricos terem sofrido a crise mais intensamente.

A mídia esforçou-se para explicar aos leitores, ouvintes e espectadores o que estava acontecendo. Quadrilhas cometiam assassinatos de Dublin a Varsóvia. Turistas atiravam-se aos berros no chão de bares e restaurantes quando fuzis semiautomáticos executavam seus acertos de contas em meio a mesas de jantar e festas de empresas.

Em Londres, a babá do ministro do Interior levou os bebês dos quais cuidava para uma caminhada em Primrose Hill e encontrou um corpo em um arbusto. Sem cabeça. Em Hamburgo, Frankfurt e Darmstadt, cadáveres apareceram nas ruas todas as noites durante uma semana. Catorze corpos foram retirados de rios franceses numa única manhã. Dois eram negros e, segundo a análise das arcadas dentárias, os outros não eram franceses, mas orientais.

Nem todos os envolvidos nos tiroteios morreram. As ambulâncias e as emergências dos hospitais estavam sobrecarregadas. Toda a conversa sobre o Afeganistão, piratas somalis, gases de efeito estufa e banqueiros inchados foi banida das primeiras páginas enquanto as manchetes exibiam um ultraje impotente.

Chefes de polícia foram convocados por seus superiores, que gritaram com eles e os liberaram para que gritassem com seus subordinados. Políticos de 27 parlamentos na Europa, mais o Congresso em Washington e os cinquenta estados da União tentaram manter uma pose respeitável, mas o esforço de nada valeu quando sua impotência total se tornou ainda mais clara para os eleitores.

A reação política começou nos Estados Unidos, mas a Europa não ficou muito atrás. As linhas telefônicas de todo prefeito, deputado e senador americano ficaram congestionadas por telefonemas de indignação ou temor. A mídia exibia vinte vezes por dia especialistas de aspecto solene e todos discordavam entre si.

Chefes de polícia com expressões severas foram submetidos a coletivas de imprensa que os fizeram voltar correndo para os bastidores. As forças policiais estavam sobrecarregadas, o que também se aplicava aos serviços de ambulâncias, aos necrotérios e aos médicos-legistas. Em três cidades, frigoríficos foram requisitados para uso militar para armazenar os cadáveres que eram retirados das ruas, de carros destroçados e de rios congelantes.

Ninguém parecia ter se dado conta do poder do submundo de chocar, assustar e enojar os povos de dois continentes satisfeitos e avessos a riscos quando esse submundo enlouqueceu com uma violência alimentada pela ganância.

O total de mortos elevou-se além da marca de 500 em cada continente. Praticamente ninguém chorava pelos criminosos, exceto amigos e parentes, mas civis inofensivos foram pegos no fogo cruzado. Entre eles havia crianças, o que levou os jornais sensacionalistas a recorrer aos dicionários em busca de novos superlativos de indignação.

Foi um acadêmico e criminologista de fala tranquila que explicou na televisão a origem da guerra civil que parecia ferir trinta nações. Ele disse delicadamente que havia uma escassez total de cocaína e que os lobos da sociedade estavam lutando pelos parcos suprimentos que ainda restavam.

As alternativas — skunk, *crystal meth* e heroína — não podem preencher o espaço vazio. A cocaína foi fácil demais durante tempo demais, disse o velho. A droga tornara-se, mais que mero prazer, uma necessidade para grandes parcelas da sociedade. Gerou vultosas fortunas e prometia gerar ainda muitas outras. Uma indústria de 50 bilhões de dólares anuais nos dois principais continentes ocidentais está morrendo e estamos testemunhando os últimos espasmos ultraviolentos da morte de um monstro que viveu sem censura entre nós durante tempo demais. Um âncora chocado agradeceu ao professor quando ele deixou o estúdio.

Depois disso, a mensagem transmitida pela população aos governantes mudou, tornando-se menos confusa. Dizia: resolvam o problema ou renunciem.

Crises podem ocorrer em diversos níveis das sociedades, mas nenhuma é mais catastrófica do que aquelas capazes de obrigar os políticos a abandonar seus cargos muito bem remunerados. No início de março, o telefone tocou em uma elegante casa construída antes da Guerra Civil em Alexandria.

— Não desligue — gritou o chefe da Casa Civil na Casa Branca.

— Eu nem sonharia em fazer isso, Sr. Silver — disse Paul Devereaux.

Os dois homens ainda mantinham o hábito de utilizar o formal "senhor" entre si, praticamente extinto em Washington. Nenhum dos dois possuía o menor talento para a bonomia, portanto, por que fingir?

— Por favor traga — a qualquer outro subordinado, Jonathan Silver diria "seu maldito traseiro", mas mudou para: — sua presença até a Casa Branca às 6 horas, hoje à noite. Falo em nome de o senhor sabe quem.

— Com prazer, Sr. Silver — disse o Cobra. E desligou.

Não seria um prazer. Ele sabia. Mas também, ele supunha, sempre fora inevitável.

CAPÍTULO DEZESSEIS

Jonathan Silver tinha a reputação de ser o homem de temperamento mais abrasivo na Ala Oeste. Ele deixou claro, quando Paul Devereaux entrou em seu escritório, que não tinha intenção de se conter.

Ele segurava um exemplar do *Los Angeles Times,* que abanou diante do rosto do Cobra.

— O senhor é responsável por isto?

Devereaux examinou a folha de jornal com a indiferença de um entomologista examinando uma larva moderadamente interessante. Grande parte da primeira página era ocupada por uma fotografia e uma manchete em letras garrafais que dizia "Inferno na Rodeo". A foto era de um restaurante reduzido a um amontoado de cadáveres devido à saraivada de duas metralhadoras.

Dos sete mortos, dizia o texto, quatro haviam sido identificados como figuras importantes do submundo; os outros três eram um pedestre que passava em frente ao local quando os atiradores entraram e dois garçons.

— Pessoalmente, não — respondeu Devereaux.

— Pois muitas pessoas nesta cidade pensam o contrário.

— O que quer dizer, Sr. Silver?

— O que quero dizer, Sr. Devereaux, é que seu maldito Projeto Cobra parece ter adquirido a forma de uma guerra civil no submundo que está transformando este país no tipo de ossuário que temos visto no norte do México ao longo da última década. E isso precisa parar.

— Posso ir direto ao assunto?

— Por favor.

— Há 18 meses, nosso comandante em chefe me perguntou, muito especificamente, se seria possível destruir a indústria e o comércio de cocaína, os quais estavam claramente fora de controle e haviam se tornado um flagelo em todo o país. Respondi, depois de um estudo intensivo, que seria possível, se certas condições fossem atendidas e por um certo preço... não muito duradouro, esperava-se.

— Mas o senhor jamais mencionou as ruas de trezentas cidades banhadas em sangue. O senhor pediu 2 bilhões de dólares e os recebeu.

— Os quais eram apenas os custos financeiros.

— O senhor nunca mencionou o custo da indignação civil.

— Porque o senhor jamais perguntou. Veja bem, este país gasta 14 bilhões de dólares por ano com uma dúzia de agências oficiais e não chega a lugar algum. Por quê? Porque a indústria da cocaína, somente nos EUA, esqueça a Europa, vale quatro vezes esse valor. O senhor realmente achou que os produtores de cocaína passariam a fabricar jujubas se pedíssemos? Realmente achou que as gangues americanas, que estão entre as mais perversas do mundo, passariam a vender doces sem nem reclamar?

— Isso não é motivo para que nosso país seja transformado em uma zona de guerra.

— Sim, é. Dos que estão morrendo, noventa por cento são psicopatas, quase casos clínicos de insanidade. As poucas mortes trágicas em meio ao fogo cruzado são inferiores ao número de mortos em acidentes de trânsito no feriado do Dia da Independência.

— Mas veja o inferno que o senhor criou. Sempre mantivemos nossos psicopatas e pervertidos na sarjeta, nos esgotos. O senhor os colocou sob holofotes. Assim o cidadão comum pode vê-los, e é este cidadão quem vota. Estamos em um ano eleitoral. Daqui a oito meses o homem que se encontra no fim deste corredor pedirá ao povo que confie o país a ele por mais quatro anos. E não tenho a intenção, Sr. maldito Devereaux, que neguem a ele tal pedido porque não têm coragem de sair de casa.

Como de costume, a fala dele crescera até transformar-se em gritos. Do outro lado da porta, ouvidos subalternos esforçavam-se para ouvir. Dentro da sala, apenas um dos dois homens mantinha uma calma gélida e desdenhosa.

— Eles não farão isso — disse ele. — Estamos a um mês de testemunhar o equivalente à autodestruição das quadrilhas americanas, no mínimo a aniquilação delas por uma geração. Quando isso ficar claro, acredito que o povo reconhecerá o peso que será tirado de suas costas.

Paul Devereaux não era político. Jonathan Silver era. Ele sabia que, na política, a realidade não é importante. O que importa é o que parece real aos ingênuos. E o que parece real é provido pela mídia e absorvido pelos ingênuos. Ele abanou a cabeça e socou o jornal.

— Isto não pode continuar. Não importa quais sejam os eventuais benefícios. Isto precisa parar, a qualquer custo.

Ele pegou uma única folha de papel que estava virada para baixo sobre a mesa e empurrou-a para o espião aposentado.

— Sabe o que é isto?

— Sem dúvida, o senhor terá muito prazer em me contar.

— É uma Ordem Executiva Presidencial. Vai desobedecê-la?

— Ao contrário do senhor, eu já servi a vários comandantes em chefe e jamais desobedeci a nenhum deles.

O desdém deixou o chefe da Casa Civil roxo de raiva.

— Que bom. Muito bom. Porque esta OEP ordena que o senhor suspenda as operações. O Projeto Cobra está encerrado. Anulado. Cancelado. A partir deste instante. O senhor deve retornar ao seu quartel-general e desmontá-lo. Está claro?

— Como água.

Paul Devereaux, o Cobra, dobrou o papel, guardou-o no bolso do paletó, girou nos calcanhares e se foi. Ele ordenou ao motorista que o levasse ao armazém sujo em Anacostia, onde, no andar superior, mostrou a OEP a Cal Dexter, que ficou em estado de choque.

— Mas estávamos tão perto.

— Não perto o bastante. E você estava certo. Nosso país pode matar 1 milhão de pessoas no exterior, mas quanto aos seus próprios criminosos, não consegue eliminar nem um centésimo desse número sem ter um chilique.

"Preciso deixar os detalhes, como sempre, aos seus cuidados. Chame os dois *Q-ships*. Doe o *Balmoral* à Marinha inglesa e o *Chesapeake* aos nossos Seals. Talvez possam utilizá-los em treinamentos. Chame de volta os dois Global Hawks; devolva-os à Força Aérea. Com meus agradecimentos. Não tenho dúvida de que a impressionante tecnologia que utilizam seja o futuro. Mas não o nosso. Fomos demitidos. Posso deixar tudo isso em suas mãos? Até as roupas descartadas que estão nos andares inferiores, que agora podem ser doadas aos necessitados?

— E você? Poderei entrar em contato com você em casa?

O Cobra pensou um pouco.

— Talvez durante uma semana. Depois, posso precisar viajar. Apenas para resolver pendências. Nada importante.

Don Diego Esteban cultivava a presunção de, apesar de possuir uma capela particular em sua propriedade na região das fazendas da Cordillera, apreciar comparecer à missa na igreja da cidadezinha mais próxima.

Isso lhe possibilitava agradecer com uma cortesia solene às saudações deferentes dos peões e de suas esposas envoltas em xales. Possibilitava-lhe sorrir para as crianças descalças e maravilhadas. Permitia-lhe deixar na bandeja de recolhimento uma doação que sustentaria o padre da paróquia por meses.

Quando concordou em conversar com o homem dos Estados Unidos que desejava vê-lo, o Don escolheu a igreja, mas chegou com uma proteção sólida. Fora sugestão do americano que se encontrassem na casa do Deus que ambos adoravam e sob o rito católico que ambos respeitavam. Era o pedido mais estranho que o Don já recebera, mas a simples ingenuidade o intrigara.

O fidalgo colombiano foi o primeiro a chegar. A equipe de segurança revistou a igreja e escorraçou o padre. Diego Esteban mergulhou dois dedos na fonte, fez o sinal da cruz e aproximou-se do altar. Escolheu a primeira fileira de bancos, abaixou a cabeça e rezou.

Quando se endireitou, ouviu a velha porta desbotada pelo sol ranger atrás de si, sentiu uma lufada de ar quente vinda de fora e, depois, percebeu o baque quando ela se fechou. Ele sabia que tinha homens nas sombras, armas em punho. Era um sacrilégio, mas ele confessaria e seria perdoado. Um morto não pode confessar.

O visitante aproximou-se por trás e também se sentou na primeira fileira, a 2 metros de distância. Também fez o sinal da cruz. O Don olhou para o lado. Um americano esguio, mais ou menos da mesma idade que ele, ascético em um terno bege impecável.

— *Señor*?

— Don Diego Esteban?

— Sou eu.

— Paul Devereaux, de Washington. Obrigado por me receber.

— Ouvi rumores. Conversas vagas, nada mais. Mas insistentes. Rumores sobre um homem a quem chamam de Cobra.

— Um apelido tolo. Mas devo admitir que se referia à minha pessoa.

— Seu espanhol é excelente. Permita-me fazer uma pergunta.

— É claro.

— Por que eu não deveria mandar matá-lo? Tenho cem homens lá fora.

— E eu, só o piloto do meu helicóptero. Mas acredito que eu tenha algo que um dia foi seu e que talvez eu possa devolver. Se conseguirmos chegar a um acordo. O que não posso fazer se estiver morto.

— Sei o que fez comigo, *señor* Cobra. Causou-me prejuízos extremos. Mas não fiz nada de mal a você. Por que fez o que fez?

— Porque meu país me pediu.

— E agora?

— Durante toda a vida, servi a dois mestres. Meu Deus e meu país. Meu Deus jamais me traiu.

— Mas seu país fez isso?

— Sim.

— Por quê?

— Porque deixou de ser o país ao qual jurei lealdade quando era jovem. Tornou-se corrupto e venal, fraco mas arrogante, dedicado aos obesos e burros. Não é mais meu país. O laço foi rompido, a fidelidade se foi.

— Jamais tive tal lealdade a nenhum país, nem mesmo a este. Porque os países são governados por homens, muitas vezes pelos que menos merecem fazê-lo. Também tenho dois mestres. Meu Deus e minha riqueza.

— E pelo segundo, Don Diego, você matou muitas vezes.

Devereaux não tinha dúvidas de que o homem a poucos centímetros de distância dele, por trás da aparência e da cortesia, era um psicopata e supremamente perigoso.

— E você, *señor* Cobra, matou pelo seu país? Muitas vezes?

— É claro. Portanto, talvez sejamos parecidos, afinal de contas.

Psicopatas precisam ser lisonjeados. Devereaux sabia que a comparação adularia o lorde da cocaína. Comparar ganância por dinheiro com patriotismo não o ofenderia.

— Talvez sejamos, *señor*. Quanto você tem daquilo que me pertence?

— Cento e cinquenta toneladas.

— A quantidade perdida é três vezes maior.

— Grande parte foi tomada pelas alfândegas ou guardas costeiras e marítimas, ou foi incinerada. Uma parte está no fundo do mar. O restante está comigo.

— Em segurança?

— Em segurança absoluta. E a guerra contra você acabou.

— Ah. Essa foi a traição.

— Muito perspicaz, Don Diego.

O Don avaliou a quantidade. Com a produção nas selvas a todo vapor, as interceptações marítimas reduzidas a quase nada e a retomada dos carregamentos aéreos, ele poderia recomeçar. Precisaria de uma tonelagem imediata para tapar o buraco, apaziguar os lobos, acabar com a guerra. Cento e cinquenta era exatamente o necessário.

— E seu preço, *señor*?

— Precisarei me aposentar, finalmente. Mas muito longe. Uma *villa* perto do mar. Ao sol. Com meus livros. E oficialmente morto. Isso não é barato. Um bilhão de dólares americanos, por favor.

— Minha propriedade está em um navio?

— Sim.

— E você pode me fornecer os números das contas bancárias?

— Sim. Você pode me dizer o porto de destino?

— É claro.

— E sua resposta, Don Diego?

— Acredito, *señor*, que temos nosso acordo. Você partirá daqui em segurança. Troque os detalhes com meu secretário, lá fora. Agora, desejo rezar a sós. *Vaya con Dios, señor.*

Paul Devereaux levantou-se, fez o sinal da cruz e saiu da igreja. Uma hora depois, estava de volta à base aérea de Malambo, de onde retornou a Washington no Grumman. Em um complexo murado a 100 metros da pista de onde o jato executivo decolou, a equipe de operações do Global Hawk de codinome *Michelle* foi informada de que seria desativada em uma semana e levada de volta a Nevada em um par de cargueiros C-5 de transporte pesado.

Cal Dexter não sabia para onde o chefe fora, tampouco perguntara. Ele seguiu em frente com a tarefa que lhe fora designada, desmantelando a estrutura do Projeto Cobra uma pedra de cada vez.

Os dois *Q-ships* partiram pelo mar para casa. O *Balmoral*, conduzido pelos ingleses, seguiu para Lyme Bay, em Dorset, e o *Chesapeake*, para Newport News. Os ingleses manifestaram gratidão por receberem de presente o *Balmoral*, o qual achavam que seria útil contra piratas somalis.

As duas bases de operações dos VAVs chamaram os Global Hawks para que fossem transferidos de volta para os Estados Unidos, mas guardaram o enorme volume de dados que adquiriram por meio da Vigilância Marítima de Área Irrestrita, a qual certamente desempenharia um papel no futuro, substituindo os aviões espiões que usavam, os quais eram muito mais caros e exigiam equipes maiores.

Os prisioneiros, todos os 107, foram levados de volta da Eagle Island, no Arquipélago de Chagos, em um C-130 da Força Aérea americana de grande autonomia. Todos tiveram permissão para enviar mensagens curtas para suas famílias em êxtase, que os davam como desaparecidos no mar.

As contas bancárias, quase exauridas, foram centralizadas numa única que cobriria qualquer pagamento de última hora, e a rede de comunicações montada no armazém em Anacostia foi reduzida e levada para casa para ser operada por Jeremy Bishop junto com seus computadores. Então, Paul Devereaux reapareceu. Mostrou-se bastante satisfeito e chamou Cal Dexter para um canto.

— Já ouviu falar em Spindrift Cay? — perguntou. — É uma ilha minúscula, pouco mais que um atol de corais, nas Bahamas. Uma das ilhas "externas". É desabitada, exceto por um pequeno destacamento de fuzileiros navais americanos acampados ali ostensivamente para alguma espécie de exercício de sobrevivência.

"No centro de Cay há uma pequena floresta de palmeiras, sob as quais estão fileiras e fileiras de fardos. Você pode imaginar o que eles contêm. Precisam ser destruídos, todas as 150 toneladas. Estou confiando a tarefa a você. Tem ideia de quanto vale aquilo tudo?

— Acho que posso imaginar. Muitos bilhões de dólares.

— Acertou. Preciso de alguém em quem eu confie plenamente para fazer isso. Os galões de gasolina estão há muitas semanas no local. A melhor maneira de chegar lá é em um hidroavião, partindo de Nassau. Por favor, vá e faça o que precisa ser feito.

Cal Dexter já vira muitas coisas, mas nunca uma montanha de 1 bilhão de dólares, e muito menos destruíra algo assim. Um único fardo daqueles, escondido em uma mala grande, significaria riqueza por toda a vida. Ele pegou um voo comercial de Washington para Nassau e hospedou-se no hotel Paradise Island. Bastou perguntar na recepção e com um rápido telefonema reservaram-lhe um hidroavião para o amanhecer do dia seguinte.

A viagem de mais de 160 quilômetros durou uma hora. Em março, o clima é quente e o mar mantém a impossível coloração de água-marinha entre as ilhas, límpido e claro sobre os bancos de areia. O destino era tão remoto que o piloto precisou conferir duas vezes o sistema de GPS para confirmar que se tratava do atol correto.

Uma hora depois do amanhecer, o piloto inclinou a aeronave, e apontou para baixo.

— É ali, senhor — gritou.

Dexter olhou para baixo. O lugar deveria estar em um cartão-postal turístico em vez do que realmente era. Menos de 1 quilômetro quadrado com um recife que circundava uma lagoa de águas claras acessível por uma única abertura no coral. No centro havia um aglomerado escuro de palmeiras que não davam a menor pista do tesouro fatal guardado sob sua folhagem.

Despontando de uma praia branca reluzente havia um píer decrépito, onde, presumivelmente, o navio de suprimentos atracava. Enquanto observava, duas figuras emergiram de um acampamento de tendas camufladas sob as palmeiras na margem e olharam para o alto. O hidroavião fez uma curva, desacelerou e flutuou até chegar à água.

— Deixe-me no píer — disse Dexter.

— Nem vai molhar os pés? — perguntou o piloto, sorrindo.

— Talvez mais tarde.

Dexter desembarcou, pisou na base flutuante do avião e subiu no píer. Ele se agachou sob a asa e viu-se diante de um sargento-chefe empertigado. Havia um fuzileiro atrás do guardião da ilha e os dois homens portavam baionetas.

— O que o traz aqui, senhor?

A cortesia era impecável; o significado, inconfundível. É melhor que tenha um bom motivo para estar aqui ou não dê nem mais um passo. Como resposta, Dexter tirou uma carta dobrada do bolso interno do paletó.

— Por favor, leia muito atentamente, sargento-chefe, e repare na assinatura.

O fuzileiro veterano enrijeceu-se enquanto lia e somente os anos de autocontrole impediram-no de manifestar o quanto estava surpreso. Ele vira o retrato do comandante em chefe muitas vezes, mas jamais pensara que veria a assinatura à mão do presidente dos Estados Unidos. Dexter estendeu o braço para pegar a carta de volta.

— Bem, sargento-chefe, nós dois servimos ao mesmo comandante em chefe. Meu nome é Dexter, sou do Pentágono. Não importa. Esta carta prevalece sobre mim, sobre você, até sobre o secretário de Defesa. E exige sua cooperação. Conto com ela, senhor?

O fuzileiro estava em posição de sentido, olhando por sobre o ombro de Dexter para o horizonte.

— Sim, senhor — bradou.

O piloto fora contratado para passar o dia inteiro a serviço de Dexter. Ele encontrou uma sombra sob a asa no píer e ali instalou-se para esperar. Dexter e o fuzileiro seguiram pelo píer até a praia. Havia 12 jovens durões, com a pele escurecida pelo sol, que passaram semanas pescando, nadando, ouvindo rádio, lendo livros e mantendo-se em forma com rigorosos exercícios diários.

Dexter percebeu os galões de gasolina armazenados na sombra e dirigiu-se para as árvores, que cobriam não mais do que 1 hectare. Uma trilha fora aberta através do centro. Os fardos estavam nos dois lados da trilha, sob a sombra das palmeiras. Estavam empilhados em blocos baixos em forma de cubo; havia cerca de uma centena deles, com cerca de 1,5 tonelada cada, fruto do trabalho de dois corsários disfarçados ao longo de nove meses no mar.

— Sabe o que são estes fardos? — perguntou Dexter.

— Não, senhor — disse o sargento-chefe. Não pergunte, não conte; só que em um contexto um pouco diferente.

— Documentos. Registros antigos. Mas extremamente delicados. É por isso que o presidente não quer que jamais caiam nas mãos dos inimigos de nosso país. O Salão Oval decidiu que precisam ser destruídos. É por isso que temos a gasolina. Por favor, peça aos homens que tragam os galões e encharquem todas as pilhas.

A menção dos inimigos do país era mais do que suficiente para o sargento-chefe. Ele gritou "Sim, senhor" e marchou de volta à praia.

Dexter caminhou lentamente pela aleia entre as palmeiras. Ele vira alguns fardos desde julho do ano anterior, mas nada parecido com aquilo. Os fuzileiros apareceram atrás dele, cada um carregando um galão, e começaram a encharcar as pilhas de fardos. Dexter jamais vira cocaína queimar, mas ouvira que era muito inflamável quando incendiada por um catalisador.

Durante muitos anos, ele carregara um pequeno canivete suíço no chaveiro que, como ele viajava com um passaporte oficial do governo, não fora confiscado no aeroporto internacional de Dulles. Por curiosidade, Dexter abriu a pequena lâmina e enfiou-a no fardo mais próximo. Por que não, pensou. Ele jamais provara cocaína e provavelmente jamais provaria outra vez.

A lâmina curta atravessou o invólucro de tela engomada, perfurou o polietileno duro e chegou ao pó. Ela saiu com um montinho de pó branco na ponta. Dexter estava com as costas voltadas para os fuzileiros na aleia. Eles não podiam ver o que os "documentos" continham.

Ele chupou a bolota branca da ponta do canivete. Girou-a dentro da boca até o pó, dissolvendo na saliva, atingir as papilas gustativas. Ficou surpreso. Ele conhecia o sabor, afinal de contas.

Foi até outro fardo e fez o mesmo. Mas abriu um buraco maior e pegou mais pó. E outro, e mais outro. Quando era um jovem recém-saído do Exército, de volta do Vietnã, estudando direito em Fordham, Nova York, ele pagara os estudos graças a uma série de empregos humildes. Um deles foi em uma doceria. Ele conhecia bicarbonato de sódio muito bem.

Fez mais dez incisões em fardos diferentes antes que fossem encharcados e que o cheiro poderoso da gasolina dominasse o ar. Depois, caminhou pensativamente de volta à praia. Puxou um galão vazio, sentou-se nele e olhou para o mar. Trinta minutos depois, o sargento-chefe estava ao seu lado, despontando sobre ele.

— Trabalho realizado, senhor.

— Incendeie — disse Dexter.

Ele ouviu os gritos de "Afastem-se" e o "vuuum" surdo quando o combustível evaporante pegou fogo e a fumaça subiu do bosque de palmeiras. Uma brisa forte transformou as primeiras labaredas em um lança-chamas.

Dexter virou-se para ver as palmeiras e seu conteúdo oculto serem consumidos pelas chamas. No píer, o piloto do hidroavião estava de pé, olhando boquiaberto. Os 12 fuzileiros também olhavam para o resultado de seu trabalho.

— Diga-me, sargento-chefe...

— Senhor.

— Como os fardos de documentos chegaram aqui?

— De barco, senhor.

— Todos em um carregamento ou um de cada vez?

— Não senhor. Pelo menos 12 visitas. Ao longo das semanas em que estivemos aqui.

— Sempre a mesma embarcação?

— Sim, senhor. A mesma.

É claro. Tinha que haver outra embarcação. Os navios auxiliares da frota que reabasteciam os Seals e o SBS inglês removiam lixo e prisioneiros. Entregavam comida e combustível. Mas os carregamentos confiscados não seguiam para Gibraltar ou para a Virgínia. O Cobra precisava dos rótulos, dos números dos lotes e dos códigos de identificação para enganar o Cartel. Portanto, ele guardara aqueles troféus. Aparentemente, naquela ilha.

— Que tipo de navio?

— Pequeno, senhor. Um vapor afretado.

— Nacionalidade?

— Não sei, senhor. Tinha uma bandeira na popa. Como duas vírgulas. Uma vermelha, uma azul. E a tripulação era oriental.

— Nome?

O sargento-chefe franziu as sobrancelhas; ele tentava lembrar. Depois, virou-se e gritou:

— Angelo!

Precisou gritar para superar o barulho das chamas. Um dos fuzileiros se virou e se aproximou a passos rápidos.

— Qual era o nome do navio que trouxe os fardos?

— *Sea Spirit*, senhor. Vi na popa. Recém-pintado com tinta branca.

— E sob o nome?

— Sob o nome, senhor?

— O porto de registro costuma constar sob o nome na popa.

— Ah, sim. Pu alguma coisa.

— Pusan?

— Era isso sim, senhor. Pusan. É tudo, senhor?

Dexter concordou com a cabeça. O fuzileiro Angelo partiu trotando. Dexter se levantou e foi até o fim do píer, onde poderia ficar a sós e, talvez, obter sinal no celular. Ficou satisfeito por tê-lo deixado recarregando durante toda a noite. Para sua

384

gratidão e alívio, o sempre fiel Jeremy Bishop estava em sua bancada de computadores, praticamente a última instalação remanescente do Projeto Cobra.

— Sua lata de sardinhas motorizada pode traduzir para coreano? — perguntou Dexter.

A resposta foi clara e objetiva:

— Qualquer língua do mundo se eu utilizar o programa certo. Onde você está?

— Não importa. A única comunicação que possuo é este celular. Como se diz em coreano *Sea Spirit* ou *Spirit of the Sea*? E não desperdice minha bateria.

— Telefonarei de volta.

Dois minutos depois, o telefone tocou.

— Tem caneta e papel?

— Deixa pra lá. Apenas diga.

— Certo. As palavras são *Hae Shin*. É agá-a...

— Sei como se escreve. Procure um vapor afretado. Pequeno. Chamado *Hae Shin* ou *Sea Spirit*. Sul-coreano, registrado no porto de Pusan.

— Retornarei em dois minutos. — A ligação foi encerrada.

Bishop cumpriu sua palavra. Dois minutos depois, ligou de volta:

— Encontrei. Cinco mil toneladas, mercante de carga geral. Nome: *Sea Spirit*. Nome registrado este ano. O que tem ele?

— Onde ele está neste instante?

— Espere.

No andar superior do armazém no distrito de Anacostia, Jeremy Bishop digitou furiosamente. Depois, falou:

— Não parece ter um agente administrador e não carrega nada. Poderia estar em qualquer lugar. Espere. O comandante tem uma lista de e-mails.

— Encontre-o e pergunte onde está. Obtenha uma referência em um mapa. Rumo e velocidade.

Mais tempo. A bateria do celular estava acabando.

— Contatei-o por e-mail. Fiz as perguntas. Ele se recusa a dizer. Perguntou quem você é.

— Diga que é o Cobra. — Pausa.

— Ele é muito educado mas insiste em que precisa do que chamou de "palavra de autoridade".

— Ele quer dizer uma senha. Diga a ele HAE-SHIN.

Bishop respondeu impressionado:

— Como sabia disso? Tenho o que pediu. Quer anotar?

— Não tenho nenhum mapa aqui, droga. Apenas me diga onde diabos ele está.

— Calma. Está 160 quilômetros a leste de Barbados, rumo de 270 graus, a 10 nós. Devo agradecer ao comandante do *Sea Spirit*?

— Sim. Depois pergunte se temos algum navio de guerra da Marinha entre Barbados e a Colômbia.

— Ligarei de volta para você.

A leste de Barbados, seguindo para oeste. Sobre a Cadeia de Windward, passando pelas Antilhas holandesas e entrando diretamente no Mar da Colômbia. O traficante coreano estava tão ao sul que não seria possível que estivesse retornando para as Bahamas. Ele recolhera o último carregamento do *Balmoral*; depois, fora informado para onde deveria seguir. Quatrocentos e cinquenta quilômetros; trinta horas. Amanhã à tarde. Jeremy Bishop ligou de volta.

— Não. Não há nada no Caribe.

— Aquele major brasileiro ainda está nas ilhas de Cabo Verde?

— Na verdade, sim. A formatura dos alunos dele é em dois dias, de modo que ficou combinado que até então ele permaneceria lá, depois iria embora com o avião. Mas os dois americanos da área de comunicação foram retirados. Voltaram para os EUA.

— Você pode contactá-lo para mim? De alguma maneira?

— Posso mandar um e-mail ou uma mensagem de texto para o celular dele.

— Então faça as duas coisas. Quero o número do telefone dele e quero que ele esteja ao lado do aparelho para receber meu telefonema em exatamente duas horas. Preciso ir. Telefonarei para você do meu quarto no hotel, em uma hora e meia. Apenas consiga o número que preciso. Tchau.

Ele voltou para o hidroavião. Na ilha, as chamas tremiam e morriam. A maioria das palmeiras eram tocos carbonizados. Ecologicamente, era um crime. Ele acenou em saudação para os fuzileiros na praia e tomou o assento no avião.

— Porto de Nassau, por favor. O mais rápido que puder.

Noventa minutos depois, Dexter estava sentado no quarto de hotel; passados mais dez minutos, ele telefonou para Bishop.

— Consegui — disse a voz animada de Washington, e ditou um número.

Sem esperar até o horário marcado, Dexter ligou. Uma voz atendeu prontamente.

— Major João Mendoza?

— Sim.

— Nós nos conhecemos em Scampton, na Inglaterra, e sou eu quem tem controlado suas missões ao longo dos últimos meses. Em primeiro lugar, desejo expressar minha gratidão sincera e dar-lhe os parabéns. Em segundo lugar, posso fazer uma pergunta?

— Sim.

— Lembra-se do que aqueles malditos fizeram com seu irmão mais novo?

Houve uma longa pausa. Caso ele ficasse ofendido, poderia simplesmente desligar. A voz grave retornou:

— Lembro-me muito bem. Por quê?

— Sabe quantos gramas foram necessários para matar seu irmão?

— Poucos. Talvez 10. Novamente: por quê?

— Há um alvo que não posso alcançar. Mas você pode. Ele carrega 150 toneladas de cocaína pura. O bastante para matar seu irmão 100 milhões de vezes. É um navio. Você o afundaria para mim?

— Localização e distância de Fogo?

— Não temos mais um drone no céu. Nenhum americano em sua base. Nenhuma voz em Nevada para orientá-lo. Você precisaria navegar sozinho.

— Quando eu pilotava para o Brasil, tínhamos caças com assentos únicos. Era o que fazíamos. Diga-me a localização do alvo.

Meio-dia em Nassau. Meio-dia em Barbados. Voando para oeste, com o sol. Decolagem e 3.360 quilômetros, quatro horas. Próximo à velocidade do som. Ainda seria dia às 4 da tarde. Seis horas a 10 nós para o *Hae Shin*.

— Quarenta milhas náuticas a leste de Barbados.

— Não conseguirei voltar.

— Aterrisse no local. Bridgetown, Barbados. Santa Lucia. Trinidad. Cuidarei das formalidades.

— Me dê a referência exata no mapa. Grau, minuto, segundo, ao norte do Equador, a leste de Greenwich.

Dexter informou o nome do navio, a descrição, a bandeira sob a qual estaria navegando e a referência no mapa, ajustada para seis horas de navegação rumo a oeste.

— Consegue fazer isso? — insistiu Dexter. — Sem navegador, sem orientação por rádio, sem direcionador. Distância máxima. Consegue?

Pela primeira vez, ele pareceu afrontar o brasileiro.

— Senhor, tenho meu avião, tenho meu GPS, tenho meus olhos, tenho o sol. Sou um piloto. É o que faço.

E a ligação foi encerrada.

CAPÍTULO DEZESSETE

Meia hora se passou desde o momento em que o major João Mendoza desligou o celular até ele sentir a descarga de potência dos dois últimos foguetes Rato guardados e o velho Buccaneer arremessar-se no céu para sua última missão.

Mendoza não tinha a menor intenção de economizar nos preparativos para que o alvo navegasse alguns quilômetros a menos. Ele observara enquanto a tripulação de solo inglesa abastecera o Bucc até a capacidade máxima de 12 mil quilos de combustível, o que lhe proporcionaria cerca de 2.200 milhas náuticas no ar.

O canhão fora carregado com cem por cento de projéteis perfurantes. Os traçantes não seriam necessários à luz do dia e ele tampouco precisaria dos incendiários. O alvo era de aço.

O major estudou os mapas, planejando à moda antiga a altitude e a velocidade, o percurso e o tempo até o contato com o alvo, com um mapa e um computador Dalton. Ele amarraria o mapa dobrado em folhas retangulares na coxa direita.

Por sorte, a Ilha de Fogo fica quase exatamente no paralelo 15 de latitude, assim como Barbados. O rumo seria para oeste, descendo na direção de 270 graus. Ele tinha uma referência exata no mapa para a posição do alvo quando fora informada ao americano duas horas antes. Em quatro horas, o monitor de seu GPS forneceria a própria posição com a mesma exatidão. O que ele precisava fazer era ajustá-la para contabilizar as seis horas de navegação do alvo, descer a baixa altitude e ir à caça com os últimos poucos litros de combustível. Depois, seguiria para Bridgetown, Barbados, com pouco mais do que vapor. Fácil.

Ele guardou seus poucos itens de valor, como seu passaporte e alguns dólares, em uma bolsa de mão e colocou-a entre os pés. Despediu-se da equipe de solo, abraçando um a um os constrangidos ingleses.

Quando ativou os foguetes "auxiliares", Mendoza sentiu o habitual coice poderoso, segurou firme os controles até que as ondas azuis e franjadas com espuma estivessem quase abaixo dele, depois relaxou e voou.

Em poucos minutos estava no paralelo de 15°, nariz apontado para oeste, subindo para os 12 mil metros operacionais e configurando a potência para autonomia máxima com o mínimo de consumo de combustível. Quando atingiu a altitude desejada, definiu a velocidade para 0.8 Mach e observou o GPS contar rapidamente os quilômetros que desapareciam.

Não há marcos visuais entre Fogo e Barbados. O ás brasileiro olhou para os altos-cúmulos brancos e fofos muito abaixo e, por entre os aglomerados de nuvens, o azul-escuro do Atlântico.

Depois de três horas, ele calculou que estava um pouco atrasado em relação a onde desejava estar e percebeu que havia um vento contrário mais forte do que o previsto. Quando o

GPS informou que ele estava 360 quilômetros atrás do alvo e de sua suposta posição, o major desacelerou um pouco e começou a mergulhar na direção do oceano. Ele queria a altitude de 170 metros quando estivesse 16 quilômetros atrás do *Hae Shin*.

A 330 metros, ele estabilizou a altitude e reduziu a velocidade e a potência para o máximo de autonomia. A velocidade não era mais uma opção; ele precisava de tempo para procurar porque o mar estava vazio e porque, devido ao vento contrário, consumira mais combustível do que esperava. Então, viu um pequeno navio a frete. Estava a bombordo, a 60 milhas náuticas de Barbados. Com um *wing drop*, abaixou o nariz para posicionar-se no ângulo de ataque e começou a fazer uma curva sobre a popa para ver o nome e a bandeira do navio.

A 33 metros de altitude, disparado a 300 nós, ele viu primeiro a bandeira. Não a reconheceu. Se a conhecesse, saberia que era a bandeira de conveniência de Bonaire, nas Antilhas Holandesas. Havia rostos olhando para o alto, para a aparição negra que rugia acima da popa. Ele percebeu uma carga de madeira no convés e depois o nome. *Prins Willem*. Era um navio holandês transportando tábuas de madeira para Curaçao. Subiu novamente para 330 metros e conferiu o combustível. Nada bom.

A posição dele, revelada pelo sistema de GPS Garmin, quase se fundia exatamente com a referência no mapa para onde *Hae Shin* estava seis horas antes. Exceto pelo navio holandês, o major não via nenhum navio afretado. O alvo poderia ter desviado da rota. Ele não tinha como contactar o americano que estava sentado lá em Nassau roendo as unhas. Apostou que o cargueiro com a cocaína ainda estaria diante de si e seguiu em frente no rumo 270 graus. Ele estava certo.

Diferentemente do jato que voava a 12 mil metros contra um vento contrário, o *Hae Shin* navegava com uma corrente marinha a seu favor e seguia a 12 nós, e não a 10. Mendoza encontrou o cargueiro a 48 quilômetros da estância de férias caribenha. Uma curva sobre a popa do navio mostrou as duas lágrimas, uma azul e outra vermelha, da bandeira da Coreia do Sul, e seu novo nome, *Sea Spirit*. Novamente, pequeninas figuras correram sobre as escotilhas dos porões e olharam para o alto.

O major Mendoza não desejava matar a tripulação. Optou, então, por destruir a proa e a popa. Afastando-se, elevou o Buccaneer em um grande círculo para se aproximar lateralmente do alvo. Mudou a posição dos canhões de "segurança" para "disparar", fez uma curva e mergulhou para o bombardeio. Ele não tinha bombas, o canhão precisaria dar conta do recado.

No final da década de 1950, a Marinha Real queria um novo bombardeiro naval a jato de baixa altitude para combater a ameaça dos cruzadores Sverdlov da União Soviética. Foi aberta uma concorrência, cuja definição dependeria da aceitação do projeto apresentado. A Blackburn Aircraft Company ofereceu o Buccaneer e uma encomenda limitada foi feita. O avião começou a voar em 1962, quase como uma aeronave provisória para a guerra. Ele ainda estava em combate contra Saddam Hussein em 1991, mas sobrevoando o solo, para a Força Aérea Real.

Quando o avião foi criado, a empresa Blackburn estava em péssimas condições, sua produção reduzida a caixas de metal para armazenar pães. Em retrospecto, o Bucc foi um produto quase genial. Nunca foi bonito; mas era resistente e adaptável. E confiável, com dois motores Rolls-Royce Spey que nunca apresentavam defeitos.

Durante nove meses, o major Mendoza utilizara o Buccaneer como um interceptador aéreo, derrubando 17 transportadores de cocaína e enviando 20 toneladas do pó branco para o fundo do mar. Mas quando Mendoza iniciou a investida rasante sobre o mar, o Bucc veterano voltou a ser o que sempre fora. Um matador de navios.

A 800 metros de distância ele apertou o botão "disparar" e observou a linha inclinada dos projéteis do canhão AP de 30mm voar na direção da proa do *Hae Shin*. Antes de levantar o polegar, dar meia-volta e rugir sobre o navio, ele vira os projéteis destruírem a proa.

O navio parou completamente no mar quando colidiu com uma muralha de oceano invadindo ruidosamente os porões dianteiros. Logo depois, pequenas figuras correram para o bote salva-vidas, rasgando a cobertura de lona. O Buccaneer subiu e virou em outro longo arco enquanto o piloto olhava do alto da cabine de controle para a vítima abaixo.

O segundo ataque veio pela popa. O major Mendoza esperava que o maquinista tivesse saído da praça de máquinas; ela estava bem na sua mira. A segunda saraivada de projéteis do canhão rasgou a popa, atingindo o leme, as hélices, duas anteparas e o motor, reduzindo-os a destroços.

As figuras no convés lançaram o bote salva-vidas ao mar e saltaram para ele. Circulando a 330 metros de altitude, o piloto viu que o *Hae Shin* afundava tanto pela proa quanto pela popa. Certo de que o navio estava perdido e de que o *Prins Willem* resgataria a tripulação, o major Mendoza seguiu para Barbados. Foi quando o primeiro dos Speys, que funcionara movido a vapor de combustível no segundo ataque, falhou.

Uma olhada para os medidores de combustível revelou que o segundo motor também estava funcionando a vapor.

O major usou os últimos litros de gasolina para ganhar altitude e, quando o segundo Spey morreu, conseguiu forçar o Bucc até mil metros. O silêncio, como sempre depois que os motores morrem, era assustador. Ele via a ilha adiante, mas fora de alcance. Seria impossível flutuar por uma distância como aquela.

Abaixo do nariz do avião havia uma pequena pena branca na água, o rastro em forma de V de um pequeno barco pesqueiro. Ele mergulhou na direção do barco, convertendo altitude em velocidade, passou rapidamente diante dos rostos que o encaravam a 330 metros e depois subiu novamente, convertendo velocidade em altitude, e então puxou a alavanca ejetora do assento e saiu voando da cabine de comando.

Os senhores Martin-Baker sabiam o que estavam fazendo. O assento arremessou o piloto para o alto e para longe do bombardeiro moribundo. Um gatilho de pressão desprendeu-o do assento de aço, que caiu inofensivamente na água, e deixou-o pendurado no sol quente sob o paraquedas. Minutos depois, o piloto brasileiro estava sendo içado, tossindo e gaguejando, para o convés a ré de um Bertram Moppie.

A quase 4 quilômetros dali, um gêiser de espuma branca entrou em erupção no mar quando o Buccaneer mergulhou de nariz no Atlântico. O piloto se deitou entre três evônimos mortos e um agulhão-bandeira quando os dois pescadores americanos debruçaram-se sobre ele.

— Você está bem, amigo? — perguntou um deles.

— Sim, obrigado. Estou bem. Preciso telefonar para um homem nas Bahamas.

— Sem problema — disse o esportista idoso, como se pilotos de bombardeiros navais sempre caíssem do céu sobre ele. — Use meu celular.

O major Mendoza foi preso em Bridgetown. Um funcionário da embaixada americana obteve a liberação dele ao anoitecer e levou-lhe uma muda de roupas. As autoridades de Barbados aceitaram a história sobre um avião que decolara de um porta-aviões americano no meio do oceano para um voo de treinamento e que sofrera uma falha catastrófica, e cujo piloto, apesar de brasileiro, estava a serviço da Marinha dos EUA. O diplomata, ele próprio intrigado com a ordem que recebera, sabia que era tudo mentira, mas diplomatas são treinados para mentir de forma convincente. Barbados ficou satisfeito em permitir que o brasileiro voltasse para casa no dia seguinte.

EPÍLOGO

O MODESTO E COMPACTO CARRO ENTROU TRANQUILAMENTE na pequena cidade de Pennington, Nova Jersey, e o motorista olhou em volta para os marcos de seu lar, o qual não via fazia muito tempo.

Ao sul do cruzamento que marca o centro da cidade, ele passou pela antiga casa de tábuas brancas do período da Guerra Civil com a tabuleta que exibia o nome do Sr. Calvin Dexter, advogado. A casa parecia malcuidada, mas ele sabia que gostaria de consertá-la e de descobrir se ainda teria um escritório de advocacia.

No cruzamento da Main Street com a West Delaware Avenue, o coração de Pennington, ele cogitou tomar um café forte no Cup of Joe, ou talvez algo mais na Vito's Pizza. Foi quando reparou na nova mercearia e se lembrou de que precisaria de provisões para sua casa, na Chesapeake Drive. Estacionou o carro, comprado em uma concessionária perto de onde aterrissara, no aeroporto de Newark, e entrou na mercearia.

Encheu um carrinho de compras e foi até o caixa. Havia um rapaz, provavelmente um estudante trabalhando para pagar a faculdade, algo que ele também fizera.

— Algo mais, senhor?

— Acabei de lembrar — disse Dexter. — Seria bom comprar alguns refrigerantes.

— Ficam bem ali, na geladeira. Temos uma oferta especial de Coca.

Dexter pensou a respeito.

— Talvez mais tarde.

Foi o padre da paróquia de St. Mary, na South Royal Street, quem disparou o alarme. Ele tinha certeza de que seu paroquiano estava em Alexandria, pois vira a empregada do homem, Maisie, com um carrinho cheio de compras. No entanto, ele perdera duas missas, o que jamais fazia. Assim, depois da missa matinal, o padre caminhou as poucas centenas de metros até a elegante casa antiga no cruzamento das ruas South Lee e South Fairfax.

Para sua surpresa, o portão do jardim murado, apesar de aparentemente fechado como sempre, abriu-se com um leve empurrão. Aquilo era estranho. O Sr. Devereaux sempre atendia pelo interfone e apertava um botão dentro da casa para destrancar o portão.

O padre subiu o caminho de tijolos rosados e encontrou a porta da frente também aberta. Ele empalideceu e fez o sinal da cruz quando viu a pobre Maisie, que jamais fizera mal a ninguém, estirada nos ladrilhos do saguão com um buraco certeiro perfurando seu coração.

Ele estava prestes a usar o celular para ligar para a emergência e pedir ajuda quando viu que a porta do escritório também estava aberta. Aproximou-se com medo e trêmulo para olhar através do umbral.

Paul Devereaux estava à sua escrivaninha, ainda sentado na poltrona que sustentava-lhe a cabeça e o tronco. A cabeça estava inclinada para trás, os olhos embaçados olhando com uma leve surpresa para o teto. Mais tarde, o médico-legista determinaria que ele levara dois tiros à queima-roupa no peito e um na testa, o padrão dos assassinos profissionais.

Ninguém em Alexandria, Virgínia, entendeu o motivo. Quando soube, pelo telejornal da noite, em sua casa em Nova Jersey, Cal Dexter compreendeu. Não era nada pessoal. Mas simplesmente não se pode tratar o Don dessa maneira.

Este livro foi composto na tipografia
Adobe Garamond BT, em corpo 12/15,7, e impresso
em papel off-set no Sistema Digital Instant Duplex
da Divisão Gráfica da Distribuidora Record.